Rainer M. Schröder

Die lange Reise des Jakob Stern

Oetinger Taschenbuch

MIX
Papier aus verantwortungsvollen Quellen
FSC® C083411

1. Auflage 2018

Oetinger Taschenbuch in der Verlag Friedrich Oetinger GmbH,
Poppenbütteler Chaussee 53, 22397 Hamburg
November 2018

Umschlagbild: Klaus Steffens
Satz: Uhl+Massopust, Aalen
Druck: CPI books GmbH,
Birkstraße 10, 25917 Leck, Deutschland
ISBN 978-3-8415-0562-0

www.oetinger-taschenbuch.de

Mit herzlicher Zuneigung und Dank
für Frank Griesheimer und Klaus Steffens,
die immer nur im Kleingedruckten stehen und
dabei doch so viel Anerkennung verdienen.

*»Wer ein einziges Leben rettet,
rettet die ganze Welt.«*

Talmud

*»Erfahrung ist nicht einfach
gespeichertes Wissen.
Was das Erlebnis aus einem
bloßen Widerfahrnis zur Erfahrung
macht, ist die Deutung, die dem
widerfahrenen Erlebnis zuteil wird.«*

Aus: *Glauben unter leerem Himmel,*
von Heinz Zahrnt

ERSTER TEIL

Heimatstadt

März 1935 – Februar 1939

1

Die Angst hatte schon lange vorher seine Seele befallen und sein Leben überschattet. Aber an jenem nasskalten Tag im März brach sie offen auf wie ein Geschwür. Von dem Zeitpunkt an war die Angst allgegenwärtig. Wie eine schwarze Wolke hing sie über ihm, bei Tag und bei Nacht. Egal wohin er ging, wo er sich befand, was er tat.

An diesem Nachmittag Anfang März befand sich Jakob Stern mit seinem Vater auf dem Weg zum Fahrradhändler *Siegel & Söhne* nahe der Innenstadt. Der Vater hatte sein Tabak- und Schreibwarengeschäft in der Obhut der Mutter gelassen, um mit ihm bei *Siegel & Söhne* das Tourenrad auszusuchen, das er sich schon so lange wünschte und nun in wenigen Wochen, zu seinem Geburtstag, von den Eltern geschenkt bekommen sollte.

Erfüllt von freudiger Aufregung, bog er mit dem Vater um die Straßenecke und ging die belebte Hauptstraße hoch, auf der das große Fahrradgeschäft lag, als plötzlich vor ihnen lautes Gejohle, höhnische Rufe und das Geräusch schwerer Stiefel den nachmittäglichen Großstadtlärm auf der Straße übertönten. Die Leute vor ihnen blieben stehen und richteten ihre Aufmerksamkeit auf die Ursache dieses lärmenden Spektakels.

»Schau mal, Otto! Da wird ein Jude durch die Straßen getrieben!«, sagte ein stämmiger Mann in ihrer Nähe zu seinem halbwüchsigen Sohn, der die uniformierte Kluft der Hitler-Pimpfe trug.

Augenblicklich spürte Jakob die feste Hand seines Vaters auf seinem Arm und wurde von ihm von der Mitte des Bürgersteiges weg in den nächsten Hauseingang gezogen. Verwirrt blickte er zu ihm auf und sah, wie der Vater die andere Hand vor den Mund schlug, ohne jedoch verhindern zu können, dass ihm ein erstickter Laut des Erschreckens entfuhr.

»Was ist?«, fragte Jakob beunruhigt. Eine Litfaßsäule verwehrte ihm den Blick auf das Geschehen vor ihm auf der Straße.

»Das … das ist Simon!«, flüsterte der Vater gequält, das Gesicht bleich wie ein Leichentuch.

»Onkel Simon? … Wo?« Jakob reckte den Kopf, und dann sah auch er den Mann, der vor einer Horde uniformierter Nazis mitten auf der Straße zwischen den Schienen der Tram taumelte.

Im ersten Moment glaubte er, sein Vater müsse sich getäuscht haben. Denn dieser Mann dort, den die johlenden Braunhemden mit Stiefeltritten und Stockschlägen vor sich hertrieben, konnte unmöglich sein Onkel, der angesehene Rechtsanwalt Simon Rosenberg sein! Er kannte den Bruder seiner Mutter nur als eine Respekt gebietende Person und stets untadelig gekleidet. Nicht einmal im Sommer ging Onkel Simon ohne Hut, steifen weißen Kragen und perfekt gebundene Krawatte aus dem Haus. Die größte Form von Bequemlichkeit, die er sich an heißen Tagen und dann auch nur in privater Gesellschaft leistete, bestand darin, dass er das Jackett ablegte und mit korrekt zugeknöpfter Weste in einem Ausflugslokal saß.

Und doch, dieser Mann mit dem blutbeschmierten Gesicht und den aufgeplatzten Lippen, dem man die Hosen über den Knien abgeschnitten hatte, sodass die langen weißen Unterhosen hervorschauten, und der mit nackten Füßen über das Pflaster wankte, war kein anderer als Onkel Simon!

Er war ohne Jackett, die Weste klaffte weit auf und wies an der rechten Schulter einen langen Riss auf, die Krawatte fehlte und Blutspritzer hatten den aufgesprungenen Hemdkragen beschmutzt. Von der goldgerahmten Brille, die ihm lächerlich schief und verbogen auf der Nase saß, fehlte das linke Glas, während ein Spinnengewebe aus unzähligen Rissen das andere durchzog und es so gut wie blind machte.

Man hatte ihm ein großes Pappschild vor die Brust gehängt, auf dem in Onkel Simons eigener Handschrift geschrieben stand: *»Ich bin ein dreckiger Jude und will mich nie wieder über Nazis beschweren!«* Und damit torkelte er wie ein Betrunkener über die Hauptstraße, das Gesicht verquollen und von Schlägen gezeichnet, den Blick starr zu Boden gerichtet, von Stiefeltritten und Stockschlägen traktiert, angespuckt von vorbeifahrenden Jugendlichen auf Fahrrädern und verhöhnt vom braunen Mob um ihn herum und so manch einem Schaulustigen am Straßenrand.

»Komm weg!«, flüsterte der Vater erstickt.

»Aber Vati, wir können doch Onkel Simon nicht …!«, stieß Jakob fassungslos hervor.

»Sei still und komm mit! Wir können ihm nicht helfen!« Der Vater packte ihn mit schmerzhaftem Griff am Arm und zog ihn mit sich.

Vergessen war das Tourenrad, das sie bei den Siegels hatten aussuchen wollen. Sie gingen jedoch nicht auf dem kürzesten Weg nach Hause zurück, weil der an ihrer Synagoge* vorbeigeführt hätte. Der Vater sagte zwar kein einziges Wort und Jakob wagte nicht zu fragen. Aber er wusste auch so, was der Grund für ihren Umweg war.

Die Angst schnürte ihnen beiden die Kehle zu.

2

Am späten Abend desselben Tages kauerte Jakob im Dunkel des Flurs neben der Tür zum Wohnzimmer, die einen Spalt offen stand, und lauschte den leisen, erregten Stimmen seiner Eltern.

Die Nazis hatten Onkel Simon erst lange nach Einbruch der Dunkelheit laufen lassen. Er hatte es kaum aus eigener Kraft zu ihnen hinauf in den vierten Stock des Mietshauses geschafft. Seit Jakob denken konnte, lebte der acht Jahre ältere Bruder der Mutter, ein eingefleischter Junggeselle, auf derselben Etage wie sie. Die Eltern hatten sofort ihren Hausarzt Doktor Freudenthal geholt, damit er ihn untersuchte und verarztete, denn in ein Krankenhaus wollte er auf keinen Fall. Die Eltern waren bis vor wenigen Minuten drüben bei Onkel Simon in dessen Wohnung geblieben.

»Er wird wieder auf die Beine kommen, dem Himmel sei Dank!«, hörte er jetzt den Vater mit einem Seufzer sagen.

* Mit einem Sternchen gekennzeichnete Wörter sind am Ende des Buches kurz erläutert.

»Und was wird als Nächstes passieren?« Die Stimme der Mutter zitterte. »Ich sage dir, Hitler und sein braunes Pack schrecken vor nichts zurück! Vor keiner noch so bestialischen Grausamkeit!«

»Ach was«, erwiderte der Vater, »das sind zwar abscheuliche Auswüchse, was da im Augenblick geschieht. Aber der Nationalsozialismus ist keine schlechte Sache. Immerhin ist die Schande der Niederlage, die der verlorene Weltkrieg und die Verträge von Versailles über uns Deutsche gebracht haben, jetzt endgültig ausradiert, und alles andere ist doch nur Propaganda für den einfachen Mann auf der Straße. Nein, dieser Spuk wird bald ein Ende haben, das kannst du mir glauben.«

»Und wenn nicht?«

Für einen Augenblick herrschte jenseits der Wohnzimmertür Schweigen. Dann sagte der Vater widerwillig: »Völlig unmöglich! Hitler lässt dem Pöbel, der ihn an die Macht gebracht hat, ein wenig die lange Leine, damit er Luft ablassen kann. Wenn …«

»Ein wenig die lange Leine?«, fiel ihm die Mutter ins Wort. »Zusammengeschlagen haben sie meinen Bruder! Erst in diesem dreckigen SA-Keller und dann auf offener Straße! Und zwar so brutal, dass ihm das Trommelfell auf dem linken Ohr zerrissen ist! Und keiner ist dagegen eingeschritten!«

»Was hätte ich denn tun sollen?«, rief der Vater aufbrausend. »Mich etwa der Bande in den Weg stellen? Die hätten mich doch sofort niedergeknüppelt! Außerdem hatte ich den Jungen dabei!«

Wieder langes Schweigen, das nur ab und zu von einem tränenerstickten Schluchzen der Mutter unterbrochen wurde.

»Jetzt beruhige dich doch, Margot.« Die Stimme des Vaters klang nun sanft, zugleich aber auch ratlos. »Es ist entsetzlich, was mit Simon passiert ist. Aber es wird schon wieder alles gut werden, ganz bestimmt. Die Weltöffentlichkeit wird solche … Exzesse nicht lange tolerieren!«

»Und wenn doch?« Die Mutter schnäuzte sich. »Ich glaube einfach nicht, dass all die Schikanen und brutalen Übergriffe auf uns bald ein Ende haben werden. Im Gegenteil, ich habe das schreckliche Gefühl, dass es noch viel schlimmer kommen wird. Denn das ist doch alles gewollt und systematisch von oben gesteuert!«

»Nun male doch nicht immer gleich den Teufel an die Wand! Man kann sich das Unglück auch herbeireden!« Ein gereizter Unterton lag in der Stimme des Vaters. »Es war ja auch sehr unklug von Simon, was er da gemacht hat. Er hätte diesen Mandanten besser gleich wieder weggeschickt, statt sich der Sache anzunehmen. Wie hat er denn bloß glauben können, als jüdischer Anwalt ungestraft eine Beschwerde gegen einen SA-Mann* vorbringen zu dürfen?«

»Jetzt ist er also selber schuld, dass man ihn so zugerichtet hat, ja?«, empörte sich die Mutter.

»Natürlich nicht! So habe ich es nun auch wieder nicht gemeint!«, antwortete der Vater. »Aber ich bitte dich, Simon ist doch ein intelligenter, studierter Mann! Er muss doch genau gewusst haben, dass so etwas nicht gut gehen kann. Ich meine, in diesen überreizten Zeiten muss sich unsereins eben eine Weile klein machen und sich unauffällig verhalten, bis wieder Recht und Ordnung herrschen und sich dieser ganze … üble Naziklamauk gelegt hat.«

»Überreizte Zeiten? Naziklamauk?«, wiederholte die Mutter ungläubig. »So also nennst du diesen unglaublichen Rassenhass, der da von Tag zu Tag immer schärfer und geifernder gegen uns propagiert wird?« Jakob glaubte zu hören, wie sie nach Luft schnappte. Und dann fuhr sie voller Zorn fort: »Das kann nicht dein Ernst sein! Ich glaube, du willst einfach nicht sehen, was da mit Hitler und seinen braunen Hakenkreuzhorden für ein Unglück über uns Juden gekommen ist – und was uns noch erwartet!«

Der Vater stöhnte. »Dass du immer so maßlos übertreiben musst! Lass uns nicht länger darüber reden. Es führt ja doch zu nichts! Du wirst sehen, die Wogen werden sich wieder glätten! So ist es immer gewesen, wenn in Deutschland gegen Juden gehetzt wurde, und es wird diesmal nicht anders sein.« Und dann stellte er das Radio an.

Jakob zog sich schnell zurück, als er das abrupte Rücken eines Stuhls und sofort darauf die Stiefeletten der Mutter in wortlosem Zorn über das Parkett hämmern und auf die Tür zukommen hörte.

Ohne Licht zu machen, zog er in seinem Zimmer die Vorhänge zu und kauerte sich dann in die hinterste Ecke seines Bettes. Tiefe Dunkelheit umfing ihn. Aber die Finsternis seines Zimmers war nichts im Vergleich zu der dichten schwarzen Wolke der Angst, die ihn umfing.

3

In der Schule waren sie bis vor kurzem bei Unterrichtsbeginn höflich aufgestanden und hatten im Chor gesagt: »Guten Morgen, Herr Westphal!« Aber diese Zeiten waren vorbei. Stattdessen mussten sie beim Eintritt des Lehrers nun zackig aufspringen, wie beim Militär neben ihrem Pult strammstehen, den rechten Arm hochreißen und laut »Heil Hitler!« brüllen. So verlangte es der schneidige, junge Herr Schmiedke von ihnen, der den alten Westphal plötzlich mitten im Schuljahr als ihren Klassenlehrer abgelöst hatte und der ausschließlich in blank polierten Schaftstiefeln und brauner Nazikluft, mit ledernem Querriemen über der Brust und Hakenkreuzbinde am Arm zur Schule erschien. Und viele andere Lehrer sah man ähnlich gekleidet zum Unterricht kommen. Kaum jemand im Kollegium, der nicht wenigstens das schwarzweißrote Parteiabzeichen der NSDAP* mit dem Hakenkreuz in der Mitte am Revers oder am Kleid trug.

Was aus Westphal und ihrem bisherigen Direktor geworden war, wusste Jakob nicht. Beide waren von heute auf morgen verschwunden, als hätte sie der Erdboden verschluckt. Und niemand hatte es für nötig erachtet, sie über den Grund dieses plötzlichen Verschwindens oder über den Verbleib der beiden aufzuklären. Der dicke Erich Fellroth, der einzige andere jüdische Junge in Jakobs Klasse, der bis zu Hitlers Machtübernahme penetrant nur Einsen geschrieben und auf alles die richtige Antwort parat gehabt hatte, wusste auch diesmal mehr.

»Abgeholt haben sie die beiden und in ein Straflager* gesteckt. Sollen beide Mitglieder im Reichsbanner, der Organisation der Sozis, gewesen sein!«

Erich überraschte ihn auch, als Schmiedke an seinem ersten Schultag bei ihnen mit der Klasse den Hitlergruß so einübte, wie er ihn haben wollte. Ohne auch nur eine Sekunde zu zögern, riss Erich den Arm schmissig hoch und schrie mit den arischen* Mitschülern ein zackiges »Heil Hitler!« nach dem anderen, bis ihr neuer Klassenlehrer mit dem Gebrüll zufrieden war.

Als Jakob ihn hinterher darauf ansprach, weil er doch wusste, dass die Fellroths glühende Zionisten* waren, von deren Ideen Jakobs Vater allerdings nichts hielt, und dass Erich zu einer verbotenen jüdischen Jugendgruppe gehörte, sagte dieser verächtlich: »Na und? Die Nazis können uns doch mal! Mein Vater hat gesagt, ich soll beim Hitlergruß in Gedanken jedes Mal ›Verrecke, elende Nazibrut!‹ sagen. Wir bleiben sowieso nicht mehr lange hier. Mein Vater wird unsere Großgärtnerei bald verkaufen und dann wandern wir aus. Wohl erst mal nach Amerika, wo wir Verwandtschaft haben, vielleicht geht's aber auch gleich nach Palästina* zu irgendeinem tollen Kibbuz*, wo man alles miteinander teilt und ein abenteuerliches Pionierleben führt, mal sehen.« Und mit diesen Worten, die ihm im Brustton himmelweiter Überlegenheit über die Lippen kamen, zog er seine Pausenbrote hervor, biss genüsslich hinein und ließ Jakob stehen.

Das mit dem Verkauf der *Großgärtnerei Fellroth* sollte sich noch sehr lange hinziehen, denn als Jude konnte man sein Geschäft nicht mehr nach eigenem Gutdünken verkaufen. Die neuen Gesetze schrieben vor, dass man einen Arier* als Käufer finden musste, der das Unternehmen dann gewöhnlich für einen lächerlichen Bruchteil des wahren Firmenwertes übernahm. »Arisierung des jüdischen Geschäftslebens« nannten es die Nazis. Und was die Beschaffung der nötigen Ausweispapiere und Visa betraf, so zog sich diese noch erheblich länger hin, als die Fellroths angenommen hatten.

So war Erich dann noch immer bei ihnen in der Klasse, als wenige Tage nachdem Onkel Simon von Braunhemden zusammengeschlagen und durch die Straßen gehetzt worden war, zwei Männer in SA-Uniform eines Morgens in den Erdkundeunterricht bei Frau Sennekamp platzten und in barschem Ton fragten: »Gibt es in dieser Klasse Judenbälger?«

Gertrud Sennekamp, eine sehr bedächtige und mütterliche Lehrerin, reagierte mit hilfloser Verblüffung auf die schroffe Frage und setzte erst einmal ihre Brille ab, als wollte sie Zeit gewinnen. Von ihren Lippen hatten Jakob und Erich bisher noch keine der üblichen nationalsozialistischen Reden und Schlagworte zu hören bekommen, obwohl auch sie das Parteiabzeichen trug.

Bevor sie sich jedoch gefasst hatte und eine Antwort geben konnte, wiesen die Mitschüler schon auf Jakob und Erich und riefen eilfertig: »Da! Die beiden sind Juden!«

»Ab sofort dürfen jüdische Kinder nicht mehr neben arischen sitzen!«, wies einer der SA-Männer ihre Lehrerin im Befehlston an. »Anordnung von höchster Stelle! Und diese Anordnung ist unverzüglich auszuführen! Heil Hitler!«

Beide rissen sie den Arm hoch, knallten die Hacken ihrer Stiefel zusammen und warteten, bis auch Frau Sennekamp den Hitlergruß erwidert hatte. Erst dann gingen sie hinaus, um sich die nächste Klasse vorzunehmen.

Von Stund an mussten Jakob und Erich abseits von den anderen Klassenkameraden auf der so genannten »Judenbank« sitzen, als wären sie Aussätzige. Und das waren sie in den Augen der meisten ihrer Mitschüler bald auch.

Als Jakob an diesem Tag von der Schule nach Hause kam, sah er, dass Uniformierte nun auch in ihrem Viertel einen Schaukasten für das Nazihetzblatt *Der Stürmer* an einer Hauswand anbrachten. Über der Glasfront, hinter der die Zeitung angeheftet wurde, sodass jeder im Viertel die neuesten Parolen und Hetzartikel von Julius Streicher und seiner Journaille, wie der Vater die Zeitungsredakteure nannte, lesen konnte, stand der Schriftzug: *Deutscher, lies den Stürmer!* Auf der linken Seite des schwarz gestrichenen Holzrahmens prangte in großen weißen und weithin lesbaren Lettern die Parole: *Die Juden sind unser Unglück!* Und auf der rechten Seite fand sich die Aufforderung: *Frauen und Mädchen, die Juden sind euer Verderben. Verschaffe dir Klarheit über die Judenfrage!*

Als Jakob die Männer bei ihrer Montage des *Stürmer*-Kastens beobachtete, dachte er unwillkürlich an die Worte seines Vaters, dass der böse Spuk schon bald ein Ende haben und wieder Recht und Ordnung im Reich einkehren würden. Er glaubte wie seine Mutter nicht daran, dass es sich nur um einen bösen Spuk handelte. Das Böse war doch schon längst Alltag geworden und niemand stellte sich dagegen. Zumindest sah er nichts davon.

Am selben Tag wurde Onkel Simon und allen anderen jüdischen Anwälten die Zulassung entzogen, sodass sie ihren Beruf nicht mehr ausüben konnten. Onkel Simon, den die Behandlung der SA von einem Tag auf den anderen zu einem gebrochenen, wortkargen Mann gemacht hatte, fand in der jüdischen Gemeinde vorübergehend ein wenig Arbeit, aber es reichte nicht, um auf Dauer davon leben zu können. Überall wurden Juden entlassen und mit Berufsverbot belegt. Das Geld wurde allmählich knapp in den jüdischen Gemeinden, und wer brauchte noch einen jüdischen Anwalt ohne Zulassung? Gegen die Enteignungen und in Gesetze gegossenen Repressalien der Nazis waren sogar arische Anwälte, sofern sie denn überhaupt daran gedacht hätten, einen Juden zu vertreten, machtlos.

So sah sich Onkel Simon bald gezwungen, seine eigene Wohnung aufzugeben und bei ihnen einzuziehen. Zeit seines Lebens war er ein glühender Verehrer klassischer deutscher Literatur und Musik gewesen, aber noch bevor er nun einen Teil seiner Möbel verkaufte, trennte er sich als Erstes von seinen kostbaren Goethe-, Schiller- und anderen Klassikerausgaben sowie von seinem Grammophon mitsamt allen Aufnahmen klassischer deutscher Musik. Nichts davon wollte er mehr um sich wissen. Und wurde im Radio eine Sinfonie von Beethoven oder ein Konzert mit Schubert-Liedern übertragen, verließ er den Raum.

Jakob räumte für ihn sein Zimmer und musste sich fortan mit der kleinen Kammer am Ende des Flurs begnügen, die der Mutter bislang als Bügel- und Nähraum gedient hatte.

4

Zigeuner und Juden raus! Wir verkaufen nicht an Juden! Juden und Hunde verboten!* Schilder mit diesen und ähnlichen Aufschriften fanden sich immer öfter an Ladentüren, Werkstätten, Schwimmbädern, Theaterhäusern, Kinos, Kneipen und Gaststätten, wohin man auch immer in der Stadt ging, auch in ihrem Viertel. Sogar an Parkbänken stand: *Nur für Arier!*

Die Parole *Juden raus! Aufrechte Deutsche kaufen nicht bei Juden!* malten Nazis aus der Nachbarschaft zum ersten Mal kurz vor dem Chanukka-Fest* auf die Fensterscheibe des elterlichen Tabak- und Schreibwarenladens.

Der Vater wartete bis zum Abend, erst dann machte er sich an die mühsame Arbeit, die antisemitische* Schmiererei von der Scheibe zu entfernen.

Am nächsten Vormittag kamen die Braunhemden mit Farbeimer und Pinsel zurück und schmierten das Schaufenster erneut voll. Vorbeikommende Passanten und Mieter aus den umliegenden Häusern nahmen daran nicht den geringsten Anstoß. Nur wenige gingen hastig weiter oder wandten beschämt den Kopf ab.

Diesmal kratzte und schrubbte Jakob zusammen mit dem Vater die weiße Farbe nach Einbruch der Dunkelheit vom Glas.

»Warum tut ihr das?«, fragte Onkel Simon, als sie in die Wohnung zurückkamen. Er stand in der Tür seines Zimmers, unrasiert seit dem Morgen und mit Kaffeeflecken auf dem

Hemd. »Sie werden wiederkommen, immer wieder. Und irgendwann werden sie sich nicht damit zufrieden geben, dir nur die Schaufensterscheibe zu beschmieren! Das sind Tiere! … Aber nein, das wäre ungerecht gegenüber der Tierwelt. Zu solchen Bösartigkeiten sind nur Menschen fähig!« Aus seiner Stimme klang mehr Resignation als Abscheu, und ohne eine Antwort abzuwarten, drehte er sich um und ging in sein Zimmer zurück.

Am Morgen, kurz bevor Jakob sich auf den Weg zur Schule machte, warf man ihnen das Schaufenster mit Steinen ein und verwüstete die Auslage mit Schlagstöcken.

Der Vater räumte stumm und mit verbissenem Gesicht Steine, Scherben und zertrümmerte Auslagen weg und ließ die Scheibe vom Glaser ersetzen. Am selben Tag kamen die gestiefelten Männer wieder, und während einer von ihnen zum dritten Mal und mit besonders dickem Pinsel *Juden raus! Aufrechte Deutsche kaufen nicht bei Juden!* sowie einen Judenstern auf die Ladentür und das neue Schaufensterglas malte, sangen die anderen in einem fort das Horst-Wessel-Lied, wobei sie die Stelle *»… und wenn das Judenblut vom Messer spritzt, dann geht's noch mal so gut!«* besonders laut grölten. Ein Streifenpolizist, der seine Runde durch das Viertel machte, blieb derweil auf der gegenüberliegenden Straßenseite stehen und sah mit hinter dem Rücken verschränkten Armen dem Treiben zu. Als die SA-Männer ihr Schandwerk mit einem donnernden Hitlergruß beendeten und zum nächsten jüdischen Geschäft weiterzogen, riss auch er den Arm hoch und schlug zackig die Hacken zusammen.

Diesmal wagte der Vater nicht, den Schriftzug zu entfernen. Onkel Simon kam an diesem Tag zum ersten Mal weder zum Mittagessen noch zum Abendbrot aus seinem Zimmer. Sie hörten ihn auf Hebräisch beten. Er reagierte nicht, als der Vater mehrmals an seine Tür klopfte, und gab auch keine Antwort, als die Mutter ihn eindringlich bat, doch zu ihnen an den Tisch zu kommen.

Der Vater schüttelte nur den Kopf und die Mutter brach beim Abendbrot in Tränen aus und verbarg ihr Gesicht in ihrer Serviette.

Als Jakob spät in der Nacht noch einmal aufs Klo musste, hörte er, dass Onkel Simon noch immer betete. Es machte ihn wütend, ohne dass er zu sagen gewusst hätte, warum. Mit dem Beten hatten sie es in ihrer Familie noch nie gehabt.

In derselben Woche wurde Walter Heidkamp, der Schrotthändler aus der Nebenstraße und ein alter Deutschnationaler, von der Gestapo* abgeholt und verhaftet. Es hieß, er habe in seiner Stammkneipe nach einigen Bieren und Schnäpsen den folgenden Witz über Hermann Göring, den preußischen Ministerpräsidenten und Oberbefehlshaber der Luftwaffe, zum Besten gegeben: »Was tut Göring, wenn er im Hinterhof auf eine Wäscheleine voll Unterhemden trifft? Er schlägt natürlich vor jedem Unterhemd zackig die Hacken zusammen und sagt schneidig: ›Hiermit ernenne ich dich zum Oberhemd!‹« Heidkamp kehrte aus der Gestapohaft nicht wieder zurück, und den Schrotthandel betrieb bald ein strammer Nazi, der den Betrieb übernommen hatte, für einen Apfel und ein Ei, wie man sagte.

»In diesem Land ist jeder die Gestapo des anderen!«, murmelte Onkel Simon, als die Mutter ihnen die Nachricht von Heidkamps Verhaftung überbrachte. Und bevor er sich wieder in sein Zimmer einschloss, erhaschte Jakob einen Blick auf ihn, wie er sich einen Tallit über die Schultern legte. Noch nie zuvor hatte er ihn mit einem Gebetsmantel gesehen.

Der Vater schüttelte darüber nur den Kopf.

5

Max Kämpling, dessen kriegsbeschädigter Vater Kohlen ausfuhr, war seit Jahren Jakobs bester Freund und wohnte im Nachbarhaus. Auch als Jakob aufs Gymnasium übergewechselt und Max auf der Volksschule geblieben war, hatte das ihre Freundschaft nicht getrübt. Sie hielten weiterhin zusammen, heckten wie eh und je gemeinsam Streiche aus, spielten im Hinterhof Fußball und konnten sich aufeinander verlassen, wenn es mit rauflustigen Jungen aus dem Nachbarviertel zu handgreiflichen Auseinandersetzungen kam.

Das Sammeln von Zigarettenbildern, die jeder Schachtel beilagen und die man in die entsprechenden Sammelalben einklebte, gehörte zu den Leidenschaften, die sie teilten. Bei den Bildern handelte es sich um interessante Serien aus der Geschichte des Altertums, der Neuzeit, der Technik sowie der Welt des Films und des Tierreichs.

Jakob saß natürlich an der Quelle. Denn viele Arbeitslose und einfache Arbeiter aus dem Viertel kauften ihre Zigaretten im Laden des Vaters nur stückweise. Deshalb ging er stets nach der Schule in den Laden, fragte nach angebrochenen Packungen und nahm die Bilder daraus gleich an sich. Gute Tauschgeschäfte ließen sich auch mit leeren Zigarrenkisten machen, da sie zum Sammeln von Käfern in der Schule heiß begehrt waren.

Eines Nachmittags suchte Jakob seinen Freund wieder einmal mit einem Stoß neuer Zigarettenbilder auf, von denen einige Max in helle Begeisterung versetzen würden, wie er wusste, gehörten sie doch zu einer brandneuen Technikserie. Und an Technikbildern war Max ganz besonders interessiert.

Marianne, die neunjährige Schwester seines Freundes, öffnete ihm auf sein Klingeln hin die Wohnungstür. Sie mochte ihn sehr, schenkte er doch auch ihr regelmäßig einige der Bilder, die er dreifach besaß. Auch an diesem Nachmittag begrüßte sie ihn mit einem freundlichen Lächeln.

»Max ist mit den anderen im Wohnzimmer«, sagte sie, während sie die Tür hinter ihm schloss. Dann fügte sie mit einem ehrfurchtsvollen Tonfall, den sie zweifellos den Erwachsenen abgelauscht hatte, noch hinzu: »Der Führer spricht gerade!« Und mit kindlicher Freude am Ulk legte sie dabei die Zeige- und Mittelfinger unter der Nase auf die Lippen, um des Führers Rotzbremse anzudeuten.

Statt seiner spontanen Eingebung zu folgen, die ihm sagte, dass es ratsamer sei, sofort wieder zu gehen und unten auf Max zu warten, folgte er Marianne ins Wohnzimmer.

Und dort saßen Max, seine Eltern und seine große, sechzehnjährige Schwester Ingeborg in einem Halbkreis um den Volksempfänger herum, aus dem viel zu laut die sich fast überschlagende Stimme des Führers drang. Und alle Kämplings lauschten der Rede mit andachtsvollen Gesichtern.

Jakob hörte Hitler etwas von einer jüdischen und von Moskau gesteuerten kommunistischen Weltverschwörung brüllen. Was ihn jedoch viel mehr bestürzte, war, dass nicht nur der Vater seines Freundes Naziuniform und Ingeborg BDM*-Kleidung trugen, sondern dass Max in der militärischen Kluft der Hitlerjugend* steckte. Und am breiten Ledergürtel mit dem schweren Koppelschloss baumelte sogar ein Dolch! Jakob wusste, was auf solch einem HJ-Dolch stand: *Blut und Ehre!*

Wie erstarrt stand er in der Tür.

Augenblicke später beendete der Führer seine Hetzrede, und sofort sprangen die im Wohnzimmer versammelten Kämplings, auch sein Freund Max, wie von unsichtbaren Marionettenfäden gezogen, auf, rissen in Richtung des Radios den Arm hoch und brüllten im Chor: »Heil Hitler!«

Jakob war für einen Moment zumute, als wäre er verbotenerweise Zeuge eines geheimnisvollen Kultes geworden, in dessen Zentrum der verkratzte Volksempfänger dort auf der Wohnzimmerkommode stand, aus dem gerade der Große Unsichtbare zu seinen Gläubigen gesprochen hatte.

Und dann bemerkte Ingeborg, wer da in der Wohnzimmertür stand und entgeistert zu ihnen herüberblickte.

»Was hat denn der bei uns zu suchen?«, rief sie schrill. »Sag bloß, du hast ihn in die Wohnung gelassen, Marianne? Ja, schämst du dich denn nicht?«

Max fuhr zu Jakob herum und wurde blass, sagte jedoch kein Wort.

»Das ist ja wohl die Höhe!«, rief nun auch die Mutter.

»Verschwinde!«, brüllte Herr Kämpling. »Und wage ja nicht noch mal, bei uns zu klingeln! Judenpack hat bei uns nichts verloren, merk dir das!«

Jakob stürzte wie blind vor Demütigung und Schmerz aus der Wohnung, rannte die drei Etagen hinunter, fasste sich dann und setzte sich auf die oberste Stufe des letzten Treppenabsatzes. Hier wollte er auf Max warten. Dass dessen große Schwester und dessen Eltern nun auch gegen Juden hetzten, dafür konnte sein Freund ja nichts. Max würde auch jetzt zu ihm halten – und wenn er dreimal in der HJ war! Bestimmt würde er bald nachkommen!

Und Max kam tatsächlich. Langsam stieg er die letzte Treppe zu ihm herunter.

»Mensch, da bist du ja endlich!«, rief Jakob ihm wie erlöst zu. Er konnte sich also doch auf seinen Freund verlassen. Und ehe er sich bewusst wurde, was ihm da Schmeichlerisches über die Lippen kam, sagte er: »Sieht schon verdammt schnittig aus, diese Kluft!«

Max blieb zwei Stufen vor ihm stehen und hakte die Daumen hinter den breiten Ledergürtel. Stumm und mit zusammengepressten Lippen sah er Jakob an. Sein Blick war merkwürdig forschend, als erblickte er ihn zum ersten Mal … wie einen Fremden.

Ein ungutes Gefühl, das viel Ähnlichkeit mit Übelkeit besaß, stieg plötzlich in Jakob auf. Schnell zog er den Packen neuer Zigarettenbilder aus der Tasche und hielt sie ihm hin. »Ich habe neue Bilder! Sogar einige von einer brandneuen Technikserie! Ich habe auch jede Menge Doppelte für dich!«, sagte er fast flehentlich.

In dem Moment ging die Haustür auf und eine Wohnungsnachbarin der Kämplings trat in den Hausflur. Ihr argwöhnischer Blick ging von Jakob zu Max und zurück zu Jakob.

»Behalte deine Bilder für dich!«, herrschte Max ihn an und schlug ihm den Stapel Karten aus der Hand, sodass sie durch die Luft flogen und sich über den ganzen Treppenflur verteilten. »Und lass dich bei uns nie wieder blicken, sonst kriegst du Dresche!« Mit dieser Drohung stieß er ihn grob gegen das Treppengeländer und lief zurück nach oben.

Jakob wusste nun, dass Max und er nie wieder ein Wort miteinander sprechen würden. Und als sie sich tags darauf vor der Bäckerei begegneten, wechselte Max wie zur Bestätigung demonstrativ die Straßenseite.

6

Mit Max hatte Jakob seinen letzten Freund verloren. Denn von seinen Klassenkameraden wollte schon längst keiner mehr etwas mit ihm, dem Judenjungen, zu tun haben. Und wer es vielleicht doch gewollt hätte, traute sich nicht, sich gegen die gewaltige Flutwelle des Hasses zu stellen und mit ihm zusammen gesehen zu werden. Und mit Erich verband ihn nur, dass sie unter denselben Quälereien zu leiden hatten, ohne dass diese sie jedoch einander näher brachten.

Während Jakobs Eltern es mit der Religion, den Sabbatvorschriften* und dem koscheren* Essen nicht so genau nahmen und sich auch nur an wenigen hohen Festtagen in der Synagoge blicken ließen, hielten sich die Fellroths streng an die jüdischen Gebote und Gebete. Erich gehörte sogar zu einer verbotenen jüdischen Jugendorganisation, und seine Eltern waren glühende Verfechter der Idee, in Palästina einen eigenen jüdischen Staat zu gründen.

Darüber war Jakobs Vater einmal sogar mit Erichs Eltern

bei einer ihrer seltenen Begegnungen in der Synagoge böse aneinander geraten.

»Sechzehn Millionen Juden aus aller Welt sollen in einem so kleinen Land wie Palästina zu einem Volk werden? Das ist doch eine geradezu lächerliche Illusion!«, hatte Jakobs Vater gesagt. »Was soll denn mit der dort lebenden arabischen Bevölkerung geschehen? Glauben Sie denn, die ziehen einfach so davon, wenn unseresgleichen dort auftaucht? Und wie sollen die Juden, die aus aller Herren Länder dorthin auswandern müssten, bei all ihren unterschiedlichen Kulturen, Sprachen, Sitten und Gebräuchen jemals zu einem Volk verschmelzen? Und welche Sprache sollen sie überhaupt sprechen?«

»Natürlich Hebräisch!«

»Aber das ist doch nichts als Traumtänzerei und allenfalls Stoff für gelehrte Debatten am Kamin!«, hatte Jakobs Vater erwidert.

All dies hatten ihm die Fellroths sehr übel genommen. Und seitdem mochten sich die beiden Familien noch weniger als zuvor – was nicht ohne Auswirkung auf das Verhältnis zwischen Jakob und Erich geblieben war. Und so gingen sie auch jetzt getrennte Wege.

Das änderte aber nichts daran, dass die Schule für sie beide immer mehr zu einer Tortur wurde, nahmen doch die Demütigungen und Gemeinheiten kein Ende. Im Gegenteil, sie nahmen zu.

»Juda verrecke!« und »Jesusmörder!« stand eines Morgens in das Pult ihrer Schulbank eingeritzt und bald verewigten sich andere Mitschüler mit ähnlichen Beschimpfungen. Sogar einen Totenkopf mit einem Davidstern auf der Schädeldecke schnitt man ihnen in das Pult. Man schüttete ihnen

Tinte über die Hefte, zerbrach ihre Stifte und trampelte auf ihren Schulranzen herum. Auch lauerte man ihnen immer wieder auf dem Heimweg auf, bewarf sie mit Steinen, spuckte sie an und fiel mit Übermacht über sie her, um sie zu verprügeln. Allein dem Umstand, dass Jakob von recht kräftiger Statur und flink auf den Beinen war, verdankte er es, dass er nicht jeden Tag Prügel einstecken musste. Einmal drosch er in blindwütiger Verzweiflung so wild um sich, dass die Jungen, erschreckt von seinem Gewaltausbruch, von ihm abließen, obwohl sie zu dritt über ihn hergefallen waren. Danach ließ man ihn weitgehend in Ruhe, was diese Prügeleien anging. Aber das bewahrte ihn nicht vor Schmerzen und Angst, denn körperliche Gewalt war nur eine von vielen Möglichkeiten, jemanden bis aufs Blut zu quälen.

Und Schmähungen, Verachtung und Gemeinheiten anderer Art mussten sie nicht nur von ihren Mitschülern und arischen Kindern in der Nachbarschaft erdulden, sondern auch ihre Lehrer und Lehrerinnen ließen sie tagtäglich spüren, dass sie verhasste Juden waren, Paria im Reich der arischen Herrenrasse und damit ohne Anspruch auf jegliche Rechte, geschweige denn auf einen Funken Anstand oder gar Freundlichkeit.

Egon Schmiedke, ihr Klassenlehrer, widmete sich im Unterricht mit Vorliebe dem neuen Fach Rassenkunde, erging sich in langen Ausführungen über die gebotene Erhaltung der Reinheit deutschen Blutes und ließ sich dabei von den Schülern die Merkmale der Juden beschreiben, die er gern als »Köterrasse« bezeichnete.

Es begann jedes Mal damit, dass Schmiedke entweder Erich oder Jakob nach vorn an die Schieferwand rief, damit sie mit Kreide groß und deutlich auf die Tafel schrieben, was ihnen die Mitschüler auf Zuruf des Lehrers als angeblich jüdische Rassenmerkmale nannten.

»Raffgierig!«

»Hinterhältig!«

»Grundverdorben!«

»Blutrünstig!«

»Gut!«, lobte Schmiedke. »Und nun die körperlichen Merkmale! Wer fängt an? … Jürgen!«

»Krumme Beine!«

»Plattfüße!«

»Verbogene Nasen!«

»Henkelartig abstehende Ohren!«

»Ekelhafter Körpergeruch!«

Einmal wagte Jakob aufzubegehren, als er an der Tafel stand und all diese hasserfüllten Verleumdungen, die ihm zugerufen wurden, untereinander schreiben musste. »Lüge!«, schrie er. »Lüge! … Alles Lüge!«

Sofort traf ihn Schmiedkes Reitpeitsche, mit der er stets vor der Klasse auf und ab stolzierte und die er dabei gegen seine blank polierten Schaftstiefel klatschte.

»Ruhe, du Judenbengel!«, brüllte der Lehrer ihn an und zog ihm die Gerte noch einmal schmerzhaft über die Schulter. »Du hältst das Maul und schreibst das auf!«

Zur Strafe musste Jakob auch noch die Zeilen eines beliebten HJ-Liedes an die Tafel schreiben, die die Mitschüler ihm und Erich häufig voller Häme nachriefen:

»Die Juden ziehen dahin – daher,
sie ziehn durchs Rote Meer.
Die Wellen schlagen zu –
die Welt hat endlich Ruh!«

Und dann sang Schmiedke, während Jakob mit brennender Schulter und im Kampf mit den Tränen vor der Tafel stehen bleiben musste, einmal mehr das Loblied auf den deutschen Jungen, der »hart wie Kruppstahl, zäh wie Leder und flink wie ein Windhund« sei. Was die Klasse auf seine Aufforderung hin im Chor wiederholte.

Aber damit allein war es nicht getan. Schmiedke verfügte an jenem Morgen als zusätzliche Strafe, dass Jakob und Erich die große Pause nicht mehr in der Judenecke auf dem Schulhof verbringen durften, sondern fortan ihre Pausenbrote auf der Toilette essen mussten.

»Du Vollidiot! Das haben wir jetzt davon!«, schimpfte Erich hinterher voller Wut, und wenn er Jakob körperlich gewachsen gewesen wäre, hätte er ihn vielleicht sogar noch geschlagen, so außer sich war er. »Warum hast du das bloß gemacht, du Schwachkopf? Meinst du, einmal das Maul aufreißen ändert auch nur irgendetwas? Mann, bin ich froh, wenn wir endlich unsere Papiere haben und von hier wegkönnen – auch von so Deppen wie dir! Du bist ja fast so schlimm wie die Gojim*!«

Schmiedke schickte sie nun auch häufig während des Unterrichts auf den Flur, wo sie mit dem Gesicht zur Wand stehen mussten, bis er sie wieder in den Klassenraum rief. Dann befragte er sie zum Unterrichtsstoff, den er in ihrer Abwesenheit durchgenommen hatte. Natürlich konnten sie seine Fragen nicht beantworten, was Schmiedke jedes Mal zum Anlass nahm, um an die Klasse gewandt genüsslich zu sagen: »Da seht ihr mal wieder, wie dumm Juden sind! Nicht mal die einfachsten Fragen können sie beantworten! Aber aufs Wuchern, Betrügen, Intrigieren und Kinderschänden verstehen sie sich dafür umso besser!«

Die meisten anderen Lehrer verhielten sich ähnlich. Limbrecht, ihr dickbäuchiger, kleinwüchsiger Biologielehrer, der in der viel zu eng sitzenden Naziuniform wie eine fette Leberwurst aussah, die jeden Moment platzen konnte, holte sie vor die Klasse und vermaß mit einer Art Zirkel umständlich ihren Schädel. Die Maße, die er bei Erich und Jakob ermittelte, bewiesen angeblich zweifelsfrei, dass ihre Schädel nicht nur die typischen Deformierungen minderwertiger Rassen aufwiesen, sondern auch noch einen bedeutend kleineren Umfang als die Durchschnittsköpfe der arischen Herrenrasse besaßen.

Und mit einem fast sanften, nachsichtigen »So, nun setz dich mal wieder, Jakob. Du kannst ja nichts dafür, dass du Jude bist!« schickte er ihn wieder zurück auf die Judenbank, um sich dann lang und breit darüber auszulassen, weshalb der germanische Langschädel allen anderen Rassen weithin überlegen sei.

Frau Sennekamp gehörte zu den wenigen Lehrpersonen, die nichts dergleichen in ihrem Unterricht sagten oder taten, um sie zu demütigen und bloßzustellen. Aber auch sie hielt sich an die eiserne Regel des gesamten Kollegiums, Juden im Unterricht nicht dranzunehmen, wenn Fragen gestellt wurden und sie sich meldeten. Ob sie dies tat, weil auch sie Juden für Schmarotzer, Volksverderber und schädliche Bazillen hielt, wie es überall propagiert wurde, oder weil sie nicht wagte, sich gegen die Mehrheit zu stellen und in den Geruch der Judenfreundlichkeit zu kommen – Jakob wusste es nicht. Es änderte jedoch nichts daran, dass Erich und er auch von ihr nicht ein einziges Mal aufgerufen wurden, seit man sie auf die Judenbank verbannt hatte.

Etwa einen Monat nachdem Jakob mit Max seinen letzten Freund verloren hatte, fügte Limbrecht Erich und ihm eine besonders schlimme Erniedrigung zu. Er rief sie wieder einmal vor die Klasse und forderte sie ohne jede Rücksicht auf ihr Schamempfinden auf: »Zieht euch aus! … Und Hosen runter! … Auch die Unterhose!«

Jakob wollte aus der Klasse rennen. Doch die Angst vor einer Strafe, die vielleicht noch bösartiger war als das, was Limbrecht hier von ihnen verlangte, hielt ihn zurück. So tat er es denn Erich gleich und legte mit gesenktem Blick und brennenden Ohren Hemd und Hose ab – und zog am Schluss auch die Unterhose hinunter.

Als sie nackt vor ihren feixenden Klassenkameraden standen, erläuterte Limbrecht in aller Gemütsruhe und mit seinem Zeigestock, den er über ihren Körper wandern und an gewissen »jüdischen Merkmalen« verharren ließ, die körperlichen Unterschiede zwischen der degenerierten Judenrasse und der arischen Herrenrasse. Dabei hielt er sich besonders lange bei dem Thema »Jüdische Beschneidungsriten« auf.

Jakob fühlte sich nicht nur körperlich nackt, sondern auch bis ins Innerste entblößt und um etwas Kostbares beraubt, auch wenn er es nicht beim Namen zu nennen vermochte. Und er wünschte, tot zu sein.

7

Das Gift, das Schmiedke und seinesgleichen Tag für Tag in Jakobs Seele träufelten, blieb nicht ohne Wirkung, auch wenn sein Verstand immer wieder verzweifelt gegen die bösartigen Behauptungen der Nazipropaganda aufbegehrte. So manches Mal stand er im Badezimmer vor dem Spiegel und ertappte sich dabei, dass er in seinem Abbild nach den angeblich typisch jüdischen Rassenmerkmalen forschte. Aber da waren keine verbogene Nase, keine henkelartig abstehenden Ohren und auch kein deformierter Kopf. Was er sah, war ein blasser Junge mit dunkelblond gelocktem Haar und einem durchschnittlich geformten Gesicht, das um Nase und Augen mit Sommersprossen gesprenkelt war.

Doch die verzweifelten Einreden und Selbstbeschwörungen, dass nichts von dem stimmte, was man ihnen, den Juden, tagtäglich nachsagte, verloren immer mehr an Kraft, je länger er sich dieser allgegenwärtigen Hetze ausgesetzt sah. Das Minderwertigkeitsgefühl begann, wie eine böse Geschwulst in ihm zu wachsen, und er hasste sich dafür, Jude und damit ausgestoßen und von allem Glück ausgeschlossen zu sein. Und mehr als einmal spürte er im Badezimmer vor dem Spiegel das unbändige Verlangen, die Faust zu ballen und in dieses Abbild zu schlagen, damit es in tausend Stücke zersprang.

Heimlich wünschte er sich nichts sehnlicher, als auch Arier zu sein und zu den anderen zu gehören, mitreden, mitlachen und mitspielen zu können.

Als in diesen Tagen wieder einmal ein Fackelzug der Hitlerjugend mit ihren Landsknechtstrommeln und Fahnen durch die Straßen zog, stand er hinter der Gardine des Wohnzimmerfensters und sah mit neidvoller Sehnsucht auf die vorbeimarschierenden und singenden Jungen seines Alters hinunter. Was hätte er nicht für das Gefühl der Gemeinschaft, der Kameradschaft gegeben, das für jene dort unten so selbstverständlich war!

Alles hätte er dafür gegeben! *Alles!*

Auch er wollte Kameraden haben, zu Gruppennachmittagen gehen, an Fackelzügen und Zeltlagern teilnehmen, mit den anderen zur Gitarre *Märkische Heide* und *Siehst du im Osten das Morgenrot* singen und sich mit seinem Essnapf in die Schlange vor der Gulaschkanone stellen, um seinen Schlag dicker Kartoffelsuppe mit Würstchen abzuholen. Aufgehen … nein, sogar *unter*gehen wollte er in der fröhlichen Menge Gleichgesinnter. Nichts Besonderes, sondern einfach nur einer von ihnen sein. Und keine Angst mehr haben müssen!

Doch er war ein Jude, verdammt dazu, von allen und allem ausgestoßen zu sein. Und es gab nichts, absolut nichts, um diesen Schmerz zu betäuben, der ihn nicht mehr verließ. Nicht einmal reden konnte er darüber, auch nicht mit seinen Eltern.

Eines Nachmittags schlich er sich ins Kino, obwohl der Besuch der Lichtspielhäuser für Juden längst verboten war. Er wollte jedoch unbedingt auch den aufregenden Abenteuerfilm sehen, von dem er seine Mitschüler in der Schule so begeistert hatte reden hören. Sich der Gefahr bewusst, die er mit der Übertretung des Verbotes einging, mied er jedoch das Kino in ihrem Stadtviertel, wo ihn zu leicht einer aus der Schule oder der Nachbarschaft hätte erkennen können.

Obwohl es an diesem Oktobertag eigentlich schon zu kalt

für seine kurzen Lederhosen und den ärmellosen Pulli war, entschied er sich ganz bewusst für diese Kleidung. Deutsche Jungen waren hart wie Kruppstahl und froren nicht so leicht, hieß es doch allenthalben, und genau diesen Eindruck wollte er mit seiner Kleidung erwecken, als er sich aus dem Haus schlich und in ein Kino begab, das weit genug von ihrem Viertel entfernt lag, um eine zufällig Entdeckung so gut wie auszuschließen.

Sein Herz schlug bis zum Hals, und seine Hände waren feucht vor Angstschweiß, als er sich an der Kasse anstellte. Aber niemand schenkte ihm einen zweiten Blick und dann saß er im schützenden Dunkel des Kinos und vergaß für die Dauer des Films seine Ängste und Nöte und dass er eigentlich gar nicht hätte hier sein dürfen.

Auf dem Heimweg fror ihn, denn mit Einbruch der Dunkelheit war es empfindlich kalt geworden. Er tat jedoch so, als machte ihm die Nachtkälte nichts aus. Kurz vor den vertrauten Straßen seines Viertels kam ihm plötzlich eine Gruppe uniformierter Hitlerjungen entgegen, als er um die Ecke bog. Zu spät, um noch rechtzeitig und unauffällig die Straßenseite wechseln zu können.

Sofort sprang die Angst ihn an. Schnell senkte er den Kopf und bohrte mit dem Fingernagel zwischen den Zähnen, als hätte sich dort ein Essensrest verklemmt, der seine ganze Aufmerksamkeit beanspruchte.

»He, du da!« Die Hitlerjungen versperrten ihm den Weg.

Lauf so schnell du kannst!, schrie eine Stimme in Jakob, doch wie gelähmt blieb er vor der Front der jungen Hitlerschar stehen.

»Sag mal, kenne ich dich nicht?«, fragte einer und musterte

ihn argwöhnisch. »Bist du nicht auch einer von diesen dreckigen Juden, die unsere gute deutsche Luft verpesten?«

Jakob zwang sich, den Kopf zu heben und dem fremden Jungen ins Gesicht zu blicken. Und ohne zu wissen, woher plötzlich die Kaltschnäuzigkeit kam, die ihm die Worte in den Mund legte, fragte er entrüstet zurück: »Sag mal, hast du sie hier oben noch alle?« Er tippte sich an die Stirn. »Ich und ein dreckiger Jude? Willst du mich beleidigen? Sehe ich etwa wie ein Jude aus? Oder kannst du bei mir vielleicht 'ne krumme Nase und so Henkelohren entdecken, mit denen die Itzigs rumlaufen?«

Hinter dem Hitlerjungen, der ihn angesprochen hatte, lachten einige. Und jemand sagte spöttisch: »Mensch, Kalle! Würde so 'n Drecksjude vielleicht bei der Kälte in Lederhose und Pulli rumlaufen? Mann, dem würden doch glatt die Eier abfrieren.«

»Wär nicht schade drum«, sagte Jakob.

Mit diesem Kommentar erntete er schadenfrohes Gelächter von der ganzen Gruppe und zerstreute den letzten Rest Misstrauen.

»Na, dann … Heil Hitler!«, rief der Wortführer der Hitlerjungen.

»Heil Hitler!«, antwortete Jakob ebenso schmissig und riss den Arm hoch.

Im selben Moment schob sich von hinten ein vertrautes Gesicht in den Lichtkreis der Straßenlaterne – es war das seines einstigen Freundes Max!

Jakob war, als bohrte sich ein Splitter aus Eis in seine Brust. Die Gesichter vor ihm schienen zu einem Standbild zu gefrieren.

Max starrte ihn an.

Jakobs Gehirn war wie leer gefegt. Das Einzige, was er spürte, war alles umfassende Angst, die ihm die Kehle zuschnürte. Die Zeit schien zum Stillstand gekommen zu sein.

Dann brach dieses gefrorene, eisige Bild und die Gruppe setzte sich in Bewegung – und mit ihr Max. Ohne ein Wort ging er an ihm vorbei. Im nächsten Moment bog er mit seinen Kameraden um die Ecke.

Jakob lief in den nächsten Durchgang zu einem der Hinterhöfe, lehnte sich zitternd gegen die kalte schwarze Hauswand und erbrach sich, bis nur noch bittere Galle kam.

Was ihn würgte und verfolgte, weit über diese Stunde und diesen Tag hinaus, war nicht das feige »Heil Hitler!« mit dem willig hochgerissenen Arm, den er den Hitlerjungen entgegengestreckt hatte, es waren die Worte »dreckiger Jude«, die er ausgesprochen hatte, und mit ihnen die Verleugnung seiner selbst und aller, die litten wie er.

Er hasste sich dafür, mehr noch als für seine jüdische Herkunft. Zu Hause schlich er sich ins Bad und spuckte sich im Spiegel an. Dann zog er die Klospülung und weinte.

8

Die Nazis haben ein neues Gesetz erlassen!«, stieß Ruth Silberstein, die schwergewichtige Freundin von Jakobs Mutter, an einem heißen Sommertag des Jahres 1938 atemlos hervor und sank bei ihnen in der Küche mit schweißbedeckter Stirn auf den nächsten Stuhl.

»Nun hol erst mal Atem und trink ein Glas Zitronenlimonade, Ruth«, sagte die Mutter und holte einen Krug aus der schweren Kühlbox, die im Innern mit dünnem Blech verkleidet war.

Auch Jakob erhielt ein Glas, aber eiskalt war die Limonade aus der Kühlbox nicht. Schon lange nicht mehr. Früher, als sie noch Geld für diesen Luxus gehabt hatten, war der Eisschrank, Mutters ganzer Stolz, immer gut mit Blockeis bestückt gewesen. Der Eismann Willi Köpke, der mit seinem Pferdewagen und einer schweren Handglocke durch die Straßen zog und mit dem Pickel die Stücke in gewünschter Länge von seinen langen Eisblöcken hackte, hatte sie zu seinen besten Kunden gezählt. Aber dafür war das Geld längst zu knapp geworden. Der Boykott jüdischer Geschäfte hatte die auch früher schon nicht üppigen Einnahmen aus dem Tabak- und Schreibwarenladen zu einem kläglichen Rinnsal verkümmern lassen. Das Geld reichte gerade noch für Wohnungs- und Ladenmiete sowie die allernotwendigsten Lebensmittel. In manchen Monaten sahen sich die Eltern sogar gezwungen, irgendein Wertstück zu versetzen, um nicht die Miete schuldig zu bleiben – und kurzerhand vor die Tür gesetzt zu werden, wie es so vielen anderen jüdischen Familien widerfuhr, die durch Boykott oder Berufsverbot über kurz oder lang in die Mittellosigkeit stürzten.

»Bis zum 31. Dezember muss jeder Jude eine polizeiliche Kennkarte mit einem eingestempelten, großen roten ›J‹ für ›Jude‹ beantragen und stets mit sich führen«, berichtete Ruth Silberstein zwischen zwei Schlucken. »Aber das ist noch nicht alles. Denn vom 1. Januar an müssen alle jüdischen Männer den Vornamen Israel führen und allen Frauen schreiben sie den Vornamen Sara in diese Kennkarte.« Ihr Blick ging kurz zu Jakob hinüber. »Das gilt für alle Juden ab dem fünfzehnten Lebensjahr.«

Also auch für ihn, Jakob, hatte er doch im April seinen fünfzehnten Geburtstag gehabt. Eine richtige Feier mit Gästen hatte es nicht gegeben. Schon seit Jahren nicht mehr.

Erich und seine Eltern entgingen dieser weiteren Erniedrigung durch die neu eingeführte Judenkennkarte. Die Großgärtnerei hatte sich ein Arier schon im vergangenen Jahr für eine lächerliche Kaufsumme unter den Nagel gerissen. Und nun lagen endlich auch die Ausreisepapiere und die Visa zur Auswanderung vor. Mit dem wenigen, was ihnen die Nazibehörden mitzunehmen erlaubten, emigrierten die Fellroths im Herbst in die Vereinigten Staaten. Von dort aus wollten sie zu gegebener Zeit nach Palästina.

Wie sehr Jakob Erich darum beneidete, an Bord eines Dampfers gehen und den Nazis entkommen zu können, um in Amerika ein neues Leben zu beginnen! Sogar ein Pionierleben in einem Kibbuz irgendwo in einem unwirtlichen Teil von Palästina erschien ihm mittlerweile verlockend.

Die Fellroths waren nicht die Einzigen aus der jüdischen Gemeinde, die in diesem Jahr nicht länger unter der brutalen Knute der Nazis leben und sich tagtäglich demütigen und schikanieren und um jegliches Glück bringen lassen wollten. So manch einer wanderte nach Chile, Argentinien, Paraguay oder gar nach Schanghai aus. Aber dazu brauchte man Geld oder Beziehungen, manchmal sogar beides.

Für den Vater kam Auswanderung jedoch nicht infrage. Nicht einmal ernstlich darüber nachdenken wollte er. »Die werden vom Regen in die Traufe kommen, wartet es nur ab!«, prophezeite er den Fellroths und anderen Auswanderern, ohne jedoch in Jakobs Ohren allzu überzeugend zu klingen. Und dann warf er sich förmlich in die Brust und fuhr mit empörtem Stolz fort: »Außerdem lasse ich mir von den Nazis doch nicht meine Heimat und die meiner Vorfahren nehmen! So weit kommt es noch! Wir jüdischen Sterns sind Deutsche wie jeder andere protestantische, katholische oder atheistische Deutsche, und das schon seit weiß Gott wie vielen Generationen! Wir haben mit all den anderen Deutschen eine tausendjährige Geschichte geteilt. Schau dir doch an, wo überall jüdisches Talent in der deutschen Industrie, in den Wissenschaften und der Justiz, in Literatur und Kunst wirksam war und deutscher Kultur und Fortschrittlichkeit den Weg bereitet hat! Und das wird auch zukünftig so sein! Außerdem habe ich freiwillig vier Jahre im großen vaterländischen Krieg gedient und das Eiserne Kreuz verliehen bekommen!« Und wieder einmal ließ er sich darüber aus, dass im Ersten Weltkrieg über 12 000 deutsche Juden für das Vaterland gefallen waren, was ja wohl zweifellos auch bei den Nazis, die doch als eingefleischte Militaristen bekannt waren, für etwas stand!

»Wie sehr die Nazis uns all die Opfer und Leistungen vergelten, die Juden in diesem Land seit Generationen erbracht haben, das bekommen wir ja jeden Tag deutlich zu spüren! Auch Juden, die in der Schublade das Eiserne Kreuz liegen haben!«, erwiderte die Mutter mit einer Mischung aus Bitterkeit und Verärgerung.

Der Vater wollte davon jedoch nichts wissen. Er ließ eine weitere Diskussion über das Thema nicht zu und flüchtete sich einmal mehr in die trotzig beschwörende Behauptung, das Schlimmste sei jetzt bestimmt überstanden.

Und dann kam die Nacht vom 9. auf den 10. November.

9

In den frühen Morgenstunden brach im Deutschen Reich eine Welle der Gewalt über die ahnungslos in ihren Betten liegende jüdische Bevölkerung herein. Ein generalstabsmäßig geplantes Pogrom*, von den Nazis in Zeitungen, Radiokommentaren und Kinowochenschauen hinterher höhnisch als »Reichskristallnacht« bezeichnet und gefeiert.

Kommandos von Gestapo, SS und SA stürmten in die Häuser, traten Türen ein, verwüsteten Wohnungen und misshandelten und verschleppten mehr als 30 000 Juden, die man wie Vieh in die Straflager trieb. Gleichzeitig wurden jüdische Geschäfte zerstört und ausgeplündert, und überall im Land gingen Synagogen, mehr als tausend an der Zahl, in Flammen auf. Die anrückenden Feuerwehren sahen zu, wie das Feuer sein Werk der Vernichtung verrichtete. Nur wenn die lodernden Brände auf benachbarte Häuser überzuspringen drohten, griffen sie ein.

Jakob erwachte aus dem Schlaf, als er plötzlich lautes Geschrei, das Hämmern von Schlagstöcken und das Geräusch schwerer Stiefel hörte, die das Treppenhaus hochpolterten. Und kaum hatte er sich mit schläfriger Benommenheit im Bett aufgerichtet, als der Lärm auch schon ihre Etage erreicht hatte und gegen ihre Wohnungstür gehämmert wurde.

»Aufmachen, Judenbrut!«, schrie jemand im Hausflur. Gleichzeitig krachten schwere Stiefel gegen die Wohnungstür. »Aufmachen oder es bekommt euch schlecht!«

Jakob sprang aus dem Bett. Aus den anderen Zimmern der

Wohnung kamen die erregten Stimmen seiner Eltern und die von Onkel Simon. Licht ging an und kroch über die Türschwelle in sein Zimmer.

Im selben Augenblick, als er die Tür seiner Kammer öffnete, angsterfüllt in den Flur spähte und seine Mutter im Morgenrock aus dem Elternschlafzimmer eilen sah, splitterte der Rahmen der Wohnungstür unter den Tritten des Kommandos, und eine Gruppe von fünf Männern in SA-Uniformen stürmte schlagstockschwingend herein.

»Da sind ja die Juden!«, rief einer der Männer, zertrümmerte im Vorbeigehen den Dielenspiegel neben der Garderobe und stürzte auf die Mutter zu. »Wo steckt dein Mann, der Saujud? Und wo hat sich die andere Ratte verkrochen, die hier lebt, dieses Miststück von Judenanwalt? Na los, mach dein dreckiges Maul auf, du Schlampe!«, brüllte er mit hassverzerrtem Gesicht und stieß ihr seinen Schlagstock in den Unterleib, noch bevor sie ihm eine Antwort geben konnte.

Die Mutter brach mit einem röchelnden Aufschrei zusammen, stürzte vor der Schlafzimmertür zu Boden und krümmte sich vor Schmerzen.

Während seine Kameraden in der Wohnung ausschwärmten, um nach Onkel Simon zu suchen und dabei in den Räumen mit blindwütiger Gewalt eine Orgie der Verwüstung anzurichten und alles zu Bruch gehen zu lassen, was ihnen in den Weg kam, stieß der SA-Mann die Schlafzimmertür mit einem Stiefeltritt auf, sodass sie innen laut gegen die Wand krachte. Er stieg über die Mutter hinweg und ließ dabei seinen Schlagstock noch einmal auf sie niederfahren.

»Aus dem Weg, Judenbalg!«, schrie einer der anderen SA-

Leute Jakob an und versetzte ihm einen Faustschlag ins Gesicht.

Jakob wurde von dem Schlag gegen die Wand geschleudert, blieb jedoch auf den Beinen. Gelähmt vor Angst, blieb er an die Wand gepresst stehen. Der Schmerz, der ihm wie tausend Nadelstiche durch das Gesicht und bis ins Gehirn schoss, trieb ihm Tränen in die Augen, und warm rann das Blut aus seiner Nase und über sein Gesicht.

Aus dem Elternschlafzimmer kamen die Schreie des Vaters, der Augenblicke später aus der Tür taumelte und beinahe über die noch immer am Boden liegende Mutter gestolpert wäre.

»Der andere hat sich im Badezimmer eingeschlossen!«, rief jemand.

»Holt das Schwein da raus!«, brüllte der Anführer.

Zwei SA-Leute traten die Badezimmertür ein. Dann kam der hämisch erstaunte Ruf: »Mensch, der Saujud ist doch wahrhaftig aus dem Fenster gesprungen!«

»Umso besser! Einer weniger, den wir zum Blumenpflanzen schicken müssen! Erspart uns 'ne Menge Arbeit!«, grölte ein anderer. »Daran sollten sich andere Juden ein Beispiel nehmen!«

Bösartiges Gelächter erfüllte die Wohnung.

Die Mutter gab einen grässlichen, gequälten Laut von sich, der Jakob bis ins Mark drang. Sie war neben die Tür gekrochen. Als sie sich nun aufzurichten versuchte, zerrten sie den Vater im Schlafanzug und mit blutüberströmtem Gesicht aus der Wohnung und stießen ihn die Treppe hinunter. Das Gebrüll, das Poltern der Stiefel und das Gejohle der SA-Männer entfernten sich. Dann hörte Jakob nur noch das Wimmern der Mutter.

10

Den Überfall des Nazikommandos, den Freitod von Onkel Simon, die vielen jüdischen Männer, die in Viererreihen von SA- und SS-Angehörigen mit Peitschenschlägen über die Straßen getrieben wurden, und all die anderen Dinge, die Jakob an diesem grauen, fahlen Novembertag noch erlebte und mit ansehen musste, sollte er sein Lebtag nicht vergessen können. Seine Erinnerung bewahrte jedes dieser Bilder schmerzhaft klar, wie für Ewigkeiten in Granit gemeißelt.

Eine Szene, die seine eigene Familie nicht betraf, stach unter den vielen ganz besonders hervor. Es war die mit dem alten orthodoxen Juden.

Kopflos vor Angst, dass die SA-Horden wiederkommen und auch ihn mitnehmen könnten, war Jakob auf die Straße geflüchtet, kaum dass er der Mutter beigestanden, sich wie in Trance angezogen und den Abtransport von Onkel Simons Leichnam abgewartet hatte. Wie lange er durch die Stadt irrte, die von den Verwüstungen der Pogromnacht gezeichnet war, wusste er hinterher nicht zu sagen, dafür war er zu verstört und verängstigt.

Jakob erhaschte an diesem Morgen auch einen Blick auf die ausgebrannte und halb eingestürzte Synagoge, aus deren schwelenden Trümmern noch den ganzen Tag lang dicker Rauch aufstieg. Überall bedeckten Glasscherben, kurz und klein geschlagenes Mobiliar sowie von Stiefelabsätzen in den Dreck getretene Waren jüdischer Geschäfte die Bürgersteige.

Unweit der Hauptstraße, nahe der Kreuzung, wo er mit

dem Vater Zeuge geworden war, wie die SA-Horde Onkel Simon misshandelt, gedemütigt und durch die Stadt gehetzt hatte, ereignete sich dann der Vorfall mit dem alten orthodoxen Juden.

Noch bevor er sich umdrehen und eine andere Richtung einschlagen konnte, sah er, wie mehrere Gestalten in langen schwarzen Ledermänteln die Luke zu einem Kohlenkeller umstanden.

Gestapo!, schoss es Jakob sofort durch den Kopf.

Im nächsten Moment tauchte in der Öffnung der Kellerluke der alte Mann auf. Seine schwarze Kleidung, der schwarze Hut, der lange Bart und die Schläfenlocken wiesen ihn als einen strenggläubigen, orthodoxen Juden aus. Die Männer von der Gestapo griffen nach ihm, zerrten ihn auf die Straße, und während einer ihm die Arme brutal auf den Rücken drehte, riss ihm ein anderer den Bart aus – mitten auf der belebten Straße, am helllichten Tag. Der alte Mann schrie, dass Jakob das Blut gefror.

»Los, auf den Lumpensammler mit ihm!«

Jakob sah noch, wie sie den stark blutenden alten Mann zu einem weiter oberhalb geparkten Militärlastwagen mit geschlossener Plane schleppten, dann schlug er hastig die entgegengesetzte Richtung ein.

Als er sich schließlich nach Hause wagte, plünderten und zerschlugen gerade Leute aus der Nachbarschaft im elterlichen Tabak- und Schreibwarenladen noch das wenige, was die zerstörungswütigen SA-Horden unversehrt gelassen hatten. Unter ihnen befand sich auch der Vater von Max.

Die Mutter stand reglos auf dem Bürgersteig zwischen all den Glasscherben und Trümmern ihrer Existenz. Stumm vor

Angst und mit eingefallenem grauem Gesicht und gesenktem Kopf, als fürchtete sie Schläge, sah sie der Plünderung und Zerstörung zu.

Plötzlich tauchte Herr Reichert auf, ihr Vermieter, dem auch das Ladengeschäft gehörte. Er war ein großer, kräftig gebauter Mann. In ziviler Kleidung, aber mit der Hakenkreuzbinde am linken Arm, trat er in den Laden.

»Heil Hitler!«, rief er mit scharfer Stimme dem Mob aus der Nachbarschaft zu, der sich mit Zigaretten, Zigarren und anderen Waren die Taschen voll stopfte und die Einrichtung demolierte.

Die Männer ließen augenblicklich von ihrem wüsten Treiben ab, um den Hitlergruß des Hausbesitzers zu erwidern.

Und dann sagte Herr Reichert mit unverhohlener Missbilligung: »Ja, reicht das denn noch immer nicht?«

Einen Augenblick herrschte betretenes Schweigen. Dann zogen die Männer wortlos ab. Einige leerten sogar ihre Taschen und warfen die Rauchwaren auf den Boden. Nicht jedoch Herr Kämpling. Der steckte sich sogar noch demonstrativ eine dicke Zigarre zwischen die Zähne, als er aus dem verwüsteten Laden auf die Straße trat.

Herr Reichert wartete, bis alle gegangen waren. Dann verschwand auch er. An Jakob oder die Mutter richtete er nicht ein einziges Wort. Er tat, als wären sie überhaupt nicht zugegen.

Als die Mutter ihm am Monatsende jedoch das Geld für die Dezembermiete brachte, das sie nur unter größter Mühe zusammenbekommen hatte, nahm er das Geld nicht an, sondern sagte im Schutz seiner Wohnung, wo kein Fremder seine Mildtätigkeit gegenüber Juden hören und ihn mit diesem

Wissen denunzieren konnte: »Nicht diesen Monat, Frau Stern. Sehen Sie erst zu, dass Sie Ihren Mann aus dem Straflager holen und wieder auf die Beine kommen. Im neuen Jahr reden wir noch mal über die Miete.«

Die Pogrome der »Reichskristallnacht« hatten Schäden in Millionenhöhe verursacht. Wie zum Hohn wurden die Juden sogleich vom NS-Staat unter Strafandrohung dazu verpflichtet, für die Aufräumarbeiten und die Wiederinstandsetzung von zerstörten Wohnungen und Geschäften selbst aufzukommen. Und wer versichert gewesen war, durfte laut Gesetz keine der Versicherungsleistungen in Anspruch nehmen. Wenn Herr Reichert ihnen nicht unauffällig geholfen hätte, wäre es der Mutter nicht möglich gewesen, den Tabak- und Schreibwarenladen auch nur halbwegs wieder instand zu setzen.

Aber die größte Sorge in den Wochen nach der Pogromnacht und der Verhaftungswelle galt nicht dem Laden, sondern dem Vater, der in ein Straflager verschleppt worden war. Es hieß, alle Juden zwischen sechzehn und sechzig waren aus den Betten geholt und fortgebracht worden. Doch wohin hatte man den Vater und die anderen Unglücklichen gebracht? Und was geschah dort mit ihnen? Die Rede war von Totschlag und Folter…

»Er wird zu uns zurückkommen!«, versicherte die Mutter immer wieder.

Es war Jakob ein Rätsel, woher die Mutter nach all dem Grauenhaften, das sie erlebt hatte, noch die Kraft nahm, täglich den Haushalt in gewohnter Weise fortzuführen, sich um den Laden zu kümmern und all die anderen Dinge zu erledigen, die einfach getan werden mussten. Aber wie verzweifelt auch sie hinter dieser Maske aus tapferer Zuversicht und unerschöpflicher Arbeitskraft war, erfuhr er jede Nacht, wenn er sie im Schlafzimmer weinen hörte. Dann kauerte er oft in der Dunkelheit des Flurs neben der Schlafzimmertür und weinte stumm mit ihr. Zu ihr gehen wagte er nicht.

11

Ende November holte die Mutter mehrere Gebetsbücher und eine Menora aus Onkel Simons Zimmer. Sie stellte den neunarmigen Chanukka-Leuchter auf den Wohnzimmertisch.

»Warum tust du das?«, fragte Jakob. Natürlich wusste er, dass Chanukka, das Fest der Lichter, in wenigen Tagen anbrach. Acht Kerzen wurden im Laufe des Festes angezündet. Der neunte Arm des Leuchters, der sich in der Mitte befand, war der »Diener des Lichts«, also jenes Licht, an dem die anderen angezündet wurden. Aber der Anblick der Menora erfüllte ihn mehr denn je mit Unbehagen, ja mit starker innerer Abwehr.

»Mit Chanukka wird auch die Freiheit gefeiert«, antwortete die Mutter, scheinbar ohne auf seine Frage einzugehen. »Judas Makkabäus ist damals aus dem Kampf gegen den Tyrannen Antiochos siegreich hervorgegangen. Um Gott Dank zu sagen für diesen Sieg, entzündete Judas Makkabäus eine Öllampe. Und obwohl sie nur ganz wenig Öl enthielt und eigentlich rasch hätte verlöschen müssen, brannte sie volle acht Tage. Deshalb entzünden wir Juden seitdem an Chanukka jeden Tag bei Einbruch der Dämmerung ein weiteres Licht.«

»Freiheit?« Jakob lachte bitter auf. »Welche Freiheit?«

Auch darauf ging die Mutter nicht ein. »Wir sind Juden, Jakob. Wir haben das zu lange vergessen. Onkel Simon hat Recht gehabt. Es wird Zeit, dass wir uns darauf besinnen, was wir sind und auf welchem Grund wir stehen. Und der einzige feste Grund, auf dem wir stehen, ist unser Glaube. Deshalb werden wir wieder beten und auch den Sabbat wieder so heiligen, wie es unser Glaube vorschreibt.«

»Aber warum denn plötzlich?«, fragte Jakob.

»Weil es uns so bestimmt ist. Und weil es das Einzige ist, was uns keiner nehmen kann – auch nicht die Nazis! Und weil es das Einzige ist, was uns vielleicht bleiben wird«, antwortete sie schlicht. »Und nun lass uns das Kaddisch* für Onkel Simon beten. Das soll ein Anfang unserer Rückkehr zu unseren wahren Wurzeln sein.«

Jakob wollte kein Jude mehr sein. Doch weil er seine Mutter liebte und ihr nicht noch mehr Schmerz bereiten wollte, unterließ er jeglichen Widerspruch.

Von diesem Tag an vergaß die Mutter nicht einmal, am Freitagabend die Sabbatlichter einzusegnen und das *Schir Hama'alot** zu singen. Und eines Abends legte sie ihm des Onkels Gebetsmantel und Gebetsriemen mit eindeutiger Absicht auf sein Bett, als er sich im Bad die Zähne putzte. Er sprach nicht mit ihr darüber, dachte jedoch nicht daran, auch nur eines der rituellen Kleidungsstücke anzulegen und sich in die alten jüdischen Gebete zu flüchten. All das ging ihn nichts an. Und noch am selben Abend wickelte er die Gebetsriemen in den Umhang und versteckte das zusammengeknüllte Bündel unter seinem Bett in der hintersten Ecke.

Aber wenn sich auch so manches, dem sich die Mutter nun mit überraschender Inbrunst zuwandte, seinem Verständnis entzog, ja ihn sogar innerlich wütend machte, so verließ sich die Mutter doch nicht allein auf die Kraft der Hoffnung und des Gebets. Sie zeigte sich vielmehr entschlossen, wirklich nichts unversucht zu lassen, um den Vater zu ihnen zurückzuholen. Dass sie sich damit selbst in große Gefahr begab, hielt sie nicht davon ab. Mit den Militärpapieren und dem Eisernen Kreuz des Vaters in der Tasche, lief sie von einer Behörde zur anderen. Sie holte Orden und Papiere bei jedem Bürokraten, der sie vorließ, aus der Handtasche, breitete sie auf dessen Schreibtisch aus und beschwor ihn, einen einst so hoch dekorierten Soldaten wie ihren Mann, der vier Jahre freiwillig für das deutsche Vaterland gekämpft hatte und mehrfach verwundet worden war, aus dem Straflager zu entlassen. Sie klagte nicht über die Demütigungen, die man ihr Tag für Tag zufügte, und auch nicht darüber, dass man sie stundenlang auf irgendwelchen kalten Fluren warten ließ, bevor sie ihr flehentliches Anliegen vortragen durfte. Jeden Abend kam sie völlig erschlagen nach Hause, doch am nächsten Morgen ging sie wieder los.

Und das Wunder geschah.

Am 20. Dezember, sechs Wochen nach der »Reichskristallnacht«, kehrte der Vater zu ihnen zurück. Aber er war nicht mehr derselbe, der er vor seiner Verhaftung gewesen war.

Jakob erschrak, als er plötzlich in der Tür stand. Fast hätte er ihn nicht erkannt. Als die SA-Männer ihn im Schlafanzug aus der Wohnung gezerrt hatten, war sein volles Haar erst von wenigen grauen Strähnen durchzogen gewesen. Im Straflager hatten sie ihn kahl geschoren. Und die Haare, die nun langsam nachwuchsen, waren schlohweiß! Aschgrau und ausgemergelt war sein Gesicht, und er hatte so stark an Gewicht verloren, dass ihm die Kleidung am Leib schlotterte. Er sah aus wie ein alter Mann, dabei hatte er im Jahr zuvor erst seinen fünfzigsten Geburtstag gefeiert!

Nachdem die Tränen der Dankbarkeit und Wiedersehensfreude versiegt waren und sie alle am Tisch saßen, dachte Jakob, dass der Vater nun erzählen würde.

Aber es kam nichts. Kein Wort. Auf die ersten vorsichtigen Fragen der Mutter schüttelte er nur den Kopf. Auch später verlor er kein einziges Wort über das, was nach seiner Verhaftung mit ihm geschehen war. Er verschloss sich fast so, wie Onkel Simon es getan hatte. Jakob sah ihn in der kurzen Zeit, die ihnen noch gemeinsam vergönnt war, auch nie wieder lachen. Was immer der Vater in den sechs Wochen im Lager gesehen und erduldet hatte, die Nazis hatten ihm dort auch das Lachen geraubt.

12

Sie fürchteten sich vor jedem Braunhemd und schwarzen Gestapomantel auf der Straße, wichen den Blicken ihrer Hausbewohner und Nachbarn aus und löschten in der Wohnung sofort das Licht, sowie ein Fackelzug in ihre Straße einbog. Bei jedem Klingeln und jedem lauten Stiefelschritt im Treppenhaus fuhren sie angstvoll zusammen und jedes selbstbewusste Klopfen an der Wohnungstür ließ ihr Blut gefrieren und ihr Herz rasen. Sie wurden zu Gefangenen der Angst und der Bilder hemmungsloser Gewalt, die sich wie Säure in ihre Erinnerung gefressen hatten und nicht mehr von ihnen weichen wollten, weder bei Tag noch nachts im Schlaf.

Sie zwangen sich, jede Rede des Führers anzuhören, und diese Qual dauerte oft mehrere Stunden. Die Mutter bestand jedoch darauf. Sie mussten doch wissen, wie sie sagte, was als Nächstes geschehen würde. Und sobald der Führer das Wort »Jude« ausspuckte, zuckten sie wie unter einem Schlag zusammen, starrten wie hypnotisiert auf den Volksempfänger und bangten, ob Hitlers Hetze von irgendwelchen konkreten Ankündigungen neuer Maßnahmen gegen sie begleitet wurde.

Für Jakob hatte die »Reichskristallnacht« auch das Ende seiner Schulzeit an einer deutschen Schule gebracht. Er und alle anderen jüdischen Schüler wurden von der Schule gewiesen. Da jedoch in Hitlers Großdeutschem Reich alles seine bürokratische Ordnung haben musste, auch jegliche Maßnahme bei der systematischen Verfolgung und Knechtung der jüdischen Bevölkerung, erhielt er ein ordentliches, in deutscher Schönschrift verfasstes Abgangszeugnis.

Die Mutter achtete darauf, dass er nicht untätig zu Hause saß, sondern Unterricht in einer hastig organisierten jüdischen Schule erhielt.

Die Mutter sorgte in diesen Monaten überhaupt für alles. Sie war der einzig verlässliche Fels in den Fluten von Hass und Gewalt, die sie von allen Seiten umbrandeten, aber auch der einzige Schutzwall vor der Selbstaufgabe des Vaters sowie der Hoffnungslosigkeit und Angst, die Jakob zu ersticken drohten.

Der Vater war nur noch ein Schatten seiner selbst, und manchmal kam es Jakob so vor, als lebte ein Fremder, ja eine Art von Geist mit ihnen. Dann hätte er ihn am liebsten an den Schultern gepackt, ihn geschüttelt und angeschrien, dass er endlich aufwachen und *wirklich* zu ihnen zurückkommen solle!

Dass die Mutter sich in seiner Abwesenheit auf ihren Glauben besonnen und zu einem intensiven Gebetsleben zurückgefunden hatte, auf Einhaltung der Sabbatgebote hielt und sogar alle Gerichte so koscher wie eben möglich auf den Tisch zu bringen versuchte, nahm er ohne jede Frage und jeden Einwand hin. Als sie an ihrem ersten gemeinsamen Sabbatabend am Tisch saßen und er sich nicht an den genauen Wortlaut des Tischsegens erinnern konnte, drückte ihm die Mutter, die schon damit gerechnet hatte, ein Heft mit dem entsprechenden Text in die Hand, und der Vater schaute sie nur einmal mit einem Ausdruck hilfloser Verblüffung an und sprach dann die Worte, mit denen ein gläubiger Jude an jedem Freitagabend Gott, den Sabbat – und seine Frau pries.

Vier Wochen später, Ende Januar 1939, war ihr aller Tod nur einen kurzen Handgriff entfernt.

Sie saßen im Dunkel des Wohnzimmers. Das einzige Licht, das von draußen durch die Gardinen zu ihnen ins Zimmer fiel, kam vom zuckenden Schein zahlloser Fackeln auf der Straße. Das Horst-Wessel-Lied schallte aus hunderten Kehlen marschierender Nazis zu ihnen hoch, begleitet vom martialischen Gleichschritt schwerer Stiefel.

Plötzlich sagte der Vater in das beklemmende Schweigen:

»Warum machen wir nicht das Gas auf?« Seine Stimme klang dabei völlig ruhig, ohne jede Spur von Qual und Verzweiflung, so als hätte er sich schon längst aufgegeben und sich mit der Unausweichlichkeit des Todes abgefunden.

Jakob starrte ihn in ungläubigem Entsetzen an. Dann blickte er verstört zu seiner Mutter.

Doch von der Mutter kam keine Reaktion. Sie sah noch nicht einmal überrascht aus, als hätte sie damit gerechnet, dass der Vater diesen Vorschlag machen würde. Ihr Blick war nur fragend, als ginge es um eine Abstimmung, bei der nur noch seine, Jakobs, Entscheidung ausstand.

»Nein!«, stieß Jakob mit verzweifeltem Aufbegehren hervor. »Ich will nicht sterben! Ich will leben!« Und noch einmal schrie er in das Halbdunkel des Zimmers: »Ich will leben!«

Daraufhin nickte der Vater, und ohne den Kopf zu heben, sagte er mit derselben erschreckend ruhigen, emotionslosen Stimme, mit der er sie alle vor wenigen Augenblicken in den Tod hatte schicken wollen: »Gut, dann machen wir es eben nicht.«

Von dem Tag an schlief Jakob nur noch bei weit geöffnetem Fenster, auch wenn der Wind noch so heftig Schnee und eisige Nachtluft in sein Zimmer wehte und ihn zittern ließ.

ZWEITER TEIL

Transport und Überfahrt

Februar 1939

1

»Der Junge muss hier raus!«

Es war in der ersten Februarwoche, als die Mutter dies sagte. Wieder einmal hatten sie am Volksempfänger eine der endlosen Reden des Führers mit all der Hetze über sich ergehen lassen. Jetzt saßen sie im Dämmerlicht der kalten Wohnung. Es fehlte ihnen an Kohlen, Lebensmitteln und Hoffnung.

»Raus? ... Wohin denn?«, fragte Jakob verständnislos.

Auch der Vater sah sie verwundert an. »Wie stellst du dir das vor?«

»Seit Dezember gibt es doch diese Flüchtlingsorganisationen, die Kinder bis zum siebzehnten Lebensjahr aus dem Land und nach England in Sicherheit bringen«, sagte die Mutter. »Jede Woche gehen von Holland aus zwei Schiffe mit jüdischen Kindern über den Kanal. Ich weiß es von Ruth. Ihre Schwägerin gehört einem dieser jüdischen Komitees an, die mit Hilfsgruppen in England zusammenarbeiten. Wir müssen zusehen, dass auch Jakob so schnell wie möglich auf die Liste eines solchen Transports kommt! Dort drüben ist der Junge sicher.«

»Ich soll allein nach England?«, wiederholte Jakob ungläubig. »Ja, und ihr?«

»Das ist im Augenblick nicht so wichtig«, wehrte die Mutter ab, um dann aber hastig hinzuzufügen: »Mach dir um uns keine Gedanken. Wir werden schon Mittel und Wege finden, um nachzukommen.«

»Ich weiß nicht«, sagte der Vater unschlüssig. »Wir sollten nichts überstürzen, sondern …«

»Aber *ich* weiß, dass wir es tun müssen!«, fiel die Mutter ihm ins Wort. Sie war entschlossen, sich nicht auf lange Diskussionen einzulassen und kostbare Zeit mit neuerlichem Abwarten und der vagen Hoffnung zu vergeuden, irgendwann könnte sich die Lage der Juden im Großdeutschen Reich vielleicht doch noch verbessern. Sie glaubte nicht mehr daran und wollte Jakob vor der Willkür der Nazis in Sicherheit wissen. »Und das werden wir auch tun! Wir *müssen* Jakob nach England schicken, bevor er zu alt für diese Transporte ist!«

Der Vater gab seinen Widerstand sofort auf. »Also gut, wenn du meinst, dass wir das tun sollen …«

Die Mutter verlor nicht eine Minute Zeit, sondern nahm die Sache umgehend in die Hand. Sie machte sich auf den Weg zu ihrer Freundin Ruth Silberstein und begab sich mit ihr zum örtlichen Komitee, das die Listen für die nächsten Kindertransporte zusammenstellte.

Als sie Stunden später zurückkehrte, sah sie sichtlich erschöpft, in ihrer völligen Ermattung gleichzeitig aber auch irgendwie erlöst aus. Und sie lächelte sogar, als sie verkündete: »Es war kein leichtes Stück Arbeit, denn es gibt natürlich viel weniger Plätze als Kinder, die nach England sollen. Aber ich habe es geschafft, dank Ruth und ihrer Schwägerin: Der Junge steht auf der Liste für den nächsten Transport!«

»Und wann ist der?«, fragte Jakob beklommen, der in diesem Moment noch gar nicht richtig begriff, was das für ihn und die Eltern bedeutete.

»Übermorgen um Mitternacht, vom Hauptbahnhof. Du wirst mit gut zweihundert anderen Kindern im Sonderzug sein.« Ihre Augen schimmerten plötzlich feucht, doch sogleich bekam sie ihre innere Regung wieder unter Kontrolle und klatschte in die Hände und sagte, als ginge es nur darum, einen fröhlichen Ausflug in ein Jugendlager zu planen: »So, lass uns jetzt darüber nachdenken, was du alles mitnehmen musst! Du darfst nämlich nur einen Koffer und ein Stück Handgepäck mitnehmen, das du auch selbst tragen kannst. Da muss also jedes Teil gut überlegt sein! Und ich muss in jedes Kleidungsstück deinen Namen sticken, damit später auch nichts durcheinander kommt.«

In diesen letzten beiden Tagen, die ihm noch mit seinen Eltern blieben, quälten Jakob zwiespältige Empfindungen. Und sie wurden bedrängender, je näher die Stunde der Abreise rückte. Zwar wünschte er sich nichts mehr, als endlich der Hoffnungslosigkeit und ständigen Angst entfliehen zu können, auch wenn es bedeutete, dass er in ein fremdes Land wie England gehen musste. Aber ohne die Eltern? Was würde aus ihnen? Er durfte sie doch nicht im Stich lassen und nur an sich denken!

Die Mutter redete ihm jedoch immer wieder gut zu und versuchte, seine Bedenken zu zerstreuen. »Wir kommen bestimmt nach!«, versicherte sie. »Bei uns dauert es einfach nur länger, um die Ausreisepapiere und die Visa für England zu beschaffen. Du weißt doch, wie bürokratisch hier alles zugeht. Aber du musst dir wirklich keine Sorgen machen, Junge. Wir kommen schon raus. Die Nazis sind doch froh, wenn sie uns loswerden!«

Sogar der Vater überraschte ihn damit, dass er sich plötzlich nicht nur aus seiner Wortkargheit und Teilnahmslosigkeit zu befreien vermochte und mit ihm redete, sondern sich nun auf einmal auch zuversichtlich gab, mit der Mutter bald nachkommen zu können. Es schien, als hätte er über Nacht neuen Mut gefasst. Und er bestand darauf, dass Jakob seine gute Armbanduhr nahm. »Du kannst drüben besser auf sie aufpassen als hier!«

Manchmal jedoch, wenn die Eltern sich unbeobachtet fühlten und der fröhlich aufmunternde Ausdruck wie eine viel zu schwere Maske vom Gesicht der Mutter glitt und darunter erschöpfte, kummervolle Züge zum Vorschein kamen und der Vater mit leerem Blick ins Nirgendwo starrte, beschlich Jakob ein beklemmender Gedanke. Konnte es sein, dass sie ihm das alles nur vorspielten und sich an heimlich vereinbarte Rollen hielten?

Aber auch wenn es so wäre, wollte er das wirklich wissen? Nein, zu sehr fürchtete er sich vor der Wahrheit.

2

Finkenberg, David… Finkenberg, Rachel… Friedmann, Gerhard… Friedmann, Klaus… Geisbach, Hermann… Giebmann, Grete… Gutenberg, Anja… Herlitz, Simon… Herlitz, Benjamin… Heymann, Edith… Himmel, Erika…«

Mit ruhiger, klarer Stimme und ausreichend Pausen zwischen den Namen rief der Lehrer des örtlichen Flüchtlingskomitees in alphabetischer Reihenfolge die Kinder auf, die in dieser Februarnacht Deutschland mit dem schon auf dem Bahngleis wartenden Sonderzug verlassen würden.

Unaufhaltsam rückte der große schwarze Zeiger der Bahnhofsuhr vor und tickte die letzten Minuten weg, die Jakob und den vielen anderen Kindern mit ihren Eltern noch blieben, bevor sie den Zug besteigen mussten.

Mit einem Pappschild um den Hals, auf dem die Nummer 179 und sein Name standen, einer Wandertasche mit Butterbroten und seinen geliebten *Lederstrumpf*-Romanen um die Schulter gehängt und seinem Koffer neben sich, so wartete Jakob an der Seite der Eltern darauf, dass der Leiter des Flüchtlingskomitees zum Buchstaben »S« kam, seinen Namen aufrief, auf seiner Liste abhakte und ihn zu den anderen schon abgefertigten Kindern hinter die Absperrung schickte, die von SA-Männern bewacht wurde. Von der hohen Decke strömte das harte Licht der Neonleuchten.

Jakob wollte sich bücken und an der linken Ferse kratzen, wohin die Silberkette mit der kleinen Menora* als Anhänger in seinem Halbstiefel gerutscht war. Aber er wollte der Mutter nicht seine Hände entziehen, die sie so fest umklammert hielt.

Die Kette mit dem flachen, fein ziselierten Menora-Anhänger hatte sie ihm um den Hals gelegt, kurz bevor sie die Wohnung verlassen und sich auf den Weg zum Bahnhof gemacht hatten. »Sie ist von meiner Mutter und sie hat sie zu ihrer Hochzeit von ihrer Mutter geschenkt bekommen. Halte sie in gutem Andenken, mein Junge!«

Jakob hatte sie jedoch sofort wieder abgenommen und in seinem linken Strumpf versteckt, als er sich unter dem Vorwand, noch einmal austreten zu müssen, ins Badezimmer geflüchtet hatte.

»Janosch, Hanna... Jakobitz, Richard... Jakobitz, Barbara...«

Über zweihundert Kinder jeden Alters zwischen drei und siebzehn bevölkerten mit ihren Eltern, den Helfern des Komitees und einer großen Zahl von uniformierten Nazis die Bahnhofshalle, die zu dieser Stunde für jeden anderen Bürger gesperrt war. So wenig Menschen wie möglich sollten Zeuge dieses Kinder-Exodus werden. Daher auch die mitternächtliche Abfahrtszeit. Die ersten Kindertransporte im Dezember, die sehr viel früher und während des regulären Bahnhofsbetriebs aufgebrochen waren, hatten erhebliches Aufsehen in der Bevölkerung erregt. Dem hatten die Nazis schnell einen Riegel vorgeschoben. Seitdem durften die Eltern auch nicht mehr bis auf den Bahnsteig.

Es war bitterkalt, jeder Atem nahm in der eisigen Nachtluft die Gestalt einer flüchtigen Wolke an, und alle waren sie in dicke Wintersachen gekleidet. Keiner ohne Mütze, Wollschal und Handschuhe. Die Kleineren trugen statt schwerer Koffer Rucksäcke und hielten ihr Lieblingsstofftier im Arm. Auf jeder Brust baumelte an einem Stück dicker Paketschnur ein Pappschild und alle hielten ihren Pass mit dem eingestempelten großen roten »J« in der Hand.

»Kallmann, Simone... Kaufmann, Andreas...«

Es wurde nur leise geredet. Viele Kinder weinten. Andere hatten dagegen noch gar nicht begriffen, was diese Reise bedeutete – für sie und ihre Eltern. Sie schienen in ihrer kindlichen Naivität und Ahnungslosigkeit die nächtliche Reise für ein Abenteuer, einen aufregenden Ausflug zu halten. Der Gedanke, dass sie ihre Eltern vielleicht nie wiedersehen würden, war ihnen offensichtlich noch nicht gekommen. Wieder andere hatten blasse, angstvolle Gesichter. Die meisten versuchten jedoch tapfer und mit mehr oder weniger Erfolg, ihre Gesichtszüge unter Kontrolle zu halten und sich den Aufruhr ihrer Gefühle nicht anmerken zu lassen. Was auch für die Mehrzahl der Eltern galt. Einige weinten jedoch, manche in stummer, schmerzerfüllter Verzweiflung.

Zu ihnen gehörte Jakobs Vater. Ihm liefen die Tränen über das eingefallene Gesicht, das so schnell alt geworden war, während die Mutter Jakobs Hände umklammert hielt und ihn mit einem Lächeln anblickte, in dem sich grenzenlose Liebe und unsäglicher Kummer verbanden.

»Und vergiss nicht, immer schön höflich zu den Männern von der SS und SA zu sein, Friedrich!«, hörte Jakob in seiner Nähe eine Mutter ihren vielleicht neunjährigen Sohn ermahnen, während sie seinen Wollschal zurechtzupfte und ihm dann über den Kopf strich. Der Junge nickte und presste einen Stoffbär an seine Brust, dem eines der beiden Knopfaugen fehlte.

Hinter den Eltern legte ein Vater seinen beiden Töchtern, pausbäckigen Zwillingen mit dicken blonden Zöpfen und in Mäntel mit Schottenmuster gekleidet, die Hand auf den Kopf und segnete sie zum Abschied.

»Lichtenstein, Oskar… Lichtenstein, Heribert… Lockenreich, Hannelore… Loest, Viktor… Loest, Emmanuel… Luckwitz, Burkhard…«

SA-Männer stolzierten mit dem arroganten Schritt der Herrenmenschen zwischen den Kindern und Eltern auf und ab, auf den Gesichtern eine Mischung aus kalter Verachtung und Gleichgültigkeit.

»Vergiss nicht, das Käsebrötchen erst nach der Grenze aus

dem Brotbeutel zu holen!«, flüsterte die Mutter ihm zu. »Du weißt…« Sie führte den Satz nicht zu Ende.

Jakob nickte. Es war ihnen nur gestattet, zehn Reichsmark mitzunehmen. Doch die Mutter hatte die untere Hälfte des Brötchens ausgehöhlt, zwei weitere Zehnmarkscheine ganz klein gefaltet, mit Nähgarn fest umwickelt und in die Aushöhlung gelegt. Dann hatte sie dick Butter darüber geschmiert und das alles mit zwei Scheiben Käse abgedeckt.

Die Leute vom Komitee hatten den Eltern empfohlen, ihm einen teuren Fotoapparat, etwa eine *Leica*, mitzugeben oder ein wertvolles Instrument wie eine Geige oder eine Silberflöte, damit er etwas hatte, was er notfalls in England zu Geld machen konnte. Aber die Eltern hatten kein Geld für eine teure *Leica* gehabt, auch nicht für eine alte Geige oder eine Silberflöte. Zudem musste man das Instrument, das man mit auf den Transport nahm, auch spielen können, sonst nahmen es einem die SA-Kontrollen im Zug weg. Diese dreißig Mark waren alles, was die Eltern hatten entbehren können.

Plötzlich gab es vorn am Eingang, wo freiwillige Helfer des Flüchtlingskomitees anhand kopierter Listen eine erste Kontrolle vornahmen, große Unruhe. Und besonders eine der erregten Stimmen von dort wurde schnell lauter.

»Veronika und Lieselotte Löwenstein!« Eine atemlose Frauenstimme erhob sich aus dem Durcheinander aus Weinen, leisem, eindringlichem Gemurmel, herrischen Stiefelschritten und der klaren Stimme des Komiteeleiters. »Veronika und Lieselotte Löwenstein! Sehen Sie nach! Meine Töchter müssen auf Ihrer Liste stehen!«

Es folgte wohl eine erneute, bedauernde Antwort des Mannes vom Flüchtlingskomitee, dass er diese beiden Namen in seinen Papieren leider nicht finden könne. Denn Augenblicke später hörte man wieder die aufgeregte Frauenstimme, nun noch um einiges schriller. »Das muss ein Irrtum sein! Sehen Sie noch einmal nach. Ich *weiß*, dass meine Töchter auf der Liste stehen! Ich flehe Sie an!«

Als auch eine erneute Überprüfung der Namenslisten keine Veronika und keine Lieselotte Löwenstein zutage brachte und der Mann vom Flüchtlingskomitee sie beschwor, doch jetzt um Gottes willen mit ihren Töchtern besser zu gehen, begann die verzweifelte Mutter, hysterisch zu schreien.

Niemand blickte direkt hin, doch alle sahen zu, als die Wachen nun mit Knüppeln auf die Frau einschlugen, sie zu Boden stießen und dann unter weiteren Schlägen aus dem Bahnhof prügelten.

Es wurde still in der Bahnhofshalle und die eisige Temperatur schien noch um weitere Minusgrade zu fallen. Bis auf die SA-Leute waren alle erstarrt.

Dann brüllte ein Uniformierter herrisch bei der Absperrung: »Na los, weiter, verdammt noch mal! Wir sind hier nicht in einer verlotterten Judenschule, wo es drunter und drüber geht! Weiter, habe ich gesagt! Weiter!«

Der Komiteeleiter nahm augenblicklich das Aufrufen der Namen wieder auf und jetzt las er schneller als vorher. Rasch war er im Alphabet bei »S« angelangt.

»Stakowitz, Eduard … Stakowitz, Eugen … Staufenberg, Marianne … Staufenberg, Hilde … Steinbach, Peter … Steinbach, Robert … Steglitz, Ludwig … Stern, Anja … Stern, Bertha … Stern, Conrad … Stern, David … Stern, Jakob …«

»Das bist du!«, sagte der Vater, als wüsste Jakob seinen eigenen Namen nicht.

Seine Kehle war wie zugeschnürt.

»Nun geh schon!«, sagte die Mutter, und die Tränen liefen ihr über das Gesicht, als sie ihn ein letztes Mal in ihre Arme schloss. Dann stieß sie ihn regelrecht von sich. »Wir kommen bald nach, du wirst sehen!«

Wie betäubt nahm Jakob seinen Koffer auf, ging zur Absperrung, zeigte seinen Pass vor, sah, wie der SA-Mann auf seiner Liste einen sauberen Haken hinter seinem Namen machte, und wurde sogleich von den nachdrängenden Kindern in die Menge vor ihm geschoben. Hinter ihm schluchzte ein kleines Kind an der Hand seiner großen Schwester und rief unablässig: »Mutti! … Mutti! … Papi! … Schickt mich nicht fort!«

Als man sie wenig später hinaus auf den Bahnsteig führte, erhaschte er noch einen Blick auf die Eltern. Sie lachten und winkten ihm mit einer Hand ausgelassen zu, als hätten weder sie noch er etwas zu fürchten. Doch die andere Hand wischte die Tränen vom Gesicht.

»Einsteigen!«, brüllten die Wachen. Und einer von ihnen schrie über ihre Köpfe hinweg: »Glaubt ihr vielleicht, wir wollten uns für euch Juden hier den Arsch abfrieren?«

Vor Jakob ging in der Menge ein hagerer Junge, der zweifellos schon siebzehn war und damit zu den Ältesten gehörte, die mit einem solchen Kindertransport nach England ausreisen durften. Mit seinem knochigen Gesicht sah er wie ein alter Mann aus. Und noch etwas fiel ihm an dem Jungen auf: Er trug eine eng anliegende Kappe aus abgestepptem blauem Stoff und mit heruntergeklappten Ohrschützern. Solche Mützen sah man eigentlich nur bei einfachen Fuhrknechten und Straßenarbeitern, die sich bei ihrer Tätigkeit im Freien ganz besonders gut vor der Winterkälte schützen mussten. Aber diese plumpe Arbeitskappe passte überhaupt nicht zu seiner restlichen Kleidung, die von sichtlich teurer Qualität war.

Im Gedränge vor der Waggontür stieß ein Mädchen, das vor dem hageren Jungen in den Zug stieg, ihm mit ihrem ausschwingenden Rucksack ebendiese Mütze vom Kopf. Der Junge bückte sich wie der Blitz danach und setzte sie hastig wieder auf. Aber der kurze Moment hatte gereicht, um zu sehen, dass sein Kopf kahl geschoren war.

Jakob wusste, was das bedeutete: Der fremde Junge musste geradewegs aus einem Straflager gekommen sein!

3

Ein heftiger Ruck ging durch den Wagen, Dampfwolken wehten wie zerfetzte Schleier am Abteilfenster vorbei und mit rasch zunehmender Geschwindigkeit stampfte der Sonderzug aus dem Bahnhof. Für eine Weile begleiteten sie die Lichter der Großstadt, dann jedoch wurden sie spärlicher, verloren sich wie Irrlichter in der Nacht und erloschen schließlich völlig in der eisigen Dunkelheit.

Jakob hatte das Glück, einen Fensterplatz ergattert zu haben. Er war auf dem Gang in der Reihe der Erste gewesen, als einer der Zugbegleiter vom Flüchtlingskomitee das nächste Abteil zur Belegung freigegeben hatte. Sie mussten es sich zu acht teilen. Die Enge ließ sich jedoch ertragen, weil einer der Jungen am Tag zuvor erst zwölf geworden und eines der Mädchen erst sieben war. Und beide waren von kleiner, schmächtiger Gestalt.

In anderen Abteilen herrschte dagegen eine drangvolle Enge, weil der Zug einen Waggon weniger als vorgesehen hatte. Deshalb legte man die ganz kleinen, übermüdeten Kinder, die Drei- und Vierjährigen, in die Gepäcknetze, sowie sie in den Schlaf gefallen waren, was in der bulligen Wärme der Abteile schnell eintrat. Wie sie später erfuhren, mussten im letzten Waggon einige sogar im Gang auf dem Boden schlafen.

Neben Jakob setzte sich ein etwa gleichaltriges Mädchen mit schulterlangem kupferfarbenem Haar, das im Nacken mit einer wunderschönen Silberspange zusammengehalten wurde. Unwillkürlich schoss ihm in den Sinn, dass die Spange wohl seiner Mutter gehört hatte und zu jenen Wertgegenständen gehörte, die man dem Mädchen mitgegeben hatte, damit es das Schmuckstück im Notfall in England versetzen konnte, wenn es Geld brauchte. Er hatte versucht, ihren Namen auf dem Pappschild zu lesen, als sie ins Abteil kam. Doch ein schmales, längliches Lederetui, das sie vor die Brust presste, verdeckte ihren Namen.

Wie das Mädchen an seiner Seite hieß, erfuhr Jakob von dem kräftigen Jungen mit dem krausen schwarzen Haarschopf, der ihnen gegenüber Platz genommen hatte und auf dessen Pappschild der Name Viktor Wolkenstein stand. Denn kaum hatte der Zug den Bahnhof verlassen, warf er einen Blick auf ihre Schilder und sagte mit trockenem Auflachen: »Jakob Stern und Erika Himmel und Viktor Wolkenstein! Mensch, wenn das hier nicht das himmlischste Abteil des ganzen Zuges ist! Mich nennt man Wolke. Seid mein Himmel und mein Stern, dann will ich eure Wolke sein!«

Weder Jakob noch das Mädchen Erika an seiner Seite waren zu Scherzen aufgelegt und deshalb wartete er auch vergeblich auf eine Antwort. Jakob wandte den Kopf ab und starrte in die Nacht hinaus.

»Na ja, ist vielleicht doch nicht so lustig. Ich ziehe alles wieder zurück«, sagte Viktor sofort kleinlaut. »Typisch Wolkenstein'scher Galgenhumor, würde mein Onkel sagen. Nicht jedermanns Sache.« Und dann fiel auch er wieder in das bedrückende Schweigen ein.

Wenig später begann der kleine Junge mit den abstehenden Ohren und großen Augen, er hieß laut seinem Pappschild Lukas Steinbrink, zu weinen.

Sofort wies ihn das etwa zwölfjährige Mädchen namens Grete Weiß, das links von ihm saß, mit barscher Stimme zurecht. »Hör bloß auf zu weinen!«, fuhr sie ihn an, um dann etwas sanfter hinzuzufügen: »Weinen steckt an.« Dann zog sie ein Taschentuch hervor und drückte es ihm in die Hand.

Im Zug kursierten schlimme Gerüchte über das, was ihnen an der Grenze zu Holland, wenn die SA und SS ihre Kontrollen im Zug vornahmen, noch alles passieren konnte. Es hieß, die Nazis würden Kinder aus dem Zug holen, wenn mit ihren Papieren etwas nicht ganz stimmte oder sie dabei ertappt würden, dass sie etwas in ihrem Gepäck hatten, das nicht erlaubt war – etwa Devisen oder mehr als die erlaubten zehn Reichsmark. Niemand wusste darüber hinaus Genaues, aber mit den Gerüchten wuchsen Bedrückung und Angst, wussten sie doch um die Brutalität und Willkür der Männer mit der Hakenkreuzbinde.

Diese und andere Gerüchte erreichten auch das Abteil, in dem Jakob saß. Einige davon überbrachte Viktor Wolkenstein, der als Einziger von ihnen den Mut aufbrachte, während der Fahrt im Zug ein wenig »auf Erkundung« zu gehen, wie er sich ausdrückte.

Jakob wusste nicht, wo dieser Junge die Kaltschnäuzigkeit hernahm und was er von ihm halten sollte. Er fühlte sich zwischen Bewunderung und Empörung hin und her gerissen. Als ihn die Blase drückte, verkniff er sich den Gang auf die Toilette so lange, bis er es nicht länger aushalten konnte. Dann erst wagte er sich hinaus, stürzte in die nächste Klokabine und kehrte genauso hastig wieder an seinen Platz zurück, getrieben von der Angst, auf dem Gang plötzlich einem Nazi gegenüberzustehen.

Die Wärme im Zug und das monotone Rattern halfen, dass die Müdigkeit allmählich die Oberhand über Kummer, Angst und die Ungewissheit über den Ausgang der Reise gewann.

Das Mädchen Erika gehörte zu den Ersten, die in ihrem Abteil in den Schlaf fielen, gleich nach dem kleinen Lukas. Dabei sank sie gegen Jakobs Schulter, schreckte jedoch sogleich wieder auf und versuchte, in aufrechter Haltung zu schlafen. Doch schon wenig später fiel sie wieder gegen seine Schulter.

Anfangs fühlte er sich unbehaglich bei der Berührung und saß ganz steif da. Ihr Kopf war ihm so nahe, dass er ihr Haar riechen konnte. Womit immer sie sich gewaschen hatte, es erinnerte ihn an den schwachen Geruch von Äpfeln.

Eine Weile überlegte er, was er tun sollte. Am liebsten hätte er sie vorsichtig von sich geschoben, aber das brachte er dann doch nicht übers Herz. Und als auch noch das Mädchen, das auf der anderen Seite von Erika Himmel saß und Edith hieß, genauso gegen sie sank wie Erika gegen ihn, da war es dafür auch längst zu spät, hätte er beim Sichaufrichten doch eine ganze Reihe wieder aus dem Schlaf geholt. So gab er seinen inneren Widerstand auf und überließ sich schließlich bereitwillig dem verwirrend tröstlichen Gefühl, das der unschuldige Körperkontakt in ihm weckte.

Wenig später fielen auch ihm die Augen zu. Er träumte, in einem Gefährt, von dem er nicht wusste, ob es sich dabei um einen Eisenbahnwaggon oder einen Lastwagen handelte, mit lauter graugesichtigen und kahl geschorenen Männern, Frauen und Kindern eingepfercht zu sein. Das Schweigen war auf eine entsetzliche Weise vollkommen, fehlte ihnen doch allen der Mund. Und mit diesen mundlosen, kahlköpfigen Männern, Frauen und Kindern fuhr er durch eine endlose Nacht, ohne jemals irgendwo anzukommen.

4

Als Jakob erwachte und die Augen öffnete, blendete ihn helles Tageslicht, das der Schnee auf den Feldern mit gleißender Helle reflektierte. Er musste in seiner Erschöpfung viele Stunden geschlafen haben.

Auch das Mädchen an seiner Seite fuhr aus dem Schlaf. Noch im Halbschlaf rekelte sie sich an seiner Schulter, ihre rechte Hand unter Jakobs Arm geschoben. Im nächsten Moment versteifte sich ihre Haltung. Dann zuckte sie hoch und von ihm weg, als sie merkte, wie sehr sie sich an ihn geschmiegt hatte.

»Entschuldige! Das habe ich nicht… Es tut mir Leid… Ich muss im Schlaf…«, stammelte sie verlegen und eine flammende Röte schoss ihr ins Gesicht.

»Ist schon in Ordnung. Bin ja nicht aus Zucker, und wo es hier nun mal so eng ist…«, sagte Jakob, nicht weniger verlegen. Und um schnell davon abzulenken, fragte er sie, was sie denn in dem schmalen Kasten hatte, den sie hinter ihrem Rücken hervorzog und mit beiden Händen auf ihrem Schoß umschloss.

»Meine Querflöte.«

»Kannst du denn auch spielen?«, wollte Jakob wissen.

»Sicher! Ich bin aufs Konservatorium gegangen«, antwortete Erika stolz. »Bis dann…« Sie führte den Satz nicht zu Ende, aber Jakob wusste auch so, was dann mit ihr, dem jüdischen Mädchen, auf dem Konservatorium geschehen war.

»Spielst du uns was vor?«, fragte der kleine Lukas mit den abstehenden Ohren.

»Du bist mal besser still, du kleine Fledermaus«, mischte sich da Viktor Wolkenstein ein. Er klang wie ein Mann, der von oben herab, aber doch auch nachsichtig ein kleines Kind von einer Unterhaltung unter Erwachsenen ausschloss und zum Spielen wegschickte.

Ein Lächeln schlich sich unwillkürlich auf Jakobs Gesicht und das der anderen. Fledermaus war kein schlechter Spitzname für diesen Kleinen mit den großen Augen und Ohren.

»Mensch, die Grenze!«, rief Viktor im nächsten Augenblick, und der sanfte Spott wich Erschrecken, als die Bremsen der Waggons unter schrillem, metallischem Kreischen nach den Rädern griffen und der Zug wenig später an einem unüberdachten Bahnsteig zum Stehen kam.

Ganz still wurde es in ihrem Abteil und auch in allen anderen. Lähmendes Schweigen legte sich für einige Sekunden auf den Zug. Jakob sah, wie das Kinn von Lukas zu beben begann. Nackte Angst stand in den großen Augen des spindeldünnen Kerlchens.

Dann wurden Türen geschlagen, und begleitet von lauten herrischen Stimmen polterten Stiefel durch die Gänge.

»Sie kommen!«, flüsterte Viktor.

Wie unter einem Bann saßen sie schweigend da, rührten sich kaum und warteten. Fast war die Angst mit Händen zu greifen. Zu riechen war sie allemal.

Jakob stand kalter Schweiß auf der Stirn. Er dachte an das Käsebrötchen, das mit drei anderen Butterbroten ganz unten in seiner Reisetasche lag, wohl längst platt gedrückt von dem dicken Buch mit den *Lederstrumpf*-Romanen. Ein flaues Gefühl befiel ihn, und mit jagendem Herz überlegte er, ob er das Käsebrötchen nicht schnell aus der Tasche holen und aus dem Fenster schmeißen sollte. Aber wenn dort draußen Wachen standen und das sahen, konnte er damit erst recht eine Katastrophe heraufbeschwören. Und unter dem Sitz verstecken?

Noch bevor er sich zu etwas entschließen konnte, wurde die Tür zu ihrem Abteil aufgerissen, und ein Mann mit SS-Abzeichen an seiner schwarzen Uniform füllte den Durchgang aus. »Kontrolle!«, bellte er, und seinem Gesichtsausdruck war anzusehen, wie sehr er es verabscheute, sich mit Juden abgeben zu müssen. »Eure Judenpässe!«

Er riss sie ihnen förmlich aus den Händen und sah sie sich mit verkniffener Miene eingehend an, als suchte er nur nach einer Unkorrektheit, um einem von ihnen die Weiterfahrt verweigern zu können. Aber er fand nichts zu beanstanden, was seinen Ärger wohl steigerte. Denn statt ihnen die Papiere wieder zurückzureichen, warf er sie ihnen mit einer knappen, verächtlichen Drehung aus dem Handgelenk heraus zu, sodass einige zu Boden flatterten, bevor der Betreffende sie auffangen konnte.

»Koffer auf! Und du zuerst!«, befahl er dann und wies mit seinem Schlagstock, den er sich während der Überprüfung ihrer Papiere unter die linke Achsel geklemmt hatte, auf Viktor Wolkenstein. Um mehr Platz zu haben, schickte er die beiden Kleinsten, Lukas und das Mädchen Edith, auf den Gang hinaus.

Viktor zog seinen Koffer unter der Sitzbank hervor, das Gesicht bleich wie ein Wachstuch, legte ihn auf den freien Platz neben der Abteiltür, ließ die Schlösser aufschnappen und klappte den Deckel auf.

Der SS-Mann stocherte mit seinem Stock in den Sachen herum – und förderte ein Briefmarkenalbum zutage. »Schau an, ein fleißiger Sammler, dieser Judenbengel!«, sagte er genüsslich. »Das Album bleibt draußen! Zumachen! Der Nächste!«

Hastig schloss Viktor seinen Koffer, machte den Platz für das Gepäck von Grete frei und hatte doch tatsächlich die Kühnheit, wie Jakob fassungslos bemerkte, das Briefmarkenalbum, das sicherlich kostbare Wertzeichen enthielt, auf seinen Sitz zu legen – und sich einfach darauf zu setzen, als Grete ihren Koffer hochwuchtete und den Blick auf ihn verstellte.

Bei Grete fand er nichts, was irgendeinen Wert gehabt hätte und nicht wieder zurück in den Koffer durfte.

Dann bemerkte der SS-Mann den kleinen Instrumentenkoffer, den Erika auf ihrem Schoß hielt. »Aufmachen!«, blaffte er sie an.

Eine versilberte, in drei Teile zerlegte Querflöte, die in den mit dunkelblauem Samt ausgekleideten Aussparungen des Koffers ruhte, kam zum Vorschein.

»So!«, sagte der SS-Mann und zog die Augenbrauen hoch. »Sag bloß, du kannst das Ding spielen!« Seine höhnische Stimme verriet, dass er daran zweifelte.

»Ja«, brachte Erika mühsam hervor.

»Dann spiel, Judenmädchen!«, herrschte er sie an. »Los, spiel uns ein deutsches Lied vor! Aber was Anständiges, verstanden? Das Horst-Wessel-Lied, das wird dir ja wohl bekannt sein!«

Mit zitternden Händen steckte Erika ihre Querflöte zusammen, setzte sie an die Lippen und versuchte, den Mund zu schürzen. Doch auch ihre Lippen zitterten nun. Sie brachte keinen Ton heraus und ließ die Querflöte sinken, als hätte sie nicht mehr die Kraft, das Instrument zu halten.

»Spiel, habe ich gesagt! Das Horst-Wessel-Lied!«, donnerte der SS-Mann. »Oder das Ding bleibt hier!«

Tränen liefen ihr über das Gesicht.

»Du kannst es!«, flüsterte Jakob und drückte seine Hand gegen ihre Seite, um ihr Mut zu machen. »Du warst doch auf dem Konservatorium! Um Gottes willen, spiel …«

»Halt das Maul!«, herrschte der SS-Mann ihn an. »Na, wird's bald?«

Wieder setzte Erika die Querflöte zitternd an den Mund, presste die Augen zu, verharrte einen Moment regungslos in dieser Haltung – und spielte dann das perfide Horst-Wessel-Lied, das wie das Hakenkreuz für jeden Juden zum Inbegriff des Nazi-Hasses und der Verfolgung geworden war. Nach den ersten mühsamen, halb wegbrechenden Tönen gewann sie schnell Sicherheit und dann erfüllten silbrig weiche Klänge das Abteil.

Mit einem beinahe verklärten Lächeln stand der SS-Mann in der Tür und schwang den Schlagstock im Rhythmus des Liedes.

Jakob kam die Szene gespenstisch vor, wie aus einem Albtraum.

»Na, das ging doch ganz wunderbar!«, sagte der Mann fast versöhnlich gestimmt, als der letzte Ton verklungen war. »Da soll noch mal einer sagen, wir hätten euch Juden nichts Ordentliches beigebracht!«

Er ließ ihr die Querflöte und setzte seine Durchsuchung der anderen Gepäckstücke fort, ohne jedoch mehr als einen flüchtigen Blick in Koffer und Taschen zu werfen. Er schien bei ihnen das Interesse daran verloren zu haben, etwas zu finden. Jakobs Reisetasche rührte er noch nicht einmal an.

Während der ganzen Zeit saß Viktor Wolkenstein auf seinem Briefmarkenalbum und hielt sich still, um ja keine Aufmerksamkeit auf sich zu ziehen. Was er sich erhoffte, war klar. Aber seine Hoffnung erfüllte sich nicht.

»Das hast du dir wohl so gedacht, du dummer Judenschwengel!«, sagte der SS-Mann, versetzte ihm eine schallende Ohrfeige, zog das Album unter ihm hervor und klemmte es sich unter den Arm. »Leg dir in England eine neue Sammlung zu!« Damit stiefelte er aus ihrem Abteil und knallte die Tür hinter sich zu.

Niemand sagte ein Wort. Noch waren die SS-Männer im Zug und sie auf deutschem Boden. Noch konnten sie wiederkommen und alles Mögliche mochte noch passieren. In Sicherheit waren sie erst drüben in Holland.

Als der Zug nach einer Ewigkeit endlich wieder anfuhr und sie die ersehnte Grenze zu Holland passierten, war Viktor wieder der Erste, der den Bann brach.

»Na ja, ist in die Hose gegangen. Aber einen Versuch war es allemal wert«, sagte er und rieb sich mit einem schiefen Grinsen die Wange, die wohl noch immer brannte. »Da waren jede Menge Sondermarken und andere teure Sachen drin. Aber was soll's, es hätte ja auch viel schlimmer kommen können, findet ihr nicht auch? Immerhin hat er mir mein kleines Taschenschach gelassen. Jetzt können uns die Nazis alle mal kreuzweise den Arsch rauf und runter!«

Jakob wusste nicht, warum er auf einmal lachte. Vielleicht weil er sonst in Tränen ausgebrochen wäre. Aber auch Erika und die anderen stimmten in das Lachen ein, als könnte sie nichts anderes von der beklemmenden Anspannung und Angst befreien, die sie umklammert gehalten hatte.

5

Auf der holländischen Seite der Grenze hielt der Zug erneut. Auch jetzt wieder schlugen Türen, polterten Stiefel über die Gänge und erhob sich ein Stimmengewirr. Doch diesmal waren es sanfte, freundliche Stimmen und die Winterstiefel von holländischen Frauen. Sie brachten Körbe voll dicker Weißbrote, reichhaltig mit frischer Butter und köstlichem Käse und Fleischwaren belegt. Auch schenkten sie jedem eine Apfelsine. Und aus Thermoskannen gossen sie dampfenden Kakao aus. So gingen sie von Abteil zu Abteil, begrüßten die Kinder und hatten für jedes ein nettes Wort. Dass kaum einer ihre Sprache verstand, war völlig bedeutungslos, denn ihre lächelnden Gesichter und der liebevolle Ton waren wichtiger als das, was sie zu ihnen sagten. Alle spürten, dass sie hier nicht als Judenbrut, als minderwertige Rasse galten, sondern von Herzen willkommen waren.

»Warum können wir nicht hier in Holland bleiben?«, fragte Grete, als die Frauen den Zug schließlich wieder verließen und die Fahrt weiterging.

»Weil Deutschland und Holland kein breiter Kanal trennt«, antwortete Viktor schlagartig. »Da drüben sind wir zehnmal sicherer. Österreich haben sich die Nazis doch auch einfach so unter den Nagel gerissen und niemand hat dagegen etwas unternommen. Wer soll denn einschreiten, wenn sie auch noch Holland heim ins Großdeutsche Reich zwingen?«

Jakob fand, dass Viktor damit etwas sehr Kluges gesagt hatte, obwohl er auch gern in Holland geblieben wäre.

Es gab an diesem langen Tag noch mehrere längere Unterbrechungen. Zweimal wurde ihr Zug umgeleitet und wartete auf einem Ausweichgleis, um reguläre Züge passieren zu lassen. Erst bei Einbruch der Nacht trafen sie in Hoek van Holland an der Kanalküste ein.

Ein böiger, schneidender Wind fegte ihnen ins Gesicht, als sie schließlich am Kai standen, wo die Fähre *De Praag* vertäut lag, die sie über die See nach Harwich bringen sollte. Das vom Wind aufgewühlte Hafenwasser klatschte in gischtgekrönten Wellen gegen die hohe Kaimauer, und das Fährschiff schien zu bocken und die schweren Trossen abschütteln zu wollen, mit denen es an dicken Pollern festgezurrt war.

»Wenn das mal nicht 'ne schöne Achterbahn über den Kanal gibt«, unkte Viktor, grinste dabei jedoch, als freute er sich schon auf die unruhige Überfahrt.

Jakob dagegen teilte seine Vorfreude gar nicht. »Na, warte mal ab, bis du seekrank wirst«, gab er trocken zurück. »Mal sehen, ob du das dann immer noch so lustig findest.«

»Macht mir gar nichts«, erwiderte Viktor großspurig.

»Du bist schon mal zur See gefahren?«, fragte der kleine Lukas beeindruckt, der auf dem Weg zur Gangway an ihrer Seite blieb, als hätte er sie als seine Beschützer auserkoren.

»Nee, aber ich habe ein todsicheres Mittel gegen Seekrankheit«, sagte Viktor, griff in seine Manteltasche und brachte zwei flache Konservendosen zum Vorschein. »Ölsardinen!«

Jakob verzog das Gesicht. »Na!«, sagte er nur skeptisch. Und dann waren sie auch schon an der Reihe, an Bord der Fähre zu gehen.

Man führte sie unter Deck und teilte sie auf Kabinen, Schiffsmesse und die anderen Räume auf, wo man sich zum Schlafen hinlegen konnte. Am begehrtesten waren natürlich die wenigen Zweierkabinen. Denn es war abzusehen, dass die meisten von ihnen statt mit einer Koje mit einem harten Platz auf dem Boden der Messe und des Schiffssalons würden vorlieb nehmen müssen.

»Wir gehören zusammen, Seemann. Das ist mein Cousin! Er hat Asthma, und wenn es ihn mal wieder packt, muss ich zur Stelle sein und ihm seine Medizin geben«, log Viktor den Matrosen mit der ihm eigenen Dreistigkeit an und legte Jakob, noch bevor dieser etwas dagegen sagen oder tun konnte, seinen Arm um die Schulter. »Ich habe meinem Onkel hoch und heilig versprechen müssen, ihn nicht aus den Augen zu lassen.«

Der Seemann fragte nicht lange nach und wies ihnen eine der wenigen Zweierkabinen zu.

»Du spinnst ja«, sagte Jakob in der Kabine. »Das war nicht anständig von dir, so zu lügen!«

»Was willst du denn, es hat doch bestens funktioniert!«, erwiderte Viktor und belegte sogleich die untere Koje. »Und was heißt denn schon anständig sein, nach allem, was die Nazis bisher mit uns gemacht haben? Man kann auch in Anständigkeit vor die Hunde gehen. Und genau das habe ich nicht vor. Jeder muss sehen, wo er bleibt!«

Jakob schüttelte nur den Kopf, verstaute seinen Koffer, zog Mantel, Schal und Handschuhe aus und kletterte auf die obere Koje.

Viktor machte sich sofort daran, seine Sardinendosen mit dem Dosenöffner seines Taschenmessers aufzuschlitzen. »Willst du auch was? Ist genug für uns beide da!«, sagte er und hielt ihm eine Sardinendose hin. »Hier, nimm!«

»Bloß nicht!«, wehrte Jakob ab. »Ich kann das Zeug nicht mal riechen! Davon wird mir nur schlecht!«

»Mensch, Sternchen! Überleg dir das noch mal. Ölsardinen sind 'ne wahre Wunderwaffe gegen die Kotzerei auf See, lass dir das gesagt sein. Habe ich von meinem Onkel Theo!«

Jakob ließ sich jedoch nicht dazu bewegen, auch nur einen Bissen aus der Dose zu nehmen.

Endlich gab Viktor seine Überredungsversuche auf. »Ich hätte dich für klüger gehalten!« Er klang enttäuscht. »Wenn dir das mal nicht noch verdammt Leid tun wird, Sternchen.«

»Wird es ganz sicher nicht. Und sag nicht andauernd Sternchen zu mir! Ich heiße Jakob!«

Viktor seufzte nur und machte sich dann über seine Ölsardinen her. Genüsslich schlürfend und schmatzend, als hoffte er, Jakob dadurch doch noch dazu verlocken zu können, herabzuklettern und ihm bei seinem öligen Essen Gesellschaft zu leisten, leerte er beide Dosen.

Jakob hockte indessen auf seiner Koje und musste an seine Eltern denken. Fast vierundzwanzig Stunden war es her, dass er in der kalten Bahnhofshalle von ihnen Abschied genommen hatte. Er sah sie wieder vor sich, wie sie ihm lachend und weinend nachwinkten, und er wünschte, er hätte noch irgendetwas Bedeutsames zu ihnen gesagt. Etwa dass er doch bei ihnen hatte bleiben wollen … und dass er sie liebte. Aber er hatte kein richtiges Wort herausgebracht. Und jetzt quälte es ihn, dass er einfach so mit den anderen gegangen war.

Viktor holte ihn aus seinen trübsinnigen, selbstquälerischen Gedanken. »Wollen wir eine Partie Schach spielen? Ich habe ja mein kleines Reiseschach dabei.«

Jakob schüttelte den Kopf. Nach irgendwelchen Spielen war ihm jetzt wahrlich nicht zumute.

»Dann lass uns an Deck gehen! Wir können uns auf dem Kahn ein wenig umschauen und sehen, wo die anderen abgeblieben sind«, schlug er vor.

Jakob zuckte die Achseln. »Meinetwegen.« Besser als in der winzigen Kabine zu hocken war das allemal, und so sprang er von der Koje, zog sich wieder warm an und folgte Viktor an Deck, der sich den Weg genau gemerkt hatte.

Den kleinen Lukas mit den Segelohren, Edith, Grete, Erika und die anderen, die mit ihnen das Zugabteil geteilt hatten, fanden sie auf ihrem flüchtigen Rundgang nicht, dafür war das Durcheinander in den provisorischen Schlafsälen auf der *De Praag* auch viel zu groß.

Eine Weile trieben sie sich an Deck herum und besahen sich alles. Dann suchten sie auf der windgeschützten Seite unter dem Brückenaufbau Schutz vor den Böen.

Viktor zog eine Schachtel Zigaretten hervor. »Rauchst du eine mit?«

Jakob lachte.

»Was ist denn daran so lustig?«, wollte Viktor wissen und klang zum ersten Mal ein wenig ungehalten. »Mein Onkel und ich, wir haben die letzten Monate einen ganz schönen Hunger geschoben, das kannst du mir glauben! Rauchen lässt einen den Kohldampf besser ertragen. Ich habe in der Zeit jede Menge Zigaretten organisiert.«

»Geklaut, meinst du wohl.«

»Wenn man als Jude nachts in die Lagerhalle eines arischen Tabakwarengroßhändlers einsteigt, der dafür gesorgt hat, dass sein jüdischer Konkurrent im Arbeitslager verschwindet, und dann dessen Laden einkassiert hat, dann ist das kein Klauen!«, verteidigte sich Viktor.

»Und warum bist du nicht in die Lagerhalle eines Nazis eingestiegen, der mit Lebensmitteln handelt?«

»Weil kein arischer Lebensmittelhandel, sondern der Betrieb des Tabakgrossisten gleich hinter unserem Mietshaus lag und ich wusste, wie man da reinkommt. Ich habe da nämlich nach der Schule oft ausgeholfen und mir ein paar Groschen verdient.«

»Ich habe nur gelacht, weil mein Vater einen kleinen Laden für Schreib- und Tabakwaren hat, ich aber noch nie auf die Idee gekommen bin, zu rauchen«, erklärte Jakob.

»Und? Willste mal probieren?« Viktor hielt ihm die Schachtel hin. »Wenigstens nur mal so paffen?«

Verlangen danach hatte Jakob eigentlich nicht, aber er wollte nicht alles abwehren, was Viktor ihm anbot. Er mochte ja ein recht eigenwilliger Bursche sein, meinte es aber zweifellos gut.

»Nimm ruhig, ich hab noch zwei Schachteln. Habe sie vorsichtshalber in Keksschachteln umgepackt und im Koffer in meine langen Unterhosen gewickelt.«

»Also gut«, sagte Jakob und zog sich eine Zigarette aus der Schachtel. Im nächsten Moment zuckte er jedoch zusammen, als Viktor in seiner hohlen Hand ein Sturmfeuerzeug aufschnappen ließ und eine daumenlange Flamme aufloderte.

Das Feuerzeug war mit einer großen, farbig emaillierten Hakenkreuzplakette geschmückt!

»Bist du verrückt geworden?«, stieß Jakob hervor. »Wie kannst du so etwas bloß in die Hand nehmen, geschweige denn mit dir herumschleppen?«

Viktor blieb von Jakobs Entrüstung völlig unbeeindruckt. »Reg dich mal nicht so auf, Sternchen. Das Ding habe ich einem Sturmbannführer geklaut. Ist 'ne irre Geschichte für sich. Vielleicht erzähl ich sie dir mal, wenn du Lust hast. Auf jeden Fall ist das Ding drüben bei den Tommys bestimmt 'ne Menge wert. Wie gesagt, jeder muss sehen, wo er bleibt. Und wenn der Nazischeiß mir drüben ein paar Pfund einbringt, ist das doch völlig in Ordnung, oder?«

»Du bist mir vielleicht eine seltsame Type!«, sagte Jakob. Er war verblüfft von der eigenwilligen Logik, mit der Viktor alle krummen Touren rechtfertigte.

»Kann schon sein. Besser seltsam als doof.« Viktor grinste. »So, und jetzt paffen wir eine, Sternchen!«

Als das Schiff ablegte und die Seeleute sie wieder unter

Deck schickten, weil die See viel zu stürmisch sei, um unbeaufsichtigt im Freien zu bleiben, sagte Jakob zu Viktor: »Das mit dem blöden Sternchen lässt du aber sein, verstanden?«

»Nur wenn du Wolke zu mir sagst, wie alle meine Freunde!«, sagte Viktor, blieb auf dem Niedergang stehen und streckte ihm die Hand hin. »Abgemacht?«

Jakob war sich gar nicht so sicher, ob er einen wie Viktor überhaupt zum Freund haben wollte. Aber fraß der Teufel in der Not nicht sogar Fliegen? Und so ergriff er dann doch die ihm hingestreckte Hand. »Abgemacht… Wolke!«

6

Kaum hatte die *De Praag* den schützenden Hafen verlassen, da griff die stürmische See nach ihr und warf sie hin und her, als spielten sich die aufgepeitschten Wogen einen leichten Ball zu.

An Schlaf war nicht zu denken. Jakob setzte sich schon bald in seiner Koje auf, weil er das pausenlose Rollen, Schlingern und Stampfen im Liegen nicht länger ertrug. Aber auch im Sitzen erging es ihm nicht viel besser. Das Rumoren in seinem Magen wurde stärker. Kalter Schweiß brach ihm aus.

Dass auch Viktor sich alles andere als seefest erwies und ebenfalls mit aufsteigender Übelkeit kämpfte, wurde schnell offenkundig. Das Wundermittel Ölsardinen blieb seine Wirkung schuldig.

»Verdammt! … Das kann doch nicht wahr sein!«, drang es

immer gequälter von unten zu Jakob hoch. »Verdammte Scheiße! Mensch, Onkel Theo hat doch Stein und Bein …« Weiter kam er nicht mehr, denn in dem Moment konnte er dem Brechreiz nicht länger widerstehen. In hohem Bogen schoss der Inhalt der beiden Fischdosen aus ihm heraus. Würgend hing Viktor über dem Rand seiner Koje.

»Na, dann schöne Grüße an Onkel Theo«, brachte Jakob gerade noch spöttisch hervor, dann gab ihm der saure Geruch des Erbrochenen, der sich augenblicklich in der Kabine ausbreitete, den Rest. Er schaffte es gerade noch, sich von seiner Koje herabzulassen und die Tür aufzustoßen. Doch bis zur nächsten Kloschüssel hielt er nicht durch. Er griff nach einer Laufstange, um von den unberechenbaren Bewegungen des Schiffes nicht zu Boden geworfen zu werden, und erbrach sich im schwach erleuchteten Gang. Und das nicht zum letzten Mal in dieser Nacht.

Die nächsten Stunden lagen sie elend in ihren Kojen und erhielten eine Ahnung davon, dass Sterben unter gewissen Umständen Gnade und Erlösung sein konnte. Erst als der stürmische Wind sich kurz vor dem Morgengrauen legte und sie in den Schutz der englischen Küste kamen, beruhigte sich die See. Die letzten Meilen legte die *De Praag* mit fast ruhiger Fahrt zurück.

Überall auf der Fähre stank es nach Erbrochenem. Jakob atmete nur durch den Mund, als er mit butterweichen Knien und einem Gefühl völliger Entkräftung mit seinem Gepäck an Deck taumelte. Auch Viktor schleppte sich, wie ausgelaugt nach einem Marathon und ohne Kraft für einen großmäuligen Spruch, mühsam nach oben. Die anderen von ihrem Transport sahen ähnlich bleich und mitgenommen aus.

Kalte Morgenluft, die nach Salz und Tang roch, schlug ihnen an Deck entgegen. Dankbar für die frische Luft und dass die Tortur nun endlich ein Ende hatte, hielten sie ihr Gesicht in die Seebrise und atmeten tief durch. Über dreißig Stunden waren seit dem Aufbruch von zu Hause vergangen.

Vor ihnen lag der Hafen von Harwich – und die Freiheit! Aber was genau würde sie hier erwarten?

Dass wohl die wenigsten seiner Erwartungen eintreffen würden, diese Ahnung beschlich Jakob, kaum dass er auf dem Oberdeck stand und seinen Blick mit einer Mischung aus Beklommenheit und aufgeregter Neugier auf das fremde Land richtete, das ihm und so vielen anderen jüdischen Jungen und Mädchen zur sicheren Zuflucht vor den Nazis werden sollte. Er hatte angenommen, Englands Küste würde sich auch hier mit steilen, vielleicht sogar weißen Klippen und mächtigen Felshängen aus der See erheben, denn so hatte er es einmal auf einem Bild von Dover gesehen. Aber zu seiner Enttäuschung traf sein Blick nicht auf eine einzige, auch noch so bescheidene Felswand. Die Küstenlandschaft, die sich hinter der Hafenstadt mit ihren ziegelroten Häusern abzeichnete, war vielmehr flach wie ein Brett und erstreckte sich meilenweit unspektakulär ins Landesinnere.

»So schnell kriegt mich keiner wieder auf einen Pott, das sage ich dir!«, stöhnte Viktor neben ihm. Er haderte immer noch mit Onkel Theo und dessen vollmundigen Versprechungen.

Es war kurz nach sechs Uhr, als die *De Praag* unter einem grauen, wolkenverhangenen Himmel im Hafen von Harwich am Parkeston Quai anlegte.

Jakob sah sich nach Erika um, konnte sie in dem Gewimmel jedoch nirgends entdecken. Wer sich dagegen plötzlich wieder an ihrer Seite einfand, war die »kleine Fledermaus«, wie Viktor den schmächtigen Lukas wegen seiner großen abstehenden Ohren getauft hatte.

»Jetzt wird alles gut, nicht wahr?«, fragte der Kleine und blickte sie erwartungsvoll an, als vertraute er fest darauf, dass sie auf alle wichtigen Fragen die richtige Antwort wussten.

»Zumindest kommen wir endlich von Bord dieses Kotzbrockens!«, seufzte Viktor erleichtert.

Er irrte wie so viele andere, Jakob eingeschlossen. Ihre Annahme, das Schiff sogleich verlassen und an Land gehen zu können, erwies sich als falsch. Beamte von der britischen Einreisebehörde und vom Zoll sowie Helfer der Flüchtlingsorganisation richteten im großen Schiffssalon ein provisorisches Büro ein, nachdem einige Seeleute den Raum gründlich gesäubert und gelüftet hatten. Denn auch in England, dem Land der Freiheit, musste alles seine bürokratische Ordnung haben.

Wie auf dem Bahnhof in Deutschland, so wurden sie auch hier zuerst einmal gewissenhaft »etikettiert«, wie Viktor spöttisch bemerkte. Man nahm ihnen ihren Koffer ab, versah ihn mit einer Nummer und hängte ihnen einen Gepäckschein mit derselben Nummer um den Hals. Dann wurden die Papiere kontrolliert und die Namen mit den vorliegenden Listen verglichen, die von den Zugbegleitern vorgelegt wurden, die selber umgehend nach Deutschland zurückkehren mussten. Immerhin redeten die Engländer freundlich mit ihnen und zeigten viel Geduld.

Anschließend mussten sie an die Tische der Zollbeamten treten und vor ihnen ihre Taschen leeren. Völlig übermüdet, von den Strapazen der Überfahrt gezeichnet und ohne ein Wort von der fremden Sprache zu verstehen, traten sie schüchtern einzeln vor und legten auf die Tische, was sie an kleinen Schätzen mitgebracht hatten. Da kam ein seltsames Durcheinander an Taschenmessern, Drehbleistiften, Füllfederhaltern, Spielkarten, billigen Taschenlampen, Tüten mit Brausepulver, Glasmurmeln, kleinen Wörterbüchern und Grammatikfibeln, Bonbons und anderen Kleinigkeiten zutage. Traurigere Schiffsladungen als diese jüdischen Kindertransporte waren sicherlich niemals zuvor vom Zoll in Harwich abgefertigt worden.

Jakob wunderte sich nicht, dass bei den Sachen, die Viktor dem Zollbeamten auf den Tisch legte, weder die Zigaretten noch das Sturmfeuerzeug mit dem Hakenkreuzemblem waren. Beides hatte Viktor natürlich längst irgendwo versteckt, daher wohl auch sein plötzlicher Gang aufs Klo, als er gesehen hatte, was sich da vor ihnen im Salon abspielte. Aber so ganz ehrlich trat ja auch Jakob nicht an den Tisch des Zollbeamten, steckte doch die Silberkette mit der Menora noch immer bei ihm im Schuh unter dem Strumpf.

Als Viktor seinen Blick auffing, schenkte er ihm ein breites, unbekümmertes Grinsen, als wollte er wieder einmal sagen: »Jeder muss sehen, wo er bleibt!«

Geschlagene vier Stunden vergingen, bis die letzten Jungen und Mädchen etikettiert, abgefertigt, von Ärzten untersucht und von Bord gegangen waren.

Auf dem Parkeston Quai warteten rote Doppeldeckerbusse auf sie. Angehörige des englischen Flüchtlingskomitees teilten die Jungen und Mädchen auf die verschiedenen Busse auf. Jemand fragte, wohin es denn ginge, und erhielt von einem der Helfer, der leidlich Deutsch sprach, die Antwort: »Ihr kommt erst einmal ins *Dovercourt Bay Holiday Camp*!«

Es ging also in ein richtiges Ferienlager! Das hob die allgemeine Stimmung beträchtlich.

Der Bus, dem Jakob und Viktor zugewiesen wurden, war mit ihnen voll besetzt. Der Bobby an der Absperrung bedeutete Lukas, zum nächsten Bus zu gehen. Doch der Junge wollte unbedingt bei ihnen mitfahren. Ganz aufgelöst stand er vor dem Mann, deutete immer wieder auf sie und redete dabei beschwörend auf den Mann ein, der sichtlich nicht verstand, was der Steppke ihm mitzuteilen versuchte.

Spontan klaubte Jakob die wenigen englischen Worte zusammen, derer er mächtig war, und rief dem Polizisten zu: *»This Lukas is my little brother!«*

Der Polizist lachte nun auf und schickte Lukas zu ihnen, der wie ein Wiesel an dem Polizisten vorbeilief und zu ihnen auf die Plattform des Doppeldeckers sprang.

»Du hast ja schnell gelernt, wie man so was macht«, sagte Viktor spöttisch zu Jakob.

»Muss an der Gesellschaft liegen«, antwortete Jakob mit einem scheinbar gleichmütigen Achselzucken. »Schlechte soll ja schneller abfärben als gute.«

»Mann, da haben wir uns ja mit der Fledermaus eine komische Klette eingehandelt«, sagte Viktor und verpasste Lukas, der sich zwischen sie drängte, eine Kopfnuss.

Lukas strahlte sie an.

DRITTER TEIL

Die Camps

Februar 1939 – Juni 1940

1

Der Bus fuhr auf der linken Straßenseite durch die engen Straßen von Harwich, vorbei an schmalbrüstigen Backsteinhäusern mit Butzenscheiben und winzigen Vorgärten hinter schmiedeeisernen Gittern. Die frische Seeluft vermischte sich mit dem Rauch, der aus zahllosen Schornsteinen in den grauen Himmel quoll. Eine Flut fremder Eindrücke stürmte auf sie ein.

Als der Doppeldecker an einer Kreuzung hielt, fiel Jakobs Blick in das Schaufenster eines kleinen Buchladens an der Straßenecke. Ungläubig riss er die Augen auf, als er eines der dort ausgestellten Bücher erkannte: Es war Adolf Hitlers Hetzschrift *Mein Kampf*!

Er stieß Viktor an. »Mensch, Wolke! Sieh doch mal da drüben im Schaufenster!«

Auch Viktor glaubte im ersten Moment, seinen Augen nicht trauen zu dürfen. »Mein Gott, wo sind wir bloß hingeraten!«, stieß er leise hervor. »Ob die hier wohl auch Nazis haben?«

»Würden die sonst so ein Buch in ihr Schaufenster stellen?«, fragte Jakob zurück, während der Bus wieder anfuhr und um die Ecke bog.

»Und was ist, wenn sich dieses *Dovercourt Bay Holiday Camp* als so eine Art Arbeitslager herausstellt?«

»Was habt ihr? Ist irgendetwas nicht in Ordnung?«, fragte Lukas, der weder das Buch im Schaufenster bemerkt noch mitbekommen hatte, worum es bei ihrem Getuschel gegangen war.

»Nichts, Fledermaus«, sagten Jakob und Viktor wie aus einem Mund und verfielen in brütendes Schweigen.

Das Camp in der Nähe des Küstendorfes Dovercourt, in der Grafschaft Essex und nur drei Meilen von den Hafendocks entfernt, lag in Sichtweite des Meeres. Bei ihrer Ankunft brach die Sonne durch die Wolken, und die rundherum tief verschneite Landschaft leuchtete in einem funkelnden Weiß, wie Jakob es noch nie zuvor gesehen hatte. Das Bild vor ihren Augen schien in seiner Friedlichkeit und Makellosigkeit wie gemalt. Aber es war eiseskalt, dass es klirrte.

Nein, wie ein Arbeitslager sieht dieses Camp nicht aus!, fuhr es Jakob erleichtert durch den Kopf. Er konnte auch nirgendwo hohe Zäune oder Wachposten entdecken, dafür jedoch Kinder, die auf einem Platz im Schnee Fußball spielten. Sie waren also nicht die Ersten, die in diesem Camp untergebracht wurden.

Das Ferienlager inmitten von Nadelbäumen bestand aus langen Reihen winziger Bungalows mit kiesbeworfenen Fassaden und nachgebildeten Tudor-Portalen, deren Dächer jetzt weiße Hauben trugen, und wirkte auf den ersten Blick wie eine Miniaturstadt.

Eigentlich war jede der über hundert Hütten, die aus einem einzigen Raum bestanden, nur für vier Personen gedacht. Aber statt fünfhundert Kindern, für die das Ferienlager einst konzipiert worden war, drängte sich in diesen Tagen und den folgenden Wochen die doppelte Zahl ins Camp. Deshalb mussten sich nun acht Kinder die vier Betten einer Hütte teilen. Wobei die Mädchen und Jungen getrennte Unterkünfte bezogen.

»Na, ins feudale *Fürst Bismarck Hotel* sind wir hier ja wohl nicht geraten!«, lautete Viktors erster Kommentar, als er zusammen mit Jakob, Lukas und fünf anderen Jungen ihre Hütte inspizierte. »Spartanisch wäre da ja noch gelobhudelt!«

Was sich in ihrer Unterkunft an Mobiliar darbot, war in der Tat mehr als ernüchternd. Die Einrichtung bestand aus vier Betten, auf denen sich dicke Wolldecken stapelten. Nichts sonst. Kein Stuhl, kein Schrank, kein Tisch. Noch nicht einmal ein Bord, wo sie die Bilder von ihren Eltern aufstellen konnten, die jeder mitgebracht hatte!

Wie sie später erfuhren, hatte ein gewisser Billy Butlin dieses Ferienlager mit großen Esssälen, mehreren Kinderspielplätzen und einem Vergnügungszentrum in Strandnähe errichtet, damit auch einkommensschwache Familien ihre Kinder in einen billigen Sommerurlaub ans Meer schicken konnten. Erst eine Saison lang hatte die Anlage diesem Zweck gedient, dann war das Camp zur Unterbringung der jüdischen Flüchtlingskinder angemietet worden. Daran, dass seine äußerlich sehr ansprechenden, innen aber extrem karg möblierten Hütten jemals auch in eisigen Wintermonaten mit Kindern belegt sein würden, hatte Billy Butlin nicht im Entferntesten gedacht. Deshalb hatte er auch darauf verzichtet, Grundwasserdrainagen anzulegen – und Heizungen zu installieren.

»Fürst Pücklers Eiskeller!«, tauften Jakob und Viktor denn auch umgehend ihre Unterkunft, deren Fenster innen von Eisblumen überzogen waren.

Kein anderer Name hätte zutreffender sein können, denn

der Winter 1938/39 sollte als einer der kältesten des zwanzigsten Jahrhunderts in die Annalen eingehen. Bei der Ankunft der ersten Kindertransporte waren Reporter der BBC im Lager erschienen, die einen Bericht über den Notstand produzieren und auch Tonaufnahmen machen wollten. Es herrschte jedoch eine derartige Kälte, dass die Tonbänder der Journalisten den Dienst versagten – und erst am Ofen des Haupthauses behutsam aufgewärmt werden mussten. Daraufhin spendete die Gummifirma *Dunlop* eine Lkw-Ladung Wärmflaschen, die von da an allabendlich, mit heißem Wasser gefüllt, von den älteren Jungen auf Handwagen durch das Camp gezogen und in den Hütten verteilt wurden.

Aber auch die Wärmflaschen brachten nur wenig Linderung, sodass die Kinder abends den Moment, da sie in die eisigen Betten steigen mussten, möglichst lange hinauszögerten. Sie schliefen oftmals in Pullovern und Mänteln. Und da sie sich zu zweit ein Bett teilen mussten, gewöhnten sie es sich schnell an, dass einer das Kommando »Umdrehen!« gab, worauf sich alle auf die andere Seite drehten.

Da Jakob und Viktor zu kräftig in den Schultern waren, um sich ein Bett teilen zu können, drängte Lukas sofort darauf, sich mit Jakob zusammenzutun. »Du kannst dir auch die Bettseite aussuchen!«, bot er ihm an.

»Geht schon in Ordnung, Fledermaus«, sagte dieser, der dem schmächtigen Kerlchen einfach keinen Wunsch abschlagen konnte.

»Jetzt habe ich endlich so etwas wie einen großen Bruder«, flüsterte Lukas selig, als er sich in der ersten Nacht an ihn schmiegte.

»Sei ruhig und schlaf!«

2

Wie sehr das Camp für sommerliche Temperaturen ausgelegt war, zeigte sich auch oft morgens im Esssaal. Wenn dann wieder einmal ein scharfer Ostwind über die bleierne See wehte, konnten sie die Schneeflocken durch die Dachsparren auf ihre Frühstücksteller rieseln sehen. Der Schnee überzuckerte Köpfe, Schultern und Tische. Schneeflocken auf Porridge und geräucherten Salzheringen!

Niemand zog beim Essen die Handschuhe aus. Wer richtig dicke Fäustlinge trug, konnte sich des Neides derer sicher sein, die mit dünnen Lederhandschuhen auf die Reise gegangen waren. Und wer von den Mädchen gar nur einen Muff besaß, aus dessen Wärme man die Hände herausziehen musste, war bei den Mahlzeiten besonders schlimm dran.

Die Idee einiger älterer Jungen, aus dem Lagervorrat mehrere elektrische Heizöfen zu organisieren, erwies sich als trügerische Hoffnung. Denn kaum waren die Geräte angeschlossen, als auch prompt alle Hauptsicherungen durchbrannten. Danach setzte sich die bittere Erkenntnis durch, dass sie ausschließlich in den Gemeinschaftsräumen, wo einige schwarze Kohleöfen standen, in den Genuss von einem Hauch von Wärme kommen konnten. Zu nahe wagte man sich an diese Kanonenöfen jedoch auch nicht, weil sie einen starken Rußgeruch verströmten, der leicht zu Kopfschmerzen führte.

Aber nicht nur die bittere Kälte setzte ihnen zu, sondern auch das Essen, das ihnen in den großen Esssälen aufgetischt wurde und das alle Neuankömmlinge ebenso als Zumutung empfanden wie die Übernachtung in ihren überbelegten Iglus, wie viele die Hütten bald nannten.

»Igittigitt!«, sagte Viktor angeekelt, als man ihnen zum Frühstück *kippers*, warme Räucherheringe, vorsetzte. »Was ist denn das für ein Fraß? Das sieht ja wie salzige, in Stücke geschnittene Schuhsohlen aus!«

»Ist doch klar: Das ist das, was die Tommys für Eskimokost halten!«, sagte ein anderer Junge an ihrem Tisch und wunderte sich, was bloß der Essig und die Chili-Sauce auf jedem Tisch suchten.

»Und was ist denn das für eine komische Brühe?«, maulte Viktor sogleich weiter, probierte vorsichtig den Tee und hätte ihn um ein Haar wieder ausgespuckt. Angewidert verzog er das Gesicht. »Mann, das sieht ja nicht nur wie Gift aus, sondern es schmeckt auch so!«

»Du gewöhnst dich schon noch dran«, sagte ein älterer Junge, der beim Auftragen behilflich und offenbar schon einige Zeit im Camp war. »Ihr müsst das Zeug nur ordentlich mit Milch verdünnen und mit einem halben Zentner Zucker verrühren.«

Und für jene Pampe, die die Engländer Porridge nannten und allem Anschein nach als unersetzlich für jedes Frühstück erachteten, vermochten sich Jakob und seine Kameraden auch nicht auf Anhieb zu erwärmen.

»Ein Himmelreich für einen Korb voll Brötchen und eine Salami!«, rief Viktor gequält.

Einige Jungen an ihrem langen Tisch warfen ihm missbilligende Blicke zu. Sie gehörten zu jenen Kindern, die in ihren Familien die strengen jüdischen Speisegebote eingehalten hatten und nur koscheres Essen gewohnt waren. Dass man ihnen im Lager auch Schweinewürstchen, fette Blutwurst und Schinken auftischte, stieß bei ihnen auf Unverständnis und Verärgerung und stellte sie vor ein großes Dilemma. Auch dass streng religiöse Juden niemals fleischige Speisen mit milchigen Speisen zur selben Mahlzeit zu sich nahmen, weil sich das eine mit dem anderen nicht im Magen vermischen durfte, schien die Lagerküche nicht zu wissen oder nicht sonderlich zu kümmern.

Ja, es gab so manches, was die Jungen und Mädchen im wahrsten Sinne des Wortes schwer schlucken ließ und ihnen Anlass zur Klage gab. Aber es stimmte, was der Junge, der dem Camppersonal beim Auftragen zur Hand gegangen war, gesagt hatte: Sie gewöhnten sich sehr schnell daran. Der Hunger ließ ihnen keine andere Wahl. Sie fanden sich auch schnell mit dem harten, glänzenden Toilettenpapier auf den Klos ab. Nur an die Kälte in ihren »Iglus«, daran gewöhnte sich keiner.

Es war jedoch nicht alles nur negativ, was ihnen im *Dovercourt Bay Holiday Camp* begegnete. Das Lager bot eine Vielzahl von Möglichkeiten, Spaß und Ablenkung zu haben und sich zu beschäftigen. Sie konnten Fußball, Tischtennis und Dart spielen und mit Boxhandschuhen üben, es wurden Filme gezeigt, für die Kleineren stand eine Menge Spielzeug wie Bauklötze, Bastelmaterial, Puppen und anderes bereit, es gab täglich vor dem Mittagessen zwei Stunden Englischunterricht, nach dem Nachmittagstee durften sie bei einigermaßen passablem Wetter ans Meer, die wenigen deutschen Bücher gingen von Hand zu Hand, abends wurden Lieder gesungen. Eine Beschäftigung war bei allen, gleich welchen Alters, ganz besonders beliebt: das Briefeschreiben an die Eltern zu Hause.

Man schrieb fröhlich gehaltene, hoffnungsvolle Briefe,

ohne dass einer vom freundlichen und hilfsbereiten Lagerpersonal sie dazu aufgefordert hätte. Sie taten es, ob bewusst oder unbewusst, aus dem Wunsch heraus, den Eltern bloß keinen Anlass für Sorgen und zusätzlichen Kummer zu geben. Den eigenen Kummer behielten sie für sich und nahmen ihn nachts, oft unter leisem Weinen, mit in den Schlaf.

3

Während Jakob wie die meisten anderen mit großen Schwierigkeiten zu kämpfen hatte, sich im *Dovercourt Bay Holiday Camp* einzuleben, fühlte sich Viktor schon vom ersten Tag an wie ein Fisch im Wasser – allen Mängeln zum Trotz. Oder besser gesagt: gerade *wegen* der vielen Unzulänglichkeiten.

»Hier liegt ja mehr im Argen, als eine hundertköpfige Elefantenherde scheißen kann«, stellte er gleich bei ihrer Ankunft mit einer seltsamen Mischung aus Naserümpfen und Zufriedenheit fest. »Und das bedeutet, dass es auch eine Menge zu organisieren gibt. Ich sag dir, hier sind mehr gute Geschäfte zu machen als auf einem Basar im Orient!«

Während Jakob am ersten Morgen nach dem äußerst gewöhnungsbedürftigen Essen durch das Lager streifte, sich alle Einrichtungen ansah und leider vergeblich hoffte, dabei auch Erika zu begegnen, verdrückte sich Viktor noch während des Frühstücks. »Mal die Lage peilen gehen«, sagte er vage und mit einem rätselhaften Augenzwinkern.

Erst kurz vor dem Mittagessen traf Jakob ihn vor dem Toilettenhaus wieder, wo er einem rothaarigen Jungen eine Dose mit Ananas sowie ein kleines Taschenwörterbuch Englisch-Deutsch/Deutsch-Englisch verkaufte. »Wo bist du denn die ganze Zeit gewesen, Wolke?«, fragte er verwundert.

»Die Gunst der frühen Stunde nutzen! Nur der frühe Vogel fängt den Wurm!«

Viktor grinste breit und erzählte, dass er in Dovercourt gewesen war. Der Kohlenhändler, der am Morgen das Camp beliefert hatte, hatte ihn mitgenommen – und ihm das Nazifeuerzeug abgekauft. Natürlich nach heftigem Gefeilsche um den Preis, wie er versicherte. Auch hatte er bei dem Mann, der nicht zum ersten Mal mit deutschen Flüchtlingen Geschäfte machte, seine Reichsmark in Pfund und Schilling umgetauscht. Der Kurs lag bei zwanzig Schilling für zehn Reichsmark. Von dem Geld hatte er im Dorf, dessen Krämer sich auch schon längst auf die neue Klientel im Camp eingestellt hatte, nicht nur mehrere Konservendosen mit Südfrüchten und andere Leckereien, sondern auch dessen restliche sechs kleine Wörterbücher gekauft.

»Ich sage dir, die Dosen sind weggegangen wie warme Semmeln! Ich hätte locker die doppelte Menge an den Mann bringen können. Und von den Wörterbüchern habe ich auch bloß noch zwei. Willst du eins? Du kriegst es natürlich zum Einkaufspreis!«

Jakob sah ihn im ersten Moment sprachlos an. Kaum im Lager eingetroffen, hatte Viktor nichts Eiligeres zu tun gehabt, als sich im nächsten Ort mit Waren einzudecken, die er hier im Lager mit einem satten Profit an ihre Leidensgefährten verkaufte!

Jakob war noch immer verwirrt und bedrückt von den chaotischen Umständen im Lager, die von einer offenbar völlig überforderten und schlecht ausgestatteten Lagerleitung zeugten. Und er reagierte auf Viktors Geschäftstüchtigkeit, die ihm irgendwie schäbig vorkam, mit unverhohlenem Unverständnis. »Sag mal, musst du immer gleich an irgendwelche Schiebergeschäfte denken?«, fragte er kopfschüttelnd.

»Muss die Sonne jeden Morgen aufgehen?«, fragte Viktor zurück und legte sich wie ein Opernsänger auf der Bühne in die Brust. »Muss die Nachtigall singen und die Biene am Blütenhonig saugen?«

»Sei doch mal ernst, Wolke!« Ärger schwang nun in Jakobs Stimme mit. »Also, ich finde das mies.«

Viktor lachte spöttisch auf. »Du meinst, ich mache dem Bild des raffgierigen Juden, der jeden übers Ohr haut und nur an seinen Profit denkt, so wie uns die Nazis jahrelang im *Stürmer* und anderswo verleumdet haben, alle Ehre, ja?«

»Na ja…«, sagte Jakob zögernd. Ähnliches war ihm tatsächlich durch den Sinn gegangen.

»Mensch, jetzt glaubst du diesen Scheiß auch noch selbst, den die Nazis uns anhängen wollen! Aber damit machst du mir keine Gewissensbisse.«

»Ich will dir keine Gewissensbisse machen…«

»Das versuchst du sehr wohl«, fiel Viktor ihm ins Wort. »Aber das funktioniert nicht. Als ob es nur bei den Juden geschäftstüchtige Leute gibt! Nee du, ich habe einfach eine gute Nase für Geschäfte, die was abwerfen. Und ich denke nicht daran, jetzt den netten, braven Schoßhund zu spielen, wo ich doch nun mal ein geborener Windhund bin! Warum soll ich nicht einen netten Profit einstreichen, wo ich mir doch die Arbeit gemacht und das Zeug herangeschafft habe? Jeder andere hätte es ja auch machen können, ist aber keiner auf die Idee gekommen. Angebot und Nachfrage bestimmen nun mal den Preis. Das ist immer so gewesen und wird auch immer so bleiben.«

»Na ja, so gesehen hast du natürlich Recht«, sagte Jakob. Und später räumte er im Stillen vor sich ein, dass seine Verärgerung vielleicht von einer heimlichen Portion Neid bestimmt gewesen war, weil ihm selbst ein solcher Geschäftssinn abging.

Viktor machte sich im Lager schnell einen Namen als jemand, der über die besten Verbindungen zu allen wichtigen Leuten verfügte und einem so gut wie alles beschaffen konnte, wenn der Preis nur stimmte. Und ehe Jakob und Lukas sich versahen, hatte Wolke sie als seine »Läufer« angestellt, die Nachrichten übermittelten, neue Aufträge entgegennahmen und bestellte Waren auslieferten.

»Warum machen wir nicht unseren eigenen Handel auf?«, fragte Lukas, als Viktor sie wieder einmal auf eine große Tour durch das Lager geschickt hatte. »Ich meine, nur wir beide.«

Überrascht blieb Jakob stehen. »Wie stellst du dir denn das vor, Fledermaus?«

»Na, was Wolke kann, kannst du doch schon lange! Du bist doch genauso helle wie er!«, versicherte Lukas mit jener grenzenlosen Bewunderung, die er seinem »großen Bruder« entgegenbrachte.

Jakob lachte belustigt auf. »Danke für die Blumen, Kleiner. Aber ich glaube, das lassen wir besser mal bleiben. Ich tauge nicht zum Anführer.«

»Das stimmt doch gar nicht!«, widersprach Lukas heftig. »Du musst nur wollen! Ich wette, wir sind genauso schnell im Geschäft wie Wolke. Du kannst auch all mein Geld haben und natürlich bist du der Chef und ich bin dein Läufer!«

»Sag mal, warum bist du denn auf einmal so wild darauf, dass wir auf eigene Rechnung arbeiten und Wolke Konkurrenz machen?«, fragte Jakob verwundert.

Lukas druckste herum und sagte dann: »Er denkt doch immer nur an sich. Außerdem mag ich es nicht, wenn er Fledermaus zu mir sagt!«

»Das tue ich doch auch!«

»Aber wenn du es sagst, klingt es ganz anders!«, antwortete Lukas verlegen. »Mehr wie ein großer Bruder und nicht so wie … na, wie Wolke eben!«

»Ach, das bildest du dir nur ein. Wolke ist schon in Ordnung, auf seine Art eben«, sagte Jakob und wuschelte ihm das Haar durcheinander. »So, und jetzt vergiss den Unsinn mal schnell wieder.«

4

Erst am dritten Tag sah Jakob Erika wieder. Er hatte sich im Haupthaus den halben Nachmittag mit einem Tischtennis-Match nach dem anderen warm gehalten. Als sein letzter Gegner ihn zum wiederholten Mal geschlagen und damit genug für sein Selbstbewusstsein getan hatte und von seinen Freunden zu einem Fußballspiel gerufen wurde, bemerkte er

Erika. Sie stand an der Tür und blickte zu ihm herüber. Als sie seinen Blick auffing, lächelte sie und hob etwas verlegen die Hand.

Jakob winkte sie zu sich. »Ich dachte schon, dich hätten sie in ein anderes Lager geschickt, vielleicht in dieses Pakefield. Ich hab dich nirgendwo gesehen.«

Sie hob leicht die Augenbrauen, als wollte sie fragen, ob er sie denn gesucht habe. Aber dann sagte sie nur: »Schön, dass du auch hier bist. Ich dachte auch schon, dass ihr vielleicht woanders hingekommen seid.«

»Dieses Camp ist nicht gerade das Ferienlager, das wir uns vorgestellt haben, nicht wahr?«

Sie zuckte die Achseln. »In Pakefield soll es nicht besser sein. Im Gegenteil.«

»Wir haben ganz anderes überstanden und werden auch das hier überstehen«, sagte Jakob.

Erika nickte.

Einen Augenblick standen sie beide verlegen da und wussten nicht, wie sie ihr Gespräch fortsetzen sollten. Jakob wollte nicht, dass sie schon wieder ging, und er glaubte zu spüren, dass sie auch keine Eile hatte, sich nach einer anderen Beschäftigung umzusehen.

Dann kam ihm die rettende Idee, wie er sie am Gehen hindern konnte. »Hast du Lust, mit mir Tischtennis zu spielen?«

»Ich habe es noch nie versucht.«

»Dann wird es allerhöchste Zeit. Es ist wirklich nicht schwierig. Ich bringe es dir im Handumdrehen bei!«, sagte er, drückte ihr einen Schläger in die Hand und zeigte ihr, wie sie ihn halten und den Ball aufschlagen musste.

Sie spielten eine gute Stunde zusammen. Dann sagte Erika

mit Blick auf die große Uhr an der Wand, dass sie jetzt zu ihrer Unterkunft zurückmüsse. Sie habe Grete, die das Bett mit ihr teile, versprochen, ihr vor dem Abendessen zu erklären, wie man Patiencen legte.

Auf dem Weg durch das Lager kamen sie auf ihre Heimat zu sprechen, und Jakob rätselte laut darüber, wann denn wohl mit Post von ihren Eltern zu rechnen sei – ja, ob die Eltern denn überhaupt auf ihre Briefe würden antworten dürfen. Und dann fragte er: »Du hast doch deinen Eltern bestimmt auch schon geschrieben, nicht wahr?«

Sie zögerte kurz. »Ja, ich habe meiner Tante Hedwig geschrieben.«

»Und deinen Eltern noch nicht?«

Sie schüttelte den Kopf. »Meine Mutter ist schon vor vier Jahren gestorben, und wo mein Vater ist… ob er überhaupt noch lebt, weiß ich nicht«, eröffnete sie ihm leise und kämpfte mit den Tränen. »Sie haben ihn im Januar abgeholt und in ein Arbeitslager gebracht. Seitdem haben wir nichts mehr von ihm gehört.«

Jakob brachte nur ein gequältes »Das tut mir Leid, Erika« hervor. Und nach einer Pause fügte er noch hinzu: »Mein Vater war auch in einem Lager, aber er ist dann nach sechs Wochen wieder entlassen worden. Vielleicht kommt dein Vater ja auch zurück.«

Eine Weile gingen sie in gedankenschwerem, kummervollem Schweigen durch die langen Reihen der Hütten. Dann erzählte Erika ihm die Geschichte ihres Vaters, der als Chirurg in einem von Nonnen geführten Krankenhaus gearbeitet und seinen Beruf mit Leib und Seele ausgeübt hatte.

»Er ist die letzten Monate nicht mehr nach Hause gekommen, sondern hat sich im Krankenhaus versteckt. Nachts schlief er auf einer Matratze in einer kleinen Abstellkammer zwischen Bohnerwachs und muffigen Putzlappen. Viel Schlaf hat er aber nicht bekommen, denn er hat Tag und Nacht operiert und sich besonders um die Patienten gekümmert, die aus den Straflagern kamen. Viel hat er darüber nicht erzählt, wenn er sich einmal die Woche abends zu Tante Hedwig und mir geschlichen hat. Aber dass die Inhaftierten dort gequält wurden und viele mit gebrochenen Armen und Beinen aus der Haft entlassen wurden, das habe ich schon erfahren. Auch dass die arischen Ärzte sich geweigert haben, diese Leute zu behandeln.«

Jakob dachte an seinen Vater und dass er nicht ein Wort über das erwähnt hatte, was er in seinen Wochen im Lager mitgemacht hatte.

»Und dann, in der letzten Januarwoche, haben plötzlich Männer von der Gestapo vor unserer Tür gestanden und meinen Vater verhaftet«, fuhr Erika mit erstickter Stimme fort. »Ich bin überzeugt, dass irgendeiner aus unserer Nachbarschaft ihn gesehen und denunziert hat. Danach hat Hedwig darauf bestanden, dass ich Deutschland so schnell wie möglich verlasse und auf eine Liste für den nächsten Kindertransport nach England komme. Er… er fehlt mir so sehr und ich habe solche Angst um ihn. Auch um Tante Hedwig.« Ihre Stimme versagte und sie kämpfte nun nicht länger gegen die Tränen an.

Wortlos nahm er ihre Hand und hielt sie, bis sie zu ihrer Unterkunft kamen.

»Schreib dennoch an deinen Vater«, sagte er, weil er ihr ein wenig Hoffnung machen wollte. »Vielleicht haben sie ihn ja inzwischen wieder entlassen, wie meinen Vater damals.«

Sie schenkte ihm ein gequältes Lächeln. »Ja, das werde ich. Gleich heute Abend … Danke, Jakob.«

»Sehen wir uns morgen wieder?«, fragte er. »Wir könnten hinunter ans Meer gehen.«

Erika nickte und wischte sich die Tränen vom Gesicht. »Ja, gern«, sagte sie. »Also bis morgen.«

5

Es war an ihrem ersten Freitag kurz nach dem Mittagessen, als Viktor ihnen die Nachricht vom wöchentlichen »Viehmarkt« im Camp überbrachte. Jakob war mit Erika und Lukas, der sie unbedingt begleiten wollte, ans Meer hinuntergegangen. Man sollte dort im Sand mit ein wenig Glück kleine Haifischzähne finden, und Lukas war ganz wild darauf, einen solchen aufzustöbern.

Da tauchte plötzlich Viktor auf. Heftig winkend kam er zu ihnen über den Strand gelaufen. »Mensch, ich habe euch schon überall gesucht!«, rief er ihnen zu.

»Wenn du wieder wichtige Geschäfte zu erledigen hast, musst du das selber tun«, sagte Jakob, der nicht daran dachte, sich von Viktor ausgerechnet jetzt für seine Schiebergeschäfte einspannen zu lassen. Es reichte ihm schon, dass Lukas bei diesem Spaziergang, den er lieber allein mit Erika unternommen hätte, wie eine Klette an ihm klebte.

»Heute ist sowieso nicht viel los. Die paar Sachen haben Zeit bis später«, gab Viktor sich großzügig. »Und deshalb habe ich dich auch gar nicht gesucht. Ich habe eine Neuigkeit für euch. Am Wochenende ist hier Viehmarkt!«

Jakob machte ein ungläubiges Gesicht. »Viehmarkt? Bei uns im Lager?«

»So richtig mit Pferden und Kühen und allem Drum und Dran?«, fragte Lukas aufgeregt und freute sich schon.

»Nee«, sagte Viktor breit und grinste. »Das Vieh, das am Wochenende begutachtet wird, sind wir.«

»Was redest du denn da für einen Stuss!«, sagte Erika.

»Das ist kein Stuss«, erwiderte Viktor. »Am Sonntag kommen Leute aus der Stadt zu uns nach Dovercourt, die sich bei der Lagerleitung gemeldet haben, weil sie daran interessiert sind, Kinder bei sich zu Hause aufzunehmen.«

»Wir werden einfach so in fremde Familien gegeben?«, stieß Lukas bestürzt hervor. »Ich gehe aber nur, wenn auch Jakob in dieselbe Familie kommt!«

»Quatsch!«, sagte Viktor, um dann, an Jakob und Erika gewandt, fortzufahren: »Die Leute werden uns kritisch beäugen und sich dann jemanden herauspicken, der ihnen gefällt. Ich habe gehört, dass kleine Kinder und niedliche junge Mädchen, die so richtig hübsch deutsch sind, also blond und mit blauen Augen, am schnellsten weggehen.« Und mit einem spöttischen Blick auf Lukas fügte er hinzu: »Du brauchst also keine Angst zu haben, dass dich einer mitnimmt, Fledermaus.«

Jakob schoss ihm wegen dieser Bemerkung einen ärgerlichen Blick zu. »Lass den Blödsinn, Wolke!«

»Na, ihr werdet schon sehen! Ich sage euch nur, passt auf, was ihr tut und sagt! Das gilt besonders für dich, Erika. Ich habe nämlich von einigen Leuten, die schon länger im Lager sind und den Zirkus kennen, gehört, dass viele von diesen angeblich so hilfsbereiten Pflegeeltern in Wirklichkeit nur an einem billigen Dienstmädchen interessiert sind. Dann kannst du dir bei so einer netten Familie die Finger blutig schrubben, stundenlang Wäsche waschen und bügeln und jeden Dreck machen, für den sie sich selbst zu fein sind! Also, ich werde jedenfalls keinen ermutigen, mit mir abzuziehen, im Gegenteil! Die werden schön die Finger von mir lassen. Bin doch nicht blöde!«

Viktor hatte nicht übertrieben, was den wöchentlichen »Viehmarkt« betraf, der bei manchen auch sarkastisch »Brautschau« hieß und von der Lagerleitung weniger drastisch als »Besuchszeit« oder »Besichtigung der Insassen« bezeichnet wurde.

Der Sonntag war deshalb der Tag, an dem jeder besonders fein aussehen musste. Deshalb wurde der Speisesaal schon am Vormittag in einen riesigen provisorischen Frisörsalon umfunktioniert, in dem die Jugendlichen in langen Schlangen standen, um sich die Haare schneiden zu lassen. Zu den Vorschriften gehörte es auch, dass man in den Waschhäusern am Tag zuvor ein gründliches Bad nahm, was bei der Kälte in den ungeheizten Räumen alles andere als ein Vergnügen war. Nach dem Zurechtstutzen der Haare mussten alle ihre besten Sachen anziehen. Die Kleinen wurden ganz besonders sorgfältig herausgeputzt, und es wurde darauf geachtet, dass sie alle adrett aussahen, ordentlich gekämmt waren und saubere Fingernägel hatten.

Was insbesondere den älteren Jugendlichen sauer aufstieß, waren die wiederholten Ermahnungen, immer höflich und dankbar zu sein und auf keinen Fall Deutsch zu sprechen, sondern sich um Antworten in Englisch zu bemühen, sollten sie angesprochen werden. Aber wer von ihnen konnte denn mehr als ein paar Brocken?

Zum Mittagessen trafen dann die interessierten Städter, die als Pflegeeltern eines der Kinder bei sich aufnehmen wollten, im Lager ein. Die Kinder saßen im Speisesaal mit ihren Namensschildern um den Hals bei Tisch, während die Besucher durch die Tischreihen gingen und das »Angebot« begutachteten.

»Sieh mal, wie sie durch die Reihen schleichen«, murmelte Viktor grimmig. »Wie die Geier kreisen sie um uns herum, besonders um ihre Wunschkinder, die süßen kleinen Mädchen und die völlig Eingeschüchterten, die sie für eine fleißige und allzeit dankbare Haushaltshilfe halten! Diese noblen Wohltäter wissen ganz genau, warum sie hier sind, das kannst du mir glauben!«

Jakob verpasste ihm einen Rippenstoß, damit er seinen Mund hielt, und stocherte weiter in seinem Essen herum, während er verstohlen um sich blickte. So ganz Unrecht hatte Viktor wirklich nicht. Das Ritual hatte etwas Bedrückendes. Und viele Paare tuschelten hinter vorgehaltener Hand, welches der Kinder ihnen denn am besten gefiel, bevor sie endlich mit diesem oder jenem Kind ein paar Worte wechselten, was bei den Sprachschwierigkeiten meist jedoch keinem viel brachte.

Jakob hörte, wie ein Ehepaar einen kleinen, blond gelockten Jungen mit den Worten *»How do you do?«* ansprach, worauf der Junge artig, aber vorschriftswidrig auf Deutsch mit »Viertel vor drei!« antwortete.

Es herrschte eine eigenartige, angespannte Atmosphäre im

Saal, in dem kaum ein lautes Wort fiel. Viele der Jungen und Mädchen, insbesondere die Kleineren, sehnten sich danach, dem Lagerleben zu entfliehen und bei einer Familie Wärme und Geborgenheit zu finden. Manche bemühten sich auf herzzerreißende Art, einen möglichst ansprechenden Eindruck zu machen, saßen aufrecht und mit im Schoß gefalteten Händen da, das Essen völlig vergessend, das vor ihnen stand und das sie in ihrer Aufregung sowieso nicht hinunterbrachten, und lächelten wie Puppen ohne Unterlass, wobei dieses Lächeln mit der Zeit immer mühsamer und verkrampfter wurde. Anderen, zumeist den Älteren, las man von ihren verschlossenen, grimmigen Gesichtern jedoch Trotz und Ablehnung ab und dass sie diese sonntägliche »Besuchszeit« als eine weitere Demütigung empfanden.

»Du hast Recht gehabt, Viktor«, flüsterte Jakob nach einer Weile. »Das hat wirklich viel von einem Viehmarkt!«

»Nur mit dem großen Unterschied, dass sie uns kostenlos kriegen«, gab Viktor zurück. »Aber mich schleppt keiner ab, darauf kannst du einen lassen!« Und sein Gesicht wurde wieder so finster, als wollte er dem Nächsten, der ihm auch nur einen halbwegs interessierten Blick zuwarf, sofort an den Kragen gehen.

Schließlich verließen die Besucher den Speisesaal. Und dann begann sowohl bei denen, die gern zu einer Pflegefamilie wollten, als auch bei den anderen, die den weiteren Aufenthalt im Lager der Ungewissheit eines Lebens als Pflegekind vorzogen, das nervöse, angespannte Warten, auf wen denn nun das Los gefallen war.

Am späten Nachmittag wurden schließlich über die Hauslautsprecher die Namen derjenigen Kinder ausgerufen, für die sich eine Pflegefamilie gefunden hatte. Fast alle zitterten diesem entscheidenden Moment entgegen.

Große Erleichterung überkam Jakob, Viktor, Lukas und Erika, als sie merkten, dass sie nicht zu den Aufgerufenen gehörten.

Ein Mädchen rief entsetzt, als ihr Name aus den Lautsprechern schepperte: »Ich bin verkauft!«

Bittere Enttäuschung herrschte dagegen bei denjenigen, die sich Hoffnung gemacht hatten, mitgenommen zu werden, und sich nun unerwünscht und zurückgestoßen fühlten. Fassungslosigkeit und Schmerz befielen diejenigen Geschwister, die einfach getrennt wurden.

»Na also!«, sagte Viktor zufrieden. »Hat doch geklappt!«

Wie er vorausgesagt hatte, waren vor allem die kleinen, nett herausgeputzten Mädchen und Jungen bis zum Alter von zehn Jahren »weggegangen wie warme Semmeln«, wie Viktor sich ausdrückte. Auch kräftige und schüchtern dreinblickende Mädchen bis etwa dreizehn Jahre fanden noch Interessenten. Wer dagegen schon fünfzehn, sechzehn Jahre alt war und nicht gerade einem blonden Siegfried ähnelte, hatte nur eine geringe Chance gehabt. Kaum einer wollte sich mit einem Teenager einlassen, weil diese Gruppe bei den Pflegeeltern als zu schwierig und zu empfindlich galt. Darüber, dass die aus ihrer Heimat vertriebenen Kinder, die dort schon viele Grausamkeiten und Demütigungen mitgemacht hatten, ein sehr feines Gespür für offene wie versteckte Beleidigungen besaßen, machte sich kaum einer Gedanken, auch nicht die Leute, die das Camp leiteten.

Bei aller Erleichterung, die einige von ihnen empfanden, legte sich doch nach der Abfahrt der Besucher mit ihren ausgewählten Kindern eine allgemeine Niedergeschlagenheit über das Lager, und bei manchen flossen bittere Tränen, wenn auch oft erst nachts im Bett.

»Ich bin richtig froh«, sagte Lukas zu Jakob, als sie in ihrer Hütte mit voller Kleidung einschließlich Mantel unter ihren dicken Decken lagen und es ihnen trotzdem nicht richtig warm werden wollte. Doch dann fügte er nach einer Pause noch leise hinzu: »Ein schönes Gefühl ist es aber nicht, so einfach übrig zu bleiben.«

6

So gut die Flüchtlingsorganisationen, ihre Betreuer im Camp und wohl auch die meisten der bereitwilligen Pflegeeltern es meinten, so verlor die sich sonntäglich wiederholende Prozedur doch nichts von ihrem verstörenden und auch unwürdigen Charakter. Nicht nur unter den betroffenen Kindern, sondern auch in der Presse sprach man bald schon von »Sklavenmärkten«, zu denen diese Flüchtlingslager mit ihren überwiegend jüdischen Kindern verkamen.

An einem der ersten Besuchstage im März fiel das Los eines Paares unverhofft auf Erika. Ein Ehepaar mittleren Alters aus London, das sogar recht gut Deutsch sprach, ließ sie nach der allgemeinen »Kinderbeschau« ausrufen.

Jakob versetzte es einen schmerzhaften Stich, als er hörte, wie ihr Name verlesen wurde.

»Diese dumme Kuh!«, murmelte Viktor. »Ich dachte, sie

wüsste, wie man sich die Leute vom Hals hält! Jetzt hat es sie erwischt und nun kann sie für die feinen Londoner Herrschaften das Dienstmädchen spielen und sich die Finger blutig schrubben! Und als Taschengeld kriegt sie am Wochenende ein paar lausige Shillings in die abgearbeiteten Hände gedrückt.«

»Sag nicht noch einmal dumme Kuh zu Erika, hast du mich verstanden?«, herrschte Jakob ihn an. Und mit diesen Worten stürmte er aus dem Speisesaal. Zum ersten Mal brachte ihn die Geringschätzung, mit der Viktor über andere urteilte, ernsthaft gegen ihn auf.

Schnell lief Viktor ihm nach und hielt ihn am Arm fest. »Tut mir Leid, Kumpel. War nicht so gemeint, wie es vielleicht geklungen hat. Du weißt doch, manchmal geht mein lockeres Mundwerk mit mir durch«, entschuldigte er sich. »Hab nicht gewusst, wie viel sie dir bedeutet.«

»Darum geht es gar nicht …!«

Viktor gab sich zerknirscht und entschuldigte sich erneut. »War wirklich nur ein blöder Ausrutscher.«

»Von denen hast du aber viele!«

»Kommt nicht wieder vor, Ehrenwort!«

Schon um sich nicht länger mit ihm streiten zu müssen und um mit seinen trüben Gedanken allein sein zu können, nahm er Viktors Entschuldigung an und versöhnte sich mit ihm. Dann machte er sich davon. Niedergedrückt lief er durch das Lager. Und dann sah er Erika plötzlich aus dem Haupthaus kommen – jedoch ohne ihren Koffer. Und ohne das Ehepaar aus London. Die Wagen der Besucher hatten den Vorplatz schon alle verlassen.

Er konnte gar nicht schnell genug zu ihr kommen. »Du bist

ja noch hier!«, rief er erleichtert. »Ich dachte, du wärst mit diesen Leuten aus London mitgefahren! Was ist passiert?«

»Das waren Methodisten, recht nette Leute sogar, und vielleicht hätte ich es bei ihnen ja wirklich ganz gut gehabt«, erzählte sie. »Aber ich wollte doch lieber hier bleiben. Nur wusste ich nicht, wie ich es ihnen sagen sollte, weil ich sie doch nicht vor den Kopf stoßen wollte. Als sie dann sagten, sie würden mich auch gern zu ihren religiösen Treffen mitnehmen, da habe ich einfach behauptet, dass ich für ihr Angebot sehr dankbar wäre, aber nur bei einer Familie leben könnte, die auch koscher kocht und den Sabbat einhält und solche Sachen. Und da haben sie es sich anders überlegt. Ein bisschen Leid getan hat es mir schon, denn ich bin sicher, dass sie wirklich ein gutes Werk tun wollten und nicht nur ein billiges Dienstmädchen suchten, wie es Viktor ja allen unterstellt.«

»Na, mir tut es auf jeden Fall nicht Leid, dass du hier bleibst«, sagte Jakob ehrlich. »Ganz im Gegenteil, ich bin richtig froh, dass die Leute dich nicht genommen haben!«

Sie lächelte berührt und verlegen zugleich. »Ja, ich auch.«

7

Die älteren Jugendlichen ausreichend zu beschäftigen und zu kontrollieren erwies sich für die Betreuer als ein Problem, dem sie sich immer weniger gewachsen zeigten. Und die sonntäglichen »Viehmärkte« sowie die Gerüchte, die Nazis hätten jugendliche »Spione« in die Kindertransporte eingeschleust und damit auch hier im Lager ihre geheimen Informanten, trugen nicht dazu bei, die Atmosphäre zu entspannen.

Es bildeten sich regelrechte Jugendbanden, die ihr Revier absteckten, es eifersüchtig gegen Eindringlinge verteidigten und sich mit anderen Jugendgruppen wüste Prügeleien lieferten. Es gab sogar Messerstechereien. Und in einigen Teilen des Lagers regierte das Faustrecht des Stärkeren.

Eine ganz besondere Rivalität, die sich schnell zu einer erbitterten Feindschaft auswuchs, herrschte zwischen den Österreichern und den »einzig richtigen Deutschen«, für die sich vor allem die Jugendlichen aus Berlin hielten. Deshalb trennte man Wiener und Berliner Jungen und brachte sie in Häusern unter, die ein gutes Stück voneinander entfernt lagen. Was die Konflikte aber nicht aus der Welt schaffte.

Jakob war entsetzt darüber, dass man den anderen schon allein deshalb hasste, weil er aus einer anderen Stadt oder einem anderen Land kam. Er begriff auch nicht, dass viele seiner Leidensgefährten sich in erster Linie immer noch als Deutsche oder Österreicher fühlten und nicht als Juden, die doch alle dieselbe Verfolgung unter den Nazis erlitten hatten. Noch weniger verstand er, wie man sich als Jude mit der Macht und militärischen Überlegenheit der Nazis brüsten konnte.

»Halt du bloß dein Maul, du Wiener Lackaffe!«, hörte er einen Berliner einen Jungen aus Wien angiften. »Ihr österreichischen Waschlappen seid doch bloß auf dem Gnadenweg zu Großdeutschland gekommen. Wir waren schon immer da! Und richtige Deutsche werdet ihr nie!«

Worauf ihm der Wiener nicht weniger verächtlich antwortete: »Hättet ihr doch euer Scheißdeutschland für euch behalten, ihr Großkotze! Wir wollten ja gar nicht in euer Reich!«

»Warum habt ihr dann so gejubelt, als wir euch einkassiert haben? Mann, ihr habt euch doch vor Freude und Dankbarkeit in die Hose gemacht!«

Dass dieser Streit nicht in eine Schlägerei ausartete, war nur dem Umstand zu verdanken, dass es zu diesem hässlichen Wortwechsel nicht irgendwo im Freien fern jeglicher Aufsicht gekommen war, sondern im Speisesaal, wo sich mehrere Betreuer aufhielten.

Strenge Strafpredigten von der Lagerleitung und der kurzzeitige Entzug kleiner Vergünstigungen konnten die immer wieder aufflammenden Disziplinlosigkeiten und Gewalttätigkeiten einschränken, doch wirklich in den Griff bekamen ihre Betreuer die Lage nicht. Zudem kursierten auch noch Gerüchte, dass einige der sechzehn-, siebzehnjährigen Jungen und Mädchen besser miteinander auskamen, als es die Sittlichkeit und die Lagervorschriften erlaubten.

In Jakob keimte bald der Verdacht, dass auch Viktor zu jenen Jugendlichen zählte, die Anlass zu diesen Gerüchten gaben. Manchmal schlich er sich nämlich nachts aus ihrer Hütte, und das wohl kaum, um so spät noch irgendwelchen krummen Geschäften nachzugehen, die das Tageslicht scheuten. Vermutlich traf er ein Mädchen. Aber Jakob wollte nichts wissen und hütete sich auch, ihn zu fragen.

Es wunderte ihn dann auch nicht, dass Viktor zu der Gruppe gehörte, die um ein Haar einen öffentlichen Skandal verursachte.

Umtriebig, wie Viktor war, erfuhr er als einer der Ersten, dass der Bürgermeister von Harwich eine Gruppe von Jugendlichen eingeladen hatte, für einige Tage in der Hafenstadt zu Gast zu sein. Er schaffte es, auf die Liste der Eingeladenen gesetzt zu werden, und fuhr mit nach Harwich, wo die Jugendlichen im Wohnheim der Heilsarmee unterkamen. Aber mit dem Programm, das man für ihren Aufenthalt in Harwich vorbereitet hatte, gaben sich Viktor und eine Hand voll seiner Kameraden nicht zufrieden. Sie hatten Geld in der Tasche und der Rotlichtbezirk bei den Docks lockte.

Eines Abends setzte sich diese kleine Gruppe von den anderen ab und verschwand unten im anrüchigen Hafenviertel. Erst spät in der Nacht gelang es den Betreuern, diese Ausreißer wieder einzufangen. Einige davon sturzbetrunken, andere in einem einschlägigen Etablissement, dessen weibliche Bedienung mehr als nur harte Getränke zum Kauf anbot. Gleich am nächsten Morgen verfrachtete man sie in einen Wagen und schickte sie nach Dovercourt zurück.

Viktor glühte vor Stolz über seine nächtlichen Abenteuer und hatte nur Häme für ihre hilflosen Betreuer übrig, die viel zu lange nach ihnen im Rotlichtviertel gesucht hätten, um ihnen noch rechtzeitig den Spaß verderben zu können. »Mensch, ich könnte dir Geschichten erzählen, da würden dir die Augen übergehen!«, prahlte er. »Aber unsere sittenstrenge Lagerleitung hat uns dazu vergattert, mit keinem darüber zu sprechen, wenn wir nicht zur Strafe auf einen landwirtschaftlichen Betrieb von stumpfsinnigen Quäkern irgendwo in der Walachei verfrachtet werden wollen, wo wir dann Mist schaufeln müssen!«

»An den Geschichten bin ich auch gar nicht interessiert«, sagte Jakob reserviert.

Dass dieser skandalöse Vorfall ausgerechnet wenige Tage

vor dem Besuch eines englischen Oberrabbiners* passierte, war der Lagerleitung ganz besonders peinlich. Aber bevor Rabbi Hertz sich über die Sexualmoral im Lager Gedanken machen und Rechenschaft verlangen konnte, kam ihm zu Ohren, dass die Jugendlichen auch am Sabbat Fußball spielten. Und diese Verletzung der heiligen Gebote beschäftigte ihn offensichtlich mehr als alles andere, denn derartige Vergnügungen und körperliche Betätigungen waren gläubigen Juden am Sabbat nun mal streng untersagt. Er brachte seine Missbilligung auf seinem Rundgang durch das Lager auch deutlich zum Ausdruck und ging auf die Sittenlosigkeit der Ausreißer in Harwich gnädigerweise gar nicht ein.

Viktor feixte hinterher: »Siehst du, bloß ein Sturm im Wasserglas!«

8

In den Februarwochen herrschte im *Dovercourt Bay Holiday Camp* noch ein reges Kommen und Gehen. Alle paar Tage trafen neue Flüchtlingskinder vom Kontinent ein und jeden Sonntag verließ eine große Zahl das Lager mit ihren englischen Pflegeeltern. Mittlerweile waren auch andernorts weitere Lager eingerichtet worden. Zudem öffneten Internate und Heime ihre Häuser für jüdische Emigrantenkinder, um des unablässigen Stromes heimatloser Kinder besser Herr zu werden. Das hatte für Dovercourt die positive Folge, dass die qualvolle Überbelegung schon Anfang März der Vergangenheit angehörte und immer weniger Kinder das Bett mit einem anderen teilen mussten. Die hundert Ferienhütten leerten sich von Sonntag zu Sonntag immer mehr.

»Wenn das so weitergeht, werden wir hier bald die letzten Mohikaner sein. Und groß was zu verdienen wird dann auch nicht mehr sein«, meinte Wolke missgelaunt. Denn je weniger Jungen und Mädchen im Lager lebten, desto schlechter liefen für ihn die Geschäfte. Zumal die Älteren, die schwer an Pflegeeltern zu vermitteln waren, längst in der Überzahl waren und sich das, was sie brauchten und bezahlen konnten, auf eigene Faust beschafften – im Gegensatz zu den Kleinen, die sich gern von cleveren Burschen wie Wolke die Lauferei abnehmen ließen.

Jakob, Lukas und Erika bewegte dagegen vielmehr die Frage, was wohl aus ihnen wurde, wenn die meisten bei Pflegeeltern untergekommen waren.

Es gab jedoch auch Lichtblicke, und das waren vor allem die ersten Briefe, die im Lager eintrafen. Endlich Nachricht von den Eltern!

Drei ebenso köstliche wie von Unruhe erfüllte Stunden trug Jakob den Brief mit sich herum, ohne ihn zu öffnen. Er wollte die Vorfreude so lange wie möglich ausdehnen, fürchtete andererseits aber auch, der Brief könnte schlechte Nachrichten enthalten. Nazitruppen waren gerade in Prag einmarschiert und die Lage in Europa wurde mit jeder Woche explosiver. Und wer weiß, was sich in seiner Abwesenheit in Deutschland ereignet hatte.

Schließlich hielt er es nicht länger aus. Er ging zum Meer hinunter, weit weg von allen anderen, weil er beim Lesen allein sein wollte. Dort riss er den Umschlag auf und überflog das Schreiben der Mutter erst einmal hastig, um zu sehen, ob es Hiobsbotschaften enthielt, was jedoch nicht der Fall war. Dann las er ihren Brief noch ein zweites und drittes Mal in aller Ruhe.

Neuigkeiten enthielt ihr Brief nicht, dafür las er jedoch aus jeder Zeile ihre Liebe und ihre Sorge um ihn heraus und wie sehr er ihr und dem Vater fehlte. Die Zeilen waren voll liebevoller mütterlicher Ratschläge und Ermahnungen, nur ja gut auf sich aufzupassen, sich immer warm anzuziehen, sich vor Erkältungen zu schützen, für alles dankbar zu sein, was man in England für ihn tue, und sich vorbildlich zu benehmen, damit kein schlechtes Licht auf ihn und den Namen der Familie fiele. Sie schrieb, wie froh sie und auch der Vater seien, dass er es so gut im Kinderlager am Meer getroffen habe, und dass sie guter Hoffnung wären, in naher Zukunft Ausreisepapiere zu erhalten und nachkommen zu können. Doch diese Passage war sehr vage gehalten. Gegen Ende ihres Briefes teilte sie ihm dann noch mit, dass sie für einige freundliche Familien in ihrem Viertel die Erledigung der häuslichen Wäsche sowie Näharbeiten übernommen habe und dass ihnen der Nebenverdienst sehr helfe, über die Runden zu kommen, da der Tabak- und Schreibwarenladen kaum noch genug abwerfe, um die Miete bezahlen zu können. Aber er solle sich keine Sorgen um sie machen, sie hätten schon ihr Auskommen, und mit Gottes Hilfe werde sich schon alles zum Guten wenden. Der Brief endete mit vielen lieben Grüßen, Wünschen und Segensworten. Sie umarme, drücke und küsse ihn, las er mit feuchten Augen, denke immer an ihn, bete jeden Morgen und Abend für ihn und sein Wohlergehen in der Fremde, und er solle weiterhin so tapfer sein, sie in seinen Gedanken bewahren, und auch das Gebet, diese unerschöpfliche Quelle der Kraft und des großen Segens, möge er nicht vergessen.

Jakob blieb lange am einsamen Strand. Erst als die Tränen versiegt waren, kehrte er ins Lager zurück. In seiner Unterkunft holte er die Silberkette mit der Menora aus seinem Stoffbeutel, wo er sie in einer leeren Streichholzschachtel mit seinen wenigen anderen Habseligkeiten aufbewahrt hatte, und steckte sie sich in die Tasche. Wenn sich auch weiterhin alles in ihm dagegen sträubte, sich dieses Zeichen jüdischen Glaubens um den Hals zu hängen, so wollte er es doch aus Liebe zur Mutter bei sich tragen, um immer an sie und den Vater erinnert zu werden, wenn er in die Tasche fasste.

Auch Erika erhielt an diesem Tag Post, von ihrer Tante Hedwig. Die ersehnte Nachricht über den Verbleib ihres Vaters und darüber, wie es ihm ging, brachte der Brief ihrer Tante nicht. In welches Lager man ihren Vater verschleppt hatte, blieb auch weiterhin so unbekannt wie die Antwort auf die unausgesprochene Frage, ob er überhaupt noch lebte.

9

Jakob hatte wieder den bedrückenden Traum, der ihn in der ersten Nacht des Transports nach England heimgesucht hatte. Er befand sich erneut in diesem nicht genauer bestimmten Gefährt, umgeben von Männern, Frauen und Kindern ohne Mund, und fuhr mit ihnen durch eine Finsternis, die kein Ende nehmen wollte.

Plötzlich drangen jedoch melodische Töne an sein Ohr, begleitet von Gesang. Diese Musik konnte allerdings nicht von den mundlosen Gestalten um ihn herum kommen, denn noch immer umgaben sie ihn mit wortloser Verzweiflung.

Im nächsten Moment verblasste die Traumszene auch schon. Jakob wachte auf, öffnete die Augen – und sah vor sich Kerzenschein. Schläfrig und verwirrt blinzelte er in das Licht, das ihn umgab.

»Hoch soll er leben, hoch soll er leben … dreimal hoch!«, sangen die Gestalten, die vor seinem Bett Aufstellung genommen hatten und einen Rundkuchen mit sechs Kerzen in den Händen hielten. Es waren Viktor, Lukas, der grobschlächtige Junge Jonas Heifiz, der die Unterkunft mit ihnen teilte, und Erika, die den Gesang auf ihrer Querflöte begleitete.

»Alles Gute zum sechzehnten Geburtstag!«, platzte Lukas heraus und strahlte bis zu den Ohren.

Auch die anderen fielen nun in die Glückwünsche ein, klopften ihm auf die Schulter und pufften ihm freundschaftlich in die Rippen.

Jakob war gerührt. »Mensch, woher habt ihr denn das gewusst?«, fragte er verlegen und nahm den Geburtstagskuchen entgegen.

»Augen und Ohren offen halten heißt die Devise!«, tönte Viktor. »Und du weißt doch: Nur der frühe Vogel …«

»… fängt den Wurm«, beendete Jakob den Spruch lachend für ihn. »Mensch, Wolke!«

Viktor nahm ihn zum Spaß in den Schwitzkasten, was wohl eine Umarmung unter Männern ersetzen sollte. Und Jakob dachte, dass man ihm wirklich nicht böse sein konnte, zumindest nicht auf Dauer, auch wenn er manchmal reichlich dumme Sprüche von sich gab und krumme Sachen trieb.

Das Lager leerte sich in dieser Woche auf geradezu beängstigende Weise. Und zehn Tage nach Jakobs Geburtstag gab die Lagerleitung bekannt, dass sich das Organisationskomitee der englischen Flüchtlingshilfe entschlossen habe, das *Dovercourt Bay Holiday Camp* zu schließen und die restlichen Insassen auf andere Lager, Heime und einige Pflegeeltern, die sich noch gemeldet hatten, aufzuteilen. Damit brach ihre kleine Freundesclique auseinander.

Dass Viktor trotz aller Bitten und wütenden Proteste in ein anderes Heim geschickt wurde als Jakob und Lukas, war für Jakob eine Enttäuschung. Doch die Lagerleitung ließ sich nicht erweichen. Nach dem skandalösen Zwischenfall, den Viktor sich mit seinen Kumpanen in Harwich geleistet hatte, war man wohl zu der Überzeugung gelangt, dass er am besten in einer landwirtschaftlichen Einrichtung, einer Ausbildungsfarm, aufgehoben war, wo er den Tag nicht zu seiner eigenen freien Verfügung hatte, sondern unter ständiger Aufsicht stand und in die vielfältigen Arbeiten eines landwirtschaftlichen Betriebes fest eingebunden war.

Dass er jedoch auch von Erika getrennt wurde, schmerzte Jakob unvergleichlich mehr. Als er erfuhr, dass man sie zu einem älteren Ehepaar namens Winslow ins Londoner East End schickte, war ihm ganz elend zumute. Er hatte es kommen sehen, aber nicht wahrhaben wollen. Und nun war seine geheime Befürchtung eingetreten!

Erika verließ das Lager als Erste. Sie hatten kaum Zeit, voneinander Abschied zu nehmen, denn die Winslows warteten schon mit ihrem Wagen beim Haupthaus.

»Wirst du mir auch wirklich schreiben?«, fragte Jakob niedergeschlagen, als sie ihre neuen Adressen austauschten.

»Ganz sicher!«

»Ehrenwort?«

»Ehrenwort!«, versprach sie.

Er überwand seine Schüchternheit und nahm ihre Hand. »Du wirst mir fehlen, Erika«, gestand er und seine Kehle fühlte sich wie zugeschnürt an. »Sogar mehr, als ich dir sagen kann.«

»Du mir auch, Jakob«, erwiderte sie leise.

»Mach es gut.«

»Ja, und du auch.«

»Wir schreiben uns!« Jakob wusste, dass er sich wiederholte, aber er wollte den Moment des Abschieds so lange wie eben möglich hinausschieben. Auch wollte er ihre Hand nicht loslassen.

»Ja«, sagte sie nur, drückte ihm schnell einen Kuss auf die Wange und lief zum Haupthaus, ohne sich noch einmal nach ihm umzublicken.

Jakob überkam ein Gefühl der Verlassenheit, wie er es seit jener Mitternacht, als er den Sonderzug nach Hoek van Holland bestiegen hatte, nicht mehr empfunden hatte. Ihm war, als entriss man ihm erneut unbarmherzig das wenige, das nur ihm gehörte, das ihm kostbarer war als alle Güter der Welt und an dem sein Herz so unaussprechlich innig hing.

10

Jakob und Lukas kamen in ein privates Heim, das sich nach seinem Besitzer *Crombie House* nannte und in der Nähe von Ipswich in Kent lag.

»Mann, dieser alte Kasten sieht ja wie ein von Geistern heimgesuchter Ort aus, über dem seit Jahrhunderten ein schrecklicher Fluch liegt!«, stöhnte Lukas auf, als sie *Crombie House* an einem regnerischen Tag zum ersten Mal zu Gesicht bekamen. »Ich wette, die Flüchtlingsorganisation hat für uns weit und breit kein billigeres Heim als diesen finsteren Schuppen auftreiben können!«

»Keine Sorge, uns wird schon der rechte Bannspruch einfallen, um Geister aller Art in Schach zu halten!«, versicherte Jakob, um ihn zu beruhigen, doch auch sein Herz sank beim Anblick des heruntergekommenen einstigen Herrenhauses.

Aber so düster und renovierungsbedürftig das alte Gebäude mit seinen efeubewachsenen Fassaden und Erkern von außen auch aussah, so herrschte zu ihrer großen Überraschung im Innern doch eine freundliche Atmosphäre. Und das war das Verdienst des Besitzers und Heimvaters.

Charles Crombie, ein kleiner, rundlicher Mann mit einem Cäsaren-Haarschnitt und einer Brille mit fast fingerdicken Gläsern, war augenfällig mit Leib und Seele Heimleiter. Er und seine Angestellten unternahmen große Anstrengungen, um den gut drei Dutzend überwiegend englischen Heimkindern ein Zuhause zu schaffen, in dem sie sich wohl fühlen konnten. Dass sie mit großen, zugigen Schlafsälen und fast vorsintflutlichen sanitären Anlagen vorlieb nehmen mussten und dass die Ausstattung der Räume wegen chronischen Geldmangels auch sonst viel zu wünschen übrig ließ, empfanden die Jugendlichen in dieser Atmosphäre herzlicher Zuneigung und Betreuung als nebensächliche Beeinträchtigung.

Wettgemacht wurden die vielen Mängel im Haus auch durch den herrlichen, halb verwilderten Park und den kleinen Waldgürtel, der *Crombie House* umgab, sodass man den Eindruck haben konnte, sich auf einer verwunschenen Insel zu befinden, völlig abgeschlossen von der Außenwelt mit all ihren Bösartigkeiten und ihrer stets verächtlichen Zurückweisung von allem Fremden. Als das Wetter langsam besser wurde und sie mehr Zeit im Freien verbringen konnten, war der Park mit seinem Sportplatz, dem großen Gewächshaus und dem kleinen Teich ein Paradies zum Spielen, und es wurde ihnen sogar erlaubt, am Waldrand ein richtiges Baumhaus in der Gablung einer knorrigen Eiche zu bauen.

Aber *Crombie House* war keine Insel, und Charles Crombie konnte seine Schützlinge auch nicht vor der rauen Wirklichkeit des Alltags in einer englischen Kleinstadt bewahren, mussten sie doch dort die Schule besuchen. Und da trafen die Flüchtlingskinder wieder auf die Vorurteile und offenen wie versteckten Demütigungen, mit denen sie mittlerweile längst bitterlich vertraut waren.

Jakob wurde zusammen mit Lukas und fünf anderen jüdischen Jugendlichen in einer Klasse unterrichtet, obwohl der Altersunterschied zwischen Lukas, dem Jüngsten in ihrer Gruppe, und einem dürren, hochgeschossenen Burschen namens Daniel, der schon siebzehn war, volle fünf Jahre betrug.

Sie saßen getrennt von den englischen Schülern, für die sie die *bloody Germans* waren.

»Wie auf der Judenbank in Deutschland«, murrte Lukas.

Sie wurden auch getrennt von den anderen Schülern unterrichtet, indem der Lehrer ihnen gesonderte Aufgaben erteilte. Wenn die englischen Schüler über ihren Aufgaben brüteten, wandte er sich wieder ihnen zu, und dann mussten sie auf altmodische Weise im Chor die Antwort geben oder vorlesen. Es war eine höchst merkwürdige Art des Unterrichts. Was Jakob und die anderen jedoch am allermeisten störte, war, dass die Lehrer sie beinahe so behandelten, als wären sie in Deutschland nie zur Schule gegangen oder hätten dort nichts beigebracht bekommen.

»Sie tun so, als hätten sie die Weisheit mit dem großen Kochlöffel in sich hineingeschaufelt, und uns beschäftigen sie mit Schönschreiben, als wären wir gerade erst in die Schule gekommen!«, empörte sich der dreizehnjährige Joachim. »Das ist doch eine Frechheit!«

Dass es mit einigen der englischen Schulkinder gelegentlich zu Reibereien und sogar zu handfesten Raufereien kam, blieb nicht aus. Dass sie wegen ihrer andersartigen und zumeist auch noch viel ärmeren Kleidung mitleidig belächelt wurden und dass man sie für dumm hielt, weil sie sich in der fremden Sprache noch nicht gut genug ausdrücken konnten, nahmen sie ja noch hin, auch wenn es schmerzte und sehr an ihrem Selbstbewusstsein nagte. Aber worauf sie zunehmend allergischer reagierten, war, wenn man ihnen abfällig *»Bloody Germans!«* nachrief oder sie sogar in völliger Ignoranz ihres Schicksals als Nazis beschimpfte.

Die Sticheleien und Verunglimpfungen setzten Jakob genauso zu wie den anderen, und einmal geriet auch er in eine Prügelei, als er Joachim beistehen musste, der auf dem Heimweg von zwei englischen Rabauken in die Mangel genommen wurde. Beide bekamen sie Blessuren ab, vermochten sich aber Respekt zu verschaffen.

Was Jakob in der ersten Woche jedoch viel mehr bekümmerte, war die große Enttäuschung, dass die so heiß ersehnte Post von Erika ausblieb. Dabei hatte sie doch hoch und heilig versprochen, sofort zu schreiben, so wie er es schon gleich am Tag nach ihrer Ankunft im *Crombie House* getan hatte. Und drei Tage später schickte er ihr einen zweiten Brief. Aber für die Dauer einer langen Woche bekam er jedes Mal, wenn er sofort nach der Schule im Heim nachfragte, ob ein Brief für ihn eingetroffen sei, ein bedauerndes *»Sorry, no mail for you today!«* zu hören.

Doch dann, zu Beginn der zweiten Woche, wartete nach der Schule endlich ein Brief auf ihn im Büro des Heimleiters. Erika hatte geschrieben!

Sie bedankte sich für seine beiden Briefe und entschuldigte sich vielmals, dass sie erst jetzt dazu komme, ihm zu antworten. »Aber du kannst dir gar nicht vorstellen, in was für ein Haus ich gekommen bin!«, schrieb sie dann weiter. »Ich muss Abbitte leisten, dass ich mich über Wolkes abfällige Bemerkungen, die er über die Pflegeeltern gemacht hat, immer so aufgeregt habe und nicht glauben wollte, dass die meisten bloß ein billiges Hausmädchen suchen. Wie Recht er doch gehabt hat! Zumindest was die Winslows betrifft. Ihr Haus hier im East End (keine hübsche Gegend!) ist muffig, völlig verbaut und still wie ein Grab – ausgenommen wenn Mister Winslow nach seinem Whiskey brüllt und die Türen schlägt.

Ich bin hier buchstäblich Mädchen für alles! Gleich am ersten Tag ging es schon los. Kaum waren wir bei ihnen angekommen, da forderte Misses Winslow mich auch schon auf, Feuer im Kamin zu machen. Dabei hatte ich doch noch nie in meinem Leben so etwas gemacht. Der Versuch ging natürlich voll in die Hose. Bis auf ein bisschen Rauch brachte ich nichts zustande, worauf meine Pflegeeltern richtig sauer reagiert und mich gleich ans Bügelbrett geschickt haben, noch bevor ich meinen Koffer auspacken konnte. Das Zimmer ist übrigens eine bessere Abstellkammer und fast so kalt wie unsere Iglus in Dovercourt.

Zu meinen vielen Aufgaben gehört es, gleich morgens nach dem Aufstehen um sechs Uhr aus dem Kamin im Wohnzimmer und in ihrem Schlafzimmer die Asche zu kehren, Feuer zu machen (inzwischen bin ich hinter das Geheimnis des Feuermachens gestiegen!) und Tee aufzugießen, den ich ihnen mit zwei Keksen auf dem Unterteller bringen muss, während sie noch in ihren warmen Betten liegen. Und weißt du, was der alte Winslow gestern zu mir gesagt hat, als seine Frau nicht in der Nähe war? Ich bräuchte mich morgens nicht erst anzuziehen, sondern solle ruhig in meinem Nachthemd zu ihnen ins Schlafzimmer kommen! Für diese Frechheit hätte ich ihm am liebsten eine runtergehauen! Als ob ich nicht wüsste, warum der alte Bock mir das einreden wollte! Aber da hat er sich geschnitten. Der soll bloß aufpassen!

Aber aufpassen muss auch ich. Denn als ich am zweiten Tag Küche und Bad schrubben sollte und gewagt habe, vorsichtig dagegen aufzumucken, hat Misses Winslow mir doch eiskalt damit gedroht, mich in die Kleiderfabrik zu schicken, die hier ganz in der Nähe ist. Da könnte ich dann mit vielen anderen jüdischen Mädchen von morgens bis abends Knöpfe annähen, wenn es mir bei ihnen nicht passt und ich nicht bereit bin, ›aus Dankbarkeit im Haushalt ein wenig mit Hand anzulegen‹. Das hat die alte Ziege doch tatsächlich gesagt! Übrigens pudert sie sich von oben bis unten mit Talkum-Pulver ein, weil sie das wohl für vornehm hält. Das ganze Haus stinkt nach dem Zeug und ich kann es schon nicht mehr riechen. Und dass ich meine Querflöte spiele, passt ihr auch nicht. Es stört sie, zudem will sie keine deutsche Musik in ihrem Haus. Als ob diese wandelnde Talkum-Ziege Beethoven, Händel oder wen auch immer von irgendeinem englischen Komponisten unterscheiden könnte! Und noch etwas: Ich soll mich in der Nachbarschaft ja nicht als Deutsche zu erkennen geben, sondern immer sagen, ich sei aus Holland. Nazis habe man bei ihnen im Viertel nicht so gern. Kannst du dir das vorstellen? Geizig ist die Winslow natürlich auch noch. Ich musste regelrecht betteln, bis sie endlich eine Briefmarke herausgerückt hat und ich den Brief zur Post bringen konnte. Aber ich habe mir jetzt gleich zehn Marken gekauft, damit ich auf ihre große Gnade nicht länger angewiesen bin…« Und dann schlossen sich noch erste Eindrücke über das East End und das Leben in London an.

Jakob setzte sich sofort hin, um ihr zu antworten und das Neueste aus *Crombie House* zu berichten. Diesmal kam ihr nächster Brief umgehend. Er schrieb auch Viktor, mehrfach sogar, erhielt von ihm jedoch keine Antwort, was ihn aber nicht wunderte. Viktor hatte gleich zu ihm gesagt, dass er es mit dem Briefeschreiben nicht habe. Mit Erika jedoch entwickelte er einen regen brieflichen Kontakt, der ihm die Trennung von ihr ein wenig leichter machte.

Ihre Briefe waren voll von Geschichten, die sie ihm unbedingt erzählen musste, und meist handelte es sich um die Marotten ihrer Pflegeeltern.

»Dass Misses Winslow unter hohem Blutdruck leidet und daher leicht erregbar ist, macht das Auskommen mit ihr auch nicht gerade leichter«, stand in einem ihrer nächsten Briefe. »Zurzeit hat sie es besonders auf meine angeblich ungehobelten Essgewohnheiten abgesehen. Klar doch, Deutsche haben eben keine Kultur! Und so wird jede Mahlzeit zu einer wahren ›Unterrichtsstunde‹ in guten englischen Tischmanieren! Erst heute hat sie mir wieder mit verkniffenem Mund einen langen Vortrag darüber gehalten, wie eine junge englische Dame mit Messer und Gabel bei Tisch umzugehen hat. Dazu gehörte auch die Ermahnung, die Suppe geräuschlos zu essen und nicht zu schlürfen! Das hätte sie mal lieber ihrem Mann gesagt, der allerlei Geräusche bei Tisch von sich gibt, von denen das Suppeschlürfen noch das harmloseste ist. Er zieht nämlich laut die Rotze hoch und manchmal lässt er sogar einen fahren. Dann guckt der Stinker doch mich empört an, als hätte ich und nicht er einen ziehen lassen!

Eine geradezu heilige Handlung ist bei Misses Winslow auch das Schneiden der Brotscheiben für den Nachmittagstee. Die müssen nämlich hauchdünn sein, wie mit dem Rasiermesser geschnitten. Und wehe, ich schneide sie auch nur einen Millimeter dicker, als sie es verlangt! Und mit dem Toast am Morgen ist sie auch ganz eigen, muss der doch eine ganz bestimmte Bräune aufweisen. Natürlich habe ich ihren Toast gleich beim ersten Mal anbrennen lassen und das kriege ich nun jeden Morgen als Ermahnung aufs Brot geschmiert! Ich kann es ihr einfach nicht recht machen, was ich auch tue.

An allem und jedem hat sie was auszusetzen, langsam gebe ich es auf, ihr Wohlwollen erringen zu wollen. Und wenn sie wirklich auf die Idee kommt, mich in diese Fabrik zum Knöpfeannähen zu schicken, wird sie mich schon kennen lernen!«

Und in einem ihrer späteren Briefe empörte sie sich über ihren Hausherrn: »Gestern Abend platzte der alte Bock doch tatsächlich in mein Zimmer, als ich mich gerade auszog und nur in Unterwäsche dastand. Du hättest seine Glotzaugen sehen sollen! Die sind von oben bis unten über meinen Körper gewandert, dass ich hinterher das Gefühl hatte, mich noch einmal waschen zu müssen. Angeblich hat er sich in der Tür geirrt, aber das kann er einem Schwachsinnigen erzählen! Ich wette, er hat gewartet, bis ich aus dem Badezimmer kam und in mein Zimmer gegangen bin. Vielleicht hat er auch durchs Schlüsselloch geguckt. Ich werde meine Zimmertür jetzt immer abgeschlossen halten und auch was über den Türgriff hängen, damit mir das nicht noch einmal passiert. Aber bis auf diese Unverschämtheiten habe ich keinen Ärger mit ihm. Er verbringt sowieso viel Zeit in irgendwelchen Wettbüros und Pubs, und wenn er zu Hause ist, interessiert er sich bloß für seinen Whiskey und den Sportteil in der Zeitung …«

Im Mai nahm Jakob sich ein Herz und fragte Erika, ob sie vielleicht ein Foto von sich habe, das sie entbehren und ihm schicken könne. Aufgeregt und voller Zweifel, ob er mit seiner Bitte vielleicht zu weit gegangen war, wartete er danach auf ihre Antwort. Als dann ihr Brief eintraf, lag zu seiner großen Freude tatsächlich ein kleines Foto von ihr bei. Auf dem Bild saß sie, bekleidet mit einem geblümten Sommerkleid und einem mit Bändern geschmückten Strohhut auf dem Kopf, in einem Ruderboot und lächelte leicht verlegen in die Kamera, als hätte sie damals schon gewusst, dass dieses Foto einmal für ihn sein würde.

»Jetzt musst du mir aber auch eins von dir schicken!«, schrieb sie ihm.

Leider befand sich unter den wenigen, teils handkolorierten Bildern, die ihm die Mutter in den Koffer gelegt hatte, keines, auf dem er allein abgebildet war. Er schnitt deshalb ein Bild entzwei, das ihn mit seinem Vater im Zoo zeigte, als Juden dort noch hingehen durften, und er versprach ihr, sich von den Eltern ein besseres, neueres Foto schicken zu lassen, das er ihr dann gleich zusenden würde. Vier Wochen später konnte er sein Versprechen dann auch einlösen, als er wieder Post von den Eltern erhielt, deren Lage leider unverändert war.

Für Erikas Foto bastelte sich Jakob aus schmalen Leisten einen kleinen Holzrahmen, den er sorgfältig mit weißer Farbe anstrich, und stellte sich ihr Bild auf den kleinen, wackligen Nachttisch neben seinem Bett.

Natürlich zogen ihn die anderen Jungen sofort mit dem Foto seiner »Flamme« gehörig auf. Aber er hörte doch auch eine gute Portion Neid aus ihren spöttischen Bemerkungen heraus. Es störte ihn auch nicht, dafür war er viel zu glücklich und stolz. Er hatte eine richtige Freundin!

11

Dass in *Crombie House* das Geld knapp war und die öffentlichen Zuschüsse für die Heimkinder kaum die laufenden Kosten deckten, war ein offenes Geheimnis. Schon in den ersten Wochen war Jakob zu Ohren gekommen, dass ihr Heimleiter sich große Sorgen machte, wie er sein geliebtes Heim vor der Schließung bewahren konnte. Und je besser sein Englisch mit den Monaten wurde, desto mehr schnappte Jakob hier und da von den besorgten Tuscheleien der Heimbetreuer auf.

Dabei unternahm Charles Crombie große Anstrengungen, um das wenige Geld möglichst weit zu strecken und an Spenden zu kommen. Aber *Crombie House* war nun mal nicht das einzige Wohnheim, das um Spenden und Zuschüsse bettelte. Es hieß, dass mittlerweile schon an die zehntausend Kinder aus den europäischen Ländern, in denen die Nazis die Verfolgung der Juden systematisch betrieben, nach England geflohen waren. Diese gewaltige Zahl hilfsbedürftiger Kinder brachte die verschiedenen Organisationen, die sich für sie einsetzten, an den Rand ihrer finanziellen Möglichkeiten. Zumal die Spendenfreudigkeit der englischen Bevölkerung nach den ersten Monaten beständiger Kindertransporte nun spürbar nachließ. Und die Regierung dachte nicht daran, ihren Hilfsfond für Flüchtlinge kräftig aufzustocken, eher wurde das Gegenteil von einer ganzen Reihe von Abgeordneten und Regierungsmitgliedern ins Auge gefasst. Man habe genug eigene Sorgen, hieß es.

»Unsere Tage hier sind gezählt!«, sagte Lukas ahnungsvoll, als das Essen im August immer schlechter wurde und die Hauptmahlzeit bald fast nur noch aus Kartoffeln, Kohl und dicken Bohnen bestand. Fleisch kam nur noch ganz selten auf den Tisch. Auch Käse und Aufschnitt wurden zu einer Rarität. Nur billige Marmelade gab es noch ausreichend.

»Das hat uns gerade noch gefehlt, dass wir von hier weg und vielleicht zu irgendwelchen Pflegeeltern müssen!«, erwiderte Jakob besorgt.

»Vielleicht schafft Mister Crombie es ja doch noch, für sein Heim einen Wohltäter mit viel Geld zu gewinnen!«, meinte Lukas. »Immerhin sind die englischen Kinder ja deutlich in der Überzahl.«

Diese Hoffnung, die auch alle anderen Heimkinder teilten, erfüllte sich jedoch nicht.

Am 1. September ließ Hitler seine Truppen in Polen einmarschieren. Zwei Tage später erklärte England Deutschland den Krieg und schloss seine Grenzen für Flüchtlinge aus dem Großdeutschen Reich. Damit war auch der reguläre Postverkehr zwischen England und Deutschland unterbrochen. Und keine zwei Wochen später erhielt Charles Crombie die Nachricht, dass man ihm die staatlichen Zuschüsse gestrichen hatte. Damit war er finanziell am Ende und die Schließung des Heims nicht mehr abzuwenden.

»Ihr werdet auf andere Heime und Lager verteilt«, unterrichtete er sie, sichtlich bedrückt, weil er sie nicht davor hatte bewahren können. »Darauf habe ich leider keinen Einfluss. Das liegt jetzt in den Händen der Regierungsstellen.«

Jakobs größte Bestürzung galt nicht so sehr der niederschmetternden Nachricht, dass ihre weitere Zukunft wieder einmal in den Sternen stand, sondern der Tatsache, dass seine Eltern mit Ausbruch des Krieges endgültig in Deutschland festsaßen. Zerstoben der letzte Hoffnungsschimmer, sie könnten doch noch ein Visum für England erhalten und nachkommen. Welchem Schicksal sahen sie jetzt entgegen?

12

Die Schließung von *Crombie House* erfolgte nicht sofort, sondern ließ auf sich warten. Zuerst einmal geschah gar nichts. Mehr als drei lange Wochen verbrachten sie in völliger Ungewissheit, wohin sie wohl kamen. Jeder neue Tag brachte die bange Frage, ob dieser wohl ihr letzter in *Crombie House* sein würde. Und je länger sich die Entscheidung verzögerte, desto mehr wuchs ihre Hoffnung, dass es vielleicht doch noch eine Rettung in letzter Minute für das Heim gab und sie nicht weiterziehen mussten.

Ihr Heimleiter hatte die beiden Listen mit seinen Zöglingen, eine lange für die englischen Heimkinder und eine kurze für die jüdischen Flüchtlinge, längst an die zuständigen Behörden geschickt. Auf Jakobs eindringliche Bitte hin hatte er Lukas als seinen Halbbruder aufgeführt und darum gebeten, die beiden unter keinen Umständen zu trennen. Lukas hatte nämlich unter Tränen gedroht, bei der nächsten Gelegenheit einfach wegzulaufen und ihn, Jakob, ausfindig zu machen, wohin man ihn auch schicken würde. Lukas blieb die liebevolle Klette, die er von Anfang an gewesen war.

Indessen machte sich in der Regierung wie auch in breiten Schichten der Bevölkerung eine geradezu panische Angst vor der so genannten »fünften Kolonne« breit, nach England eingeschleusten Deutschen, die für die Nazis Spionage betrieben und zu jeder Art von Anschlägen bereit waren. Schnell geriet jeder, der mit einem ausländischen, insbesondere einem deutschen Akzent sprach, als potenzieller Saboteur in Verdacht. Und schon bald sollte der britische Botschafter Sir Neville Bland, aus Den Haag geflüchtet, unverblümt verkünden: »Jeder deutsche oder österreichische Hausangestellte, wie charmant und loyal er auch immer wirken mag, ist eine echte und schwere Bedrohung. Sobald auf Hitlers Befehl hin das entsprechende Signal gegeben wird, werden überall im Land Anhänger dieses Scheusals aus der Versenkung auftauchen, um Sabotageakte und wahllose Angriffe sowohl auf Zivilisten als auch auf das Militär zu starten!«

Deutsche Spione als junge Dienstmädchen verkleidet, diese Vorstellung erschien vielen ganz und gar nicht abwegig. Und dementsprechend feindselig wurde die Stimmung im Land gegen Deutsche und Österreicher. Das schloss auch die jüdischen Jugendlichen nicht aus. Dass sie die Nazis aus tiefster Seele hassten, weil sie ihnen und ihren Familien so viel Leid angetan hatten, und dass sie vor dem Hitlerregime geflohen waren, all das fiel nicht mehr ins Gewicht und ging in der allgemeinen Hysterie unter.

Die langen drei Wochen nach Ausbruch des Krieges brachten denn auch nicht die erhoffte Wende für *Crombie House*, sondern erwiesen sich nur als trügerischer Aufschub. An einem tristen Morgen, als ein nasskalter Wind das Herbstlaub von den Bäumen zerrte und über die kiesbestreute Auffahrt wirbelte, erhielt ihr Heimleiter telefonisch die Nachricht, dass der Tag des Aufbruchs gekommen war. Nach dem kargen Frühstück schickte man sie zum Packen ihrer Koffer zurück in die Schlafsäle.

»Hast du was gehört, wohin sie uns bringen?«, fragte Lukas beklommen, während Jakob den Bilderrahmen mit Erikas Foto zusammen mit seinen Bildern von den Eltern sorgfältig in ein sauberes Unterhemd wickelte und zwischen seine Kleider legte.

»Nein, absolut nichts.«

Wenig später fuhren drei Kleinbusse vor *Crombie House* vor. Angeführt wurde dieser Konvoi von einem alten schwarzen Wagen mit breiten Trittbrettern an den Seiten. Aus dem Fond stieg ein kräftiger Mann mit einem bleistiftdünnen Oberlippenbart. Er steckte in einer Armeeuniform im Rang eines Sergeanten und an seinem breiten Ledergurt trug er einen Revolver. Er überbrachte die Order für ihre Verlegung.

Charles Crombie verabschiedete seine Zöglinge mit Handschlag und hatte für jeden einige persönliche, aufmunternde Worte. Man sah ihm an, wie nahe es ihm ging, nicht länger für sie sorgen zu können.

Während die englischen Heimzöglinge auf die ersten beiden Kleinbusse aufgeteilt wurden und sogleich davonfuhren, bestiegen Jakob und die anderen jüdischen Flüchtlingskinder den dritten Bus. Der schwarze Wagen blieb wie ein Wachhund bei ihnen, als traute man ihnen nicht, und fuhr mit dem bewaffneten Sergeanten im Fond vorneweg.

Die Fahrt ging mehrere Stunden durch eine regenverhangene Landschaft. Das trübe Herbstwetter entsprach ihrer gedrückten Stimmung. Geredet wurde kaum. Niemand verspürte das Verlangen, sich zu unterhalten.

Ihr Ziel war eine ausgediente Baumwollspinnerei am Rand einer Kleinstadt. Bei ihrer Ankunft trafen sie in den Hallen mit ihren gusseisernen Säulen als Stützen schon auf mehrere Dutzend jüdischer Flüchtlinge, überwiegend Erwachsene. Die Hallen befanden sich in einem entsetzlichen Zustand. Überall stieß man auf Öl und Schmutz. Und entlang der Säulen zogen sich lange Reihen mit »Betten«, die jedoch nur aus dünnen Strohsäcken mit Decken bestanden. Untergestelle gab es keine.

»Heiliges Ofenrohr! Ich hätte nie gedacht, dass ich mich mal nach Dovercourt zurücksehnen würde!«, entfuhr es Lukas entsetzt, als sie sahen, wohin sie gekommen waren.

Armeeoffiziere führten in diesem provisorischen Camp das Kommando. Unterstützt von Mannschaftsdienstgraden nahmen sie sogleich eine gründliche Durchsuchung der Koffer und Reisetaschen vor. In barschem Militärton befahlen sie den Neuankömmlingen, alle Gepäckstücke auf dem nackten, dreckigen Boden auszuleeren.

Nur die notwendigsten Sachen wie ihre Kleidung und einige persönliche Dinge wie Fotos gab man ihnen zurück. Briefe wurden ausnahmslos einkassiert. Man wollte sie angeblich prüfen lassen, ob sie irgendwelche Hinweise auf geheime Spionagetätigkeit enthielten.

Jakob musste an sich halten, als man ihm nicht nur die Post von seinen Eltern, sondern auch noch Erikas Briefe wegnahm, die er mit einem Stück Kordel zu einem dicken Bündel zusammengeschnürt hatte. Neben ihrem Foto war das sein kostbarster Schatz. Er ballte in ohnmächtiger Wut die

Fäuste, sagte jedoch nichts. Die abweisenden Mienen der Soldaten ließen keinen Zweifel daran, dass sie Widerspruch nicht dulden und bestrafen würden.

Alles Übrige wurde auf zwei Haufen aufgeteilt – einen für die Offiziere und einen für die Mannschaftsdienstgrade, und beide Gruppen nahmen sich davon schamlos, was ihnen gefiel. Besonders erpicht waren sie offenbar auf Toilettenartikel und Schreibwaren wie Füllfederhalter, Drehbleistifte, Lederetuis und Ähnliches.

»Das dürfen die doch gar nicht!«, empörte sich Lukas hinterher, als sie endlich ihre restlichen Sachen wieder zusammenraffen und sich eine freie Bettstelle suchen durften. »Das ist doch glatter Diebstahl!«

»Dann geh hin und beschwer dich!«, schlug Daniel mit bitterem Sarkasmus vor. »Dann wirst du sehen, was sie noch alles können.«

»Schlimmer waren die Nazis bei ihren Kontrollen an der Grenze auch nicht!«, sagte Jakob erschüttert. »Im Gegenteil, solche Sachen haben die uns nicht abgenommen.«

»England liegt nun mal mit Deutschland im Krieg«, antwortete Daniel. »Und für die Engländer sind und bleiben wir *bloody Germans*! Da können wir zehnmal Juden sein und endlos beteuern, dass wir die Nazis doch noch mehr hassen als sie! Ich sage euch, wir haben noch längst nicht alles zu spüren bekommen, wozu die Tommys fähig sind!«

Jakob weigerte sich, Daniels düsterer Prophezeiung Glauben zu schenken. Er war immer noch geneigt, diese abscheuliche Ausplünderung durch britische Offiziere für einen einmaligen Vorfall zu halten, der von der Regierung unmöglich gedeckt sein konnte. Aber als sie Ende Oktober ins *Kitchener*

Camp verlegt wurden und in England die Angst vor einer deutschen Invasion umging, belehrte ihn die Wirklichkeit auf erschreckende Weise, dass Daniels bedrückende Vorahnung weit hinter der Wirklichkeit zurückblieb und das Schlimmste erst noch vor ihnen lag.

13

Strömender Regen prasselte am Nachmittag ihrer Ankunft auf die Dächer und gegen die Scheiben der altersschwachen Busse, mit denen man sie ins *Kitchener Camp* nahe bei London brachte.

»Kannst du was erkennen?«, fragte Lukas angespannt und reckte nervös den Kopf, als von vorn die Nachricht kam, dass sie das Ziel ihrer langen Fahrt erreicht hatten.

»Nicht viel«, sagte Jakob, der am Fenster saß und versuchte, hinter dem dichten Regenvorhang Einzelheiten auszumachen. »Warte mal!... Jetzt sehe ich ein Wachhaus und einen Schlagbaum und dahinter große Baracken.«

»Viele Baracken?«

Angestrengt spähte Jakob durch den Regen. »Ja, sieht fast wie eine kleine Stadt aus!«

Als die Busse wenig später die Torkontrolle passiert hatten und der Befehl zum Aussteigen kam, erblickten sie vor sich tatsächlich so etwas wie eine kleine Baracken-Stadt. Schon das *Dovercourt Holiday Bay Camp* war mit seinen über hundert Ferienhäusern eine weitläufige Anlage gewesen. Doch das *Kitchener Camp* übertraf Dovercourt mindestens um das Doppelte, wenn nicht gar um das Dreifache an Ausdehnung. Auch bestanden die Unterkünfte nicht aus kleinen Hütten im Tudorstil, sondern aus großen, unansehnlichen Militärbaracken, an denen der Zahn der Zeit unübersehbare Spuren hinterlassen hatte.

In der Verwaltungsbaracke am Lagertor, wo Jakob und die anderen Neuankömmlinge registriert und auf die noch freien Unterkünfte verteilt wurden, herrschten Gedränge und lautes, erregtes Stimmengewirr. Zu ihrem Transport gehörten viele erwachsene Männer, die teilweise schon seit Jahren in England lebten, einer geregelten Arbeit nachgegangen waren und sich lauthals darüber empörten, dass man sie zu Hause oder gar von ihrer Arbeitsstelle wie Verbrecher abgeholt und in dieses Internierungslager transportiert hatte – und sie damit wie Nazis behandelte.

Jakob stand mit Lukas vor einem der Tische und nahm von einem pockennarbigen Corporal, der dem Quartiermeister unterstellt war, gerade ihre Kennkarte und Barackenzuweisung entgegen, als sich hinter ihnen eine Gestalt rücksichtslos einen Weg durch die Menge bahnte.

»Nun macht doch mal Platz, ihr Frischgemüse!«, rief die Stimme mit einer Mischung aus gutmütigem Spott und unerschütterlichem Selbstbewusstsein. »Freie Bahn dem Tüchtigen! Lasst mich mal durch, Männer! Keine Sorge, ich will mich nicht vordrängen. Ich genieße das englische Schlaraffenland namens *Kitchener Camp* schon seit sechs Wochen und bin hier in dienstlicher Mission unterwegs.«

Jakob stutzte sofort und glaubte, seinen Ohren nicht trauen zu dürfen. Diese Stimme kannte er, sogar sehr gut! Sie gehörte keinem anderen als Viktor Wolkenstein! Aber wie war das möglich? Konnte es sein, dass er sich täuschte?

Ungläubig fuhr er herum und sah im nächsten Moment, dass er keinem Trugschluss erlegen war. Es war tatsächlich Viktor, der sich mit einem breiten, selbstgefälligen Grinsen zu ihnen nach vorn drängte. Er trug einen khakifarbenen Regenumhang aus Militärbeständen und auf dem Kopf einen breitkrempigen Südwester, sodass ihm der strömende Regen nichts anhaben konnte.

»Wenn das nicht typisch Wolke ist! Uns immer eine Nasenlänge voraus! Ich wette, er hat dieses *Kitchener Camp* mit seinen faulen Schiebereien schon fest im Griff«, murmelte Lukas, doch es klang nicht gerade so, als könnte er vor Wiedersehensfreude kaum an sich halten. Eher traf wohl das Gegenteil zu. Jakob nun wieder mit Wolke teilen zu müssen, das passte ihm gar nicht.

Dagegen freute sich Jakob aufrichtig, Viktor zu sehen. Dieser Hansdampf in allen Gassen gehörte nun mal zu der kleinen Gruppe der Leidensgefährten, mit denen er im Zug das Abteil und die Angst geteilt hatte. So etwas verband, über alle Unterschiede hinweg.

»Mensch, dich haben sie ja lange frei rumlaufen lassen, Kumpel!«, begrüßte Viktor ihn und boxte ihm mit rauer Herzlichkeit auf den Oberarm.

»Von wegen frei rumlaufen lassen!«, sagte Jakob und erwiderte das breite Grinsen des Freundes. »Ein Verschiebebahnhof ist nichts im Vergleich zu dem, was sie mit uns angestellt haben!«

Lukas nickte nachdrücklich und mit ernster Miene.

»Na ja, wen kümmert der Schnee von gestern! Jetzt bist du

jedenfalls wieder unter dem Schutz meiner weiten Flügel, Jakob!«, prahlte Viktor. Und zu Lukas gewandt, fügte er großmütig hinzu: »Du natürlich auch, Fledermaus!« Dabei verpasste er ihm eine leichte Kopfnuss, wie er es früher so oft getan hatte.

Lukas verzog das Gesicht und murmelte etwas, das wie »eingebildeter Affe« klang.

Viktor überhörte es großzügig. »Lass mal sehen, wo Corporal Purdy euch einquartiert hat«, sagte er, nahm Jakob die Einweisungsscheine aus der Hand und lachte. »Ja, wie ich vermutet habe. Master Sergeant Leyland und sein Stab leisten gute Arbeit. Aber das bringe ich gleich in Ordnung. Dauert nur einen Augenblick!«

»Was stimmt denn nicht mit unserer Einweisung?«, fragte Jakob.

Viktor legte ihm gönnerhaft einen Arm um die Schultern, und mit dem wissenden Lächeln des Eingeweihten flüsterte er ihm zu: »Ihr wollt doch wohl nicht in einer Baracke gleich neben den stinkenden Latrinen wohnen, oder?«

»Nicht, wenn es sich vermeiden lässt«, räumte Jakob ein.

»Keine Sorge. Wie der glückliche Zufall es will, bin ich der richtige Mann, an den man sich wenden muss, wenn man eine bessere Unterkunft wünscht, Kumpel!« Viktor zwinkerte ihm zu, versetzte ihm einen Puff und redete dann leise mit dem Corporal. Die beiden schienen sich bestens zu verstehen, denn sie lachten zusammen wie zwei alte Freunde, und Augenblicke später hielt Jakob einen neuen Quartierschein für sich und Lukas in der Hand.

»Ihr wohnt bei mir in der Baracke«, teilte Viktor ihnen mit. »Die befindet sich gleich hier in der Nähe vom Lagertor und aller wichtigen Verwaltungs- und Gemeinschaftsbaracken. Da habt ihr es auch nicht weit zum morgendlichen Appell auf dem alten Exerzierplatz. Ich habe natürlich auch darauf geachtet, dass ihr eure Betten weder in der Nähe der Tür habt, wo es ständig zieht, noch zu nahe am Ofen, wo einem Ruß und Rauch zu schaffen machen!«

Jakob bedankte sich gebührend, dann führte Viktor sie in die angrenzende Baracke, wo jedem neuen Lagerinsassen zwei kratzige Armeewolldecken, ein verschrammter Blechteller, ein Blechbecher sowie ein krummes Essbesteck aus Messer, Gabel und Löffel ausgehändigt wurden.

»Ich werde euch die nächsten Tage erst einmal solide Gummistiefel besorgen«, versprach Viktor, als er mit Jakob und Lukas, die ihr weniges Gepäck und die armselige Lagergrundausstattung schützend vor den Körper pressten, im Regen durch den Matsch zu ihrer Unterkunft lief. »Sonst bekommt ihr hier keine trockenen Füße mehr. Vielleicht kann ich auch noch zwei Regenumhänge auftreiben. Klar, das drehe ich schon für euch!«

»Kannst du uns mal verraten, wieso du so gut mit dem Quartiermeister und dessen Leuten stehst, dass du bei ihnen solch eine bevorzugte Behandlung für uns hast erreichen können?«, wollte Jakob wissen, als der beständige Regen plötzlich zu einem wahren Wolkenbruch wurde und sie vor den herabstürzenden Wasserfluten schnell unter ein Barackenvordach flüchteten.

»Weil das Ganze meine Idee gewesen ist und alle gut an mir und meinen Vermittlungsdiensten verdienen!«, antwortete Viktor mit stolzem Grinsen.

»Was ist deine Idee gewesen?«

»Na, die Neuankömmlinge erst einmal alle in die Baracken rund um die Latrinen zu stecken und ihnen dann später vertraulich unter vier Augen anzubieten, sie in bessere Unterkünfte zu verlegen – natürlich gegen eine bescheidene Gebühr!«, erklärte Viktor.

»Wolke wird eines Tages sogar aus Scheiße noch Geld machen!«, meldete sich Lukas trocken zu Wort. »Na, eigentlich macht er es ja jetzt schon.«

Viktor war nicht beleidigt, sondern antwortete ungerührt: »Du hast es erfasst, Fledermaus! *Non olet!*, sagt dazu der alte Lateiner. Geld stinkt nicht. Und wie gesagt: Jeder muss sehen, wo er bleibt!«

Jakob wäre jede Wette eingegangen, dass Viktor seine Finger nicht nur in diesem Geschäft stecken hatte, sondern in noch anderen von ähnlich zwielichtiger Art. Er fragte aber nicht nach, wusste er doch, dass er davon noch früh genug erfahren würde.

Als sie ihre Unterkunft betraten, schlug ihnen ein Schwall warmer, übel riechender Luft entgegen, der Jakob fast den Atem nahm. In der einstigen Militärbaracke, in der dutzende von Eisenbetten mit harten Militärmatratzen standen sowie zwei Gemeinschaftstische mit einfachen Sitzbänken davor, vermischten sich die Ausdünstungen der Menschen und ihrer regennassen Kleider mit Rauchschwaden, Essensgerüchen und den Duftstoffen von Salben, Rasierwasser und Pomade. Zwei nackte Glühbirnen hingen über den beiden Tischen. In der Mitte stand ein klobiger Kohlenofen, dem man ansah, dass er wohl aus uralten Armeebeständen stammte. Die Baracke war zu drei Vierteln mit erwachsenen Männern belegt. Juden waren sie alle.

Viktor hatte sich eine der besseren Bettstellen neben einer Trennwand gesichert. Auch gehörte er zu den wenigen, die sich glücklich schätzen durften, ihr Hab und Gut nicht unter dem Bett in Koffern aufbewahren zu müssen. Ihm standen dafür zwei einstige Munitionskisten mit Schlössern zur Verfügung und er hatte sich sogar noch eine alte, wurmstichige Kommode organisiert.

Während Jakob und Lukas von ihren Bettstellen Besitz ergriffen, ihre Mäntel an Haken aufhängten, die am Gestänge der Stockbetten befestigt waren, und ihre Koffer unter das Stockbett schoben, erzählte ihnen Viktor, dass mittlerweile über dreitausend jüdische Flüchtlinge aus Deutschland, Österreich, Polen und der Tschechoslowakei im Lager interniert waren und dass es das *Kitchener Camp* schon seit dem Ausbruch des Krieges von 1914 gab. Frisch rekrutierte britische Soldaten hatten in diesem Lager ihre Grundausbildung erhalten. Und benannt worden war es nach dem damaligen Kriegsminister Lord Herbert Kitchener.

»Sag mal, ich habe im Lager auch Frauen und Mädchen gesehen«, sagte Jakob mit einem fragenden, erwartungsvollen Unterton in der Stimme, ließ ihn doch die Sorge um Erika seit Wochen nicht ruhen. Denn seit man sie aus *Crombie House* abtransportiert hatte, war der Briefkontakt zu ihr abgerissen. Auch hatte er seit anderthalb Monaten keine Nachricht mehr von seinen Eltern erhalten. Deren letzter Brief war wenige Tage vor Kriegsausbruch eingetroffen.

»Ja, aber es sind nur ganz wenige, nicht mal einhundert. Und Erika oder sonst jemand aus unserer alten Clique befindet sich nicht darunter, falls du das fragen wolltest«, sagte Viktor, als könnte er Jakobs Gedanken lesen.

»Ich mache mir Sorgen um Erika«, gestand Jakob. »Seit Wochen warte ich vergeblich auf eine Nachricht von ihr. Wenn sie nun krank ist oder…« Er führte den Satz nicht zu Ende, denn es gab so vieles, was er sich schon an schlimmen Möglichkeiten ausgemalt hatte.

»Vielleicht hat man bloß vergessen, dir ihre Briefe nachzuschicken«, sagte Lukas, um seinen »großen Bruder« aufzumuntern. »Und weil wir jetzt in einem richtigen Camp sind, wo offenbar Ordnung herrscht, kannst du ihr doch gleich heute noch deine neue Adresse schreiben, dann wirst du auch bestimmt schnell wieder Post von ihr erhalten.«

»Ja, hoffentlich hast du Recht«, murmelte Jakob bedrückt.

Viktor setzte seinen kleinen Vortrag über das Camp fort, bereitete es ihm doch sichtliches Vergnügen, vor ihnen mit seinen Kenntnissen zu glänzen. »Viele von den Insassen hier haben ein Visum für die Vereinigten Staaten, Kanada oder Südamerika und warten auf eine Schiffspassage. Manche haben sogar das Glück, auf einen der wenigen Überseetransporte zu kommen. Nur wer im Besitz eines Visums für Erez Israel* ist, hat ganz schlechte Karten. Denn in ihr Protektorat Palästina wollen die Tommys so wenig Juden wie nur irgend möglich reinlassen, weil das bloß Ärger bringt. Und sie mögen es auch gar nicht, wenn man das Land, das sie besetzt halten, Erez Israel nennt. Man hat sich streng an den Begriff ›Protektorat Palästina‹ zu halten. Es ist hier im Lager sogar streng verboten, zionistische Vereine zu gründen, obwohl das im Geheimen natürlich längst geschehen ist. Na, mir soll es wurscht sein. Ich kapier sowieso nicht, warum jemand so versessen darauf ist, in ein Land auszuwandern, wo es nur massenweise Sand und Steine und einen Haufen Araber gibt, die mit Juden nun wirklich nichts zu tun haben wollen.«

»Weil es nun mal das Gelobte Land ist, das Gott seinem auserwählten jüdischen Volk geschenkt hat!«, sagte Lukas trotzig.

Viktor bedachte ihn mit einem mitleidigen Lächeln. »Erzähl diese olle Kamelle mal den hochnäsigen Tommys hier oder den Arabern! Einmal ganz davon abgesehen, dass ich mir unter einem gelobten Land etwas anderes vorstelle als einen handtuchschmalen Streifen Wüste!«

Jakob war weder an Politik noch an Religionsfragen interessiert und wechselte deshalb das Thema, indem er Viktor fragte, ob er denn seine Briefe erhalten habe.

»Klar! Die waren immer eine nette Lektüre, besonders die Geschichten, die du mir über Erika und ihre Ekelbande von Pflegeeltern geschrieben hast.«

»Und warum hast du mir kein einziges Mal geantwortet?«

In einer Geste hilfloser Entschuldigung warf Viktor die Arme hoch. »Mensch, ich hatte dir doch gesagt, dass ich es mit dem Briefeschreiben nicht so habe. Schon auf der Penne ist mir nie auch nur ein halbwegs lesbarer Aufsatz gelungen. Außerdem hatte ich wirklich alle Hände voll zu tun, um in dieser blöden landwirtschaftlichen Schule nicht vor die Hunde zu gehen, noch besser gesagt: vor die Schweine und Rinder und all das andere Viehzeug, das wir da versorgen mussten. Und als sie mich dann gleich nach Kriegsausbruch mit dem Radio erwischt haben, hatte ich wirklich andere Sorgen, als zum Griffel zu greifen und dir ein nettes Sonntagsbriefchen zu schreiben.«

»Was war denn mit dem Radio?«

Viktor zog eine Schachtel Zigaretten hervor und steckte

sich eine an. »War eigentlich 'ne völlig harmlose Sache«, erzählte er. »Ich habe mir heimlich ein Radio zusammengebastelt, was übrigens gar nicht so schwer ist. Ein Kristalldetektor ist leicht gebaut, wenn man an das nötige elektronische Kleinzeug herankommt, was dort zum Glück der Fall war. Die hatten da nämlich eine gut eingerichtete Elektrowerkstatt, weil sie alles selbst gemacht haben.«

»Du hast dir also die nötigen Einzelteile zusammengeklaut«, folgerte Lukas.

»*Organisiert* habe ich sie mir, Fledermaus, *organisiert*! Das stand mir auch zu. Immerhin habe ich da ganz ordentlich schuften müssen und bin dafür mit einem unverschämt lausigen Taschengeld abgespeist worden«, korrigierte ihn Viktor, um dann, an Jakob gewandt, fortzufahren: »Auf jeden Fall habe ich mir mein eigenes Radio zusammengebaut und nachts, wenn die anderen geschlafen haben, in einem der Schuppen deutsche Sender gehört. Mein Gott, ich wollte doch bloß meine eigene Muttersprache und Musik von drüben hören!«

»Und dabei haben sie dich dann erwischt«, sagte Jakob.

Viktor nickte mit grimmiger Miene. »Und mich sofort aufs Polizeirevier geschleppt und beschuldigt, ein Nazispion zu sein! Stellt euch das mal vor! Ich und ein Naziagent! So ein hirnverbrannter Schwachsinn!« Helle Empörung stand in seinem Gesicht. »Ich habe Blut und Wasser geschwitzt, und es hat Tage gedauert, bis ich die Idioten davon überzeugen konnte, dass ich kein Saboteur von Hitlers fünfter Kolonne bin und nicht auf meinen geheimen Einsatzbefehl warte, um den blöden Hof in Brand zu stecken oder sonst irgendeinen Sabotageakt auszuführen. Was ich aber nicht verhindern konnte, war, dass mir diese Geschichte mit dem Radio vor dem *Special Tribunal* im Handumdrehen ein A und den Abtransport hier ins Lager eingebracht hat.«

Jakob runzelte die Stirn. »Von was für einem Tribunal redest du?«

Nun war es an Viktor, überrascht zu sein. »Sag bloß, das ist noch nicht an eure Ohren gedrungen?«

»Nein, wir waren wochenlang von allen Nachrichten abgeschnitten. Was hat es mit diesem Tribunal auf sich?«

»Na, wundern tut es mich ja nicht. In diesem Land geht es wirklich drunter und drüber. Und die rechte Hand weiß nicht, was die linke tut! Ich sage euch, hier im Lager hört man die verrücktesten Geschichten über die Willkür dieser Tribunale.« Viktor schnippte Asche von seiner Zigarette und lachte trocken auf. »Also, die Sache ist die: Die Regierung hat angeordnet, dass jeder Deutsche und Österreicher vor einem Tribunal Rede und Antwort stehen muss. Da wird dann festgelegt, in welche der drei Kategorien A, B und C ein jeder von uns *enemy aliens* fällt.«

»*Enemy aliens?*«, wiederholte Lukas.

»Ja, so heißen wir jetzt: feindliche Ausländer!«, bestätigte Viktor. »An wessen Zuverlässigkeit und bedingungsloser Englandliebe dieses Tribunal ernsthafte Zweifel hegt, der bekommt ein A verpasst, wird interniert und unterliegt strengen Auflagen, fast wie ein Kriegsgefangener. Wenn bei einem keine Anhaltspunkte für eine feindselige Haltung zu finden sind, wird er der B-Kategorie zugeteilt und darf auf freiem Fuß bleiben, aber kein Auto, keine Kamera und keine Landkarten in großem Maßstab besitzen. Auch darf er sich nie mehr als fünf Meilen von seinem Wohnort entfernen. Wer dagegen das Glück hat, vom Tribunal in Kategorie C eingeteilt zu werden, bleibt von fast allen Auflagen und Freiheitsbeschränkungen verschont.« Er machte eine kurze Pause. »Aber jetzt kommt der bitterböse Witz: Laut Richtlinien, die das Innenministerium herausgegeben hat, sollen alle, die aus religiösen, rassischen oder politischen Gründen verfolgt worden und nach England geflüchtet sind, in der C-Kategorie registriert werden.«

»Dazu gehören wir doch!«, rief Lukas sofort.

»Ja, nur kümmern sich die meisten der örtlichen Tribunale einen Dreck darum, dass sie uns erst in ihr Land geholt haben, um uns vor den Nazis zu retten! Jetzt geht bei ihnen die große Angst um und dementsprechend rücksichtslos handhaben sie auch diese Einteilung. Wer erst mal in so einem Lager wie diesem *Kitchener Camp* ist, der kommt so schnell nicht mehr auf freien Fuß, ganz egal ob er nun ein A-Deutscher oder ein C-Deutscher ist. Hört euch nur im Lager um, wenn ihr mir nicht glaubt.«

Jakob glaubte ihm aufs Wort. Was diese Dinge betraf, war Viktor stets bestens unterrichtet. Und als er wenige Tage später selbst vor diesem *Special Tribunal* stand und einer langen, argwöhnischen Befragung unterzogen wurde, verstand er, warum man Viktor ohne großes Zögern in die A-Kategorie eingestuft hatte. Er selbst kam mit einem B davon, während Lukas ein C erhielt. Aber es war, wie Viktor gesagt hatte: Ihre unterschiedliche Einstufung blieb ohne irgendeine praktische Auswirkung. Ob nun Jude der Kategorie A, B, oder C, es machte keinen Unterschied. Sie alle saßen im *Kitchener Camp* fest – und der Himmel allein wusste, für wie lange und welch böse Überraschung sie als Nächstes erwartete!

14

Bis auf die obligatorischen Zählappelle morgens und abends waren die Insassen des *Kitchener Camp* sich selbst überlassen, im Guten wie im Schlechten. Da die Mehrzahl der mehr als dreitausend Internierten erwachsene Männer waren, deren unterschiedliche Berufe einen guten Querschnitt durch alle nur denkbaren Professionen abgaben, hatten sich einige Tatkräftige unter ihnen sofort an die Aufgabe gemacht, so etwas wie eine Lageruniversität mit einem breit gefächerten Angebot an Unterhaltung wie auch an ernsthaftem Unterricht für alle Altersstufen zu organisieren.

Es gab dutzende Aktivitäten und über dreißig Fortbildungskurse zu allen nur denkbaren Themen. Einstige Lehrer, Universitätsprofessoren und andere Fachleute hielten Vorträge und Seminare über Mathematik und Handelslehre, Literatur und Finanzwesen, Musikwissenschaft und Allgemeinbildung, Kunst und Technik, Politik und Geografie, Philosophie und Theologie und erteilten Unterricht in einer Reihe von Fremdsprachen. Auch konnte man Unterricht in Modezeichnen, Steno, Schreibmaschine nehmen und viele andere praktische Fähigkeiten erwerben. Unter der Leitung von renommierten Künstlern, deren Karriere unter den Nazis ein jähes Ende gefunden hatte, entstanden unter anderem Malwerkstätten und Lyrikkurse, und es formierten sich Chöre, ein Orchester sowie mehrere Schauspielgruppen und Debattierclubs. Zudem richteten die Rabbiner eine Jeschiwa ein, eine Schule zum Studium der Thora* und des Talmud*, und die Zionisten organisierten sich in geheimen Vereinigungen, die zur Vorbereitung auf die Auswanderung nach Erez Israel unter anderem Unterricht in Hebräisch und in Landwirtschaftskunde anboten. Es gab sogar eine kleine provisorische Synagoge mit einem Thoraschrein und richtigen Thorarollen. Dazu hatte man eine baufällige Baracke wieder einigermaßen hergerichtet, die als Unterkunft für Internierte nicht mehr taugte und daher von der Lagerverwaltung zum Zwecke eines behelfsmäßigen jüdischen Bethauses freigegeben worden war. Zumindest war inzwischen das Dach dicht, was man von einigen der Fenster mit ihren zersprungenen Scheiben nicht sagen konnte.

Schulpflichtige Kinder wurden mehrere Stunden täglich in einem kleinen Haus ohne Möbel und ohne alle schulischen Hilfsmittel unterrichtet. Die Schüler mussten ihre eigenen Stühle mitbringen. Tafeln gab es ebensowenig wie Pulte. Als Schreibunterlage dienten einfache, kurze Bretter, die sich die Schüler quer über die Knie legten, und die Lehrer saßen entweder auf ihren Koffern oder auf dem Boden. Später gelang es, einige Stöße englischer Schulbücher aus einer Schule in der nahe gelegenen Kleinstadt Sandwich zu organisieren. Doch so primitiv die äußeren Bedingungen der Schule sowie der Lageruniversität auch waren, so leidenschaftlich engagiert gestalteten die Lehrer und Professoren ihren Unterricht.

Viel Arbeitskraft erforderten auch die Ausbesserungsarbeiten an den alten Militärbaracken, deren Dächer und Bretterböden schadhaft waren, sowie an den kaputten Straßen zwischen den langen Reihen der Unterkünfte. Ein breiter Bach, der völlig verschlammt war und über dessen Ufer ein Dickicht aus Unkraut und Gestrüpp wucherte, floss zudem mitten durch das Camp. Um katastrophale Überschwemmungen bei schweren Regenfällen zu verhindern, musste der Wasserlauf von seinen Schlammmassen befreit werden, was wiederum voraussetzte, dass zuerst einmal das verfilzte Gestrüpp verschwand, damit die Ufer zugänglich wurden.

Jakob ließ sich für eine der Arbeitskolonnen eintragen, die sich die Entschlammung des Bachbetts zur Aufgabe gemacht hatten. Er hatte das Verlangen, sich nach den vormittäglichen Schulstunden körperlich zu betätigen, um nicht dem Lagerkoller zu verfallen. Deshalb half er auch regelmäßig dabei, Sandsäcke zu füllen, die für den Schutz von Kirchen, Rathäusern und Schulen in benachbarten Dörfern und Städten eingesetzt wurden. Und was immer er außerhalb der wenigen morgendlichen Schulstunden tat, er hatte Lukas an seiner Seite.

Dagegen ließ sich Viktor nur ganz selten beim freiwilligen Schulunterricht blicken. Und dass Jakob sich für die Plackerei am Fluss und auf dem einstigen Exerzierplatz hergab, wo Sandsäcke gefüllt und auf Militärlaster geladen wurden, dafür hatte er erst recht kein Verständnis.

»Warum gibst du dich bloß mit so etwas ab, Jakob?«, fragte er wieder einmal, als Jakob mehrere Stunden Sandsäcke gefüllt hatte und ihm auf dem Weg zurück zu ihrer Baracke sichtlich abgekämpft über den Weg lief. »In der Zeit könntest du wirklich Sinnvolleres tun.«

»So? Was denn zum Beispiel?«, fragte Jakob, dessen Sorge und Bedrückung mit jedem Tag wuchsen. Mittlerweile war es Anfang November geworden, und obwohl er in den vergangenen Wochen fast jeden dritten Tag einen Brief an Erika abgeschickt hatte, war noch immer keine Antwort von ihr eingetroffen. Und missmutig fügte er hinzu: »Soll ich dir vielleicht bei deinen krummen Geschäften helfen?«

Viktor grinste. »Ja, zum Beispiel, und das wäre eine verdammt kluge Entscheidung. Ich habe nämlich einige neue geschäftliche Verbindungen geknüpft, und zwar fantastisch lukrative.« Er senkte seine Stimme zu einem Verschwörerton. »Der Bruder von Master Sergeant Leyland hat irgendwo oben im Norden, in den Wäldern der Chiltern Hills, eine illegale Destillerie und stellt erstklassigen *moonshine*, schwarzgebrannten Schnaps, her. Dafür gibt es im Camp eine Menge fröhlicher Abnehmer. Ich kann jede Hilfe gut gebrauchen, um das Zeug unter die Leute zu bringen, besonders jemanden wie dich, auf den ich mich blind verlassen kann.«

»Fang nicht schon wieder davon an«, sagte Jakob so freundlich, wie es ihm in seiner niedergedrückten Stimmung möglich war. »Das hier ist nicht Dovercourt, sondern ein Internierungslager; und illegaler Schnapshandel ist was anderes, als Wörterbücher, Zigaretten, Obstkonserven und anderes Kleinzeug unter die Leute zu bringen. Mit diesen verbotenen Sachen will ich nichts zu tun haben. Es reicht, dass du die Finger davon nicht lassen willst. Und Fledermaus lässt du da gefälligst auch heraus, hast du mich verstanden? Sonst sind wir geschiedene Leute!«

Für einen Moment sah es so aus, als wollte Viktor auf Jakobs Absage und seine Warnung mit Verärgerung reagieren. Dann jedoch gewann ein spöttisches Lächeln die Oberhand über seine zwiespältigen Gefühle. »Mach dir um Fledermaus mal keine Sorgen. Der geht doch noch nicht mal zum Pinkeln, ohne vorher deinen Segen einzuholen. Aber einen Gefallen musst du mir tun.«

»So? Und der wäre?«, fragte Jakob argwöhnisch.

»Gib mir rechtzeitig Bescheid, bevor du beschließt, gänzlich zum Heiligen zu werden und dich für einen Rabbinerkurs anzumelden«, sagte er mit einem breiten Lächeln, das sich von Ohr zu Ohr zog. »Wenn du dir schon einen Gebetsmantel, Riemen und dieses bescheuerte Käppchen kaufen musst, möchte ich zumindest derjenige sein, der es dir verkauft – natürlich zu einem günstigen, nicht zu unterbietenden Preis!«

»Du bist ein Idiot, Wolke!«, rief Jakob, ließ sich jedoch von Viktors Lachen anstecken. Er konnte ihm einfach nicht länger als ein paar Minuten böse sein.

»So, ich muss jetzt wieder los, Jakob. Du weißt ja: Nur …«

»… der frühe Vogel fängt den Wurm«, kam Jakob ihm zuvor. »Aber du vergisst, dass es gleich dunkel wird.«

»Ich wollte ja auch sagen: Nur die hellwache Eule fängt die dumme Maus, die sich aus ihrem Bau wagt und glaubt, im Dunkeln sieht sie keiner!«, sagte Viktor feixend, und schon im Weggehen rief er ihm noch zu: »Übrigens habe ich dir ein paar Briefmarken aus der Schreibstube organisiert, damit du deinem wilden Schreibtrieb weiter ungehemmt frönen kannst! Ich habe den Umschlag unter dein Kopfkissen geschoben. Fröhliche Feder, Kumpel!«

»Mensch, Wolke!« Jakob war gerührt, dass Viktor daran gedacht hatte, und wusste nicht, was er ihm auf die Schnelle zurückrufen sollte. Ohne die Briefmarken, die Viktor regelmäßig für ihn organisierte, hätte er pro Woche nur einen einzigen Brief schreiben können. Denn seine Ersparnisse waren längst aufgebraucht und die Lagerverwaltung gewährte jedem Insassen nur ein mageres Taschengeld von Sixpence und eine Briefmarke pro Woche.

Ohne sich noch einmal zu ihm umzublicken, machte Viktor eine lässige, abwinkende Handbewegung, als wäre das mit den Briefmarken überhaupt nicht der Rede wert, und verschwand im Durchgang zwischen zwei Baracken.

Wenn auch weiterhin kein Brief von Erika eintraf, so gelang es Jakob jedoch, wieder mit seinen Eltern in Briefkontakt zu treten, was er seinem Bettnachbarn Paul Cohen verdankte. Der hagere achtzehnjährige Rotschopf, der nach der Pogromnacht vom 9. auf den 10. November acht Wochen im Arbeitslager Oranienburg verbracht hatte und dort Zeuge geworden war, wie sein Vater von den Wärtern zu Tode geprügelt worden war, bot ihm und Lukas an, Freunde seiner Familie im neutralen Holland als Übermittler der Briefe von Deutschland nach England und umgekehrt einzuschalten.

Am Tag, als Ende November das achttägige Chanukka-Fest begann, traf zum ersten Mal für Jakob ein Brief der Eltern über die holländische Adresse im Lager ein.

Mit großer Erleichterung las Jakob, dass es ihnen »den traurigen Umständen entsprechend« gut ging, wie die Mutter sich ausdrückte. Konkretes schrieb sie nicht. Auch fand sich in ihrem Brief nicht ein einziges Wort zur Politik. Die Worte »Hitler« und »Nazis« fehlten völlig. Er las jedoch aus fast jeder Zeile die Sorge der Mutter heraus, ihr Brief könnte von den Behörden geöffnet und auf seinen Inhalt kontrolliert werden. Deshalb schrieb sie wohl auch so merkwürdig vage von Freunden und Bekannten, von denen immer mehr ihre Wohnung aufgeben mussten und wegzogen, ohne Zeit für einen Abschied zu haben und auch ohne eine neue Adresse angeben zu können.

Jakob fragte sich bei diesen Passagen beklommen, ob die

Mutter ihm damit indirekt zu verstehen geben wollte, dass diese Leute von den Nazis abgeholt und in Arbeitslager gebracht wurden. Und je öfter er ihren Brief las, desto deutlicher spürte er die Angst, die aus all dem Unausgesprochenen, dem Weggelassenen sprach. Sie verbarg sich zwischen den Zeilen der Mutter wie eine dunkle, reißende Strömung dicht unter der Oberfläche eines scheinbar friedlich glatten Meeres.

Am Schluss ihres Briefes fragte sie, ob er auch in treuem Gedenken an sie die Silberkette der Großmutter mit der Menora trug, und mit sanfter Eindringlichkeit ermahnte sie ihn wieder einmal, den Vater und sie in seine Gebete einzuschließen, so wie sie ihn täglich in ihre einschlossen. Der sonst übliche kurze Gruß des Vaters fehlte zum ersten Mal. Es musste nichts bedeuten, konnte aber auch heißen, dass man ihn abgeholt hatte und die Mutter dies verschwieg, weil sie ihn vor der grausamen Wahrheit schützen wollte und er ja doch nichts tun konnte.

An diesem Nachmittag ging Jakob lange ziellos durch das riesige Lager, innerlich aufgewühlt und auch von Schuldgefühlen gepeinigt, weil er die Kette und den Menora-Anhänger zwar immer bei sich trug, aber nur versteckt in der Streichholzschachtel.

Schließlich stand er bei Einbruch der Dämmerung vor der Rückseite der schäbigen Baracke, die als Lager-Synagoge diente. Er hörte die Gesänge und durch eine der gesplitterten Scheiben drang das Kerzenlicht zu ihm in die herabfallende Dunkelheit.

Einen langen Augenblick stand Jakob dort hinter der Synagoge und rang mit sich selbst. Dann drehte er sich abrupt und mit geballten Fäusten um und hastete so schnell er konnte davon, um den Gesang nicht länger hören und das Licht nicht länger ansehen zu müssen.

Ich denke nicht daran, darauf hereinzufallen und mich selbst zu belügen!, dachte er zornig, als er davonstürzte. Nein, alles andere, nur nicht diesen billigen Trost!

15

Im Laufe des ersten englischen Kriegswinters verschlechterte sich die Qualität des Essens im Camp von Woche zu Woche. Der schon vorher recht eintönige Speisezettel wurde nun noch mehr dominiert von Salzheringen in den verschiedensten Stadien des Zerfalls sowie von schlechten Kartoffeln, pappigem Brot, ranziger Margarine und gestreckter Marmelade. Irish Stew mit zerfallenden Klößen klatschte man ihnen in der Lagerkantine bei der Essensausgabe fortan mehrmals die Woche auf ihren Blechteller.

Gleichzeitig reichten auch die Brikettzuteilungen bei weitem nicht aus, um die Kälte in den Baracken zu brechen und für Temperaturen zu sorgen, bei denen man unter seinen Decken schlafen konnte, ohne dass einem etwas abfror. Erst nach wiederholten Protesten wurde jedem Insassen noch eine weitere Decke zugestanden. Mehr Briketts wurden ins *Kitchener Camp* jedoch nicht geliefert.

»Ihr hättet eben nicht den Krieg anfangen sollen!«, bekam ihr Lagersprecher von einem Offizier der Lagerverwaltung zu hören. Der Sprecher der Internierten wies ihn mühsam beherrscht darauf hin, dass nicht die deutschen Juden das Deutsche Reich aufgerüstet und in den Krieg gestürzt hätten, sondern Hitler und seine Nazigefolgschaft, die sich übrigens schon vor Kriegsbeginn die Vernichtung und Ausrottung der jüdischen Rasse zum Ziel gesetzt hätten – weshalb ihm und all den anderen Lagerinsassen nur die Flucht in ein »freies Land« geblieben sei. Worauf er vom Offizier die arrogante Antwort erhielt: »Ihr habt hier die Freiheit, die euch zusteht!«

Von den zwei nackten Glühbirnen in jeder Baracke musste zu Beginn des Jahres 1940 eine herausgeschraubt und abgegeben werden. Gleichzeitig wurden die Verdunkelungsvorschriften in Erwartung deutscher Luftangriffe verschärft. Wer dagegen verstieß, musste mit schweren Strafen rechnen.

Wenn auch Jakob wie alle anderen über das schlechte Essen und die nächtliche Kälte in der Baracke klagte, so setzte ihm das alles doch viel weniger zu als seine erfolglosen Versuche, wieder Kontakt mit Erika aufzunehmen. Schließlich schrieb er unter großen Mühen einen Brief an Misses Winslow und bat in seinem Schreiben höflich um Aufklärung, warum er keine Post mehr von Erika erhalte und ob sie denn überhaupt noch bei ihr wohne.

Die Antwort, die er von Erikas einstiger Pflegemutter erhielt, war kurz, unverschämt und schmerzhaft herzlos. Sie hatte sich noch nicht einmal die Mühe gemacht, zu einem frischen Bogen Papier oder einer Briefkarte zu greifen, sondern hatte quer über die Rückseite seines Briefes geschrieben: »Sie wohnt hier schon längst nicht mehr! Man hat sie in irgendein Heim gesteckt, wie sie es verdient hat. Das ist alles! Und ich verbitte mir jede weitere Belästigung!!!«

Drei Ausrufezeichen, aber keine Unterschrift unter ihrer rüden Mitteilung.

»Nichts gegen deine Erika, aber so was Besonderes war sie doch nun auch wieder nicht«, meinte Viktor und glaubte zu wissen, welche Art von Trost Jakob brauchte. »Auch andere Mütter haben schöne Töchter! Und wenn du willst …«

»Erika ist sehr wohl etwas Besonderes!«, fiel Jakob ihm ins Wort und funkelte ihn an. »Und sag so etwas nicht noch einmal, wenn wir Freunde bleiben wollen!«

Völlig verblüfft von der heftigen Reaktion, die er mit seiner Bemerkung verursacht hatte, und mit abwehrend ausgestreckten Händen, wich Viktor vor ihm zurück. »Ist ja schon gut, Kumpel! Mensch, ich wusste wirklich nicht, dass du so sehr in sie verschossen bist! Dagegen hilft natürlich auch die beste Medizin nicht. Okay, ich lass dich dann mal besser allein. Und nichts für ungut, Kumpel. Erika ist schon ganz in Ordnung, wenn ich es recht bedenke. Kopf hoch! Es wird schon wieder.« Und mit einem schiefen, verlegenen Lächeln machte er sich davon.

Jakob besorgte sich die Adresse der englischen Flüchtlingshilfe und bat, ihm die Anschrift des Heimes zu schicken, in dem Erika Himmel jetzt lebte. Wochen vergingen, ohne dass er Antwort erhielt. Und so schrieb er erneut an die Kinderhilfsorganisation und mahnte die erbetene Auskunft an. Er war fest entschlossen, keine Ruhe zu geben, bis er herausgefunden hatte, wo Erika steckte.

Das Foto von ihr war in dieser Zeit sein kostbarster Besitz. Es stand an seinem Bett auf einer alten Munitionskiste, die Viktor ihm beschafft hatte, sodass er ihr Bild immer anschauen konnte, wenn ihm danach war – und das war oft der Fall.

Mitte Februar, an einem kalten grauen Sonntag, der schon morgens mit starkem Schneetreiben begann, feierte Lukas seinen dreizehnten Geburtstag, wenn auch nicht in der traditionellen Form der Bar-Mizwa*. Aber die ganze Belegschaft ihrer Baracke sang ihm ein Ständchen, zog ihn aus dem Bett und warf ihn dreimal in die Luft, und es gab auch Geschenke. Jakob hatte einen Zeichenblock und eine Schachtel Buntstifte für ihn, die Lukas sich so gewünscht hatte. Von Viktor bekam er Schokolade, Kaugummis und ein englisches Magazin mit Abenteuergeschichten. Auch hatte er den letzten Brief für ihn abgefangen und extra bis zu seinem Geburtstag aufbewahrt. Er und auch Jakob gingen ganz selbstverständlich davon aus, dass im Umschlag mit dem bekannten holländischen Absender ein Brief von Lukas' Eltern steckte, so wie es bislang immer der Fall gewesen war.

»Den Brief lese ich später!«, sagte Lukas mit strahlendem, glücklichem Gesicht. »Dann habe ich noch was, auf das ich mich freuen kann.«

Als Jakob am Nachmittag vom Exerzierplatz zurückkehrte, wo er wieder einmal Sandsäcke gefüllt hatte und für diesen Einsatz mit heißem Tee und hartem Gebäck belohnt worden war, traf er vor ihrer Baracke auf Lukas. Das kleine Kerlchen saß reglos auf der Treppe und schien gar nicht zu bemerken, wie der Schnee ihn umwirbelte. Er hatte nicht einmal seine rosarote Pudelmütze über den Kopf gezogen.

»Was sitzt du denn hier herum? Willst du dir den Tod holen?«, fragte Jakob verwundert. Doch schon im nächsten Moment befielen ihn Besorgnis und Unruhe, als er bemerkte, wie elend Lukas im Gesicht aussah und dass er stark gerötete Augen hatte, als hätte er geweint.

Lukas sah an ihm vorbei in das heftige Schneetreiben, während sich seine Augen mit Tränen füllten. »Ich habe noch drei Briefmarken. Die kannst du haben. Ich brauche jetzt keine Briefmarken mehr«, sagte er und seine Stimme klang flach und ohne jede Kraft.

»Mein Gott, was ist passiert?«, fragte Jakob bestürzt.

»Sie haben sie abgeholt, unsere ganze Familie und auch alle Verwandten aus dem Nebenhaus. Onkel Heinrich und Tante Regina und meine beiden Cousinen Nora und Simone. Sogar Opa Leo haben die Nazis mitgenommen«, antwortete Lukas tonlos. »Sie sind mit Lastwagen vorgefahren und haben alle Juden aus unserem Viertel abtransportiert.«

Jakob spürte Übelkeit in sich aufsteigen, gingen seine Gedanken bei dieser entsetzlichen Nachricht doch sofort zu seinen Eltern. »Wer hat dir das geschrieben?«

»Die alte Else Krombach von gegenüber. Eine Witwe, die bei uns auf der Etage wohnt und deren Sohn im Viertel die Post austrägt. Meine Mutter hat sich viel um sie gekümmert und sich gut mit ihr verstanden. Sie wollte mich nicht anlügen«, sagte Lukas, zog den Brief aus seinem Mantel und hielt ihn Jakob hin. »Sie schreibt, ich habe ein Recht, die Wahrheit zu erfahren. Steht alles hier drin.« Und nach einer kurzen Pause sagte er kaum hörbar: »Sie sind jetzt alle im Arbeitslager. Und ich werde wohl keinen von ihnen wiedersehen.«

Jakob würgte es im Hals. »Red doch keinen Unsinn! Natürlich wirst du sie wiedersehen! Man darf die Hoffnung nie aufgeben! Mein Vater ist doch auch aus dem Lager zurückgekommen.«

»Auch ein zweites Mal?«, fragte Lukas, schüttelte dann

stumm den Kopf und versuchte nun nicht länger, gegen die Tränen anzukämpfen.

Jakob setzte sich zu ihm auf die Treppenstufe, legte seinen Arm um die schmächtige Schulter des Jungen, und das Einzige, was er für ihn tun konnte, war, mit ihm zu weinen.

16

Im Februar, im tiefsten eisigen Kriegswinter, sorgte ein kurzer Radiobericht dafür, dass die Stimmung im *Kitchener Camp* wie sicherlich auch in den vielen anderen Lagern, die mittlerweile in England existierten, auf einen neuen Tiefpunkt sank. Der britische Rundfunk meldete, dass in Stettin alle jüdischen Männer, Frauen und Kinder von den Nazis zusammengetrieben und nach Lublin deportiert worden waren. Viele Lagerinsassen hatten Freunde, Bekannte oder gar Verwandte in Stettin. Paul Cohen war einer von ihnen. Er kam aus dieser Hafenstadt an der Oder und fast seine ganze Familie und Verwandtschaft lebte dort – oder hatte bis zu dieser »Säuberungsaktion« der Nazis dort gelebt. Die Nachricht von der Deportation hatte auf Paul eine niederschmetternde Wirkung. Sie machte ihn noch unnahbarer und wortkarger, als er es bisher schon gewesen war. Er wollte mit keinem darüber reden und verbot sich vehement jeden Versuch, ihn in ein Gespräch über seine Familie und die Deportation oder gar seine Ängste zu verwickeln. Er sonderte sich immer mehr von allen anderen ab und wurde zu einem Einzelgänger.

Jakob wünschte, er könnte irgendetwas für Paul tun. Aber dieser ließ weder ihn noch sonst einen an sich heran. Er verschanzte sich in seinem Panzer aus wortloser, schroffer Abweisung.

Bedrückung und Mutlosigkeit nahmen in diesen letzten Wintermonaten im Lager deutlich zu. Die spektakulären militärischen Erfolge der Nazis machten alle Hoffnungen zunichte, die Alliierten könnten den blitzartigen Vormarsch deutscher Truppen rasch stoppen und Hitler zum Einlenken zwingen, auch in der Judenfrage. Dass dann im Lager auch noch überraschend die Briefzensur eingeführt wurde, war wie eine Ohrfeige und trug nicht dazu bei, die trübsinnige Stimmung zu heben, im Gegenteil.

Auch Jakob vermochte sich diesem dunklen Sog nicht zu entziehen. Auch wenn er einige neue Bekanntschaften geschlossen hatte und in Lukas einen anhänglichen Kameraden besaß, fühlte er doch eine große Leere in sich. Und dieses Gefühl hatte nicht allein mit Erika zu tun, sosehr ihm auch der Kontakt mit ihr fehlte. Es war noch etwas anderes, was ihm fehlte: ein Ziel, die Idee einer besseren Zukunft. Etwas, wovon er träumen und worauf er seine Anstrengungen richten konnte, egal wie gering die Chancen auch sein mochten, dass aus dem Traum einmal Wirklichkeit wurde. Deshalb beneidete er alle jene, die feste Vorstellungen und Pläne für die Zeit nach der Internierung hatten. Etwa die älteren, glücklich zu schätzenden Leidensgefährten, die schon ein Visum für Australien, Kanada, die USA oder Südamerika in der Tasche hatten oder aber doch mit unermüdlicher Geduld einen Antrag nach dem anderen stellten, obwohl sie doch wussten, wie gering die Aussichten waren, als mittelloser Jude eines dieser heiß begehrten Visa zu erhalten. Sogar den Zionisten, die im Lager die überwiegende Mehrheit bildeten und von Erez Israel wie von einem mosaischen Paradies träumten, galt sein geheimer Neid. Denn auch wenn sie wie alle anderen im Lager festsaßen, wussten sie doch wenigstens, wofür sie so hingebungsvoll Hebräisch lernten und sich mit allen Aspekten des Kibbuzwesens vertraut machten.

Er dagegen sah seine Zukunft nur als ein uferloses schwarzes Loch oder als dichte Nebelwand, die ihm nicht einmal vage Umrisse von einem Zukunftsbild enthüllte. Was sollte er in Südamerika, Kanada oder gar in Palästina?

Eines jedoch wusste er seltsamerweise, nämlich dass sein Lebensweg ihn nicht nach Deutschland zurückführen würde. Es war paradox, denn er sah sich selbst nicht als Auswanderer. Allerdings hatte er die sichere Ahnung, Deutschland nie wieder als seine Heimat bezeichnen zu können. Warum er sich dessen so gewiss war, wusste er nicht zu sagen. Aber dies war der Grund, warum er seinen Mangel an einem handfesten Plan oder einem Zukunftstraum für »die Zeit danach«, und sei er auch noch so unrealistisch, als so bedrückend empfand.

Im Mai trat der Krieg in ein neues Stadium, und fast schlagartig veränderte sich der Alltag im Lager, und zwar alles andere als zum Positiven. Die Veränderungen waren umfassend, einschneidend und niederschmetternd.

Am 10. Mai, am selben Tag, als Winston Churchill nach einer Regierungskrise von König Georg VI. zum neuen britischen Premierminister ernannt wurde, gab Hitler den Befehl zur lang geplanten Invasion von Belgien, den Niederlanden und Luxemburg.

Der Westfeldzug begann und wieder gelangen den in Blitzkriegmanier vorstoßenden deutschen Truppen in kurzer Zeit enorme militärische Erfolge. Das britische Expeditionskorps, das auf dem Kontinent den Franzosen und Belgiern beistehen sollte, sah sich von den französischen Truppen abgeschnitten und daher gezwungen, sich von der Westfront zu lösen und in Dünkirchen an der Kanalküste die Evakuierung vorzubereiten, um nicht von deutschen Heereseinheiten aufgerieben zu werden.

Die Kapitulation von Luxemburg, Belgien und den Niederlanden innerhalb weniger Tage und die Besetzung dieser Länder hatte für die Internierten in England sofort spürbare Auswirkungen. Der Postverkehr über die neutralen Niederlande riss umgehend ab. Nur die ganz wenigen, die jemanden in der Schweiz kannten, konnten jetzt noch Kontakt zu Familie und Freunden halten – unter den strengen, argwöhnischen Augen britischer Briefzensoren, die jedes Schreiben nach offenen wie versteckten Hinweisen auf militärische Geheimnisse prüften.

»Es wimmelt hier im Lager ja auch vor wichtigen Militärgeheimnissen, die kriegsentscheidend sein könnten!«, spottete Viktor. »Und wer hätte am meisten Grund, den Nazis solche Geheimnisse zu verraten? Natürlich niemand anders als wir Juden, oder? Wie kann man nur so idiotisch sein!«

Und wenige Tage später wachte Jakob frühmorgens davon auf, dass Viktor ihn an der Schulter rüttelte. »Wach auf, Jakob! Es gibt Neuigkeiten.«

»Was ist denn, Wolke?«, murmelte Jakob, ungnädig über die Störung, und richtete sich halb auf. »Was für Neuigkeiten?«

Viktor lachte spöttisch auf. »Du glaubst es mir ja doch

nicht, wenn ich es dir sage! Also steh schon auf und komm mit, dann kannst du es mit eigenen Augen ansehen. Wird dir richtig das Herz wärmen, was sich die Tommys jetzt haben einfallen lassen.«

»Ist irgendetwas los?«, meldete sich Lukas verschlafen von oben, als Jakob sich über den Bettrand schwang.

»Nur eine freundliche Aufmerksamkeit unserer Gastgeber«, antwortete Viktor sarkastisch.

Sie waren nicht die Einzigen, die zu dieser frühen Morgenstunde schlaftrunken aus ihrer Baracke kamen und dem Lagertor zustrebten. Die Neuigkeit machte in Windeseile die Runde und ein schnell anwachsender Strom ergoss sich aus den Unterkünften auf die Straßen zwischen den Barackenreihen.

»Das ist ja …!« Jakob brach mitten im Satz ab, als er sah, was sich jenseits des Tores abspielte.

Mehrere schwere Mannschaftstransporter sowie militärische Baulaster vom englischen Pionier Corps waren in der Morgendämmerung vorgefahren, von deren Ladeflächen Soldaten nun dicke Rollen mit Stacheldraht entluden. Zudem hatten bewaffnete Posten rund um das Lager Aufstellung genommen, ihre Waffen im Anschlag, als fürchteten sie jeden Moment einen Massenausbruch. Und an mehreren Stellen waren Soldaten sogar damit beschäftigt, Wachtürme zu errichten und sie mit Maschinengewehren zu bestücken.

»Das kann doch nicht sein!«, stieß Jakob hervor. »Die machen aus dem Camp ja ein streng bewachtes Gefangenenlager, als wären wir sonst wie gefährlich!«

Viktor lachte höhnisch auf. »Tja, einst waren wir von den Nazis gehasste und verfolgte Juden, heroisch von den Tommys auf ihre Insel gerettet. Dann wurden wir zu feindlichen Ausländern jüdischer Herkunft, klassifiziert nach A, B und C, und jetzt sind wir endgültig zu feindlichen Deutschen geworden, die man hinter Stacheldraht halten und über den Lauf eines MGs hinweg im Auge behalten muss!«

Zu den gravierenden Beschneidungen ihrer Freiheit gehörte auch die radikale Nachrichtensperre. Es gab keine Übertragung von Radionachrichten in den Gemeinschaftsbaracken mehr. Das heimliche Abhören von Radiosendern stand unter strenger Strafe. Wer von den Insassen ein Radio besaß, musste dieses umgehend abliefern. Und die Lagerleitung wusste längst genau, wie viele Geräte im *Kitchener Camp* existierten und in welchen Baracken sie sich befanden. Auch die Lektüre englischer Zeitungen und Zeitschriften stand von heute auf morgen auf der Verbotsliste.

Leute wie Viktor, die durch ihre zwielichtigen Geschäfte über beste Beziehungen zu Teilen des Lagerpersonals verfügten, lachten über das lächerliche Verbot nur. Sie holten auf illegalem Weg Tageszeitungen ins Lager. Und was die Zuträger an einem gewöhnlichen Zeitungskiosk für einen Pence kauften und hinter dem Stacheldraht an ihre jüdischen Geschäftspartner für einen Shilling heimlich weitergaben, dafür erzielte jemand wie Viktor bei seinen Abnehmern den horrenden Endpreis von zwei Shilling und Sixpence.

»Angebot und Nachfrage regeln nun mal den Preis, Kumpel! Und jeder muss sehen, wo er bleibt!« Mit seinem Standardsatz sowie einem breiten, entwaffnenden Grinsen begegnete Viktor gelassen Jakobs leiser Kritik.

Wenige Tage nachdem die hohen Stacheldrahtzäune und die Wachtürme mit ihren Maschinengewehren und Flutlichtstrahlern errichtet worden waren, erlebten die jüdischen Insassen eine weitere böse Überraschung, trafen doch einige hundert Kriegsgefangene im *Kitchener Camp* ein.

Die Mehrzahl der deutschen Seeleute, die zu der Besatzung eines versenkten Handelsschiffes gehörten, bekannte sich herausfordernd stolz und offen zu Hitler als ihrem Führer, und so manch einer von ihnen tönte sogar lautstark, dass deutsche Truppen England bald genauso überrennen würden, wie sie es mit Polen getan hatten und gerade an der Westfront vorexerzierten. Und dann würde man auch hier gehörig aufräumen, insbesondere was die Juden betraf.

Die Empörung über diese Zumutung der Lagerleitung war bei den Juden groß. Hatten die Engländer vergessen, dass sie genau von solchen Leuten in der Heimat brutal verfolgt worden waren? Wie konnte man von ihnen verlangen, dass sie auf engstem Raum mit erklärten Nazis lebten, vor denen sie doch hatten flüchten müssen? Seit wann schloss man Täter und Opfer in einen Käfig?

Aber alle Eingaben und inständigen Appelle der jüdischen Lagervertretung, die deutschen Kriegsgefangenen in einem anderen Camp ohne jüdische Insassen unterzubringen, blieben wirkungslos.

»Ich glaube, es gibt in der Welt nicht ein einziges Land, wo wir Juden wirklich willkommen sind«, sagte Lukas bedrückt, als sie an einem grauen Nachmittag Anfang Juni in der Kantine steinharte Kekse in ihren Tee tunkten, um sie essbar zu machen. Draußen trübte dunkles Gewölk immer mehr den Himmel ein.

»Langsam kapierst du, wie die Dinge für uns laufen, Fledermaus«, sagte Viktor. »Amerika will uns Juden ebenso wenig wie England oder all die anderen Länder, die sich sonst immer so viel auf ihre vorbildliche Demokratie und Freiheit einbilden. Nur wer Geld mitbringt, eine tolle wissenschaftliche Koryphäe oder jemanden im Land hat, der für einen bürgt und aufkommt, kann auf die seltene Gnade eines Visums hoffen. Aber gewöhnliche Juden wie uns lassen sie in Lagern wie diesem versauern.« Er lachte kurz und voll Bitterkeit auf. »Na, für die Lager wird sich Hitler noch mal bei Churchill und Konsorten bedanken. Wenn deutsche Invasionstruppen irgendwann auch die Insel überrennen, brauchen SS- und SA-Kommandos nicht erst neue Lager zu bauen. Dann sitzen wir schon hübsch zusammengetrieben und bewacht in diesen Camps unserer glorreichen englischen Retter!«

Jakob schoss ihm einen ärgerlichen Blick zu. »Lass diese blöde Unkerei, Wolke!«

»He, man wird doch wohl noch einen Scherz machen dürfen, oder?«, protestierte Viktor.

»Wenn du das witzig findest, musst du hier oben krank sein«, erwiderte Jakob und tippte sich an die Stirn. Er konnte es nicht ausstehen, wenn Viktor solch zynische Reden führte. Nicht nur weil Lukas dann tagelang unter Albträumen litt, sondern weil Viktor damit auch in ihm ein beklemmendes Gefühl der Ohnmacht und des Ausgeliefertseins hervorrief.

»Natürlich bin ich krank. Oder glaubst du vielleicht ernsthaft, man übersteht so etwas gesund und putzmunter wie einen Sanatoriumsaufenthalt?«, fragte Viktor bissig.

Jakob wollte sich nicht mit ihm streiten. Deshalb schüttelte er nur den Kopf und ging aus der Kantinenbaracke. Auf dem Weg zu ihrer Unterkunft lief er Erika über den Weg.

17

Die anthrazitgraue, tief hängende Wolkenfront hatte die letzten sonnenhellen Löcher am Himmel geschlossen und ein sprunghaft launischer Wind wirbelte überall im Lager Dreck und Staub auf.

Jakob hielt den Kopf gesenkt, damit ihm der Wind nicht den Schmutz der Straße in die Augen wehte. Die Hände tief in die Taschen vergraben und von einem dumpfen Zorn erfüllt, ging er die breite Lagerstraße hinunter.

Sein Zorn galt nicht Viktor, auch wenn er sich immer mal wieder über ihn ärgerte, sondern vielmehr dem Schicksal, das ihn dazu verurteilt hatte, eine unbedeutende Nummer, eine beliebig austauschbare Figur im zynischen Spiel der Machthaber beiderseits des Kanals zu sein. Nichts machte ihm mehr zu schaffen als das Bewusstsein der eigenen Ohnmacht. Dass ihm auf der Straße ein Strom Neuankömmlinge entgegenkam, unter denen sich auch mehrere Dutzend Frauen und Mädchen befanden, nahm er kaum wahr.

»Jakob?«

Wie ein scharfes Messer schnitt die ungläubige Mädchenstimme seinen niederdrückenden Gedankengang ab. Abrupt blieb er stehen und wandte den Kopf verstört in die Richtung, aus der die Stimme gekommen war.

Dort trat nun ein Mädchen mit kupferfarbenem Haar und in einem flaschengrünen Wollkleid, das für diese Jahreszeit eigentlich schon viel zu warm war, aus der Kolonne von Männern, Frauen und Kindern, die sich auf dem Weg zu ihrer Baracke mit Koffern, Decken und dem blechernen Geschirr abschleppten.

»Erika?«, stieß er fassungslos hervor. Durch seinen Körper ging ein Schauer, und Gänsehaut bildete sich auf seinen Armen. Über acht Monate hatte er kein Lebenszeichen von ihr erhalten, hatte nicht gewusst, in welches Heim die Winslows sie abgeschoben hatten und wie es ihr ging. Und jetzt war sie im *Kitchener Camp* und stand dort, keine zwanzig Schritte von ihm entfernt!

»Mein Gott, Jakob!« Erikas Gesicht leuchtete in einem strahlenden Lächeln auf, und von Wiedersehensfreude überwältigt, ließ sie einfach alles achtlos fallen, was sie in den Händen hielt und sich unter den Arm geklemmt hatte, Koffer, Decken und Essgeschirr. Dann lief sie auf ihn zu.

Jakob eilte ihr quer über die Straße entgegen. Als sie nur noch ein Schritt voneinander trennte, blieben sie stehen und zögerten kurz, wie sie sich begrüßen sollten. Sie sahen sich in die Augen und der Moment der Unsicherheit und flüchtig aufflackernden Verlegenheit verflog. Augenblicke später lagen sie sich in den Armen.

»Endlich bist du wieder bei mir!«, flüsterte Jakob mit belegter Stimme, das Gesicht gegen ihr Haar gepresst. »Und ich habe schon solche Angst gehabt, ich würde nie wieder von dir hören.«

»Und ich erst!«, seufzte Erika, an seine Schulter geschmiegt.

»Du hast mir schrecklich gefehlt, Erika«, flüsterte er ihr ins Ohr und hauchte einen Kuss auf ihr Haar. Es war wunderbar, sie in seinen Armen zu halten.

»Du mir auch, Jakob«, antwortete sie und strich zärtlich

über seinen Rücken. »Als du mir nicht mehr geantwortet hast und die Briefe von *Crombie House* mit dem Vermerk ›Unzustellbar‹ zurückkamen, bin ich regelrecht krank geworden.«

»Das Heim ist leider Bankrott gegangen, und dann sind Lukas und ich erst einmal in einem ganz schäbigen Übergangslager gelandet, wo es drunter und drüber gegangen ist und uns sogar die Offiziere bestohlen haben«, sprudelte er hervor. »Später sind wir dann hier in dieses Camp gekommen. Aber ich habe dir auch von hier regelmäßig geschrieben. Als ich keine Antwort mehr bekam, habe ich alles Mögliche versucht, um herauszufinden, was mit dir ist und wohin man dich gebracht hat. Von der Flüchtlingshilfe habe ich keine Antwort erhalten, obwohl ich die mehrfach angeschrieben und um deine neue Adresse gebeten hatte. Und deine Pflegemutter, dieses Miststück, hat jede Hilfe verweigert.«

»Das wundert mich gar nicht. Die hatte doch am Schluss sogar noch die Unverschämtheit, mir die Schuld zu geben, dass ihr Mann mir dauernd nachstellte. Aber der konnte ich von Anfang an nichts recht machen. Jedenfalls konnte mich die Hexe plötzlich gar nicht schnell genug aus ihrem Haus kriegen. Und dass ich dann in dieses strenge Heim bei Chatham gekommen bin, verdanke ich ihrer bösartigen Nachrede!«

»Wie gemein von ihr, dir meine Briefe nicht nachzuschicken.«

»Ich wette, die hat sie einfach zerrissen und in den Müll geworfen.«

Er drückte sie sanft an sich. »Wenigstens hatte ich dein Bild. Wenn ich das nicht gehabt hätte, wäre ich wohl wirklich verzweifelt«, gestand er. »Acht Monate kein Lebenszeichen von dir …«

Jemand rief ihnen eine anzügliche Bemerkung zu, die Gelächter bei einigen vorüberkommenden Lagerinsassen hervorrief, und widerstrebend ließen sie einander los.

»Komm, ich helf dir erst mal mit deinem Gepäck«, sagte Jakob, der unter all den teils spöttischen, teils mitfühlenden Blicken nun doch wieder verlegen wurde. Und er bemerkte, dass es ihr nicht anders erging. »Lass mal sehen, in welche Baracke man dich einquartiert hat.« Er warf einen Blick auf ihren Einweisungsschein. »Natürlich, in eine der Familienbaracken drüben bei den Lagerkantinen. Komm, ich zeige dir alles.«

Jakob nahm ihren Koffer und führte sie zu ihrer Unterkunft. Dabei erzählte er ihr, dass er noch immer für Lukas den großen Bruder spielte und Viktor schon sechs Wochen vor ihnen ins *Kitchener Camp* gekommen war. »Und stell dir vor, er stand sogar im Verdacht, für die Nazis Spionage zu treiben«, sagte er und erzählte ihr von dem Radio, das Viktor sich heimlich gebaut hatte.

»Ich habe etwas Ähnliches erlebt«, sagte Erika. »Mich hat man auf dem Polizeirevier verhört, weil ich Zeichnungen von der Umgebung von Chatham sowie vom Rathaus und anderen öffentlichen Gebäuden angefertigt hatte.«

»Machst du Witze?«

»Nein, das war ihnen bitterer Ernst. Angeblich zeigten meine Zeichnungen das Gelände vor der Stadt und die wichtigen Gebäude genau aus der feindlichen Anflugrichtung«, erzählte Erika.

»Die haben deine Zeichnungen für Orientierungshilfen für Nazi-Bomber gehalten? So ein Verdacht ist doch wirklich bescheuert!«

»So ist es aber gewesen.«

Jakobs Gesicht hellte sich wieder auf. »Hauptsache, du bist wieder bei mir, jetzt wird alles viel leichter werden.«

Er strahlte sie an. »So, und hier ist deine Baracke.«

Jakob und Erika blieben bis in die Nacht zusammen, als sich das Lager aufgrund der strengen Verdunkelungsvorschriften schon längst der Herrschaft der Finsternis unterworfen hatte. Sie konnten sich einfach nicht voneinander trennen, als hätten sie Angst, sich wieder zu verlieren. Zu stark war das Verlangen nach Stimme, Blick und Nähe des anderen, nach Berührung, Vergewisserung, gemeinsamer Erinnerung, nach Hoffnung und von Liebe erfüllten Träumen. Sie hatten sich zudem so viel zu erzählen, dass die Stunden wie Sand zwischen den Fingern zu verrinnen schienen. Aber sie konnten auch gut miteinander schweigen, Hand in Hand in der nächtlichen Dunkelheit auf der Treppe einer Kantinenbaracke, in der längst Stille eingekehrt war.

Als sie sich schließlich dazu überwanden, zu Bett zu gehen, und Jakob sie zurück zu ihrer Unterkunft begleitete, fanden sich ihre Lippen im tiefen Schlagschatten der Baracke zu ihrem ersten langen, zärtlichen Kuss.

Es ist verrückt und müsste eigentlich doch unvereinbar sein, dachte Jakob in dieser Nacht, innerlich von Jubel erfüllt, aber sogar mitten im Krieg gibt es Liebe und Glück!

18

Das Glück währte nicht lange, keine drei Wochen. Nicht einmal genug Zeit, dass Jakob die Blumen als Sprösslinge zu sehen bekam, die Erika wenige Tage nach ihrem Eintreffen im *Kitchener Camp* hinter ihrer Baracke ausgesät hatte. Sie hatte sich gleich einer Gruppe von Frauen und Männern angeschlossen, die überall zwischen den Unterkünften Blumenbeete anlegten, Land kultivierten und auch entlang der Zäune alles anpflanzten und aussäten, was sie nur an Saat- und Pflanzgut organisieren konnten.

Indessen steuerte der Krieg auf dem Kontinent einem neuen dramatischen Höhepunkt zu. Am 4. Juni, dem Tag von Erikas Ankunft im Camp, fand die Evakuierung des britischen Expeditionskorps aus Dünkirchen ihr Ende. Neun Tage lang hatte eine Flotte von 860 Schiffen, unter dem ständigen Beschuss deutscher Artillerie und bombardiert von der Luftwaffe, in einem ständigen Pendelverkehr mehr als 350 000 britische und französische Soldaten über den Kanal nach England gerettet. Zur selben Zeit setzte die entscheidende Schlacht um Frankreich ein, dessen Niederlage noch im selben Monat besiegelt sein sollte. Und angesichts der spektakulären Siege, die deutsche Truppen an allen Fronten errangen, trat Italien unter dem Faschistenführer Benito Mussolini am 10. Juni als Verbündeter Deutschlands in den Krieg ein.

Für die Italiener, die sich zu diesem Zeitpunkt in England aufhielten, bedeutete der Kriegseintritt ihres Landes, dass nun auch sie zu den *enemy aliens*, den feindlichen Ausländern, gezählt und in großer Hast interniert wurden. In den Lagern, die zudem immer mehr Kriegsgefangene von versenkten feindlichen Schiffen aufnehmen mussten, wurde es eng.

Am Morgen des 23. Juni verkündete im *Kitchener Camp* die Lagerleitung die Räumung von fünf Baracken und die Verlegung ihrer Insassen in ein anderes Camp. Eine dieser Baracken, die innerhalb von vierundzwanzig Stunden geräumt werden mussten, war die Unterkunft von Jakob, Lukas, Viktor und Paul.

Als Jakob das hörte, wurde er ganz verzweifelt. Denn eine Verlegung bedeutete, dass er wieder von Erika getrennt sein würde! Eine Vorstellung, die er nicht ertrug.

»Das können sie nicht mit uns machen! Du musst unbedingt etwas dagegen unternehmen, Wolke! Nicht schon wieder ein neues Lager! Nicht, wo Erika endlich wieder bei uns ist!«

»Na, Erika ist ja wohl zehnmal mehr mit dir als mit uns zusammen«, erwiderte Viktor.

»Ich will auch nicht von hier weg«, sagte Lukas niedergeschlagen. »Ich mag es so, mit einem großen Bruder und einer großen Schwester.«

Jakob sah Viktor beschwörend an. »Du kannst von mir haben, was du willst, wenn du nur dafür sorgst, dass wir von der Liste gestrichen werden und hier in irgendeiner anderen Baracke unterkommen! Bitte, lass deine Verbindungen spielen!«, flehte er ihn an.

»Keine Sorge, ich werde schon nichts unversucht lassen, um das von uns abzuwenden«, versprach Viktor. »Oder glaubst du vielleicht, ich bin scharf darauf, in einem anderen

Mistlager wieder von vorn anzufangen, wo die Geschäfte hier so bombig laufen? Nee, lasst mich nur machen. Ich bin hier immerhin nicht irgendwer!«

Viktor täuschte sich. An diesem Tag machte er die ernüchternde, ja geradezu demütigende Erfahrung, dass er über sehr viel weniger Einfluss verfügte, als er geglaubt hatte. In gewissen Kreisen des Camps mochte er zweifellos »angesehen« sein. Aber das reichte nicht, um seinen Namen, geschweige denn auch noch die von Jakob und Lukas, von der Verlegungsliste verschwinden zu lassen.

Er konnte nichts erreichen, nicht einmal für sich selbst, und das Eingeständnis seiner Ohnmacht erschütterte ihn ähnlich stark wie Jakob, den der Gedanke innerlich fast zerriss, schon am nächsten Tag wieder Abschied von Erika nehmen zu müssen und erneut für wer weiß wie lange von ihr getrennt zu sein.

»Die haben mich gegen die Wand laufen lassen! Und ich weiß auch, wer dahinter steckt! Nämlich kein anderer als dieser Dreckskerl von Master Sergeant Leyland!«, schäumte Viktor. »Er will mich aus dem Weg haben, weil ich ihm zu mächtig geworden bin. Erst hat er sich mit meiner Hilfe dumm und dämlich verdient, und jetzt sorgt er dafür, dass ich in ein anderes Lager komme!«

Jakob packte bleich und wortlos seinen Koffer, vergewisserte sich anschließend, dass auch Lukas sein Gepäck vorbereitet hatte, und ging dann zu Erika.

Die wenigen Stunden, die ihnen bis zum Aufbruch im Morgengrauen blieben und die erfüllt waren von Küssen, zärtlichen Berührungen und geflüsterten Liebesschwüren, verstrichen viel zu rasch.

Als der neue Tag über dem *Kitchener Camp* heraufdämmerte und die Militärlaster vorfuhren, um sie zu ihrem neuen Camp zu bringen, schnitt der Trennungsschmerz ihnen beiden tief ins Herz.

»Das ist nicht das Ende, Jakob«, sagte sie, ihm wie auch sich selbst Mut und Trost zusprechend.

»Nein, das kann es nicht sein … und das wird es nicht, denn dafür liebe ich dich zu sehr.« Er hielt ihre Hände, während die Namen der Insassen, die verlegt werden sollten, verlesen wurden und die Aufgerufenen mit ihrem Gepäck auf die Lkws kletterten.

»Und ich dich, Jakob. Wir werden uns wiedersehen, ganz sicher!« Tränen füllten ihre Augen, während sie zu lächeln versuchte. »Wenn unsere Liebe so stark ist, wie wir glauben, kann uns auf Dauer nichts trennen!«

»Sie ist es, Erika … stärker als alles andere!«, versicherte er und rang selbst mit den Tränen.

Dann wurde sein Name aufgerufen. Ein letzter verzweifelter Kuss, dann packte ihn eine raue Soldatenhand und stieß ihn in Richtung der Laster, deren Motoren schon liefen.

Das Letzte, was Jakob von Erika sah, war, wie sie dort im ersten grauen Licht des Tages auf dem Platz stand und ihm mit tränenüberströmtem Gesicht eine Kusshand zuwarf. Dann fiel die schwere Plane herunter und die Laster fuhren aus dem Camp.

Jakob war dankbar für das gnädige Dunkel unter der dicken Plane, blieb doch dadurch den anderen um ihn herum verborgen, dass seine Lippen in einem stummen Weinkrampf zuckten und ihm die Tränen nur so über das Gesicht liefen.

19

Die Fahrt dauerte nur wenige Stunden und führte sie in eine kleine Ortschaft südlich von London, wo sie in einem ehemaligen Schulgebäude untergebracht und von Schotten in Kilts bewacht wurden. Um sieben Uhr in der Früh, wenn die schottischen Soldaten auf dem Vorhof exerzierten, erfüllten die eigenartigen Klänge mehrerer Dudelsäcke die Morgenluft. Lukas hatte seine Freude an den Männern in Schottenröcken und der Musik ihrer Dudelsäcke, zumal sie als Wachen sehr freundlich zu ihnen waren. Man versicherte ihnen auch, dass sie hier nicht lange bleiben würden, war die alte Schule doch nur ein kurzfristiges Sammellager für Transporte zu anderen Internierungsorten.

»Wir warten hier also nur«, stellte Viktor fest, den es wurmte, nichts über ihr weiteres Schicksal in Erfahrung bringen zu können. Aber ihre Bewacher wussten auch nicht mehr. »Doch nur auf was?«

Jakob zuckte die Achseln. »Natürlich auf irgendein neues großes Lager, das sie irgendwo aus dem Boden stampfen. Ist doch egal, wo wir hinter Stacheldraht einsitzen.« Er litt so sehr unter der Trennung von Erika, dass ihm fast alles gleichgültig war. In seinem Liebeskummer konnte er nicht einmal die morgendliche Dudelsackmusik unterhaltsam finden. Sein einziger Trost war, dass er Erika schreiben konnte, was er auch täglich tat.

Dafür blieben ihm nur vier Tage. Denn schon am 29. Juni teilte man ihnen mit, dass sie am nächsten Morgen das Lager verlassen und mit der Eisenbahn zu einem Ort reisen würden, dessen Name der Geheimhaltung unterlag.

»Die Bahnfahrt ist lang. Deshalb ist morgen früh schon um Viertel nach zwei Wecken. Appell ist um vier. Um sechs Uhr geht der Zug!« Und dann erfolgte der Befehl, der im Laufe des Tages noch mehrmals wiederholt wurde: »Alle Streichhölzer bleiben hier im Camp zurück! Die Mitnahme von Streichhölzern ist streng verboten!«

Dieser merkwürdige Befehl regte die Internierten sofort zu Spekulationen über das Ziel ihrer Reise an. Als Viktor kurze Zeit später von der Toilette zurückkam, brachte er das erste Gerücht mit. »Dass keine Streichhölzer erlaubt sind, soll angeblich ganz klar auf eine Schiffsreise hinweisen.«

»Aber wir fahren doch mit der Eisenbahn«, wandte Lukas verwundert ein.

»Ja, aber vielleicht nur bis nach Liverpool an der Nordwestküste und von da geht es dann mit einem Dampfer hinüber zur Isle of Man. Auf der Insel soll es ein großes Lager geben, mit Frauen und Kindern.«

»Wir werden es morgen ja sehen«, sagte Jakob nur, machte sich insgeheim jedoch Hoffnung, dass sich dieses Gerücht als wahr herausstellte – und dass dann vielleicht die Chance bestand, irgendwie auch Erikas Verlegung in dieses Lager zu erreichen.

Um wegen seiner Streichholzschachtel keinen Ärger mit ihren Bewachern zu bekommen, schnitt Jakob aus einem seiner karierten Taschentücher ein gut handgroßes Stück und nähte es zu einem kleinen primitiven Beutelchen für die Silberkette mit dem Menora-Anhänger zusammen. Dieses schnürte er mit einem Stück Schnürsenkel gut zu. Zusätzlich befestigte er den kleinen Beutel mit einer Sicherheitsnadel innen an seiner Hosentasche.

Das kleine Foto von Erika sowie die Bilder von seinen Eltern wollte er auch lieber am Leib tragen als dem Koffer anvertrauen. Wer wusste denn, ob sie nicht wieder in ein Lager kamen, wo man ihnen ihr Gepäck abnahm, es nach Wertvollem durchwühlte und auf dem Rest achtlos herumtrat. Er hatte gelernt, mit allem zu rechnen. Deshalb nahm er Erikas Bild aus dem selbst gefertigten Rahmen, legte es mit den anderen Fotos zwischen zwei gleich groß geschnittene Pappstücke, damit sie keine Knicke bekamen, und wickelte alles zweimal in gewachstes Butterbrotpapier, das er sich in der Lagerkantine erbettelte. Zwei breite Gummis hielten das Ganze zusammen und so steckte er es zu dem kleinen Beutel in seiner Hosentasche.

Im Morgengrauen des 30. Juni stiegen sie unter strenger Bewachung auf einer Bahnstation ohne Licht und Stationsbezeichnung in den dort wartenden Zug, der aus sechs Waggons bestand.

»Wir fahren immer weiter nach Norden!«, stellte Viktor nach gut zwei Stunden Zugfahrt fest.

»Damit wird die Isle of Man als Zielort also immer wahrscheinlicher«, sagte einer der Männer, die mit ihnen im Abteil saßen.

Das Warten und Rätseln über das Ziel ihrer Zugfahrt dauerte an. Die Bahnhöfe, die sie passierten, gaben nicht den geringsten Hinweis darauf, wo sie sich gerade befanden, fehlten doch jegliche Schilder mit dem Namen der jeweiligen Station. Ein beklemmend deutliches Zeichen, für wie groß die britische Regierung die Gefahr einer Invasion deutscher Truppen hielt.

Jakob beteiligte sich nicht an dem allgemeinen Rätselraten. Ihm war es völlig gleichgültig, wohin man sie brachte, und sein Blick glitt teilnahmslos über die Landschaft hinweg. Was kümmerte es ihn, wo ihr nächstes Internierungscamp lag. Der Schmerz, nicht mit Erika zusammen sein zu können, würde ihn an jedem Ort der Welt gleich stark quälen.

Nicht weniger peinigend waren auch die Sorgen, die er sich um seine Eltern machte. Seit Wochen hatte er kein Lebenszeichen mehr von ihnen erhalten. Wenn er doch nur wüsste, wie es ihnen ging und was in Deutschland geschah! Die Angst, dass man sie inzwischen möglicherweise auch abgeholt und in ein Lager deportiert hatte, ließ ihn nicht los, sie saß wie ein Dorn in seiner Seele. Manchmal quälten ihn heftige Vorwürfe, dass er nicht bei ihnen geblieben und mit ihnen ertragen hatte, was immer es war, das die Nazis den Juden antaten.

Obwohl die Mutter ihm keine Wahl gelassen hatte und er eigentlich auch ganz genau wusste, dass seine Weigerung keinen Erfolg gehabt hätte, vermochte er sich doch nicht von dem Schuldgefühl zu befreien, sie im Stich gelassen zu haben.

Am Nachmittag durchquerten sie die hässlichen Randbezirke einer Großstadt. Weitläufige Industrieanlagen, deren zahllose Fabrikschlote giftig gelben Rauch in den Himmel spuckten, zogen am Fenster vorbei.

Jemand, der einst als Vertreter einer Maschinenbaufirma beruflich in diesem Industriegebiet zu tun gehabt hatte, erkannte einige der Fabriken und Stahlwerke wieder.

»Das ist Birmingham!«

Sie befanden sich also hoch im industriellen Norden Englands, und nun wurde darüber spekuliert, ob ihre Zugfahrt wohl wirklich nach Liverpool ging oder aber in einem der anderen großen Industriezentren wie Sheffield, Leeds oder Manchester endete.

»Es ist Liverpool und das Lager auf der Isle of Man, wo man uns hinkarrt, darauf gehe ich jede Wette ein!«, sagte Viktor. »Schon wegen der Streichhölzer, die man uns verboten hat. Liverpool ist der einzige große Hafen so hoch im Norden.«

Viktor behielt Recht und irrte doch zugleich.

Der Zug brachte sie tatsächlich nach Liverpool, wo sie am Abend am Hafen eintrafen. Die lange Zugfahrt endete hinter einem langen Tunnel in unmittelbarer Nähe eines Überseekais.

»Ist das da etwa das Schiff, mit dem wir zur Isle of Man übersetzen?«, stieß Lukas fasziniert und ungläubig zugleich hervor und presste sein Gesicht gegen die Fensterscheibe. »Das sieht ja wie … wie ein Schlachtschiff aus!«

»Ausgeschlossen!«, sagte einer der Männer. »Und das ist kein Schlachtschiff, junger Mann, sondern ein ausgewachsener Ozeandampfer mit Tarnanstrich! So einen riesigen Pott setzt man nie und nimmer als Fähre für eine kurze Überfahrt zur Isle of Man ein!«

»Mensch, das ist die *Arandora Star*, ein Kreuzschiff der Luxusklasse!«, rief ein anderer. »Die ist vor dem Krieg für die *Blue Star Line* gefahren! Nach Norwegen, Südamerika, in die Karibik und sonst wohin!«

»Heiliges Kanonenrohr!«, entfuhr es Viktor. »Wir haben das große Los gezogen! Die Tommys verfrachten uns doch wahrhaftig mit einem Musikdampfer nach Amerika!«

Jakob begriff im ersten Moment gar nicht die Bedeutung dessen, was Viktor da gesagt hatte. Mit offenem Mund starrte er aus dem Zugfenster, überwältigt vom Anblick des Kreuzfahrtschiffes, das mit seinen mehrstöckigen Decksaufbauten und den beiden mächtigen, leicht nach achtern geneigten Schornsteinen weit in den Abendhimmel aufragte und in seiner Länge kein Ende zu nehmen schien.

»Amerika?«, wiederholte Lukas atemlos und seine Augen wurden groß wie Bullaugen. »Wir schippern mit diesem Kahn nach Amerika?... Heilige Makrele!«

VIERTER TEIL

Die »Arandora Star«

Juni – Juli 1940

1

Aus der Nähe betrachtet, verlor die *Arandora Star* viel von ihrer Eleganz und der Bewunderung gebietenden Aura, die gewöhnlich ein Kreuzfahrtschiff der Luxusklasse umgibt. Und bewacht von einem großen Aufgebot von Soldaten, ließ man ihnen viel Zeit, sogar ärgerlich viel Zeit auf dem zugigen Kai, um das Schiff ausgiebig beäugen zu können. Denn zu den mehr als tausend deutschen und italienischen Lagerinsassen, die nun einfach über den Atlantik verschifft werden sollten, ohne dass man vorher ihre Einwilligung dazu eingeholt hatte, gingen auch noch deutsche Kriegsgefangene an Bord. Bei ihnen handelte es sich um die überlebenden Besatzungsmitglieder des versenkten Handelsschiffes *Adolf Wehrmann*.

»Allmächtiger, was hat man bloß mit diesem einst so stolzen Luxusliner gemacht!«, hörte Jakob einen der älteren Männer in ihrer Gruppe sagen, als sie im schwindenden Licht des Tages auf dem Kai standen und warteten.

»Na, man hat die feine Dame einfach zum proletarischen Truppentransporter umfunktioniert!«, erhielt er von seinem Nachbarn spöttisch zur Antwort. »Die Lady muss nun Drecksarbeit verrichten.«

»Ach was, vergewaltigt hat man das Schiff!«

Jakob stimmte dem Mann insgeheim zu. Der schlachtschiffgraue Tarnanstrich verunstaltete die *Arandora Star* und raubte ihr das strahlend stolze Weiß der Königin der Meere, war aber bei weitem nicht das Schlimmste, was man ihr angetan hatte. Noch viel hässlicher war, dass sämtliche Bullaugen hinter aufgeschweißten Metallplatten verschwunden waren, die auf dem Schiffsrumpf wie abstoßendes Narbengeflecht aussahen. Auch das hintere Promenadendeck sowie alle anderen niedrig gelegenen Decks waren verbarrikadiert und von doppelten Stacheldrahtzäunen umschlossen. Und zusammen mit den Geschützen, die man an mehreren Stellen auf die Decks montiert hatte, sowie den zahlreichen bewaffneten Wachposten, die überall auf dem Schiff Aufstellung bezogen hatten, gab die *Arandora Star* einen düsteren, unheilvollen Anblick ab. Zumal in der einsetzenden Dunkelheit. Denn wegen der Verdunkelungsvorschriften brannte weder auf dem Kai noch auf dem Schiff ein Licht.

»Verdammt noch mal, wie lange dauert es denn noch, bis wir endlich auf diesen gottverdammten schwimmenden Sarg dürfen?«, maulte Viktor. »Und Kohldampf habe ich auch!«

»Bei den Tommys geht es immer schön der Reihe nach«, sagte der hoch aufgeschossene Aaron Kronberg, der wenige Tage vor Kriegsausbruch mit einem der letzten Kindertransporte nach England gekommen war. Seine Stimme triefte nur so von bitterem Sarkasmus. »Erst kommen die Nazis, Wolke. Die marschieren immer vorneweg. Das musst du inzwischen doch gelernt haben.«

»Aber wir waren viel eher hier als die deutschen Kriegsgefangenen!«, protestierte Viktor in Richtung der Wachen, die ihm jedoch nicht die geringste Bedeutung schenkten. »Und jetzt stehen wir uns schon über eine Stunde die Beine in den

Bauch, während all diese Nachzügler fröhlich an uns vorbeimarschieren und die Gangway hochsteigen! Das ist nicht fair!«

»Fair? Mensch, Wolke! Allmählich müsstest du doch wissen, dass reguläre Kriegsgefangene wie diese Nazis dort unter dem besonderen Schutz der Genfer Konvention stehen und von den Tommys eine Vorzugsbehandlung erhalten. Wir sind doch nur die lästige Judenbrut«, sagte Aaron. »Ich sage euch, die Nazis reisen in den besten Kabinen über den Atlantik. Die zweite Klasse dürfen die Italiener belegen, und wir Juden werden mit dem vorlieb nehmen müssen, was dann noch übrig ist.«

Und genau so kam es auch. Unter den mehr als 1200 Menschen, die an diesem letzten Juniabend auf der *Arandora Star* eingeschifft wurden, gehörten die jüdischen Internierten zu den Letzten, die an Bord gingen. Ihrer Gruppe, die aus zweihundert Juden bestand, blieben als Unterkunft nur einige wenige Kabinen sowie der einstige Ballsaal im Achterschiff, wo aber bloß gerade mal hundertzwanzig dünne, mit Stroh gefüllte Matratzen bereitlagen. Der Rest musste auf dem harten Boden schlafen. Decken wurden keine ausgeteilt. Aber dafür wurden sie sowohl von den Seeleuten als auch von den Soldaten, die überall in den Gängen postiert waren und jede Bewegung außerhalb der zugeteilten Quartiere überwachten, überraschend freundlich behandelt.

Jakob und seine Freunde hatten das Glück, dass sie zu den Ersten ihres Transportes gehörten, die unter strenger Bewachung an Bord des Schiffes gelassen wurden. Ihnen wies man zu sechst eine Kabine mit vier schmalen Stockbetten zu. Zwei von ihnen mussten deshalb die Nacht auf dem Kabinenboden verbringen. Da die Fahrt über den Atlantik mindestens eine Woche dauern würde, vereinbarten sie, dass jeder von ihnen erst einmal zwei Nächte auf dem Boden verbringen würde. Sollte die Überfahrt länger dauern, wollte man vor jeder weiteren Nacht die Schlafplätze auslosen.

Das Los, wer zuerst seine zwei unbequemen Nächte hinter sich bringen sollte, fiel auf Jakob und Aaron. Doch Aaron tauschte schließlich mit Lukas, weil dieser darauf bestand, alles mit Jakob zu teilen, auch diese Unannehmlichkeit.

Viktor und die anderen zogen Jakob damit auf, dass Lukas an ihm hing wie ein kleines Kind an den Rockzipfeln der Mutter. Jakob reagierte verstimmt darauf, besonders als Viktor auch noch derbe Bemerkungen machte, die auf seine Liebe zu Erika anspielten. Doch er stauchte auch Lukas zusammen, weil der ihm nie von der Seite weichen wollte.

»Aber die Luft zum Atmen lässt du mir noch, ja?«, fuhr er ihn an.

Lukas machte ein betrübtes, fast schon ängstliches Gesicht. »Ich habe es doch nur gut gemeint, Jakob«, versicherte er leise, und hastig fuhr er, um Wohlwollen werbend, fort: »Mit mir hast du auf dem Boden doch viel mehr Platz als mit Aaron. Hast du mal gesehen, wie der im Schlaf seine langen Arme und Beine hin und her schiebt? Ich liege dagegen ganz ruhig da!«

Jakob konnte den traurigen Blick aus den großen Augen seines schmächtigen Gefährten nicht lange ertragen, ohne weich zu werden. Sein Groll fiel wie ein Strohfeuer in sich zusammen, und er versicherte ihm versöhnlich, dass er nicht länger böse auf ihn sei. »Und jetzt halte dich und mich nicht länger damit auf, Fledermaus.«

Lukas nickte eifrig, raunte ihm dann aber doch noch verschwörerisch zu: »Die anderen freuen sich, dass sie ein Bett ergattert haben, und wissen gar nicht, dass wir in Wirklichkeit das beste Geschäft gemacht haben.«

»Wie kommst du denn darauf?«, fragte Jakob verwundert.

»Na, erst mal bringen wir unsere beiden Nächte am Boden schon gleich zu Anfang hinter uns. Außerdem sind es bestimmt die beiden ruhigsten Nächte der ganzen Überfahrt. Wir laufen doch erst morgen aus. Also haben wir eine ruhige erste Nacht ohne jedes Geschaukel.«

Jakob lachte. »Du bist wirklich pfiffig, das muss man dir lassen, Fledermaus!«

»Kommt, Leute! Es ist endlich so weit«, rief Viktor aufgeregt. »Wir sollen zur Essenausgabe antreten!«

Das Kreuzfahrtschiff hatte seit Ausbruch des Krieges unablässig als Truppentransporter im Einsatz gestanden und in dieser Funktion gefährliche Fahrten nach Norwegen und an die Küste von Frankreich unternommen. Das ständige Ein- und Ausschiffen von tausenden Soldaten mit ihren sperrigen Waffen und ihrem Gepäck hatte überall seine hässlichen Spuren hinterlassen. Verschwunden waren natürlich auch die teuren Teppiche, Vorhänge, Wandleuchten, Kristalllüster, Möbel, Gemälde und all die anderen kostbaren Gegenstände, die zur Ausstattung eines exklusiven Kreuzfahrtschiffes gehörten. Dennoch hatte die *Arandora Star* sich einen Rest Würde und Eleganz bewahrt, der besonders in den herrlich geformten Säulen sowie in den holzgetäfelten Wänden und Kassettendecken der einstigen Gesellschaftsräume zur Geltung kam.

Und noch etwas hatte man auf dem Schiff belassen, das von

seiner stolzen Vergangenheit als Kreuzfahrtschiff der Reichen kündete: das edle Porzellan.

So einfach das typische Kantineneinheitsessen auch war, das man ihnen um zehn Uhr abends vorsetzte, sie bekamen es auf einem Porzellanteller serviert, der mit dem elegant geschwungenen Namenszug des Kreuzfahrtschiffes geschmückt war.

»Ich finde, für unsere erste und zudem noch kostenlose Atlantiküberquerung haben wir es gar nicht mal so schlecht getroffen«, sagte Viktor und schaufelte das Essen mit einem breiten, zufriedenen Grinsen in sich hinein.

Aaron nickte. »*Arandora Star*, der Name klingt nach einem guten Omen.«

Jakob schwieg dazu. Abgesehen von den hässlichen äußeren Veränderungen, die der Kriegseinsatz erzwungen hatte, fand er nichts an der *Arandora Star* auszusetzen. Dennoch wäre es ihm zehnmal lieber gewesen, sie säßen jetzt auf einer alten, nach Öl und Schmiere stinkenden Fähre und würden zur Isle of Man übersetzen. Dann hätte er zumindest an der schwachen Hoffnung festhalten können, irgendwie Mittel und Wege zu finden, um auch Erika dorthin verlegen zu lassen.

Doch der Gedanke an Amerika und dass nun bald der ganze Atlantik zwischen ihnen liegen würde, ließ diesen Funken Hoffnung erst gar nicht zu.

Aber wenn ihm auch noch die Hoffnung genommen wurde, was blieb ihm dann noch?

2

Am Montagmorgen, noch vor dem ersten Licht des neuen Tages, legte die *Arandora Star* vom Überseekai ab, lief bei klarem Himmel und gutem Wetter aus dem Hafen von Liverpool und nahm Kurs auf die offene Irische See. Keiner der Kriegsgefangenen und der Internierten durfte in den ersten Stunden an Deck.

Als Jakob und einige hundert andere jüdische Internierte am späten Vormittag endlich der miefigen Luft ihrer Unterkünfte für eine Weile entkamen und an Deck gelassen wurden, stets auf Schritt und Tritt von einem großen Aufgebot an Soldaten bewacht, sahen sie, dass die *Arandora Star* nicht in einem Geleitzug fuhr.

»Kein Konvoi? Kein Kriegsschiff als Begleitschutz? So ganz auf uns allein gestellt, sollen wir über den Atlantik schippern, wo es da jetzt bestimmt nur so von Nazi-U-Booten wimmelt?«

Jakob gefiel das gar nicht, und sein Blick ging unwillkürlich zu den Rettungsbooten, die mit Planen abgedeckt an Backbord und Steuerbord in ihren Davits hingen. Er überschlug, dass die *Arandora Star* ungefähr zwölf bis vierzehn Beiboote besaß. Ob das bei so vielen Menschen jedoch reichte, bezweifelte er. Als Kreuzfahrtschiff hatte sie sicherlich bedeutend weniger Gäste an Bord gehabt als jetzt.

Beruhigend dagegen war, dass es genug Rettungswesten gab. Zumindest hatte in ihrer Kabine jeder von ihnen eine Weste erhalten. Lukas und er hatten sie in der Nacht als Kopfkissen benutzt.

»U-Boote können überall sein«, meinte Aaron trocken.

»Deshalb steuert der Kapitän wohl auch diesen Zickzack-Kurs«, sagte Lukas mit Blick auf den Haken im schäumenden Kielwasser, der eine scharfe Kursänderung verriet. »Als taumelte das Schiff besoffen über die See!«

»Macht euch mal nicht in die Hose, Freunde«, sagte Viktor gelassen. »Die Deutschen wissen doch bestimmt, dass der Kahn hier zum Transport von deutschen Kriegsgefangenen und Internierten sowie von verbündeten Italienern eingesetzt wird. Die schicken nicht ihre eigenen Leute auf den Meeresgrund, darauf könnt ihr Gift nehmen!«

»Seht mal da, ein Wasserflugzeug!«, rief Lukas aufgeregt.

Alle Hälse reckten sich nach dem *Sunderland*-Flugboot der *Royal Air Force*, das im Osten aus dem Licht der Sonne zu fallen schien, in ziemlich niedriger Flughöhe eine weite Schleife um die *Arandora Star* flog und dann in Richtung Irland abdrehte. Später sichteten sie noch weitere dieser dickbäuchigen Flugboote. Doch noch größer war die Aufregung, als plötzlich ein britisches U-Boot wie ein gigantischer stählerner Wal die Wasseroberfläche durchbrach und aufgetaucht ihr Schiff ein Gutteil des Tages begleitete.

Das klare, sonnige Wetter hielt, und es herrschte fast so etwas wie Ferienstimmung unter den Internierten und Kriegsgefangenen, die strikt voneinander getrennt gehalten wurden. Der Krieg und die Gefahren, die vor ihnen lagen, schienen von der frischen Seebrise hinweggeweht. Nur zu bereitwillig überließ man sich der trügerischen Illusion, trotz der allgegenwärtigen Wachen und Stacheldrahtverhaue doch so etwas Ähnliches wie eine Kreuzfahrt über den Atlantik zu unternehmen. Zwar war die Unterbringung recht primitiv und beengt, und das Essen, das ihnen aufgetischt wurde, hätte zu den Glanzzeiten des Luxusliners wohl sogar die einfachen Seeleute unter der Besatzung in Aufruhr versetzt, aber sie waren ganz andere Zustände gewohnt. Im Großen und Ganzen wurden sie an Bord dieses Schiffes jedenfalls besser und freundlicher behandelt als in irgendeinem der Lager, die sie durchlaufen hatten. Ihr leidvolles Schicksal hatte einen Wendepunkt erreicht, und von nun an würde sich für sie alles zum Besseren entwickeln, das war unter den internierten Juden die vorherrschende Überzeugung.

Natürlich fehlten die Gerüchte nicht. Sie bestimmten viele der Gespräche an Deck. Eines der Gerüchte, das sich am hartnäckigsten hielt, war, dass nicht die USA, sondern Kanada das Ziel ihrer Atlantiküberquerung sei und dass dort in St. Johns auf Neufundland ein Lager auf sie warte. Ein umgänglicher Offizier der gut zweihundert Mann starken Wachtruppen bestätigte dieses Gerücht, als man ihn darauf ansprach.

Viktor zeigte sich enttäuscht, hatte er doch fest darauf gebaut, in die Vereinigten Staaten zu kommen. Aber dann tröstete er sich damit, dass ein Lager im fernen Kanada immer noch besser und vor allem sicherer war als ein englisches Internierungscamp. »Denn wer weiß, wann die Nazis mit einer Invasionstruppe über den Kanal setzen und auch dort mit Deportationen beginnen. Dann in einem Lager festzusitzen wäre für uns Juden wohl das Ende.«

Jakob musste ihm Recht geben. Nachdem jetzt auch Frankreich vor den deutschen Truppen in die Knie ging, bot der schmale englische Kanal zwischen dem Kontinent und England wahrlich keinen großen Schutz mehr vor Hitlers unersättlicher Eroberungsgier.

Was Jakob in dieser zweiten Nacht an Bord der *Arandora Star* jedoch ein wenig beunruhigte, war die Tatsache, dass die Mannschaft des Schiffes sie überhaupt nicht darin unterwiesen hatte, wie sie sich bei einem Notfall zu verhalten hatten. Dabei hatte er mal gelesen, dass solch ein Drill für den Fall von Seenot stets am ersten Tag einer Schiffsreise ausgeführt wurde. Und ausnahmslos jeder musste an dieser Rettungsübung teilnehmen, sogar die reichsten und vornehmsten Passagiere luxuriöser Kreuzfahrtschiffe.

Der Kapitän wird die Übung bestimmt gleich morgen Vormittag nachholen, dachte Jakob, gähnte und überließ sich seinen Träumen, die ihn vom Schiff forttrugen und mit seiner geliebten Erika zusammenbrachten.

3

Die mit einem Drahtgitter eingefasste Notleuchte über der Kabinentür brannte auch bei ausgeschaltetem Licht. Als Jakob am frühen Morgen des 2. Juli aufwachte und einen Blick auf seine Uhr warf, sah er im trüben Schein der Notbeleuchtung, dass es schon zehn nach sieben war. Zeit für ihn, sich von seinem harten Nachtlager auf dem Kabinenboden zu erheben und sich auf den Weg zur Essensausgabe zu machen. Um Viertel nach sieben wurde das Frühstück ausgegeben. Und an diesem Morgen fiel ihm die Aufgabe zu, das Frühstück abzuholen und zu seinen Kameraden in die Kabine zu bringen.

»Soll ich mitkommen?«, fragte Lukas schläfrig.

»Nein, es sind doch nur ein Korb mit Broten und eine Kanne Tee. Dafür brauche ich keine Hilfe«, flüsterte Jakob ihm zu. »Bleib noch liegen, bis ich zurück bin.«

Viktor drehte sich auf die Seite. »Lass dir nur Zeit.«

Jakob zog seine Schuhe an, fuhr sich mit der Hand durch die Haare und trat dann auf den Flur hinaus. In den Gängen brannte die reguläre Deckenbeleuchtung und das harte helle Licht stach ihm im ersten Moment schmerzhaft in die Augen. Er spürte die Vibration der starken Schiffsmotoren unter seinen Füßen. Und obwohl der Maschinenraum mehrere Decks unter ihm lag, vernahm er von dort ein leises Summen. Die See musste noch immer ruhig sein, denn kein Rollen und Schlingern beeinträchtigte die Fahrt der *Arandora Star*.

Er passierte mehrere Soldaten, die mit sichtlich müden Gesichtern auf ihren Posten standen. Er glaubte, ihnen anzusehen, dass sie schon die Minuten bis zu ihrer Wachablösung um acht zählten.

»Was willst du denn jetzt schon hier?« Der Wachsoldat im Seitengang vor der Essensausgabe sah ihn verwundert an.

»Das Frühstück für unsere Kabine abholen. Es ist doch gleich sieben, Sir«, antwortete Jakob respektvoll.

Der Soldat, ein breitschultriger Corporal mit buschigen Augenbrauen und einem freundlichen, wettergegerbten Gesicht lachte belustigt auf. »Du bist eine volle Stunde zu früh. Wir sind mittlerweile schon ein gutes Stück westlich von Irland. Und das bedeutet, dass die Uhren an Bord diese Nacht um eine Stunde zurückgestellt wurden. Wir haben jetzt erst…« Er hob seinen Arm und zog den Ärmel seiner Uniformjacke zurück. »…erst sechs Uhr fünfzehn. Du kannst also noch eine gute Stunde zurück in die Federn.«

»Oh!«, machte Jakob überrascht und kam sich einfältig vor, weil er das mit der Zeitumstellung nicht gewusst hatte.

»Am besten, du stellst deine Uhr …«

Weiter kam der Corporal nicht, denn in diesem Augenblick ging eine gewaltige Erschütterung durch das Schiff. Jakob hatte das Gefühl, als wölbten sich die Stahlplatten unter seinen Füßen. Im selben Moment hob ihn eine unsichtbare Kraft hoch und schleuderte ihn gegen den Corporal und mit einem Aufschrei stürzten sie zusammen zu Boden.

»Torpedo!«, schrie am anderen Ende des Ganges ein Soldat mit sich überschlagender Stimme. »Uns hat ein Torpedo erwischt! Nichts wie an Deck, Männer!«

Augenblicklich fiel die Hauptbeleuchtung aus. Die Notlampen flackerten noch ein, zwei Sekunden, dann erloschen auch sie. Völlige Dunkelheit legte sich über die *Arandora Star*. Und kein Alarm schrillte durch das Schiff.

»Keine Notbeleuchtung und nicht einmal Alarm! Verdammt, das Torpedo muss den Maschinenraum getroffen und sogar die Notaggregate zerstört haben!«, stieß der Corporal im Dunkeln hervor und packte Jakob am Arm. »Bist du in Ordnung, Junge? Hast du dich verletzt?«

»Nein, alles … alles in Ordnung«, sagte Jakob benommen und begriff in diesem Moment des Schocks noch gar nicht richtig, was die Explosion für sie alle bedeutete – nämlich den Untergang der *Arandora Star*.

»Dann nichts wie hoch an Deck!«, drängte der Soldat.

»Meine Freunde in der Kabine …«, wandte Jakob verstört ein. Er konnte doch Lukas und Viktor nicht sich selbst überlassen!

»Nein, du kommst mit!«, fiel der Corporal ihm ins Wort.

»Jetzt kann jede Minute über Leben und Tod entscheiden, zumal bei den wenigen Rettungsbooten, die das Schiff an Bord hat. Also komm schon!« Er zog Jakob mit sich in Richtung der Treppe, die nach oben führte.

Angsterfüllte Schreie, Flüche, scharfe Kommandos, Stiefelgepolter und das Klirren von Glas erfüllten schlagartig die Gänge.

Vor ihnen auf der Treppe flammte ein Feuerzeug auf. Jakob sah im Licht dieser kleinen Flamme, wie Soldaten, Seeleute und deutsche wie italienische Internierte aus den Gängen stürzten und von Panik ergriffen die Treppe hochstürmten, ohne Rücksicht auf den anderen zu nehmen. Dann leuchteten die ersten Taschenlampen auf. Ihre Lichtkegel tanzten wie Irrlichter über von Todesangst gezeichnete Gesichter.

Die Angst packte auch Jakob und schoss, von einer Hitzewelle begleitet, durch seinen Körper. Auch schien er auf einmal nicht mehr genug Luft zu bekommen. Aber etwas anderes in ihm war stärker als die Angst, nicht mehr früh genug an Deck zu kommen, hier unten eingeschlossen zu werden und damit sein Grab in der *Arandora Star* auf dem Grund des Meeres zu finden.

»Ich kann nicht! Ich muss nach meinen Freunden sehen!«, rief Jakob und riss sich los. »Und ich muss meine Rettungsweste holen! Ich habe sie in der Kabine gelassen!«

»Tu es nicht«, schrie der Corporal ihm zu.

Jakob hörte nicht auf ihn, sondern lief zurück zu ihrer Kabine. Hier und da riss das Licht einer Taschenlampe oder eines Feuerzeugs die Dunkelheit in den Gängen auf. Aber es kostete ihn alle Kraft und Willensstärke, um vom Strom der rennenden und um sich stoßenden Menschen nicht wieder mitgerissen zu werden. Rauch und Treibstoffdämpfe waberten inzwischen schon durch die Gänge. Tief im Bauch brannte die *Arandora Star*, während gleichzeitig gewaltige Wassermassen durch das Leck in den Rumpf strömten.

Geduckt und gegen die Wand gepresst, kämpfte er sich zurück, und wenn es sein musste, zögerte er auch nicht, seine Ellenbogen einzusetzen, um sich Platz zu verschaffen. Der Rückweg schien ihm eine Ewigkeit zu dauern, obwohl seit der Explosion kaum mehr als zwei, drei Minuten vergangen sein konnten. Aber im Angesicht von tödlicher Gefahr verwandelte sich Zeit in eine völlig neue Dimension. Dann wurden Sekunden zu quälend langen Zeitspannen.

Endlich hatte er es geschafft und taumelte in ihre Kabine. Aus dem Dunkel kam Viktors verzerrte, an Panik grenzende Stimme. »Mein Geld! Ich kann die Tasche mit meinem Geld und all meinen anderen Sachen nicht mehr finden!… Dieser Idiot von Joachim hat sie mir aus der Hand geschlagen, als er aus dem Bett gesprungen ist!… Aber sie muss hier irgendwo sein!«

»Bist du denn verrückt geworden? Das war ein Torpedo! Das Schiff sinkt!«, schrie Jakob und sah im flüchtigen Schein von vorbeihastenden Taschenlampen, wie Viktor auf dem Boden herumkroch und in dem Durcheinander aus Reisetaschen, Rucksäcken und aufgesprungenen Koffern kopflos nach seiner Umhängetasche tastete. Er erhaschte auch einen kurzen Blick auf Lukas, der ganz hinten in der Ecke auf dem Boden kauerte, vor Angst erstarrt und zwei Rettungswesten vor die Brust pressend. »Vergiss das verdammte Geld! Nimm deine Rettungsweste und komm, sonst saufen wir mit dem Schiff ab!«

Im selben Moment sprang Lukas wie vom Katapult geschossen auf und rief erlöst: »Jakob!... Ich wusste, dass du kommen würdest! Ich wusste es!... Ich habe auf deine Rettungsweste aufgepasst!«

»Das hast du gut gemacht, Fledermaus«, lobte Jakob ihn hastig, hängte sich seine Rettungsweste um und schrie dann Viktor an: »Willst du dein Leben retten oder lieber mit dem verdammten Geld hier unten ertrinken?«

Viktor gab einen gellenden Wutschrei von sich, trat gegen das Bettgestell, riss dann jedoch seine Weste vom Bett und stürzte sich mit ihnen in den reißenden Strom von Panik erfüllter Menschen.

4

Zersplittertes Glas, das von zu Bruch gegangenen Leuchten und Scheiben stammte, bedeckte an vielen Stellen die Gänge, und die Unglücklichen, die bei der Explosion in kopfloser Panik ohne Schuhe aus ihren Unterkünften gestürzt waren, zogen sich bei ihrer Flucht nun tiefe und schmerzhafte Schnittwunden zu. Die Angst trieb sie jedoch weiter.

Jakob, Viktor und Lukas gelang es trotz der Menschenflut, die aus den unteren Decks aufstieg, und des rücksichtslosen Gedränges auf dem langen Weg hoch an Deck, zusammenzubleiben. Lukas hielt Jakobs Hand wie ein Schraubstock umklammert.

Die *Arandora Star*, vom Torpedo auf der Steuerbordseite

achtern unterhalb der Wasserlinie und genau auf der Höhe des Maschinenraums aufgerissen, hatte sich schon leicht auf die Seite gelegt, als sie endlich über sich den grauen, bewölkten Morgenhimmel sahen, aus dem Nieselregen fiel.

Ihren Augen bot sich ein apokalyptisches Bild, ein Panorama des Schreckens und des vollkommenen Chaos. Auf den offenen Decks herrschte ein gewaltiges Gedränge und Durcheinander. Panik und völlige Gelassenheit im Angesicht des Todes fanden sich nebeneinander.

Jakob sah eine Gruppe von älteren jüdischen Männern, die keine Anstalten machten, sich um ihre Rettung zu kümmern, sondern zum Gebet niedergekniet waren und sich von dem Geschrei und Gerenne und dem Ächzen des sterbenden Schiffes nicht im Mindesten von ihrem Lobpreis Gottes ablenken ließen. Ähnlich verhielten sich auch einige ergraute Italiener, die ihre Todesstunde unabwendbar gekommen sahen und mit Rosenkränzen in den Händen niederknieten, um den Tod betend zu erwarten.

Ein Mann mittleren Alters in einem gut sitzenden Anzug stand ganz ruhig an der Reling und rauchte mit Bedacht und sichtlichem Genuss eine Zigarette, als wüsste er, dass es seine letzte war. Seine Rettungsweste reichte er wortlos einem jungen verzweifelten Soldaten, der jeden an Deck ansprach, ob er nicht eine Schwimmweste für ihn habe.

Andere dagegen hatten völlig die Kontrolle über sich verloren, liefen weinend, wehklagend und schreiend umher – oder sprangen einfach über Bord. Manche sogar mit ihrem Koffer in der Hand.

Ein Schauder erfasste Jakob, als er sich erinnerte, gelesen zu haben, dass bei einem Sprung aus solcher Höhe das Wasser beim Aufprall wie Beton wirkte. Wer so über Bord sprang, stürzte sich in den sicheren Tod.

Wieder andere trugen Tische, Stühle und Bänke aus den umliegenden Räumen, rissen Holztüren aus ihren Angeln und warfen auch alles andere über Bord, was schwamm und einen vor dem Ertrinken bewahren konnte.

Besonnene Seeleute, die nur zu gut um die tödlichen Gefahren eines Sprungs aus dieser Höhe wussten, schleppten Seile und Tauleitern heran, die sie an die Reling knüpften und dann in die Tiefe warfen.

Lukas, der sich an den Hüftriemen von Jakobs Schwimmweste klammerte, sagte etwas, doch Jakob hörte es nicht. Wie benommen von der Flut der albtraumhaften Bilder und Szenen, ging er langsamen Schrittes über das sich immer stärker neigende Deck.

Dichte Menschentrauben umlagerten die Rettungsboote. Soldaten versuchten verzweifelt, die panischen Menschen unter Kontrolle zu halten und der Mannschaft der *Arandora Star* beim Zu-Wasser-Lassen der Rettungsboote den Rücken freizuhalten. Aber auch unter den jungen Soldaten gab es viele, die die Nerven verloren, die Reihen durchbrachen und sich einen Platz in einem der wenigen Boote sichern wollten.

»Zurück!... Noch nicht einsteigen!... Zurück!... Wir müssen die Boote zuerst zu Wasser lassen, sonst gibt es ein Unglück!«, schrie einer der Seeleute beschwörend.

Aber der Appell an die Vernunft ging im Geschrei unter. Die Menge durchbrach die Absperrung der Soldaten und stürmte das Rettungsboot.

»Das ist reiner Wahnsinn!... Das halten die Taue nicht!... Abfieren!... Abfieren!... Schnell!«, brüllte der Bootsmaat.

Zu spät. Das Bugseil riss auf halbem Weg abwärts. Das voll besetzte Beiboot kippte nach unten weg und schleuderte seine in Todesangst gellenden Insassen wie federleichte Puppen ins Meer. Dann krachte es gegen die Bootswand und zerschellte. Und das war nicht das einzige Rettungsboot, dem dieses traurige Schicksal widerfuhr, das so leicht hätte vermieden werden können. Hätte es doch am ersten Tag auf See bloß einen Seenot-Drill gegeben!

»Drüben brauchen wir es erst gar nicht zu versuchen!«

Jakob fuhr zusammen. Viktor stand vor ihm. »Was ist?«, fragte er, wie aus einer Art Traum erwachend.

»Ich war drüben auf der anderen Seite«, berichtete Viktor atemlos. »Keine Chance, dort in eines der Rettungsboote zu kommen. Die Nazibande von der *Adolf Wehrmann* hat da das Kommando übernommen und ihre Offiziere und Bootsleute haben die Sache voll im Griff. Die lassen die Boote diszipliniert zu Wasser. Da wagt keiner aus der Menge vorzustürmen.«

»Die einzige Chance…« Jakob brach ab. Denn wieder übertönten schrille Todesschreie aus mehreren Dutzend Mündern den allgemeinen Lärm, als erneut die Seile eines viel zu früh besetzten Rettungsbootes rissen und das Boot mit seinen Insassen in die Tiefe stürzte.

»O Gott!«, rief Viktor. Er würgte, im Gesicht bleich wie Kreide. »Wir werden alle wie die Ratten ersaufen!«

Lukas zerrte an Jakobs Riemen. »Ich will nicht sterben!«, rief er mit zitternder Stimme.

Jakob schluckte schwer. »Du wirst auch nicht sterben!«, versicherte er hastig, schon um seine eigene Angst in Schach zu halten. »Wir dürfen nur nicht die Nerven verlieren.«

»Was sollen wir denn tun, Mann?«, stieß Viktor hervor. »An die Rettungsboote kommen wir weder hier noch drüben ran.«

»Ich weiß nur, dass wir so schnell wie möglich von Bord müssen, bevor das Schiff untergeht und uns mit in die Tiefe reißt«, sagte Jakob. »Aber bloß nicht springen! Aus der Höhe bricht man sich dabei alle Knochen.«

»Was bleibt dann noch?« In Viktors Augen stand ein panischer, gehetzter Blick.

»Die Seile, die da vorn über Bord hängen!«, sagte Jakob.

»O Gott, steh uns bei!«, rief Lukas ängstlich. »Ich bin nicht schwindelfrei! Bestimmt lasse ich das Seil los und stürze ab!«

»Dummes Zeug, du wirst ganz ruhig am Seil hinunterklettern! Ich weiß, dass du das kannst«, beschwor ihn Jakob. Als er kurz den Blick wandte, sah er eine Gruppe inbrünstig betender Juden. Und im nächsten Moment ertappte er sich dabei, dass seine linke Hand nach dem Beutel mit der Kette der Mutter tastete. Sollte er sich nicht die Zeit nehmen, sich die Kette jetzt um den Hals zu legen? Wenn es einen Gott gab, würde er ihm dann eher beistehen, wenn er sich zu ihm bekannte?

Nein!, sagte er sich und zog die Hand zurück. Gott hatte schon oft genug die Gelegenheit gehabt, sich vor sein angeblich auserwähltes Volk zu stellen! Spätestens in der »Reichskristallnacht« hätte er eingreifen müssen! Aber er hatte es nicht getan, denn es gab gar keinen Gott!

Augenblicke später schwangen sie sich über die Reling, packten das Seil und kletterten mit wild jagendem Herzen daran hinunter. Viktor kletterte vorweg. Er hatte sich an der Reling brutal Platz verschafft, während Jakob in seinem Windschatten gefolgt war, Lukas vor sich herschiebend, und dafür gesorgt hatte, dass dieser sicher über die Reling stieg und die Nerven bewahrte.

Auch an den anderen Seilen und Tauleitern hingen Trauben von Menschen. Manche stürzten dennoch in den Tod, weil jemand über ihnen rücksichtslos auf ihre Hände trat. Beim Abstieg begleitete sie der schrille Chor der Menschen an Deck sowie das metallische Stöhnen und Ächzen der *Arandora Star*, in deren Eingeweiden der Druck der Wassermassen das Werk der Vernichtung fortsetzte, das die Explosion des Torpedos begonnen hatte. Mittlerweile lag sie nicht nur mit starker Schlagseite in der See, sondern ihr Heck hob sich auch schon aus der grauen, starken Dünung.

»Lass dich erst auf den letzten Metern fallen und dann schwimm, so schnell du kannst, vom Schiff weg!«, schrie Jakob Lukas zu. Denn noch immer flogen allerlei Gegenstände über Bord, auch Feldpritschen und Koffer. Und aus dieser Höhe wurde ein Koffer zu einem tödlichen Geschoss, von Bänken, Stühlen, Tischen und Türplatten ganz zu schweigen.

Jakob und Lukas ließen sich vier, fünf Meter über der Wasseroberfläche fallen, weil über ihnen zu viele zu schnell folgten und Jakob fürchtete, ein Stiefeltritt könnte Lukas die Finger zerquetschen. Das wäre dann sein sicherer Tod.

Die eisige, dunkle Kälte des Atlantiks, die Jakob beim Eintauchen wie ein Block aus Eis umschloss, drang ihm bis ins Mark. Von panischer Angst getrieben, nicht wieder früh genug an die Wasseroberfläche zu kommen, ruderte und strampelte er unter Wasser wie wild. Als er auftauchte, hustete und spuckte er und sog gierig die frische Morgenluft ein. Er schmeckte Öl, das aus der *Arandora Star* auslief, hunderte von Tonnen Öl.

»Lukas?… Viktor?… Wo seid ihr?«, schrie er und hatte Mühe, den Kopf zu heben. Von Deck aus hatte die Dünung nicht sonderlich stark ausgesehen. Aber aus der Sicht eines Schwimmers war das Auf und Ab des Wellengangs sehr gewaltig.

»Jakob!… Hier!… Hier!«, schrie Lukas zurück. »Lass mich nicht allein!«

»Keine Angst, ich komme!«

Im nächsten Moment schlugen zwei Deckstühle wie Geschosse neben ihm ein und ölglänzendes Wasser spritzte in hohen Fontänen auf. Hätte ihn auch nur einer von ihnen getroffen, wäre sein Schicksal besiegelt gewesen.

Mit aller Kraft schwamm er auf Lukas zu, der auf der Stelle Wasser trat. »Wir müssen noch viel weiter weg!«, rief er ihm zu. »Hier könnten wir von den Sachen getroffen werden, die sie über Bord werfen.« Und wie zur Bestätigung schlugen mehrere Koffer im Wasser ein, wenn auch gute zehn, zwölf Meter von ihnen entfernt. »Und wenn das Schiff untergeht, wird es einen gewaltigen Sog entwickeln und alles mit sich in die Tiefe ziehen, was dann noch in seiner Nähe schwimmt!«

»Mir ist so kalt!«, sagte Lukas mit erbärmlicher Stimme.

»Schon deshalb musst du schwimmen, dann wird dir nämlich warm. Ich bleibe an deiner Seite«, redete Jakob ihm gut zu. »Hast du Viktor gesehen?«

»Wolke schwimmt schon weiter weg! Da schwimmt er!« Lukas wies vage in östlicher Richtung.

»Dann nichts wie hinterher! Und habe keine Angst, man wird uns schon retten«, versicherte Jakob und verdrängte die bange Frage, wie lange man wohl in so kaltem Wasser überleben mochte.

Sie schwammen aus dem Gefahrenbereich der Geschosse heraus und hinter Viktor her, der nichts darum gab, ob sie ihn aus den Augen verloren oder nicht. Auch er wusste, dass sich der Todeskampf der *Arandora Star*, die schon halb untergetaucht war und das Heck aus dem Wasser gehoben hatte, bald seinem Ende zuneigte und sie beim Versinken einen tödlichen Strudel entwickeln würde.

Das viele Öl, das die steigende und fallende Dünung immer weiter ausbreitete, überzog ihre Hände mit einem glitschigen Film und drang ihnen in Mund und Nase, sodass sie würgen und sich schließlich gar erbrechen mussten.

»Sie sinkt!«, gellte plötzlich Viktors Stimme über die ölschillernde See. »Gleich sinkt sie!«

Jakob wandte sich im Wasser um. Deutlich sah er die vielen Menschen, die sich noch auf den Decks mittschiffs und achtern aufhielten und an die Reling klammerten. Andere stürzten wie Spielzeugfiguren die schrägen Decks hinunter.

Plötzlich ließ eine zweite Explosion, die wohl von den berstenden Kesseln hervorgerufen wurde, das Wrack erzittern. Gleichzeitig riss das vordere Deck an zwei Stellen auf. Rauch entwich diesen Löchern wie aus einem unter hohem Druck stehenden Geysir. Das Schiff legte sich wie ein waidwund geschossenes Tier in einem Winkel von gut 70 Grad auf die Seite und schreiend stürzten die Menschen vom Oberdeck in die See oder schlugen auf den Decksaufbauten auf.

Dann stieg aus dem Innern der *Arandora Star* ein merkwürdiges, durch Mark und Bein gehendes dumpfes Kreischen auf und drang über das Meer, während sich das Heck nun steil in die Höhe hob. Zehntausende Tonnen Stahl, die sich verbogen und von gigantischen widerstrebenden Kräften auseinander gerissen wurden. Der jäh erstickende Todesschrei der *Arandora Star*, die im nächsten Moment, kaum dreißig Minuten nach dem Einschlag des Torpedos, fast geschmeidig in den Fluten versank. Ein heftiger Strudel und Sog – und dann markierten nur noch ein riesiges Trümmerfeld und ein meilenweiter Ölteppich die Stelle ihres Grabes.

5

Die erste Leiche, die ihnen von der Dünung zugetragen wurde, war die von Paul Cohen. Lukas schrie nicht einmal mehr auf. Er hing kraftlos und vor Kälte halb betäubt in seiner Schwimmweste. In seinen großen Augen konnte man jedoch das Grauen und die Angst lesen.

Viktor zerrte den Leichnam zu sich, drehte ihn herum und löste die Gurte der Schwimmweste. »Er braucht sie jetzt nicht mehr«, sagte er, als er Jakobs Blick begegnete. Dann stieß er die Leiche des jungen Mannes von sich.

Sie waren nicht die Einzigen in diesen ölverseuchten Fluten, die immer kraftloser wurden und nur noch von ihren Schwimmwesten über Wasser gehalten wurden. Überall um sie herum trieben Überlebende und kämpften gegen den langsamen Tod durch Entkräftung und Unterkühlung an. Viele Ältere starben an Herzattacken. Wer sich dagegen auf einen Tisch, eine Tür oder sonst ein großes Stück Trümmer gerettet hatte, das genug Auftrieb besaß, um unter dem Gewicht eines Menschen nicht unterzugehen, der gehörte zu den Glücklichen, die wenigstens hoffen durften, gerettet zu werden, sofern früh genug Rettungsmannschaften am Unglücksort eintrafen. Aber alles, was als Floß einigermaßen taugte, war längst besetzt.

Aus der Entfernung verfolgte Jakob, wie sich ein verzweifelter Matrose einem provisorischen Floß näherte, das jedoch schon mit sechs, sieben Männern gefährlich voll besetzt war. Er flehte sie an, ihn doch aus dem Wasser zu ziehen und auf ihr Floß zu lassen, weil er nicht länger die Kraft hatte, sich über Wasser zu halten. Doch die Männer auf dem Floß stießen ihn mit einem Ruder, das offenbar von einem der zerschmetterten Rettungsboote stammte und im Wasser getrieben hatte, brutal zurück. Sie hatten Angst, ihr Floß könnte mit einem Mann mehr kentern und sie alle dem Tod ausliefern. Wenig später gab der Matrose auf und ertrank.

Überall hörte man verzweifelte Rufe, die um Rettung flehten. Einige Rettungsboote, die noch Menschen aufnehmen konnten, fischten Überlebende aus dem Trümmermeer auf. Aber sie kamen nicht einmal in ihre Rufnähe. Andere Boote, die für achtzig Erwachsene ausgelegt waren, aber schon mit an die hundertzwanzig Schiffbrüchigen die Grenze ihrer Tragfähigkeit erreicht hatten, erwehrten sich der Verzweifelten genauso rücksichtslos wie die Männer auf dem Floß und ruderten von ihnen weg.

Etwa eine Stunde nach dem Untergang der *Arandora Star* trieben sie in die Nähe eines grauhaarigen Juden, der sich zusammen mit seinem vielleicht fünfundzwanzigjährigen Sohn an einen Rettungsring klammerte. Sie trugen keine Schwimmwesten. Bart und Schläfenlocken, beides ölverschmiert, wiesen sie als orthodoxe Gläubige aus.

Der alte Jude sah, wie Jakob sich abmühte, Lukas Mut zuzusprechen und zu verhindern, dass er in den Schlaf fiel und den Kopf ins Wasser sinken ließ.

»Ist das dein kleiner Bruder?«, fragte der Grauhaarige.

»Ja«, sagte Jakob, zu müde und zu unterkühlt, um die Kraft für eine längere Antwort aufzubringen.

»Hier, nimm den Ring und lege deinen Bruder darauf. Ihn wird er tragen. Soll wenigstens er gerettet werden«, sagte der alte Mann ohne jede Verzweiflung. Er brachte sogar ein schwaches Lächeln zustande. »Ja, nimm ihn nur. Für uns wird jede Rettung zu spät kommen. Wir haben keine Kraft mehr.«

Der Sohn, das Gesicht von Erschöpfung gezeichnet, sagte nichts, doch er gab den Rettungsring ohne jedes Zeichen von Zögern oder Widerspruch frei und half sogar, Lukas quer über die Wülste zu ziehen, sodass wenigstens ein Großteil seines Körpers der Kälte des Wassers entzogen war.

»Lass uns Abschied nehmen, mein Sohn«, sagte der Mann dann gefasst.

Jakob wandte den Kopf ab, als die beiden mit zitternden Stimmen das *Sch'ma Jisrael*, das *Höre, Israel*, sprachen und ihre letzte Kraft in diesen Lobpreis Gottes legten: »Höre, Israel, der HERR ist unser Gott, der HERR ist einer…« Tränen schossen ihm in die Augen. Als die Stimmen erstarben, konnte er nicht anders, als wieder hinzusehen. Er sah, wie die Hände des Vaters von der Schulter des Sohnes glitten und die ölglitzernde Dünung sich über ihm schloss. Augenblicke später hörte der Sohn auf zu schwimmen und versank ebenfalls, ohne einen Ton von sich zu geben.

»Verrückt!«, keuchte Viktor. »Die müssen verrückt geworden sein!«

Jakob erwiderte nichts. Er umklammerte eine der Seilschlaufen, mit denen der Rettungsring der *Arandora Star* versehen war.

Viktor schwamm auf die andere Seite des Rettungsrings und hielt sich dort fest.

Eine ganze Weile trieben sie so dahin. Plötzlich machte Viktor ein Rettungsboot aus, das sich ihnen näherte. »Das ist eines von den Booten, die von den deutschen Kriegsgefangenen zu Wasser gelassen worden sind!«, stieß er aufgeregt hervor. Ließ den Rettungsring los und schwamm auf das Boot zu.

»Viktor, was soll das?«, rief Jakob ihm nach. »Wenn sie noch Platz für uns haben, werden sie zu uns kommen und uns alle drei ins Boot nehmen. Wenn aber nicht, wirst du keine Kraft haben, zu uns zurückzukommen!«

»Der blöde Ring wird uns nicht retten. Noch eine Stunde in diesem Eiswasser und wir saufen ab! Ich riskiere es!«, rief er zurück und schwamm weiter.

Jakob versuchte, ihm zu folgen, doch obwohl Viktor nur langsam vorankam, hatte er mit Lukas auf dem Rettungsring im Schlepptau keine Chance, Anschluss zu halten.

»Hilfe!«, schrie Viktor den Männern im Beiboot zu. »Hier!... Hilfe!... Rettet mich!«

»Lass den Burschen bloß nicht zu nahe ans Boot! Wir können keinen mehr aufnehmen! Schon gar keinen von diesen dreckigen Juden, denen wir alles Unglück verdanken!«, hörte Jakob einen der Seeleute seinen Kameraden an den Rudern zurufen.

»Ich bin kein Jude«, brüllte Viktor. »Ich kann es beweisen!... Ich bin nicht beschnitten!... Ich heiße Christian Winkler... ich bin in der Hitlerjugend... und mein Vater ist in der

SS!… Die dahinten sind Juden! Der auf dem Rettungsring und der andere Bursche dort!… Ich bin einer von euch!… Lasst einen Kameraden nicht ersaufen!… Ich flehe euch an, holt mich raus!«

»Nein, such dir ein anderes Boot!«, kam es scharf aus dem Bug des Rettungsbootes zurück.

»Doch, einen können wir noch ins Boot nehmen!«, widersprach der Mann an der Ruderpinne. »Franz!… Horst! Zieht ihn ins Boot! Na los, das ist ein Befehl!«

Lukas hob den Kopf. »Hast du … das gehört?«, stieß er abgehackt hervor. »Er gibt sich … als Nazi aus … und uns … uns verrät er!«

»Hör nicht hin«, sagte Jakob und spürte ein Würgen in der Kehle, als er sah, wie die Männer ihren Freund ins Boot zogen und dann von ihnen wegruderten. Und Viktor blickte nicht einmal in ihre Richtung!

6

Das Rettungsboot mit Viktor und den Seeleuten von der *Adolf Wehrmann* befand sich längst außer Sicht, als Jakob ein großes Trümmerstück ausmachte, das in ihrer Nähe trieb. Im ersten Moment glaubte er, sich getäuscht zu haben. Doch als die Dünung sie auf den nächsten kleinen Wellenkamm hob, sah er, dass seine brennenden Augen ihm keinen Streich gespielt hatten. Dort schwamm tatsächlich eine große Kassettentür – und nicht einer lag auf ihr!

»Lukas!«, rief er, plötzlich von neuer Kraft und neuem Lebensmut erfüllt. »Ein Floß!… Das kann unsere Rettung sein!«

»Ich will… nur schlafen«, murmelte Lukas. »Lass mich… schlafen.«

»Den Teufel werde ich tun!« Jakob rüttelte ihn grob. »Reiß dich zusammen! So einfach stirbt es sich nicht, hörst du? Auf der Tür sind wir einigermaßen sicher, wenn die See so ruhig bleibt! Also dreh dich auf den Bauch und hilf mit paddeln! Allein schaffe ich es nicht, dich zu unserem Floß zu bringen! Na, mach schon!«

Mit einem gequälten Laut drehte Lukas sich auf dem schwankenden Rettungsring in die Bauchlage und begann, mit den Armen zu paddeln. Jakob schob ihn von hinten.

Erst schien es, als würden sie überhaupt nicht vorankommen. Aber dann sahen sie, dass sie der dicken Kassettentür allmählich näher kamen. Schließlich hatten sie es geschafft. Lukas kroch vom Rettungsring auf die Holzplatte, und Jakob musste erst die Schwimmweste ablegen und seine letzten Kräfte mobilisieren, um sich auf das Floß zu ziehen. Erschöpft blieben sie auf dem schwankenden Trümmerstück liegen.

»Hier… wäre auch noch… genug Platz für… Wolke gewesen«, sagte Lukas schwer atmend.

»Ja, es hätte uns alle getragen.«

»Er hat sich als einer von ihnen ausgegeben… und das nach allem, was die Nazis uns angetan haben… Und uns… uns hat er verleumdet… hat so getan, als kenne er uns nicht… Feiger Verräter!«

Jakob gab keine Antwort, weil sie überflüssig gewesen wäre. Er rollte sich auf den Rücken und starrte mit apathischem Blick in den Himmel, dessen graue Wolkendecke unter der heißer werdenden Sonne zusammenschmolz und sogar ein wenig Blau hindurchließ.

Hatte man den SOS-Ruf aufgefangen, den der Funker der *Arandora Star* nach dem Torpedotreffer bestimmt immer und immer wieder abgesetzt hatte? Und waren Schiffe zu ihrer Rettung unterwegs?

Sie stiegen mit der schweren Dünung auf und ab, Stunde um Stunde, als gäbe es nichts anderes als die endlose See. Der Nieselregen kehrte wieder zurück. Über dem riesigen Trümmerfeld, das mit jeder Stunde vom Wellengang weiter auseinander gezogen wurde, lag eine gespenstige Stille. Das Wimmern, Flehen und Schreien der Schiffbrüchigen, die den Tod nahen fühlten, weil weder eine Weste noch ein Trümmerstück sie über Wasser hielt, war längst verstummt. Zudem stumpfte die körperliche und psychische Entkräftung ihre Sinne immer mehr ab. Sie versanken in wirre Wachträume. Und immer wieder schwappten ölige Wellen über ihr Floß, sodass sie der Kälte und Nässe nie ganz entkamen.

Ein schwacher Schrei schallte über die See, der von anderen aufgenommen und weitergegeben wurde. »Ein Flugzeug! … Ein Flugboot!«

Es war kurz nach neun Uhr, fast drei Stunden nachdem die *Arandora Star* gesunken war, als der Pilot des *Sunderland*-Flugboots das ölig schillernde Trümmerfeld sowie die ersten Rettungsboote und Flöße sichtete. Leuchtraketen stiegen von einigen Booten auf, und die Seeleute stellten die Ruder senkrecht in die Luft, um die Aufmerksamkeit der Flugcrew auf sich zu ziehen. Die *Sunderland* flog einen weiten Kreis und warf mehrere Schwimmkapseln ab, die Erste-Hilfe-Pakete sowie Schokolade, Biskuits, Wasser und Zigaretten enthielten. Nichts davon gelangte in die Nähe von Jakob und Lukas.

Eine Weile kreiste die *Sunderland* über ihnen, machte jedoch keine Anstalten, eine Landung auf dem Wasser zu versuchen, wohl wegen der bewegten See. Dann drehte sie ab und verschwand in Richtung auf die schottische Küste.

»Auch sie ... lassen ... uns ... im Stich ...«, murmelte Lukas, der nicht mal mehr die Kraft hatte, den Kopf zu heben, als das Motorengeräusch in der Ferne erstarb.

»Nein, sie kommen wieder, Lukas!«, rief Jakob beschwörend und stemmte sich damit auch gegen die eigene Verzweiflung. »Sie kommen bestimmt wieder! Du darfst die Hoffnung nicht aufgeben, wo wir schon so lange durchgehalten haben!... Sie werden ganz bestimmt zurückkommen!«

Lukas sah ihn nur mit seinen großen Augen an, und sein Blick sagte, dass er nicht mehr an Rettung glaubte.

Etwa vier Stunden später, gegen ein Uhr mittags, erreichte der kanadische Zerstörer *St. Laurent* die Unglücksstelle und begann mit der schwierigen Rettungsaktion, die geschlagene fünf Stunden in Anspruch nehmen sollte.

»Lukas, sieh doch! ... Ein Schlachtschiff! ... Wir sind gerettet!«, rief Jakob, überwältigt von einem Kraft spendenden Gefühl der Erlösung und der Dankbarkeit, dem Tod noch einmal entkommen zu sein.

»Wirklich?«, fragte Lukas schwach.

»Ja, ein riesiges Kriegsschiff ist gekommen! Sie lassen gerade ihre Barkasse zu Wasser! Gleich holen sie uns! Hörst du mich, Lukas? Sie kommen uns gleich holen!« Eine entsetzliche Angst wallte wie Übelkeit in Jakob auf, als er sah, wie apathisch Lukas vor ihm lag. Er versuchte ja noch nicht einmal, sich auf die andere Seite zu drehen und sich mit eigenen Augen vom Eintreffen des Zerstörers zu überzeugen! »Du musst durchhalten, hörst du? Gleich haben wir es geschafft. Jetzt schlappmachen gilt nicht! Nur noch eine kleine Weile, und dann sind wir an Bord und können trinken und uns das Öl vom Körper waschen und trockene Sachen anziehen!«

Lukas blieb auf der Seite liegen, doch zumindest huschte ein Lächeln über sein Gesicht. »Schön«, sagte er mit kaum noch verständlicher Stimme. Dann schloss er die Augen.

Jakob packte ihn an der Schulter und schüttelte ihn. »Mach die Augen auf, verdammt noch mal!«, schrie er ihn an. »Los, wach auf, Lukas! … Das kannst du nicht mit mir machen! … Nicht jetzt, wo wir doch gerettet sind! … Lukas, hörst du mich! … Lukas!«

Aber Lukas gab keine Antwort. Zwar öffnete er kurz die Lider, doch seine Augen waren ohne einen wachen Blick, sondern rollten nur unkontrolliert in ihren Höhlen. Und dann schlossen sich die Lider auch schon wieder.

Das *Sunderland*-Flugboot kehrte kurz darauf zurück und half dem Rettungskommando der *St. Laurent* bei der Suche nach den abgetriebenen Booten und Flößen.

Die Überlebenden aus den Rettungsbooten an Bord zu nehmen, war für die Seeleute des Zerstörers die leichteste Aufgabe, obschon auch diese Aktion mit einiger Gefahr verbunden war. Die Mannschaft des Zerstörers hatte in Lee des Schiffes drei hölzerne Leitern an der Reling angebracht, sodass drei Mann gleichzeitig hochklettern konnten. Bei dem Seegang, der jedes Gefährt gefährlich gegen das Kriegsschiff drückte, brauchte es jedoch großes seemännisches Geschick, die Rettungsboote seitwärts an den Rumpf des Zerstörers zu bringen, sodass die Schiffbrüchigen die Leitern in dem Augenblick ergreifen konnten, da die Dünung das Boot auf einen Wellenkamm hob.

Eine noch viel größere Herausforderung stellten jedoch die vielen Schiffbrüchigen dar, die sich auf Trümmerstücke gerettet hatten oder sogar nur von ihrer Schwimmweste über Wasser gehalten wurden. Die meisten von ihnen waren dermaßen unterkühlt und entkräftet, dass sie nicht fähig waren, sich an einer Leiter festzuhalten, geschweige denn bis hoch ans Deck des Zerstörers zu klettern. Das galt umso mehr für die Verwundeten. Zudem waren sie alle von oben bis unten mit Öl beschmiert, sodass helfende Hände immer wieder abglitten. Oft musste man sie mit Seilen an Bord ziehen.

Jakob schrie sich die Lunge aus dem Leib und ruderte mit den Armen durch die Luft, um die Aufmerksamkeit der Rettungsmannschaften auf sich zu ziehen.

Quälend lange musste er warten. Endlich nahm die Barkasse der *St. Laurent* Kurs auf ihr Floß und ging vorsichtig längsseits. »Erst ihn! Er braucht dringend Hilfe!«, rief Jakob mit heiserer, krächzender Stimme, als man ihm ein Sicherungsseil zuwarf und ihn zuerst an Bord holen wollte.

Erst als er Lukas sicher auf der Barkasse wusste, folgte er ihm. »Wird er durchkommen?«, fragte er voller Bangen, während sich ein Seemann, der offensichtlich etwas von Erster Hilfe verstand, über Lukas beugte. »Er … er ist doch nicht tot, nicht wahr?«

»Nein, aber er hat das Bewusstsein verloren und sein Puls ist recht niedrig. Er scheint dehydriert, sehr ausgetrocknet, zu sein«, lautete die Antwort des Mannes. »Aber das kriegen wir schon wieder hin. Also sei unbesorgt, der Kleine kommt ganz sicher durch!«

»Gott sei Dank!« Erleichterung durchflutete ihn wie eine herrlich warme Woge, spülte gleichzeitig aber auch seine letzten Kräfte hinweg. Zitternd sank er gegen die Bordwand. Und als er dort saß und von dem, was um ihn herum geschah, kaum etwas mitbekam, gingen seine Gedanken zu dem grauhaarigen orthodoxen Juden und dessen Sohn, die Lukas ihren Rettungsring überlassen und den eigenen Tod ohne jede Angst und Panik, sondern mit großer Würde und Gelassenheit angenommen hatten. Ohne den Rettungsring hätte Lukas sicherlich nicht durchgehalten, bis sie die Tür gesichtet hatten. Und wer weiß, ob er, Jakob, dann noch den Willen gehabt hätte, weiter gegen das scheinbar übermächtige Schicksal anzukämpfen. So verdankte auch er dem Alten und seinem Sohn, deren Namen er nicht einmal kannte, indirekt sein Leben.

Seine Hand fuhr in die Hosentasche, stieß auf das in Wachspapier gewickelte Foto von Erika und hielt es einen Moment umfasst. Dann machte er sich an der Sicherheitsnadel zu schaffen, die den kleinen Leinenbeutel mit dem Stoff der Tasche verband, öffnete sie und zog den Beutel aus der Tasche.

Das ölige Wasser hatte den Stoff genauso durchtränkt wie den Rest seiner Kleidung. Und ein feuchter, öliger Film überzog auch die Kette und den Anhänger mit der Menora. Aber das war im Augenblick ohne Bedeutung. Später würde genug Zeit zur Säuberung sein.

Jakobs Hände zitterten, und Tränen stiegen ihm in die Augen, als er mit letzter Kraft die Schließe öffnete und sich die Kette um den Hals legte – fast anderthalb Jahre, nachdem die Mutter sie ihm in der Nacht des Abschieds umgehängt und er sie im Badezimmer gleich wieder abgenommen und in seinen Strumpf gesteckt hatte. Er hatte auch nie Gewissensbisse gehabt, weil er ihre Kette nicht trug. Um seiner Mutter zu gedenken, bedurfte er weder einer solchen Kette noch sonst eines anderen Erinnerungsstücks. Sie lebte in ihm – in seinem Herzen und seinen Gedanken.

Nicht, dass er jetzt an Gott glauben konnte, nur weil er den Untergang der *Arandora Star* überlebt hatte. Nein, er wollte die Kette mit der Menora fortan im Gedenken an die beiden fremden Männer tragen, damit er ihre Selbstlosigkeit und ergreifende Ruhe im Angesicht des sicheren Todes niemals vergaß!

7

Nach fünfstündigem unermüdlichem Einsatz hatte die Besatzung der *St. Laurent* 668 Schiffbrüchige aus Seenot gerettet und an Bord gebracht. Fast dieselbe Zahl an Menschen hatte beim Untergang der *Arandora Star* den Tod gefunden. Der Kapitän des Kriegsschiffes beendete die Rettungsaktion, weil keine weiteren Überlebenden gefunden werden konnten, und nahm Kurs auf den schottischen Hafen Greenock.

Die Decks des kanadischen Zerstörers waren zu überquellenden Behelfslazaretts geworden. Überall lagen erschöpfte und verwundete Menschen, wie nach einem blutigen Seegefecht. Während die schwersten Fälle in der regulären Krankenstation unter Deck behandelt wurden, hatte man auf den Oberdecks zwischen den Geschütztürmen und anderen Aufbauten Segeltuchplanen als provisorische Trennwände gespannt.

Es wurde nicht viel gesprochen. Die Schrecken der vergangenen zwölf Stunden und die Erschöpfung ließen bei kaum einem das Verlangen nach Gesprächen aufkommen. Man war froh, am Leben zu sein, trank zur Stärkung den Branntwein, den die Matrosen der *St. Laurent* ausschenkten, und rauchte die ihnen angebotenen Zigaretten. Nur die deutschen Kriegsgefangenen von der *Adolf Wehrmann* schienen den Untergang offenbar in bester körperlicher Verfassung und guter Stimmung überstanden zu haben, denn man hörte sie unter Deck siegessicher ihre Lieder singen.

Jakob hatte im Wasser seine Schuhe verloren, und die Decksplatten waren so heiß, dass einem die Fußsohlen brannten. Er riss die Ärmel vom ölverklebten Hemd und wickelte sich die Fetzen um die Füße. Aber mit Einbruch der Dunkelheit wurde es besser. Zudem empfand er diese kleinen Unannehmlichkeiten als geradezu läppisch im Vergleich zu dem, was hinter ihnen lag. Wichtig war nur, dass sie überlebt hatten und dass mit Lukas wieder alles in Ordnung war. Es ging ihm nach zwei Stunden an Bord sogar schon wieder so gut, dass sie ihn aus dem Krankenrevier nach oben zu Jakob an Deck schickten, weil sie die Betten für die wirklich schwer Verletzten brauchten.

Wer nicht zu lange im Wasser verbracht und das Glück gehabt hatte, schon gleich nach dem Untergang der *Arandora Star* von einem der Rettungsboote aufgefischt worden zu sein, der hatte noch eine Chance, seine nur leicht ölverschmierte Kleidung durch eine gründliche Wäsche an Deck zu reinigen und zu retten. Doch bei den meisten war ein solcher Versuch von vornherein aussichtslos. Auch bei Jakob und Lukas. Ihre ölgetränkten Sachen wanderten auf einen der vielen großen Haufen, die sich überall an Deck auftürmten, um später im Maschinenraum verbrannt zu werden. Eine Decke, die man sich wie eine Tunika um den Körper wickelte, musste jegliche Kleidung ersetzen, bis sie an Land waren. Die Kleiderkammer der *St. Laurent* war der Aufgabe, fast siebenhundert zivile Schiffbrüchige neu einzukleiden, nicht annähernd gewachsen. Und so versuchte man es auch gar nicht erst.

Jakob bekümmerte es wenig, dass ihm nur eine Militärdecke zur Verfügung stand, um seine Nacktheit zu bedecken. Seine einzige Sorge galt jetzt Erikas Foto und den Bildern seiner Eltern. Die Vorstellung, sie könnten von Salzwasser und Öl zerfressen worden sein, bedrückte ihn sehr. Aufgeregt und vorsichtig zugleich wickelte er die Bilder aus den beiden Lagen Wachspapier – und stellte zu seiner unendlichen Erleichterung fest, dass die Bilder der Eltern keine Flecken aufwiesen und Erikas Foto nur wenig Schaden genommen hatte! Er drückte ihr Bild an seine Brust, lehnte sich gegen die Stahlwand und schloss dankbar die Augen.

Man wies ihnen für die Nacht ein Schlafquartier auf dem Deck direkt unterhalb der Schiffsbrücke zu, und für die recht milden Temperaturen reichte die eine Decke, die jeder von ihnen erhalten hatte, völlig aus.

»Warum hat er das getan?«, fragte Lukas, während der Zerstörer durch die See pflügte.

Jakob brauchte nicht zu fragen, wen Lukas meinte; das lag

auf der Hand. Er hatte schon Ausschau nach Viktor gehalten, ihn jedoch nicht zu Gesicht bekommen. Aber bei der Größe des Schiffes und dem wüsten Durcheinander war das nicht verwunderlich. Aber dass Viktor in einem der Boote gesessen hatte, deren Insassen gleich zu Beginn der Rettungsaktion an Bord des Zerstörers gebracht worden waren, wusste er. Der Kapitän der *St. Laurent* hatte die Order erteilt, Listen mit den Namen der Geretteten auszuhängen, weil seine Männer unablässig nach den Namen irgendeines Matrosen, Internierten oder Kriegsgefangenen gefragt worden waren und keine Zeit hatten, in Listen zu blättern und jedem Auskunft zu geben. Sie befanden sich im Krieg, und das U-Boot, das die *Arandora Star* versenkt hatte, konnte sich noch immer in diesen Gewässern versteckt halten und auf weitere Beute für seine Torpedos lauern.

»Ich weiß es nicht, Lukas.« Jakob wollte nicht über Viktor reden, zu tief saß der Stachel seines Verrates. »Er hat wohl einfach zu viel Angst gehabt.«

»Und du, hast du denn keine Angst gehabt?«

»Oh doch! Sehr sogar!«

»Aber du hast mich trotzdem nicht allein gelassen und dich auch nicht als Nazi ausgegeben! Du bist bei mir geblieben und hast mir das Leben gerettet.«

»Ach was, ich tauge nicht zum Helden, auch wenn du das vielleicht meinst«, wehrte Jakob ab und er deutete dabei vage auf die nächtliche See hinaus. »Mir ist in meiner Angst einfach nichts anderes eingefallen, als mit dir zu warten und zu hoffen, dass man uns rechtzeitig findet und rettet.«

Lukas schwieg eine Weile, dann sagte er: »Er ist unser Freund gewesen … Aber nein, ein richtiger Freund war Wolke eigentlich nie«, korrigierte er sich sofort. »Er hat immer nur an sich gedacht. Du weißt doch, was er immer gesagt hat: ›Jeder muss sehen, wo er bleibt.‹ … Nur das hat für ihn gezählt … Uns hat er bloß benützt, von Anfang an. Solange wir ihm nützlich waren, waren wir Freunde! … Und dann ist er zu den Nazis übergelaufen! … Was für ein Schweinehund!«

»Reg dich nicht so darüber auf«, sagte Jakob. »Was zählt das jetzt überhaupt noch? Das mit Viktor ist vorbei. Okay, wir haben uns in ihm getäuscht. Feierabend! Für mich ist das Thema jedenfalls abgeschlossen. Viktor ist es einfach nicht wert, dass wir noch weiter über ihn reden und uns den Kopf darüber zerbrechen, wie er nur so etwas Gemeines hat tun können. Nur jeder zweite von den Matrosen, Internierten und Kriegsgefangenen, die mit uns auf der *Arandora Star* gewesen sind, hat den Untergang überlebt, Lukas. Wir gehören zu diesen Glücklichen, und deshalb sollten wir uns freuen, statt uns über Viktor zu ärgern! Er ist für mich erledigt, Punkt, aus und Schluss!«

»Du hast Recht«, sagte Lukas, beließ es dabei und brachte das Gespräch auch nicht wieder auf Viktor.

Aber Jakob wusste in seinem Innersten, dass das Thema für ihn noch längst nicht erledigt war. Den Verrat des Freundes würde er nicht so leicht abschütteln können wie ein paar Dreckspritzer auf einer nassen Ölhaut! Diese Wunde ging tief und schmerzte viel mehr, als er sich selbst oder irgendeinem anderen eingestehen wollte.

»Was meinst du, was sie jetzt mit uns machen?«, fragte Lukas auf einmal. »Ob sie noch mal versuchen, uns über den Atlantik zu bringen? Oder werden sie uns wieder in irgendein Internierungslager stecken?«

Jakob stutzte. Darüber hatte er noch gar nicht nachgedacht. »Eine gute Frage – und ich wünschte, ich wüsste die Antwort! Andererseits…« Er zögerte.

»Ja?… Andererseits was?«, fragte Lukas gespannt. »Nun sag schon!«

»Vielleicht ist es ganz gut so, dass wir nicht wissen, was uns noch erwartet.«

8

Am frühen Morgen und wieder bei leichtem Nieselregen lief der kanadische Zerstörer mit den Überlebenden der *Arandora Star* in den Firth of Clyde ein. Das Wahrzeichen des schottischen Meeresarms, ein gewaltiger Monolith von einem Felsen, ragte bedrohlich wie ein steinerner Riese aus dem Nebel auf. Wenig später lag die *St. Laurent* sicher vertäut im Hafenbecken von Greenock.

Auf dem Kai wimmelte es von Soldaten, dagegen war von Zivilisten weit und breit keine Spur. Auch nach Vertretern der Presse hielt man vergeblich Ausschau.

Zuerst gingen die englischen Soldaten und Seeleute von Bord. Sie wurden von ihren uniformierten Kameraden auf dem Kai enthusiastisch begrüßt und wie Helden gefeiert.

Der lärmende Jubel erstarb schlagartig, als die ersten italienischen und deutschen Internierten sowie die Kriegsgefangenen der *Adolf Wehrmann* über die Gangway kamen. Vielen von ihnen waren nur mit einer Militärdecke bekleidet, die sie sich um den Körper geschlungen hatten. Feindseliges Schweigen schlug ihnen wie ein eisiger Windstoß entgegen.

Mehrmals wurden die Reihen durchgezählt. Die Matrosen an Bord der *St. Laurent* hatten sie oben an Deck per Handschlag verabschiedet. Hier unten auf dem Kai wurden sie wieder zu einer Nummer.

Proteste unter den jüdischen Flüchtlingen wurden laut, als man sie nur in zwei Gruppen aufteilte, nämlich in Deutsche und Italiener.

»Wir bestehen darauf, von den Kriegsgefangenen, den Nazis und ihren Sympathisanten, getrennt zu werden!«, verlangte ein Rabbiner energisch, von einer Gruppe älterer Männer unterstützt. »Sonst bewegen wir uns hier nicht von der Stelle!«

Verärgert kamen die Offiziere der Forderung schließlich nach. Doch dabei fiel mehr als einmal die Verwünschung: *»Bloody Germans!«*

Jakob sah sich nach Viktor um, konnte ihn in der Menge jedoch nirgends entdecken. Dafür drängte sich jedoch Aaron Kronberg zu ihnen durch. Die Freude darüber, dass der andere die Katastrophe überlebt hatte, war beiderseitig. Und was Viktor anging, so vermutete Jakob, dass er sich noch immer bei den deutschen Kriegsgefangenen versteckte. Sollte er nur! Da gehörte er ja auch hin!

Flankiert von einem starken Aufgebot von Soldaten mit aufgesetzten Bajonetten auf den Gewehrläufen, führte man sie durch die Straßen von Greenock. Der Zug bewegte sich sehr langsam über das Kopfsteinpflaster, da die meisten Schiffbrüchigen ohne Schuhe waren.

»Wie ein Begräbniszug, nur ohne Kapelle und Trauermarsch«, sagte in Jakobs Nähe ein kahlköpfiger Mann von hagerer, hoch gewachsener Gestalt sarkastisch. Der Fremde hatte von seiner Kleidung den geflochtenen Ledergürtel sowie breite lederne Hosenträger retten können. Diese erlaubten es ihm, seine Decke wie einen langen Hüftrock zu tragen, um die Taille vom Gürtel sowie von den Hosenträgern gehalten, die über seine nackte, kräftig behaarte Brust liefen. In diesem Aufzug gab er einen Anblick ab, der unter anderen Umständen zum Lachen gereizt hätte. Aber wohl auch dann hätte die würdevolle Haltung, in der er daherschritt, die meisten davon abgehalten, sich über ihn lustig zu machen.

»Schade, dass deine Geige jetzt im Wrack der *Arandora Star* liegt und du uns nichts dazu vorgeigen kannst, Blumenthal«, bemerkte ein anderer in Richtung des Fremden mit bitterem Spott. »Das hätte unserem Spießrutenlauf durch diese Stadt die richtige musikalische Umrahmung gegeben.«

Der Mann, der also Blumenthal hieß, gab ein gequältes, lang gezogenes Seufzen von sich, wie unter einem großen Schmerz. »Wir können ja auch alle *An den Wassern Babylons* singen«, schlug er dann vor, ohne dass seiner Stimme anzuhören war, ob es ihm damit ernst war oder ob es nur eine ironische Bemerkung sein sollte. »Das passt doch ganz gut.«

Ein Vorschlag, den niemand aufgriff. Jemand sagte nur mit müdem Tadel: »Hermon, Hermon!«

Die Bevölkerung, die in den Straßen zusammenlief, beobachtete ihren langsamen Vorbeimarsch stumm, aber mit ebenso feindseligen Blicken wie die Soldaten auf dem Kai und um sie herum. Aus gutem Grund. Denn wie Jakob später erfuhr, hatten die Morgenzeitungen berichtet, dass der Untergang der *Arandora Star* und der Verlust von so vielen

Soldaten, Seeleuten und Gefangenen die Schuld der Ausländer gewesen sei. Während die eigenen Soldaten und Matrosen in der Katastrophe bewundernswerte Courage und echten britischen Heldenmut gezeigt hätten, wären die Gefangenen, die ausnahmslos als Nazis bezeichnet wurden, in Panik geraten und hätten die heldenhaften Rettungsbemühungen von Schiffsbesatzung und Wachmannschaft stark behindert und für das Chaos gesorgt, das schließlich so vielen das Leben gekostet hatte. Kein Wort, dass sich über vierhundert jüdische Flüchtlinge an Bord des Schiffes befunden hatten. Kein Wort auch darüber, dass es keine Seenotübung gegeben hatte, dass auch Soldaten und Matrosen in Panik geraten und mehrere Rettungsboote nicht einsatzfähig gewesen waren.

Die Soldaten führten die drei Gruppen von »Gefangenen« in ein mehrstöckiges Fabrikgebäude. Den Nazis wies man das oberste Stockwerk zu, die Italiener wurden ins Stockwerk darunter geführt und die jüdischen Internierten erhielten die ebenerdige Etage zugewiesen.

»Eine alte Fabrikhalle – das hatten wir doch schon mal«, sagte Jakob beklommen und dachte an das fürchterliche Übergangslager, in das man Lukas und ihn nach der Schließung von *Crombie House* gebracht hatte.

»Aber viel komfortabler«, sagte Lukas bissig. »Da lagen wenigstens noch alte, muffige Strohsäcke auf dem Boden. Und ein paar Tische, Stühle und Bänke gab es auch. Dagegen sieht es hier ja richtig schön aufgeräumt aus!«

Aufgeräumt war eine gewaltige Untertreibung. Nirgends waren Betten, Stühle oder Tische zu sehen. Vor ihnen erstreckte sich eine gähnend leere Fabrikhalle. Es war offensichtlich, dass niemand Vorkehrungen für ihren Aufenthalt hier getroffen hatte.

Eine ganze Weile standen sie verstört herum und warteten darauf, dass irgendetwas geschah. Aber es geschah nichts. Es gab auch nichts zu essen, obwohl sie sechsunddreißig Stunden nichts mehr zu sich genommen hatten. Die Wachen zuckten nur gleichgültig die Achseln und stellten sich gegenüber den Klagen taub. Schließlich übermannte sie die Müdigkeit. Einer nach dem anderen sank erschöpft auf den nackten Zementboden, rollte sich zusammen und fiel in den Schlaf.

Erst Stunden später wurden Corned Beef sowie Brot und Tee verteilt und das sollte sich in den nächsten Tagen zu allen Essenszeiten wiederholen.

Einer der Krankenschwestern, die am Nachmittag erschienen, sich der leichten Verletzungen annahmen und Verbände erneuerten, verdankte Jakob es, dass er Erika einen kurzen Brief ins *Kitchener Camp* schreiben konnte. Sie brachte ihm bei ihrem nächsten Besuch Papier, Umschlag und einen Bleistift mit und versprach, den Brief für ihn aufzugeben.

»Aber du verstehst, dass ich deinen Brief erst lesen und mich vergewissern muss, dass er nichts enthält, was gegen die Kriegsvorschriften verstößt«, gab die Frau zu bedenken, die seine Mutter hätte sein können.

Jakob nickte. »Das ist in Ordnung. In dem Brief steht nur, dass … dass ich sie sehr liebe und schrecklich vermisse«, sagte er leise und errötete bis unter die Haarspitzen.

Sie schenkte ihm ein verständnisvolles Lächeln und erwiderte mit einem Seufzen: »Wenn es doch nur mehr Liebe als Hass geben würde, wie anders sähe dann die Welt aus!«

Einige Tage später erhielt jeder einige Postkarten zum Verschicken an Freunde oder Verwandte, die mit dem Aufdruck *I am safe* versehen waren. Zu erklären, was es mit dieser mysteriösen Botschaft auf sich hatte und auf welch glücklich überstandenes Ereignis sich diese Nachricht bezog, war ihnen jedoch verboten.

»Morgen erhaltet ihr neue Kleidung!«, teilte man ihnen am Donnerstagabend mit.

Das mit der »neuen« Kleidung erwies sich am Freitagmorgen als maßlose Übertreibung, handelte es sich bei der Unterwäsche, den Socken, Schuhen, Hosen, Hemden und Jacken doch um uralte Militärbekleidung. Allgemein wurde vermutet, dass es sich dabei noch um Restbestände aus dem großen Krieg von 1914 handelte. Auch gab es nicht für alle die passenden Größen. Zudem ließ man ihnen in der Kleiderkammer nicht viel Zeit, sich etwas Passendes herauszusuchen.

Als man Jakob und Lukas ihr Bündel in die Hände gedrückt hatte und sie der Schlange zum Ausgang folgten, rief Lukas plötzlich verblüfft: »Jakob, sieh mal da! Jetzt verpassen sie uns noch ein Zeichen!« Er wies auf den Soldaten, der, mit Pinsel und Farbeimer bewehrt, an der Tür stand – und jedem ein großes rotes Kreuz auf den Rücken malte.

»Ich habe das Gefühl, dass wir nicht mehr lange hier in Greenock bleiben«, sagte Jakob ahnungsvoll, als der Soldat auch ihm zwei fette rote Pinselstriche auf den Rücken geklatscht hatte.

Er behielt Recht. Tags darauf transportierte man sie mit der Eisenbahn in ein von hohen Stacheldrahtzäunen und Wachtürmen gesichertes Zeltlager südlich von Edinburgh, das aus gut achtzig großen Zelten sowie einigen Wellblechschuppen bestand, in denen die Latrinen und die Kantine untergebracht waren. In diesem Lager stießen sie auf andere jüdische Internierte, aber auch wieder auf deutsche Kriegsgefangene. Und keiner von den Verantwortlichen dachte daran, die einen getrennt von den anderen unterzubringen.

Das schottische Wetter hatte mit sommerlichen Temperaturen nichts im Sinn und zeigte sich von seiner unfreundlichen Seite. Es regnete ständig, und die Regenfluten flossen von den umliegenden Hügeln, wo Schafherden grasten, die Hänge hinab, und setzten das Lager unter Wasser. Manches Zelt drohte, davongeschwemmt zu werden.

Jeden Morgen und jeden Abend mussten alle Lagerinsassen zum Zählappell antreten und dann auf der freien Bahn, die zwischen dem äußeren Zeltring und dem Stacheldrahtzaun lag, eine Runde um das Lager drehen. Dabei marschierten die deutschen Kriegsgefangenen voran und die Juden hinterher.

Am Mittwochmorgen, dem 10. Juli, riss der Trompeter das Lager um fünf Uhr in der Früh und ohne jede Vorwarnung aus dem Schlaf.

»Antreten und packen!«, brüllten die Wachen. »Das Lager wird geräumt! Alle werden verlegt!«

Niemand teilte ihnen mit, wohin es ging. Doch wieder begann es mit einer langen Bahnfahrt in einem völlig überfüllten Zug, die fast den ganzen Tag in Anspruch nahm.

»Das ist Liverpool!«, stieß Lukas hervor, als er die Vororte der Stadt wiedererkannte, die sie am späten Nachmittag erreichten. »Sie bringen uns wieder nach Liverpool! Und das heißt, dass …« Er stockte unwillkürlich, erschrocken über seine eigene Schlussfolgerung.

»… wir wieder in See stechen!«, beendete Jakob den Satz für ihn, und ihm war plötzlich so flau, als sackte ihm sein Magen weg. »Der Himmel steh uns bei!«

FÜNFTER TEIL

Die »Dunera«

Juli 1940 – September 1940

1

Diesmal brachte sie der Zug nicht bis auf den Hafenkai, weil das Gleis dort schon von einem Transport aus einem anderen Lager belegt war. Für sie endete die Bahnfahrt ein gutes Stück Weges vor den Liverpooler Docks.

»Ah, da wartet ja auch schon unser Begrüßungskomitee!«, sagte Aaron Kronberg mit trockenem Spott und deutete auf das starke Aufgebot an Soldaten, das sie auf dem Bahnhof in Empfang nahm.

Sergeanten mit kräftigen Exerzierplatzstimmen brüllten Befehle und scheuchten sie aus dem Zug und über den Bahnsteig, als hätten sie Rekruten vor sich – oder ausschließlich Kriegsgefangene.

Sie mussten wie beim Militär in Viererreihen antreten. Zu beiden Seiten von Soldaten mit blitzenden Bajonetten auf den Gewehren bewacht und unter dem Marschkommando »Links, rechts! … Links, rechts!«, führte man sie durch die Straßen zum Hafen. Eine große Schar Kinder und Jugendliche, aber auch zahlreiche Erwachsene begleiteten sie auf dem Weg zu ihrer erneuten Verschiffung. Man drohte ihnen mit den Fäusten, rief ihnen Verwünschungen und Obszönitäten zu, warf mit Dreck nach ihnen und spuckte sie sogar an. Und nicht einer der Wachsoldaten gebot dem Treiben Einhalt oder versuchte klarzustellen, dass es sich bei der Mehrzahl dieser Deutschen um Flüchtlinge handelte, die im Deutschen Reich unter der Verfolgung der Nazis gelitten hatten. Seit der Demütigung von Dünkirchen und dem Fall von Frankreich reichte es offenbar, Deutscher zu sein, um verachtet und misshandelt zu werden. Differenzierungen störten nur das bequeme Feindbild, das man sich gemacht hatte.

»Wir sind in diesem Land wirklich nicht mehr willkommen«, sagte Aaron mit finsterer Miene.

»Es geht doch nichts über ein aufmunterndes Wort aus Freundesmund«, murmelte Jakob missmutig.

Wie der Zufall es wollte, ging der hoch gewachsene, kahlköpfige Mann namens Hermon Blumenthal in der Reihe vor ihm, und zwar links außen. Er schien von all dem hasserfüllten Gejohle, Geschrei und Gespucke um sie herum völlig unberührt zu bleiben. Mit bemerkenswerter Gelassenheit schritt er direkt neben den blitzenden Bajonetten der Soldaten her und trug seine schäbigen alten Militärkleider mit einer natürlichen Würde, als steckte er in einem teuren Maßanzug. Seine Haltung drückte eine Selbstsicherheit aus, die nichts mit Arroganz zu tun hatte, sondern aus einer inneren Ruhe und Gefasstheit kam. Und mit derselben Gelassenheit aß er auch den Apfel, den er sich irgendwoher organisiert hatte.

Langsam und den Genuss des saftigen Obstes mit Bedacht genießend, biss er Apfelstück um Apfelstück ab, bis er nur noch das Kerngehäuse in der Hand hielt. Indessen hatten sie den Hafen erreicht. Soldaten standen dort vor dem Tor zum Kai Spalier und streckten ihnen die Bajonette so unverschämt nah entgegen, dass sie enger zusammenrücken mussten, um sich nicht zu verletzen.

Und während sich die Männer um Jakob herum murrend an den Klingen vorbeidrückten, wandte sich dieser Hermon Blumenthal einem der dreisten Soldaten zu und pflanzte ihm den Apfelrest mit einer lässigen Handbewegung auf die Bajonettspitze.

Der Soldat war sprachlos vor Verblüffung und starrte ungläubig auf den Apfelrest, während Hermon Blumenthal weiterging, als wäre nichts geschehen.

Jakob lachte unwillkürlich auf und stieß Lukas mit dem Ellenbogen an. »Hast du das gerade gesehen?«, fragte er leise.

»Was?«

Jakob erzählte es ihm, und Lukas drehte sich voller Schadenfreude zu dem Soldaten um, der den Apfelrest wütend von der Klinge fegte und Hermon Blumenthal eine vulgäre Beleidigung hinterherbrüllte.

Dieser strafte ihn mit Nichtbeachtung.

Das Schiff, dem sie keine zwei Wochen nach dem Untergang der *Arandora Star* ihr Leben anvertrauen mussten, fuhr unter dem Namen *Dunera*. Der Überseedampfer hatte vor dem Krieg zur Handelsflotte der *British India Company* gehört und war in aller Hast zu einem Truppentransporter für etwa tausend Soldaten umgebaut worden. Doch statt der vorgesehenen tausend Soldaten sollte die *Dunera* an diesem 10. Juli allein über zweitausendzweihundert jüdische Flüchtlinge und Internierte sowie mehrere hundert reguläre Kriegsgefangene an Bord nehmen, die Kompanie Wachsoldaten und die fünfundsiebzigköpfige Schiffsbesatzung nicht gerechnet.

Kaum hatten sie das Schiff betreten, als sie auch schon einen ersten Vorgeschmack von dem erhielten, was sie auf der

Reise von den Wachsoldaten zu erwarten hatten. Die Wachposten nahmen ihnen nämlich alle Koffer, Rucksäcke und Reisetaschen weg. Ohne sie zu nummerieren und Gepäckzettel auszuteilen, warfen sie alles wahllos auf große Haufen. Anfangs rissen sie die Koffer und Taschen sogar auf und durchwühlten vor aller Augen ihren Inhalt, um sich davon zu nehmen, was ihnen gefiel. Proteste erwiesen sich als sinnlos, wurden sie doch von den Soldaten ignoriert, mit einem hämischen Grinsen abgetan oder mit Kolbenhieben und Faustschlägen ins Gesicht beantwortet.

Da das Durchwühlen des Gepäcks bei über zweitausendfünfhundert einzuschiffenden Passagieren zu viel Zeit in Anspruch nahm und die endlose Schlange nur im Schleichtempo vorrückte, befahl einer der Offiziere den Soldaten schon bald, sich erst einmal darauf zu beschränken, die Koffer und Taschen an Deck aufzutürmen. Später auf See fand sich ja Zeit genug, um in aller Ruhe den Besitz der Deutschen zu sichten und sich zu bedienen.

Dass man ihnen ihr Gepäck abnahm, ohne dafür Quittungen auszustellen, bildete jedoch erst den Anfang der Ungeheuerlichkeiten, die sich die Soldaten herausnahmen. Denn schon wenige Schritte weiter bei der nächsten Postenkette auf der anderen Seite des Decks wurden sie gründlich gefilzt.

»Los, Jacken- und Hosentaschen leeren!«, befahl man ihnen. »Und zwar alle Taschen! … Raus mit dem Kram und alles hier auf den Tisch! … Na, macht schon los!« Wie betäubt kamen die jüdischen Flüchtlinge den Befehlen der pöbelhaften Soldaten nach, deren Verhalten sich in nichts von dem der Nazis unterschied. Was blieb ihnen angesichts der Waffen, die auf sie gerichtet waren, auch anderes übrig?

Alles, was in den Augen der Wachen keinen Wert besaß, Toilettenartikel, Essbestecke, Pfeifen, Notizbücher oder Handschuhe, landete achtlos auf dem Boden. Wertgegenstände wie Armband- und Taschenuhren, Füllfederhalter und Ähnliches verschwanden dagegen in einem großen Sack – oder gleich in den Taschen der sie filzenden Soldaten.

Bald bedeckten auch ganze Reihen von ausgeleerten Brieftaschen den Boden. Die Soldaten stahlen daraus jedoch nicht nur das Geld, sondern machten sich auch noch einen Spaß daraus, persönliche Briefe, Fotos und sogar wichtige Dokumente wie Zeugnisse, Ausweise und Einwanderungspapiere mit auf diesen Haufen zu werfen. Wer sich darüber empörte und einige der lebenswichtigen Papiere wieder aufzuheben versuchte, insbesondere wenn es sich um unersetzliche Einreisegenehmigungen für Amerika, Kanada, Palästina oder andere Länder handelte, dem kamen die Wachen zuvor. Dann rissen sie die Dokumente vor den Augen ihres Besitzers in kleine Stücke. Oft genug handelte sich derjenige auch noch eine blutige Nase oder eine aufgeplatzte Lippe ein.

Ein Mann um die fünfzig, der eine Brille mit dicken Gläsern trug, sank vor den Soldaten auf die Knie und flehte sie an, ihm die Schachtel zu lassen, die sie ihm gerade abgenommen hatten. »Das ist Insulin! Meine Medizin! Um Gottes willen, ich brauche das Insulin!«

»Was du brauchst und was nicht, entscheiden wir!« Der Soldat warf die Schachtel zu Boden und zermalmte sie unter seinem Stiefelabsatz.

Der kniende Mann gab ein verzweifeltes Schluchzen von sich und streckte die Hände verzweifelt nach der platt getretenen Schachtel aus.

»Weiter!«, schrie der Soldat, packte ihn brutal am Kragen, trat ihn, bis er auf die Beine kam, und stieß ihn aus dem Weg. »Los, der Nächste!«

Weinend sank der Mann hinter den Wachen auf das Deck.

2

Die Warnung, dass man sie an Bord der *Dunera* systematisch ausplünderte, ging schnell nach hinten durch die Reihen und breitete sich in der wartenden Menge auf dem Kai wie ein Lauffeuer aus. Sofort versteckte jeder so unauffällig wie möglich Armbanduhren, Dokumente, Wertgegenstände und Erinnerungsstücke von unersetzlichem Wert. Wichtige Papiere verschwanden in Stiefeln und unter die Leibwäsche und Siegel- und Diamantringe in Tuben mit Zahnpasta oder Rasiercreme. Viele verschluckten ihre Eheringe, um sicherzugehen, ihrer nicht beraubt zu werden.

Jakob nahm die Kette ab und verbarg sie im Strumpf und das Foto von Erika sowie die drei Bilder von seinen Eltern schob er sich in die Unterhose. Bis auf den Bleistift und einige zusammengefaltete Bogen Papier, die ihm die Krankenschwester überlassen hatte, besaß er nichts, was er vor den uniformierten Dieben verstecken musste.

»Ich wünschte, ich hätte auch etwas zu verstecken«, sagte Lukas traurig. Er hatte auf See alles verloren, die Briefe von seiner Familie und das kleine Fotoalbum. Ihm war nicht ein einziges Erinnerungsstück an seine Eltern geblieben.

»Hier, pass du auf meine Uhr auf«, raunte Jakob, löste das Lederband und steckte ihm die Armbanduhr seines Vaters zu, die jedoch nicht mehr lief. In den Stunden nach dem Untergang der *Arandora Star* musste Salzwasser in das Gehäuse gedrungen sein. Er hegte jedoch die Hoffnung, sie irgendwann reparieren lassen zu können. Aber auch so war die Uhr ein kostbares Erinnerungsstück.

»Die vertraust du mir wirklich an?«

»Dir und sonst keinem!«

Lukas strahlte ihn dankbar an und ließ die Uhr geschickt in seiner Unterhose verschwinden.

Sie alle, die sie zu den Überlebenden der *Arandora Star* gehörten, erhielten von den Soldaten an Deck die zweifelhafte Vorzugsbehandlung, erst gar nicht auf Wertsachen gefilzt zu werden. Bis auf einige Ausnahmen trugen sie alle die uralte Militärkleidung mit dem roten Kreuz auf dem Rücken. Das wies sie schon von weitem als »die armen Schweine von der *Arandora Star*« aus, denen nichts als das nackte Leben geblieben war. Die Soldaten gingen davon aus, dass bei ihnen nichts zu holen war, und wollten ihre Zeit nicht verschwenden, zumal sie doch bei fast zweitausend anderen Juden, die aus diversen Lagern und mit reichlich Gepäck an Bord kamen, nach Herzenslust zugreifen konnten.

Als sie schließlich unter Deck zu ihrem Quartier gebracht wurden und Jakob einen Niedergang nicht flink genug hinunterstieg, versetzte ihm der Sergeant hinter ihm mit seinem genagelten Stiefel einen schmerzhaften Tritt in die untere Rückenpartie. »Los, beweg dich, Jude!«, rief er ihm dabei zu.

Jakob stürzte die letzten drei Metallstufen hinunter und auf den Boden von *Lower Mess Deck No. 3*.

Aaron war sofort bei ihm und half ihm auf. »Sie wissen also sehr wohl, dass wir Juden und keine Nazis sind«, stieß er in ohnmächtiger Wut hervor. »Wenn Hitlers braune Horden das sehen könnten, sie würden sich ins Fäustchen lachen!«

»Wird es in Kanada auch so sein?«, fragte Lukas angstvoll.

»Das weiß allein der Himmel«, sagte jemand im Vorbeigehen, der ihren Wortwechsel aufgeschnappt hatte. »Erst mal müssen wir es über den Atlantik schaffen.«

»Und ich wette, die schicken uns genau wie die *Arandora Star* ohne Geleitschiffe auf See!«, fügte Aaron noch düster hinzu.

Der Speisesaal *Lower Mess Deck No. 3* lag im Achterschiff und verfügte über keine Bullaugen. Die Einrichtung bestand aus langen Reihen einfacher Tische und Bänke, die am Boden festgeschraubt waren. Fast dreihundert Mann führten die Wachen in den Saal. Das waren mehr als doppelt so viele, wie an den Tischen eigentlich Platz fanden. Die Enge war drangvoll und die Luft schon jetzt schlecht.

»Willkommen in der Sardinendose *Dunera*!«, rief jemand. »Aber bitte noch ein bisschen zusammenrücken, damit es auch schön gemütlich wird. Es kommen noch mehr, wie ihr seht!«

»Was soll das hier sein?«, fragte ein anderer Mann.

»Wird hier Essen ausgeteilt?«

»Das ist euer Quartier!«, blaffte einer der Sergeanten ihn an und stieß ihn grob zur Seite.

»Aber hier sind ja nirgends Pritschen, nicht einmal Hängematten oder Matratzen! Und Decken gibt es auch nicht! Wo sollen wir denn schlafen?«

»Meinetwegen im Stehen!«, lautete die Antwort des Soldaten. »Ihr Juden könnt doch sonst alles! Also macht es euch bequem!« Und damit stiefelte er davon.

Jakob tauschte einen betroffenen Blick mit Lukas. »Hier sollen wir schlafen, den ganzen Weg bis nach Kanada? Das darf nicht wahr sein!«, stieß er hervor und sank an der Wand zu Boden. Er holte die Kette mit der Menora aus seinem Strumpf und hängte sie sich wieder um den Hals.

»Heiliger Makrelenschwarm, das nennt man vom Regen in die Traufe kommen«, sagte Lukas und setzte sich neben ihn. Denn die Bänke waren schon besetzt gewesen, bevor sie *Lower Mess Deck No. 3* betreten hatten.

Der Mann, der ihnen gegenübersaß, war Hermon Blumenthal. Er nickte ihnen zu. »Sehen wir unsere Lage doch mal von der positiven Seite.«

Jakob hob skeptisch die Augenbrauen. »Mir fällt es schwer, hier irgendetwas Positives zu sehen.«

Hermon Blumenthal machte ein ernstes Gesicht. »Nun, wenigstens tragen die Burschen noch keine SS- oder SA-Uniformen, schlagen die Hacken nicht zusammen und reißen auch nicht den Arm zum Hitlergruß hoch. Also ich finde, das müssen wir den braven Untertanen dieses großartigen demokratischen Landes zugute halten. Wir wollen doch nicht undankbar sein, oder?«

Im ersten Moment ließ Jakob sich von der scheinbar treuherzigen Stimme und Miene des Mannes verwirren. »Also, das ist ja …«, begann er schon voller Empörung darüber, dass jemand noch ein gutes Wort für ihre Bewacher finden konnte. Dann bemerkte er das leichte Zucken um die Mundwinkel des Fremden und das belustigte Blitzen in dessen Augen und verzog das Gesicht. »… ein … ein etwas lahmer Witz.«

»Zugegeben«, räumte Hermon Blumenthal ein. »Aber auch ein schwaches, mühsames Lachen ist immer noch besser als Weinen, Wut und ohnmächtiger Zorn. Das zerfrisst nur und spielt unseren Peinigern in die Hände.«

Lukas beeindruckte diese Antwort sichtlich. »Meine Mutter hat mal was Ähnliches gesagt, nämlich dass es keine Situation gibt, die nicht noch viel schlimmer sein könnte, und dass man deshalb immer seine Segnungen zählen solle.«

»Deine Mutter muss eine sehr kluge Frau sein, mein Junge! Sagst du mir auch, mit wem ich das Vergnügen habe, die zweite unfreiwillige Kreuzfahrt meines Lebens zu verbringen?«, fragte er und streckte ihm seine Hand hin. »Hermon Blumenthal ist mein Name.«

»Hermon?«, fragte Lukas nach, als glaubte er, sich verhört zu haben.

»Ja, Hermon wie der heilige Berg im Gelobten Land. Einst hoffnungsvoller Nachwuchskantor der Grazer Gemeinde, den es dann aber zum Kummer der Familie ins unseriöse Künstlermilieu gezogen hat«, sagte er augenzwinkernd. »Seitdem Wiener Kaffeehausmusiker, Stehgeiger in Dur und Moll!«

Lachend ergriff Lukas die ihm dargebotene Hand. »Ich bin Lukas Steinbrink«, sagte er, nannte seine Heimatstadt und fuhr dann mitteilsam fort: »Wegen meiner Segelohren nennt man mich auch Fledermaus. Und das hier ist Jakob Stern, der beste Freund, den man sich nur wünschen kann. Eigentlich ist er mein großer Bruder. Er hat mir beim Untergang der *Arandora Star* das Leben gerettet. Wenn er nicht …«

»Nun drück mal ein bisschen auf die Bremse, Lukas!«, fiel Jakob ihm ins Wort, schüttelte die Hand des Kaffeehausgeigers und stellte sich vor.

Ihr Gespräch wurde von vier Sergeanten unterbrochen, die unter lautem Stiefelgepolter den Niedergang zu ihrem Quartier herunterkamen. Zwei von ihnen hielten ein Gewehr im Anschlag, die beiden anderen trugen große Blechschüsseln. Und sofort brüllten sie los: »Los, hinsetzen, ihr Bastarde! … Hinsetzen, alle! … Taschen leeren und alles auf die Tische legen! … Habt ihr es auf den Ohren, ihr Bastarde?… Sofort Taschen leeren und alles auf den Tisch! … Vorwärts!«

»Dreckschweine!«, presste Aaron zwischen den Zähnen hervor. Jakob wagte nicht, seine Hände zu heben und die Kette im Nacken zu lösen. Diese Bewegung hätte die Aufmerksamkeit von einem der Sergeanten auf ihn lenken können. Um nicht aufzufallen, griff er sich an den Hals, zog die Schließe der Kette nach vorn und hakte den Verschluss auf. Kette und Anhänger rutschten nach unten und blieben im Hemd über dem Hosenbund stecken. Als er die Bauchdecke einzog und den Gürtel anhob, rutschte beides in die Unterhose.

»Und wagt es ja nicht, Geld vor uns zu verstecken!«, warnte der wortführende Sergeant mit schneidender Stimme. »Bargeld ist deutschen Gefangenen an Bord nicht erlaubt! Befehl vom Commander! Wer sich dem widersetzt, muss mit schwerer Strafe rechnen! Bargeld wird von uns eingesammelt, im Schiffstresor deponiert und am Ende der Reise wieder zurückgegeben!«

»Dass wir auch nur einen Penny wiedersehen, ist so sicher, wie ihr Mistkerle sichere Kandidaten für die nächste Heiligsprechung seid!«, rief jemand in das dunkle, höhnische Raunen der anderen Männer.

Die Sergeanten stolzierten im Bewusstsein ihrer Macht in aller Ruhe durch die Reihen und sammelten alles ein, was ihnen wertvoll erschien. Als die beiden Schüsseln bis zum Rand gefüllt waren, gingen sie wieder.

»Nicht mal im Straflager hat man uns so behandelt«, sagte ein älterer Mann erbittert. »Die Nazis haben jedes Stück, das sie einem bei der Einlieferung abgenommen haben, schön säuberlich in Listen eingetragen. Und wenn man das Glück hatte, ihre Grausamkeiten überlebt zu haben und entlassen zu werden, dann hat man alles wiederbekommen, was sie einem vorher abgenommen hatten.«

»Richtig, deutsche Nazis morden und foltern mit System und achten dabei auf bürokratische Ordnung und fehlerlose Listen. Da werden die deutschen Tugenden noch hochgehalten«, meinte ein anderer sarkastisch. »Dagegen sind das hier wirklich wahre Amateure!«

Wenig später verteilten Soldaten anderthalb Dutzend Blecheimer. Darin sollten sie ihre Notdurft verrichten. Denn sie würden während der Nacht ihr Quartier nicht verlassen dürfen, nicht einmal um die Latrinen aufzusuchen.

»Ich soll hier vor allen Leuten auf den Topf gehen?«, empörte sich Aaron. »Ja, haben die sie nicht mehr alle?«

Auch Jakob konnte es nicht fassen. »Das wird ja immer schlimmer! Solche Zustände gibt es vermutlich nicht mal im Knast!«

»Nirgendwo ein Bullauge oder eine Luke offen – und dann das! Mann, da können wir uns ja auf einen ordentlichen Gestank gefasst machen«, sagte Lukas. »Ich wünschte, wir hätten was, um uns wenigstens eine Nasenklammer basteln zu können!«

Um zehn Uhr wurde endlich etwas Essen verteilt. Es gab Brote, ranzige Margarine, Trockenwurst und Tee. Als die

Männer nach Messer und Gabel fragten, erhielten sie barsch zur Antwort, dass den Gefangenen der Besitz von Messern und Gabeln verboten sei und daher jeder von ihnen nur einen Löffel erhalten werde.

»Und noch etwas: Um zehn Uhr wird in allen Quartieren das Licht gelöscht!«, teilte ihnen der Soldat mit. »Heute bleiben die Lichter ausnahmsweise zehn Minuten länger an.«

»Dann wird es Zeit für das Gebet«, sagte Hermon Blumenthal mehr zu sich selbst.

»Gebet? Hier?«, entfuhr es Jakob. Einige der Eimer waren schon gut gefüllt, weil viele seit Stunden keine Gelegenheit mehr gehabt hatten, eine Toilette aufzusuchen. Und dementsprechende Gerüche begannen, sich im völlig überfüllten *Lower Mess Deck No. 3* auszubreiten.

Hermon Blumenthal drehte sich zu ihm um und nickte. »Ja, ganz besonders hier. Gerade an diesen dunklen Orten in unserem Leben muss sich der Glaube an das Licht Gottes in der Finsternis der Welt bewähren. Und das geht nur, wenn man dem Gebet treu bleibt.«

Jakob hatte eine bissige Erwiderung auf der Zunge, hielt sie jedoch zurück. Anstelle einer Antwort zuckte er nur mit den Achseln. Dann wandte er Hermon den Rücken zu und versuchte, auf dem Boden neben Lukas, dem vor Müdigkeit schon die Augen zugefallen waren, eine halbwegs bequeme Stellung zum Schlafen zu finden.

Auch viele andere Juden sprachen oder murmelten das *Ma'arib*, das Abendgebet. Mit einem Schlag ging das Licht aus. Und für eine Weile kam aus der Dunkelheit, die nur von der Notleuchte im Durchgang zur Treppe ein wenig aufgehellt wurde, noch das leise, vielstimmige Gebet.

Jakob versuchte, sowohl die Gebete wie auch den zunehmenden Gestank aus seinem Bewusstsein zu verdrängen. Er hatte sich wieder die Kette umgehängt und die Bilder von Erika und seinen Eltern hervorgeholt. Es war in dem Saal so dunkel, dass er nicht einmal die Umrisse auf den Fotos auszumachen vermochte, aber er konnte sie an sein Herz drücken und in Gedanken bei ihnen sein.

3

Ein leerer Blecheimer, der über den Boden schepperte und gegen seinen Kopf stieß, riss Jakob mitten in der Nacht aus seinen wirren Träumen. Als er zu sich kam, nahm er zuerst einen schauerlichen Chor stöhnender, wimmernder und würgender Stimmen wahr, der die Dunkelheit um ihn herum erfüllte und aus einem grässlichen Albtraum, ja aus den Abgründen der Unterwelt zu stammen schien. Dann stach ihm der unbeschreibliche Gestank in die Nase, als hätte sich eine Kloake in ihr Quartier ergossen. Und Sekunden später bemerkte er, dass seine Kleidung von Kopf bis Fuß durchnässt war.

Er lag in einem See aus Urin, Kot und Erbrochenem! Und mit jedem Rollen und Schlingern der *Dunera*, die irgendwann in der Nacht ausgelaufen und wohl gleich in schwere See geraten war, wogte diese infernalische Kloakenbrühe aus den umgestürzten Latrineneimern von einer Seite auf die andere und umspülte dabei alle, die auf dem Boden lagen.

Triefend richtete er sich auf und erbrach sich augenblicklich, als ihm bewusst wurde, was um ihn herum schwappte und seine Kleidung durchtränkt hatte.

»O mein Gott!«, keuchte Aaron neben ihm, würgte und fiel förmlich über den Blecheimer her, der gegen Jakob gerollt war und ihn aus dem Schlaf gerissen hatte.

Lukas sprang mit einem Schrei des Entsetzens auf, glitt aus, stürzte zu Boden und krümmte sich.

Jakob schauderte vor Ekel. Die abscheulichen Geräusche und das Bild, das sich seinen Augen bot, hätten der Vision eines apokalyptischen Malers entsprungen sein können. Die Mehrzahl der Männer litt bei dem heftigen Schlingern und Rollen des Dampfers unter Seekrankheit. Viele krochen stöhnend und ächzend auf allen vieren über den glitschigen Boden und suchten nach einer Stelle, wo sie sich erleichtern konnten. Aber im ganzen *Lower Mess Deck No. 3* gab es längst keinen einzigen Fleck mehr, der nicht von der ekelhaften Kloakenbrühe überspült worden war. Im Licht der Notleuchte wirkten die Gestalten mit ihren fahlen, grünlichen Gesichtern wie Untote, die aus ihren Gräbern gekrochen waren und nicht wussten, wohin sie sollten.

Die Wachposten am Treppenaufgang, die sich hinter Stacheldrahtbarrikaden verschanzt hatten, sahen nicht weniger elend aus. Doch alles Bitten und Flehen der Eingeschlossenen, sie zu den Waschräumen und Latrinen zu lassen, blieb ohne Wirkung. Sie hatten Befehl, bis zum Tagesanbruch keinen von ihnen aus dem *Mess Deck* zu lassen, und dabei blieb es. Und wer sich in seinem Elend und seiner Verzweiflung zu nahe an die Absperrungen wagte, der riskierte, von einem Bajonett niedergestochen zu werden.

Jakob wusste nicht, wie er es bis zum Morgengrauen in dieser stinkenden, Ekel erregenden Kloake aushalten sollte, aus der es kein Entkommen gab. Die Qual erschien ihm unerträglich. Und als er dann noch hörte, wie Hermon Blumenthal mit zitternder Stimme *Tehillim*, Psalme, zu beten begann, da hätte er um ein Haar seine Beherrschung verloren und ihn angeschrien, ohne zu wissen, warum er eigentlich so allergisch darauf reagierte. Er biss jedoch die Zähne zusammen, dass sie gegeneinander knirschten wie Glas auf Glas, ballte die Fäuste und weinte vor unsäglichem Elend und Selbstekel.

Aber Jakob überstand wie alle anderen die scheinbar endlosen Stunden bis zum Tagesanbruch. Endlich räumten die Wachen die Stacheldrahtverhaue beiseite und gaben den Weg zu den Latrinen und Waschräumen frei.

Da jedoch gerade mal zwei Dutzend Toilettenplätze für fast zweitausend Mann zur Verfügung standen und es auch nicht viel mehr Duschen in den Waschräumen gab, wurde jeder Platz von einem dichten Pulk ungeduldig wartender Leidensgenossen belagert. Weder in den Waschräumen noch auf den Latrinen gab es eine Möglichkeit, sich den Blicken der anderen zu entziehen. Schamhaftigkeit wurde einem hier schnell ausgetrieben. Nicht einmal Trennwände existierten zwischen den einzelnen Toiletten. Jeder musste seine Notdurft in aller Öffentlichkeit verrichten – dazu bedrängt von den Männern, die vor einem in der Schlange standen und es eilig hatten, den Platz auf dem Klo einzunehmen. Und was Toilettenpapier anging, so waren »Nur zwei Blatt pro Judenhintern!« erlaubt, wie ihnen die Wachen einschärften.

»Wie lange wird es wohl dauern, bis hier Typhus und Cholera ausbrechen?«, rätselte jemand beim Anblick der völlig unzureichenden Sanitäranlagen. »Diese Räume und unser Quartier sind dafür doch die idealen Brutstätten!«

»Ja, ein verdammter Seelenverkäufer ist das, auf dem wir gelandet sind!«, rief ein anderer.

Als Jakob sich mit Lukas endlich einen Platz im Duschraum erkämpft hatte, stellten sie sich wie die anderen erst einmal mit ihrer Kleidung unter den Wasserstrahl, bevor sie alle Sachen auszogen und gründlich auswuschen.

»Pfui Teufel, das ist ja Salzwasser!«, rief Lukas, der davon hatte trinken wollen.

An diesem Morgen kümmerte es Jakob nicht, dass Salzwasser aus den Duschen strömte. In dieser Situation zählte nur, dass er die Kloakenbrühe und den entsetzlichen Gestank endlich loswurde. Aber in den folgenden Tagen und Wochen sollte es zu einem großen Problem werden, denn das Salzwasser griff die Haut an, ließ die Haare filzig und salzverkrustet werden und setzte der Kleidung arg zu.

»Und womit sollen wir uns abtrocknen?«, wollte Lukas wissen, als sie mit ihren klatschnassen Sachen unterm Arm ihren Platz im Duschraum räumten. Es gab keine Handtücher.

»Bestimmt denken sie sich, dass wir keine Handtücher brauchen. Sie haben uns ja alles Gepäck abgenommen, sodass wir gezwungen sind, die nassen Sachen gleich wieder anzuziehen«, sagte Jakob sarkastisch und suchte jemanden, der einen Kamm gerettet hatte und ihm diesen kurz ausleihen konnte. Er vermochte jedoch keinen zu finden. Wie er später feststellen sollte, existierten im ganzen *Lower Mess Deck No. 3* nur drei Kämme und ein einziger Rasierer.

Aaron, der für sein Alter schon über einen starken Bartwuchs verfügte, strich sich über die Bartstoppeln und schüttelte fassungslos den Kopf. »Keine Handtücher, keine Kämme, kaum Seife und so gut wie keine Zahnpasta und Rasierer! Ich sage euch, unter diesen Bedingungen eine Woche auf See, und wir werden alle wie abgerissene Landstreicher aussehen!«

»Wer weiß, ob wir in einer Woche überhaupt noch leben«, sagte hinter ihnen ein schmalgesichtiger Mann. »Die *Arandora Star* hat es ja nicht mal auf zwei Tage gebracht. Aber vielleicht bleibt man ja mit solchen Segelohren etwas länger über Wasser, Kleiner!« Dabei schnippte er Lukas von hinten mit seinem Mittelfinger ans Ohr.

Jakob sah, wie Lukas zusammenzuckte, schluckte und blass wurde, und fand die Bemerkung alles andere als witzig. Ärgerlich wandte er sich zu dem Mann um und fragte schroff: »Warst du an Bord der *Arandora Star*, als sie unterging?«

»Nein, doch wie ich gehört habe …«

»Aber wir waren dabei! Auch der Kleine hier, und ich wette, du hättest an seiner Stelle eine ganz schön jämmerliche Figur abgegeben, Großmaul!«, schnitt Jakob ihm das Wort ab. Er spürte, wie nach all den Demütigungen und dem Ekel sich in ihm ohnmächtige Wut und Aggressionen angestaut hatten, die nun förmlich danach drängten, sich in Gewalt zu entladen. »Also halt den Mund, wenn du keine Ahnung hast, wovon du redest! Piss du erst mal dahin, wo wir schon gewesen sind! Und wenn du meinen Freund hier auch nur noch einmal schief anguckst, geschweige denn berührst, polier ich dir die Visage, ist das klar?« Er nahm eine drohende Haltung ein und hoffte im Stillen, der Mann würde sich auf eine Prügelei einlassen. In ihm schrie förmlich alles danach, jemandem die Faust ins Gesicht zu schlagen und Blut fließen zu sehen.

Erschrocken wich der Mann, der gut und gern zehn Jahre älter sein musste, vor Jakob zurück. »Entschuldige, ich wusste nicht… Tut mir Leid, ich… ich wollte wirklich keinem von euch zu nahe treten!«, murmelte er und machte schnell, dass er ihnen aus den Augen kam.

»*Schmock!*«, rief Aaron ihm nach.

»Mensch, dem hast du es aber gegeben! ›Piss erst mal dahin, wo wir schon gewesen sind!‹ Das muss ich mir merken!«, sagte Lukas und lachte.

»Vergiss diesen Deppen und zieh dich lieber an«, sagte Jakob, insgeheim erschrocken über sich selbst. »Aber kremple dir die Hosenbeine hoch, wenn du sie nicht gleich wieder voll Pisse und Scheiße haben willst!«

Als sie ihr Quartier erst mit dem Wasserschlauch und dann mit beißenden Desinfektionsmitteln gereinigt hatten, ohne jedoch den Latrinengestank ganz loszuwerden, wurde Frühstück ausgegeben. Die wenigsten stürzten sich mit Appetit darauf, was nicht allein an der seltsamen Zusammenstellung aus heißem Fisch, Brot, Margarine, Marmelade und bitterem Tee lag.

Nach dem Abwasch trieb man sie buchstäblich an Deck – und zwar barfuß. Vermutlich fürchtete der Kapitän der *Dunera*, die Holzplanken könnten unter gewöhnlichen Judenschuhen mehr Schaden nehmen als unter den genagelten Stiefeln der Soldaten.

»Das ist ja hier wie im Käfig!«, entfuhr es Hermon Blumenthal, als sie wie befohlen im Laufschritt durch ein Spalier bewaffneter Soldaten die Treppen hinaufliefen und an Deck gelangten.

Nach allen vier Seiten hin war das Deck mit Stacheldrahtbarrikaden vom Rest des Schiffes abgegrenzt. Und auf allen vier Seiten sowie oben auf der Brücke kauerten Soldaten hinter aufgestellten Maschinengewehren.

»Mensch, die haben die Finger tatsächlich am Abzug der MGs!«, stieß Jakob erschrocken hervor. »Und die sind bestimmt durchgeladen!«

»Wenn auch nur einer von denen die Nerven verliert, gibt es hier ein Blutbad«, raunte Aaron ihm im Laufen zu, denn es war ihnen verboten, stehen zu bleiben.

Und was ist, wenn die *Dunera* wie die *Arandora Star* von U-Booten angegriffen wird und in Seenot gerät?, schoss es Jakob durch den Kopf. Und die *Dunera* hatte nur in den ersten beiden Tagen Geleitschutz von einem Kreuzer, wie sie gehört hatten. Was dann?

Die Entrüstung war allgemein groß, sowohl über die wahnwitzige Bewachung als auch darüber, dass sie die kostbare kurze Zeit an der frischen Luft nicht nach Gutdünken verbringen durften, sondern in militärischer Ordnung im Kreis über das Deck laufen mussten. Auf ältere Männer und solche, die noch immer unter Seekrankheit und Durchfall litten und sich kaum auf den Beinen halten konnten, nahmen die Sergeanten und Offiziere keine Rücksicht. Jeder Protest erwies sich als nutzlos.

Der Oberrabbiner Dr. Ehrentau schrieb noch am selben Tag einen Beschwerdebrief an den Commander der *Dunera*. Darin protestierte er in aller Schärfe dagegen, dass man sie wie gefährliche Kriegsgefangene, ja fast wie Schwerverbrecher behandelte. Auch verlangte er, dass man ihnen das Gepäck wieder zurückgab, das man ihnen bei der Einschiffung abgenommen hatte, sowie auch alles andere Diebesgut. Zudem bezeichnete er die Zustände im Quartier wie in den Sanitäranlagen als unzumutbar und vergaß auch nicht zu bemängeln, dass noch keiner von ihnen eine Rettungsweste erhalten und dass keine Seenotübung stattgefunden habe.

»Vermutlich hat der Commander von den Ausschreitungen der Wachsoldaten gar keine Kenntnis. Sowie er davon erfährt, wird er mit harter Hand durchgreifen und diesem schändlichen Treiben ein Ende bereiten!« So lautete im *Lower Mess Deck No. 3* und sicherlich auch in anderen Quartieren die Überzeugung der Mehrheit.

Einige Stunden durften sie hoffen. Dass Soldaten am frühen Nachmittag Hängematten und Decken sowie Seife austeilten, wurde allgemein als ein erstes gutes Zeichen angesehen. Die Dinge würden sich zum Besseren wenden! Dass für zwanzig Mann nur ein lächerliches Stück Seife ausgegeben wurde, das zudem eine halbe Woche vorreichen musste, und dass die Decken und Hängematten nur für die Hälfte der Leute reichten, trübte die hoffnungsvolle Stimmung nur unwesentlich. Es gab ja auch gar nicht so viel Platz, als dass jeder eine Hängematte hätte aufhängen können.

Jakob erkämpfte sich im allgemeinen Tumult, den die Soldaten mit sichtlicher Schadenfreude bewusst anfachten, eine Hängematte und überließ sie Lukas, weil er wusste, wie sehr er sich davor ängstigte und ekelte, noch eine Nacht auf dem Boden verbringen zu müssen.

Auch Hermon Blumenthal fing eine auf, drückte sie jedoch Jakob in die Hände. Dieser wollte das Geschenk erst nicht annehmen, doch der Stehgeiger bestand darauf.

»Du scheinst selbst gut im Geben, aber dafür schlecht im Annehmen zu sein«, zog Hermon Blumenthal ihn auf. »Aber zuzulassen, dass ein anderer einem etwas Gutes tut, gehört auch zu einem offenen, barmherzigen Herz, mein junger Freund!« Nach einigem Hin und Her einigten sie sich schließlich darauf, dass sie abwechselnd in der Hängematte schlafen würden.

Sie besiegelten ihre Abmachung mit einem Handschlag. »Und lass das ›Herr Blumenthal‹, Jakob«, sagte der Wiener Kaffeehausmusiker dann noch. »Wir sitzen alle in einem Boot, im wahrsten Sinne des Wortes. Darum vergiss die förmliche Anrede und sag einfach Hermon, einverstanden? Gut. Und jetzt bin ich gespannt, wie unser Commander auf das Schreiben von Dr. Ehrentau reagiert. Allmählich wird es Zeit, dass wir von ihm etwas dazu hören!«

Die Antwort des Commanders auf den Beschwerdebrief des Oberrabbiners traf auch kurz darauf im *Mess Deck* ein. Ein bulliger Master Sergeant, begleitet von zwei Soldaten mit aufgepflanzten Bajonetten, überbrachte sie – mündlich. Doch er übermittelte die Antwort nicht Dr. Ehrentau persönlich, sondern blieb kurz hinter dem Eingang breitbeinig stehen, kreuzte die Arme hinter dem Rücken und brüllte mit voller Lungenkraft: »Ruhe! … Ruhe, verdammte Judenbande! … Alle mal das Maul halten! … Ich habe eine Nachricht von unserem Commander! … Maul halten, habe ich gesagt!«

Schlagartig wurde es still. Alle Augen und Ohren richteten sich auf den Klotz von einem Sergeanten und die beiden Soldaten, die mit Gewehr im Anschlag rechts und links von ihm Aufstellung genommen hatten, als rechneten sie jeden Augenblick mit einem Aufruhr.

»Der Commander lässt ausrichten, dass er diesen verdammten Rabbiner warnt, der die Unverschämtheit besessen hat, ihm heute einen Beschwerdebrief zu schicken!«, verkündete der Sergeant mit Brüllstimme. »Wiederholt der Schreiber diese Frechheit ein zweites Mal, dann, so lässt der Commander ausrichten, wird er ihn eigenhändig an seinem verdammten Bart am Mast aufhängen! Und wenn er das übersteht, wird er ihn in Eisen legen und für den Rest der Fahrt in den Bunker werfen lassen!« Der Sergeant machte eine kurze Pause, stemmte die Fäuste in die Hüften und fragte dann drohend: »Ist das bei allen hier angekommen?«

Ihm antwortete fassungslose Stille. Die Internierten von *Lower Mess Deck No. 3* schienen zu Salzsäulen erstarrt. Auch Jakob, Lukas, Aaron und Hermon Blumenthal standen wie gelähmt und konnten kaum glauben, dass sie solch eine wüste Drohung tatsächlich gehört hatten – und zwar aus dem Mund eines englischen Unteroffiziers. Und keiner hegte auch nur den geringsten Zweifel daran, dass er ihnen die Einstellung seines Vorgesetzten wörtlich so überbracht hatte, wie der Commander der *Dunera* sie geäußert hatte.

In der Menge schlug jemand so hart die Hacken zusammen, dass es in der Stille laut wie ein Pistolenschuss knallte, riss den Arm hoch und rief: »Jawohl, Herr Sturmbannführer!«

Der Sergeant Major lächelte, als hätte man ihm ein Kompliment gemacht. »Gut«, sagte er nur und ging.

4

Am dritten Tag der Reise wollte Jakob mit seinen Freunden Lukas und Aaron gerade vom Frühstück in ihr Quartier zurückkehren, in das weder ein Strahl Tageslicht noch ein Hauch frischer Luft drang, als ein dumpfes Donnern sie plötzlich zusammenfahren ließ. Es hörte sich an, als hätte ein mächtiger Hammerschlag den Unterwasserrumpf des Schiffes getroffen. Gleichzeitig ging eine Art von Ruck durch die *Dunera*. Augenblicklich erfolgte ein zweiter heftiger Schlag und der Truppentransporter änderte seinen Kurs spürbar abrupt.

»Torpedoeinschläge!«, schrie jemand mit schriller, angsterfüllter Stimme. »Wir werden von einem U-Boot angegriffen! Gleich zerreißt es das Schiff!«

»An Deck! Rette sich, wer kann!«

Panik brach aus. Jeder hatte nur noch eines im Sinn: aus den stinkenden, rettunglos überfüllten Gedärmen des verfluchten Schiffes nach oben an Deck zu kommen, bevor sich die unteren Decks in ein nasses Grab verwandelten.

Wie eine jäh aufsteigende Springflut warf sich überall in den Quartieren die wogende, schreiende Masse aus hunderten von Menschen gegen die Ausgänge und ergoss sich in die Treppenaufgänge, die einem derartigen Ansturm natürlich nicht gewachsen waren.

»Nicht noch einmal!«, stieß Aaron gequält hervor, als das allgemeine Geschrei einsetzte. »Diesmal haben wir nicht einmal Schwimmwesten!«

»Nichts wie nach oben!«, schrie Jakob.

Er und seine Freunde hatten das Glück, dass sie sich noch nicht im *Mess Deck*, sondern im Treppenschacht befanden, als die Panik ausbrach. So wurden sie mit einer der ersten Wogen aus Menschenleibern an Deck gespült.

Die Stacheldrahtverhaue und die bewaffneten Soldaten dahinter verwehrten ihnen jedoch den Zugang zur Reling und zu den Rettungsbooten. Und im Gegensatz zu ihnen trugen alle Soldaten Rettungswesten!

Ein unvorstellbares Geschrei, in dem sich panische Todesangst, grenzenloser Zorn und wüste Verwünschungen vermischten, schwoll an, je größer die Menge auf dem Deck wurde. Wie eine Brandung aus Menschenleibern wogte sie vor den Barrikaden und Gewehrläufen vor und zurück.

»Diese Schweine! Ihre Haut retten sie und uns wollen sie wie die Ratten ersaufen lassen!«

»Und wenn sie uns nicht mal Rettungswesten zugestanden haben, werden sie uns auch nicht in die Boote lassen!«

»Dann müssen wir sie uns eben mit Gewalt nehmen!«

»Richtig! Was haben wir denn zu verlieren, Männer? Lieber sterbe ich durch eine Kugel, als dass ich nichts tue und hier hinter dem Stacheldraht krepiere!«

Diese und ähnliche Stimmen, die dazu aufriefen, die Barrikaden zu stürmen, wurden immer lauter.

Jakob stieß Lukas an. »Hast du eine Explosion gehört?«, schrie er gegen den tumultartigen Lärm um sie herum an.

»Nein! Und du?«, schrie Lukas zurück.

Jakob schüttelte den Kopf.

Aaron deutete hoch zum Oberdeck auf die Rettungsboote. »Die hängen noch alle in ihren Davits! Nicht eines ist zu Wasser gelassen!«, brüllte er. »Kann also so schlimm nicht sein!«

Jakob nickte und sein Herzrasen ließ nach. Niemand zog die Planen von den Booten und schwenkte sie aus. Die Besatzung sah die *Dunera* augenscheinlich nicht in Gefahr, sonst hätten die Matrosen längst mit den Vorbereitungen zum Verlassen des Schiffes begonnen. Es gab auch sonst keine Anzeichen dafür, dass Torpedos Lecks in den Rumpf gerissen hatten und dass das Schiff nicht mehr zu retten war.

Indessen hatten einige entschlossene Männer eine Sitzbank an Deck geschleppt. Diese als Rammbock benutzend, rannten sie gegen eine Art von Tür an, die zwischen zwei Stacheldrahtverhaue eingelassen war.

Sofort fielen Schüsse.

Die Kugeln heulten über die Köpfe hinweg, doch das scharfe Krachen der Gewehre ließ die Menge erschrocken zurückweichen. Auch die Männer mit der Bank besannen sich augenblicklich eines anderen, als sich die Gewehrläufe senkten und sie ins Visier nahmen. Das wilde Geschrei fiel zu einem drohenden Grollen zusammen, als nun auch noch ein Offizier mit einer Pistole in der Hand vor der Absperrung auf eine Art von Podest trat, zwei Schüsse in die Luft abgab und dann mit durchdringender Stimme Ruhe verlangte.

»Es besteht kein Grund zur Panik!«, rief er ihnen zu. »Ein feindliches U-Boot hat drei Torpedos auf die *Dunera* abgefeuert. Zwei sind am Rumpf vorbeigeschrammt, jedoch nicht explodiert. Dem dritten Torpedo konnte die *Dunera* dank der Geistesgegenwart unseres Kapitäns noch rechtzeitig ausweichen. Das U-Boot ist abgetaucht, die Gefahr ist gebannt. Schaden hat das Schiff nicht genommen! Ich wiederhole: Es besteht kein Grund für Panik! Und wer die Absperrung zu überwinden versucht, wird erschossen!«

Die Sprecher der einzelnen Quartiere bestanden jedoch darauf, dass sich eine Abordnung von ihnen mit eigenen Augen überall im Schiff davon überzeugen konnte, dass die *Dunera* den U-Boot-Angriff tatsächlich unbeschädigt überstanden hatte und eine Aufgabe des Schiffes nicht zu befürchten war. Und der Offizier ließ sich auch auf die Forderung ein, was für sich schon ein hoffnungsvolles Zeichen war.

Panik und Todesangst verschwanden aus den Gesichtern der Internierten, und als die Abordnung von ihrem gründlichen Rundgang zurückkehrte und berichtete, dass sich wirklich alles so verhielt, wie der Offizier gesagt hatte, da fiel der letzte Rest Angst und Bangen von ihnen ab.

Die Menge begann, sich langsam aufzulösen. Es ging nun zurück in ihre Quartiere.

Als Jakob mit Lukas und Aaron die Treppe des ersten Niedergangs herunterkam, sah er sich plötzlich Viktor gegenüber. Während Aaron ihren einstigen Freund gar nicht bemerkte und einfach weiterging, blieb Jakob abrupt stehen und starrte ihn an.

»Hallo, Jakob.« Viktors Stimme klang so angestrengt, wie sein Lächeln gequält ausfiel. Sein Blick streifte flüchtig Lukas, der schräg hinter Jakob stehen geblieben war. »Ich bin froh, dass ihr beide auch überlebt habt.«

»Aber bestimmt nicht dank deiner Hilfe!«, antwortete Jakob. »Wie lebt es sich denn so als jüdischer Nazi … *Christian Winkler*?« Er spuckte den Namen wie Galle aus. »Ich wette, du hast dich bei ihnen gleich unersetzlich gemacht und dein Schäfchen ins Trockene gebracht. Darin bist du ja unübertroffen, *Christian Winkler*.«

»Ich bin schon lange nicht mehr bei den Kriegsgefangenen«, sagte Viktor hastig. »Ich bin im *Lower Mess Nr. 2* bei den Leuten aus dem Internierungslager von Lingfield.«

»Das interessiert mich nicht«, sagte Jakob barsch und wandte sich ab.

»Warte doch!«, rief Viktor beschwörend, trat schnell zu ihm und hielt ihn am Arm fest. »Es tut mir Leid wegen der Sache mit dem Rettungsboot. Ich weiß, es… es war nicht richtig, was ich da gemacht habe…«

»Nicht richtig?«, wiederholte Jakob, das Gesicht so verschlossen wie eine geballte Faust. »Dass du dich selbst verleugnet und als Nazi ausgegeben hast, um deine Haut zu retten, das ist schlimm genug gewesen, doch ich hätte es noch verstehen können. Aber dass du uns auch noch als Juden geschmäht hast, bloß um sicherzugehen, dass man bloß dich und ja nicht vielleicht auch noch uns aus dem Wasser zieht, das kann ich dir nicht verzeihen!«

Viktors Gesichtsausdruck nahm einen noch gequälteren Ausdruck an. »Ich weiß, das war ganz übel von mir. Aber…«

»Spar dir dein Aber und erzähl es deinen Nazifreunden!«, fiel Lukas ihm da ins Wort. »Verschwinde bloß, wir wollen mit einem Verräter wie dir nichts mehr zu tun haben!« Er spuckte ihn an und lief die nächste Treppe hinunter.

Jakob wollte Viktors Hand abstreifen, doch der ließ seinen Arm einfach nicht los. Er klammerte sich förmlich an ihn. »Lass los, verdammt noch mal!«, zischte Jakob. »Oder willst du, dass ich dir ins Gesicht schlage?«

»Jakob, gib mir noch eine Chance!«, flehte Viktor ihn an. »Lass uns wenigstens in aller Ruhe darüber reden. Wenn du dann noch meinst…«

»Ich weiß nicht, was wir noch zu reden hätten, Viktor«, schnitt Jakob ihm das Wort ab.

»Mein Gott, ich habe Angst gehabt! Eine Heidenangst, wie ich sie dir gar nicht beschreiben kann!«, beteuerte er. »Sie hat mich fast um den Verstand gebracht. Ich war gar nicht mehr richtig bei mir und wusste überhaupt nicht, was ich da tat!«

»Glaubst du etwa, wir hätten keine Angst gehabt?«, fuhr Jakob ihn an. »Eine Scheißangst habe ich gehabt, in dieser elenden öligen See zu ertrinken! Und Lukas genauso!«

»Aber du hast dennoch einen kühlen Kopf behalten!«

»Red doch nicht so einen Quatsch!«

»Doch, das hast du! Und zwar von Anfang an!«, beharrte Viktor und blieb an seiner Seite, als Jakob ihn stehen lassen wollte und die nächste Treppe hinunterging. »Ich wäre doch nie und nimmer nach der Explosion auf die Idee gekommen, in unsere Kabine zurückzukehren, um mich davon zu überzeugen, ob auch meine Kameraden rechtzeitig an Deck kommen. Die Nerven und den Mut hätte ich nie gehabt.«

»Ich *musste* zurück, um meine Rettungsweste zu holen!«

»Ach was, du hättest uns niemals im Stich gelassen! Du wärst auch gekommen, wenn du die Weste schon umgehabt hättest!«, widersprach Viktor sofort. »Allein schon wegen Lukas ... und vielleicht auch ein wenig wegen mir.«

Jakob schüttelte mit grimmiger Miene den Kopf. »Bilde dir mal ja nichts ein! Und wenn du glaubst, du kannst bei mir gut Wetter machen, indem du mir Honig um den Mund schmierst, dann hast du dich geschnitten!«

»Aber es ist so, wie ich sage, Jakob! An Deck bin *ich* doch sofort kopflos abgehauen, um mir irgendwo in einem Boot einen Platz zu sichern. Und wenn da ein Platz frei gewesen wäre, hättet ihr mich nicht wiedergesehen. Das ist die traurige Wahrheit. Dagegen bist *du* bei Lukas geblieben und hast die Nerven behalten, beim Abseilen und auch nachher im Wasser. Was immer du getan hast, du hast dafür gesorgt, dass Lukas nichts zustößt. Das war schon in den Camps so und beim Untergang der *Arandora Star* war es nicht anders.«

»Und wenn schon!«

»Du hast mich immer für den Stärkeren, Clevereren und Selbstbewussteren von uns beiden gehalten, weil ich stets so eine große Klappe habe und immer gleich irgendwas zu organisieren anfange, egal wohin es mich verschlägt«, sprudelte Viktor hervor. »Aber das stimmt alles gar nicht. Das ist nichts als Fassade. In Wirklichkeit habe ich Angst, dass mich niemand für voll nimmt, mir zuhört und mich zum Freund will, wenn ich nicht etwas Besonderes zu bieten habe. Und deshalb bist in Wahrheit nämlich du der Stärkere von uns, bist es immer schon gewesen.«

»Das reicht jetzt, Viktor!«, sagte Jakob scharf.

»Aber es ist die Wahrheit! Ich habe nur das Talent zu einem kleinen, miesen Feigling! Ja, das bin ich: ein kleiner, mieser Feigling! Und ich schäme mich für das, was ich getan habe. Es quält mich mehr, als du dir vermutlich vorstellen kannst oder willst, und ich wünschte, ich könnte es ungeschehen machen, doch ich kann es nicht. Aber wenn du mir noch mal eine Chance gibst …«

»Lass mich in Ruhe! Ich will nichts mehr davon hören! Mit dir bin ich fertig! Also lass dich bloß nicht bei uns im Quartier blicken, sonst lernst du mich kennen!«, schrie Jakob ihn an, stieß ihn zurück und lief die Eisentreppen hinunter in den stinkenden, von Menschen überquellenden Bauch der *Dunera*.

5

Die täglich fünfzehn bis zwanzig Minuten an Deck, die sie im Laufschritt verbringen mussten und die von ihren Bewachern hämisch als »Körperertüchtigung« bezeichnet wurden, aber mehr noch die bis vier Uhr nachmittags geöffneten Bullaugen in den Latrinen- und Duschräumen wurden zu ihrem Fenster zur Welt. Trotz des Latrinengestanks und der beißend salzigen Dampfschwaden verbrachte hier jeder so viel Zeit wie möglich.

Natürlich herrschte auch an diesen Orten eine drangvolle Enge, aber in den Latrinen- und Duschräumen zerstückelte kein Stacheldraht das Bild der Welt, die jenseits des Schiffes lag, und man sah auch nicht in den Lauf eines durchgeladenen Maschinengewehrs. An diesen kostbaren Bullaugen ging der Blick ungehindert aufs Meer hinaus. Und manchmal hatte man sogar das Glück, den Kopf hinausstrecken und sich den frischen Fahrtwind für ein, zwei Minuten um das Gesicht wehen zu lassen, bevor ein anderer an der Reihe war und man zur Seite treten musste. Dies waren auch die Orte, wo man das wenige, das man vor den Diebesfingern der Soldaten gerettet hatte, gegen irgendetwas anderes eintauschte und wo die Gerüchteküche so wild brodelte wie nirgendwo sonst an Bord der *Dunera*.

Nur wenn das Schiff in schwere See geriet, was häufig der Fall war, und es dann regelmäßig zu Überschwemmungen kam, verwandelten sich die Latrinen und angrenzenden Duschräume in eine einzige riesige Kloake, wo man knöcheltief durch die Abwässer waten musste. Aber sogar dann blieb dies der einzige Ort, wo das Elend dank der offenen Bullaugen sich immer noch ein wenig leichter ertragen ließ als in den fensterlosen Quartieren, wo der saure Gestank von Erbrochenem auch noch Tage später nicht weichen wollte.

Im Duschraum hörte Jakob auch zum ersten Mal das Gerücht, dass die *Dunera* mit ihnen überhaupt nicht nach Kanada, sondern einem unbekannten *südlichen* Ziel entgegendampfte. Das Schiff hatte in den ersten Tagen einen nordwestlichen Kurs gesteuert, dann aber nach Süden abgedreht. Und diesen südlichen Kurs hielt die *Dunera* nun konstant bei, wie scharfe Augen anhand der Position von Sonne und Sternbildern feststellten.

Anfangs taten viele das Gerücht, dass ihr Schiff nicht westwärts über den Atlantik dampfte, sondern südlichen Kurs steuerte und schon bald die Westküste Afrikas erreichen würde, als dummes Geschwätz ab. Ein Teil der Juden war nämlich mit dem Versprechen an Bord gelockt worden, dass sie eine Aufenthaltsgenehmigung für Kanada, womöglich sogar für die USA erhalten würden, wenn sie sich freiwillig zu diesem Transport meldeten. Einige hatten sogar schon gültige Visa für einen der beiden Staaten in der Tasche gehabt und sich deshalb bereitwillig auf die Freiwilligenliste für diese Transatlantikreise setzen lassen. Die Vorstellung, dass diese Versprechen nun nichts mehr gelten und sie auf dem Weg nach Afrika sein sollten, erschreckte sie zu sehr, als dass sie dem Gerücht auch nur den geringsten Glauben schenken konnten – oder wollten.

Aber je mehr Tage vergingen, desto weniger vermochten sie sich der bitteren Wahrheit zu verschließen, dass man sie wieder einmal belogen und betrogen hatte und dass dieses Schiff sie mit Sicherheit nicht in einem Hafen an der kalten nordöstlichen Küste Kanadas an Land setzen würde. Die *Dunera* blieb nämlich auf ihrem südlichen Kurs, und die rasch steigenden Temperaturen waren ein weiterer Beweis, dass sie der westafrikanischen Küste gen Süden folgten.

»Sie werden uns irgendwo in einer ihrer afrikanischen Kolonien absetzen«, so lautete bald die Überzeugung der Mehrheit.

»Und was ist, wenn wir gar nicht in Afrika interniert werden, sondern sie uns um das Kap der Guten Hoffnung schippern und nach Australien bringen?«, warf jemand ein, und für diese düstere Mutmaßung handelte er sich sowohl böse Blicke wie Gelächter ein. In Afrika interniert zu werden, war schlimm genug, aber Australien? Gott bewahre! Daran wollte man nicht einmal denken, denn der rote Kontinent lag ganz am Ende der Welt!

Derweil ging ihre Misshandlung durch die Wachsoldaten weiter. Kolbenhiebe, Stiefeltritte und Faustschläge waren an der Tagesordnung. Keiner der Offiziere schritt dagegen ein. Sie billigten das brutale Vorgehen ihrer Untergebenen und ließen ihnen freie Hand. Juden hatten offensichtlich auch in ihren Augen kein Recht auf Eigentum, Recht und menschenwürdige Behandlung.

»Vieh würden sie bestimmt besser behandeln als uns«, sagte Aaron voller Wut und Empörung.

Auch die Diebestouren nahmen kein Ende. Während sie zu ihrer angeblichen Körperertüchtigung, von der sich niemand ausschließen durfte, an Deck getrieben wurden, gingen die Soldaten in aller Ruhe in den Quartieren auf Beutezug.

Sie durchwühlten das wenige Hab und Gut, das ihnen geblieben war, schlitzten mit ihren Bajonetten auf der Suche nach eingenähtem Geld oder Wertsachen Mantelsäume auf und rissen aus Jacken das Futter heraus. Was auch nur irgendwie ihr Gefallen fand, steckten sie ein.

Bei diesen Plünderungen in den Quartieren auf eine versteckte Armbanduhr zu stoßen gehörte zu ihren größten Triumphen. Uhren waren ihre liebsten Beutestücke. Dass sie den Internierten am Tag der Einschiffung schon hunderte von Uhren abgenommen hatten, reichte ihnen offenbar nicht. Aber die Männer, die noch eine Uhr besaßen, stellten sich schnell darauf ein und nahmen sie mit an Deck.

Daraufhin fielen die Soldaten mitten in der Nacht über sie her. Sie kamen zu zweit und bewegten sich fast lautlos von einem Schlafplatz zum anderen. Einer von ihnen ließ den kleinen Lichtkegel einer mit Klebeband stark abgeblendeten Taschenlampe über die Handgelenke der Schlafenden gleiten, während sein Komplize ein Gewehr mit aufgepflanztem Bajonett in den Händen hielt. Und sowie jemand erwachte, wenn er merkte, dass man ihm die Uhr abnahm, senkte sich die Klinge des Bajonetts auf seine Kehle und erstickte augenblicklich jeden Protest. *Lion hunter* nannten sie diese skrupellosen Gesellen in Uniform, weil sie wie die Löwenjäger auf der Pirsch und mit dem Gewehr im Anschlag durch die Decks schlichen.

Eines der ersten Opfer dieser nächtlichen Überfälle wurde Jakob. Als er erwachte, weil jemand am Lederband seiner Armbanduhr fummelte, spürte er im nächsten Moment den kalten Stahl eines Bajonetts auf seinem Hals. Er blickte erschrocken auf und sah über sich zwei Gestalten aufragen.

»Halt bloß still, wenn dir dein Leben lieb ist!«

Jakob wurde steif wie ein Brett. »Die Uhr geht nicht mehr!«, stieß er trotz aller Angst hervor. »Sie taugt bloß noch als ein Andenken an meinen Vater!«

»Du sollst das Maul halten!«, zischte der Soldat und nahm ihm die Uhr ab. »Und komm bloß nicht auf die Idee, Krach zu schlagen! Dann knöpfen wir uns dich vor!«

Als der andere Soldat sein Gewehr mit dem Bajonett zurückzog, ritzte die Spitze des Messers ein wenig Jakobs Haut unter dem Adamsapfel. In ohnmächtigem Zorn ballte er die Fäuste, blieb jedoch still in der Dunkelheit liegen und hörte, wie anderen dasselbe widerfuhr, was er gerade widerstandslos hatte hinnehmen müssen. Er schämte sich für seine Feigheit. Aber auch keiner der anderen Bestohlenen fand den Mut, Lärm zu machen und eine Warnung auszustoßen.

Dass sich die nächtlichen Beutezüge der *lion hunter* am nächsten Morgen sofort in allen Quartieren herumsprachen, empfand Jakob nur als schwachen Trost. Er hatte in dieser Nacht mehr als nur die Uhr seines Vaters verloren.

6

Eines Morgens, nach fast zwei Wochen auf See, lag Jakob in der Hängematte und nahm den Anblick der Männer, mit denen er das *Lower Mess Deck No. 3* teilte, ganz bewusst in sich auf. Und es war ein verstörendes, erschütterndes Bild, das sich ihm bot – und zu dem auch er selbst gehörte.

Sie alle trugen noch immer die Kleidung, die sie am Tag ihrer Einschiffung am Leib gehabt hatten. Keiner von ihnen hatte das Hemd, die Socken oder gar die Unterhose wechseln können. Es gab nichts zum Wechseln. Was sie am Körper trugen, war alles, was sie an Kleidung besaßen. Und das ständige Waschen in Salzwasser tat den Sachen alles andere als gut. Stoffe von geringerer Qualität zeigten schon erste Spuren von Brüchigkeit und wiesen Löcher und Risse auf wie sonst nur nach jahrelangem Tragen. Aber auch Kleidungsstücke aus hochwertigem Material würden der zerstörerischen Kraft des Salzwassers nicht mehr lange schadlos widerstehen. Und bei der Enge und der zunehmenden Hitze war häufiges Waschen unumgänglich, wenn der Gestank in den fensterlosen Quartieren nicht unerträglich werden sollte.

Aber es mangelte ihnen nicht nur an Kleidung zum Wechseln, sondern auch an Seife, Scheren, Kämmen, Nagelfeilen und Rasierklingen. Und entsprechend heruntergekommen sahen die Männer aus. Die Haare verfilzt und überall wild wuchernde Bärte in allen Längen, Farben und Formen!

Wie Schiffbrüchige, die seit Wochen irgendwo auf einer einsamen Insel hausen!, fuhr es Jakob durch den Kopf, und er wusste, dass er in dieser Menge abgerissener Gestalten nicht auffiel, sah er doch keinen Deut besser aus.

An diesem Tag wurden zum ersten und letzten Mal Handtücher verteilt. Zehn Mann mussten sich eines teilen. Die Handtücher kamen jedoch nicht aus Armeebeständen, sondern aus ihrem eigenen Gepäck.

Anschließend jagte man sie wieder barfuß hoch aufs Deck zur Körperertüchtigung, die an diesem Tag noch mehr als sonst der Belustigung und Schadenfreude der Wachsoldaten diente. Denn diesmal warf einer der Sergeanten unter dem Gejohle seiner Kameraden eine Bierflasche mitten zwischen die Männer – und bestand darauf, dass sie ungeachtet der Scherben, die sich über die Planken verteilt hatten, in Reih und Glied blieben und weiter ihre Kreise zogen.

»Bewegt euch, verdammte Judenbande! … Hier wird nicht stehen geblieben!«, brüllte der Sergeant, als die Männer den Scherben auszuweichen versuchten und die kreisende Menge ins Stocken geriet. »Weiter! … Weiter! Oder ihr lernt uns erst richtig kennen! … Na los, beeilt euch, müdes Pack! … Immer schön im Laufschritt! … Nicht einschlafen! … Schneller! … Laufschritt, habe ich gesagt! … Wer stehen bleibt, wird in Eisen gelegt und kommt in den Bunker!«

Und so liefen sie durch die Scherben, auf den Gesichtern Ohnmacht, Wut und Schmerz.

Der Offizier, der auf der Brücke stand und die Szene beobachtete, griff nicht ein. Er verschränkte vielmehr die Arme vor der Brust und lachte so schadenfroh wie die Soldaten, die unten hinter den Stacheldrahtbarrikaden standen und die Finger am Abzug ihrer Waffen hatten.

So manch einer zog sich an diesem Morgen böse Schnittwunden an den Fußsohlen zu. Einige tapfere Männer stießen die großen Scherben im Laufen zur Seite und unter den Stacheldraht, damit sich die Leute hinter ihnen nicht daran verletzen konnten. Aber es blieben doch noch genug kleine Scherben zurück, um sich zu schneiden oder sich einen Glassplitter in den Fuß zu treten.

Lukas zog sich gleich mehrere Schnittwunden zu. »Ich kann nicht mehr!«, wimmerte er schmerzerfüllt und begann zu humpeln.

»Weiter da, du Schwächling!«, schrie der Sergeant sofort und wies auf Lukas. »Bleib in deiner Reihe oder ich lass dich in den Bunker werfen!«

»Um Gottes willen, bleib bloß nicht stehen!«, rief Jakob erschrocken und zog ihn weiter.

»Aber es tut so weh!«, stieß Lukas verzweifelt hervor. »Ich kann nicht mehr auftreten! ... Mein rechter Fuß! ... Ich blute!«

»Lumpenpack!«, fluchte Jakob leise in Richtung des höhnisch grinsenden Sergeanten und sagte zu Lukas: »Ich nehm dich huckepack! Na los, spring schon!«

Auch wenn Lukas ein Federgewicht war und man sie schon wenige Minuten später wieder zurück in ihr Quartier schickte, geriet Jakob doch gehörig ins Schwitzen. Und bei den letzten beiden Runden musste er die Zähne zusammenbeißen, um nicht langsamer zu werden.

Lukas hatte hinterher Tränen in den Augen. Jedoch nicht wegen der blutenden Schnittwunden unter den Füßen, sondern weil er ihm, Jakob, immer so viel Ärger bereitete, wie er sagte.

»Ich glaube, dir bekommt die frische Luft nicht mehr, Fledermaus«, erwiderte Jakob betont munter. Die Tränen berührten ihn mehr, als er zugeben mochte. »Dafür sind große Brüder doch da. So, und jetzt streck deine Flosse hoch und lass mich mal sehen!«

Hermon half ihm, zwei kleine Splitter zu entfernen. Sie borgten sich eine Pinzette aus, die einer der Tischschläfer vor den Dieben in Uniform versteckt gehalten hatte. In Ermangelung von Jod wuschen sie die Schnittwunden mit Salzwasser aus. Als Verband mussten zwei Taschentücher und schmale Stoffstreifen herhalten, die Hermon unten von seinem Hemd abgetrennt hatte. Der Gedanke, Lukas zum Schiffsarzt zu schicken, kam ihnen erst gar nicht in den Sinn. Nicht weil man endlos warten musste, bis man ihn zu sehen bekam, sondern weil seine Behandlung aller Beschwerden aus einem Esslöffel von immer demselben zähflüssigen, ekelhaften Saft bestand. An Bord der *Dunera* gab es für die Gefangenen nur eine einzige Medizin, die scheinbar gegen jede Krankheit helfen sollte.

Nachdem sie Lukas auf ihre primitive Art verarztet hatten, setzte sich Hermon im Schneidersitz auf seine Decke und begann, die einzelnen Lederbänder seiner geflochtenen Hosenträger voneinander zu lösen.

»Was soll denn das werden?«, fragte Jakob.

»Tefillin.«

»Gebetsriemen?« Jakob schwieg verblüfft. Fromme männliche Juden, die es mit den religiösen Vorschriften ihres Glaubens sehr genau nahmen, banden sich zum Morgengebet je einen schwarzen Gebetsriemen mit einer kleinen schwarzen Kapsel um den linken Arm und um die Stirn. Die Kapseln enthielten, auf kleine Pergamentzettel geschrieben, vier Bibelabschnitte: aus Exodus, Kapitel 13 die Verse 1 bis 10 sowie 11 bis 16 und aus dem Deutoronium, Kapitel 6 die Verse 4 bis 9 und aus Kapitel 11 die Verse 13 bis 21. Damit erfüllte der Gläubige das Gebot, so wie es in Exodus 13 stand, beim morgendlichen Lobpreis Gottes die Thora »zum Zeichen an deiner Hand und zum Erinnerungsmal zwischen deinen Augen« zu tragen. Onkel Simon hatte sich in den letzten Monaten seines Lebens morgens solche Tefillin umgebunden, der Vater nur in seiner Jugend, wie er in jener Zeit einmal bemerkt hatte. Und er, Jakob, noch nie in seinem Leben.

»Als Kapseln werden mir zwei leere Streichholzschachteln dienen. Ich werde sie mit Ruß einschwärzen«, fuhr Hermon fort, als bemerkte er Jakobs Verblüffung und Befremden gar nicht. »Die Bibeltexte kann ich zwar nicht auf Pergament, sondern nur auf Klopapier schreiben, aber unter diesen Umständen macht das nichts.« Er blickte auf. »Sag, soll ich dir auch ein Paar Tefillin machen, wo ich schon dabei bin?«

»Gott bewahre!«, wehrte Jakob fast erschrocken ab.

»Was genau soll Gott denn bewahren?«, fragte Hermon sofort spöttisch. »Doch wohl kaum deinen Zorn auf ihn und deine trotzige Abkehr von ihm, oder?«

»Nein, denn das würde ja voraussetzen, dass ich an seine Existenz glaube!«

»So, du glaubst also nicht an Gott und damit auch nicht, dass du mehr bist als das Zufallsprodukt einer völlig gleichgültigen Natur«, stellte Hermon gelassen fest. »Und worauf stützt du diesen deinen Glauben?«

»Wieso Glauben?«

»Weil man Gottes Nicht-Existenz ebenso wenig wissenschaftlich nachprüfbar beweisen kann wie seine Existenz. Und deshalb ist die Überzeugung, dass es Gott nicht gibt, genauso eine Sache des Glaubens wie die Überzeugung, dass wir sehr wohl einen göttlichen Schöpfer haben.«

Jakob machte eine leicht unwirsche Handbewegung. »Es mag vielleicht keine wissenschaftlichen Beweise für seine Nicht-Existenz geben, aber so wie ich es sehe, weist doch alles in der Welt klar und deutlich darauf hin, dass es einen Gott nicht gibt … ja, dass es ihn nicht geben *kann*!«

»Und was ist das, was angeblich so klar und deutlich darauf hinweist?«, fragte Hermon.

»Natürlich all das Elend und Leid! Allein schon was die Nazis uns Juden angetan haben! Wenn es Gott wirklich gäbe, hätte er erst gar nicht zugelassen, dass ein Verbrecher wie Hitler an die Macht kommt!«, erregte sich Jakob. »Und dann hätte er auch diesen Sadisten hier auf dem Schiff gehörig auf die Finger geklopft!«

Hermon nickte bedächtig. »Das alte Problem.«

»Wie, das alte Problem?«

»Nun, die Frage, ob es angesichts all des Leids auf der Erde überhaupt einen Gott geben kann – und wenn ja, ob er dann nicht ein sehr grausamer oder zumindest doch machtloser Gott sein muss, der tatenlos zusieht, wie zu allen Zeiten unzählige Menschen gefoltert, ermordet, geschlagen, verjagt und in Kummer und Armut getrieben werden.«

»Na, die Antwort auf die Frage ist ja wohl leicht gegeben!«, sagte Jakob im Brustton der Überzeugung.

»Wirklich?«, fragte Hermon mit leicht hochgezogenen Augenbrauen. »Dann sag mir doch bitte einmal, ob du Knecht und Sklave oder lieber ein freier Mensch sein möchtest, der unbeschränkt in seiner Entscheidungsfreiheit ist.«

»Was für eine Frage! Natürlich will ich kein Sklave, sondern frei sein!«

»Ah!«, sagte Hermon gedehnt. »In der Tat wollen wir alle frei sein. Und wir reagieren sehr allergisch darauf, wenn uns jemand herumstößt, Vorschriften machen und über unsere Köpfe hinweg Entscheidungen treffen will, die unser Leben beeinflussen und unsere Freiheit beschneiden, richtig?«

Jakob nickte. »Natürlich!«

»Nun, dieses großartige Geschenk der völligen Freiheit hat Gott uns Menschen gemacht, zusammen mit der Gabe des menschlichen Verstandes und dem Wissen um unsere Endlichkeit. All das sind Gaben und Fähigkeiten, die uns von allen anderen Lebewesen unterscheiden und uns auf eine einzigartige, auserwählte Stufe der Schöpfung stellen.« Er machte eine kurze Pause. »Du willst also frei und kein Knecht und keine Marionette sein. Das will ich auch. Aber wie vereinbart sich das mit deiner Forderung, Gott soll in unser Leben eingreifen, wenn es mal nicht so läuft, wie wir es uns wünschen?«

»Na ja, Weltkriege zu verhindern und Leute wie Hitler unschädlich zu machen dürfte ihm ja nicht schwer fallen«, sagte Jakob und wusste im selben Moment, wie lahm sein Einwand unter logischen Gesichtspunkten klang.

»Er müsste demnach als eine Art von göttlichem Marionetten- oder Schachspieler in das Leben von zahllosen bedeutenden wie unbedeutenden Menschen eingreifen und sie gleich Spielfiguren hin und her schieben, um das Morden zu verhindern«, folgerte Hermon. »Eine noble Aufgabe für einen Gott, das gebe ich zu.«

Jakob schwieg und wartete, denn er ahnte, dass Hermon seine besten Argumente noch in der Hinterhand hielt und gleich ausspielen würde.

»Aber sag, soll er denn nur Weltkriege unterbinden oder auch kleinere, regionale Kriege verhindern? Sagen wir mal, so etwas wie den Amerikanischen Bürgerkrieg oder die napoleonischen Kriege?«

»Warum nicht?«, sagte Jakob trotzig.

»Und wie sieht es mit Stammeskriegen aus? Wo genau soll er die Grenze zwischen Eingreifen und Zuschauen ziehen? Erst wenn eine Million Tote zu befürchten sind? Bei hunderttausend? Oder vielleicht besser schon bei zehntausend?

Obwohl tausend Tote eigentlich tausend zu viel sind, nicht wahr? Schon hundert, ja zehn … ach was, *einer* ist zu viel! Oder soll er da nicht gar so kleinlich sein?«

Jakob sah ihn missmutig an und schwieg.

»Und wie sieht es bei ganz gewöhnlichen Verbrechen und Katastrophen aus?«, fuhr Hermon fort. »Soll er denn da nicht auch an göttlichen Fäden ziehen und uns nach seinem Gusto tanzen lassen? Soll er einem Mörder in die Hand fallen? Soll er das Schiff, das im Sturm unterzugehen droht, retten? Muss er dann nicht auch das Feuer ausblasen, mit dem Kinder spielen und eine Wohnung in Brand zu setzen drohen?«

»Jetzt machst du dich über mich lustig!«, grollte Jakob, der Hermons Vorhaltungen nichts entgegenzusetzen vermochte. Hermon streckte die Hand nach ihm aus und legte sie besänftigend auf seinen Arm. »Nein, nicht über dich mache ich mich lustig. Ich versuche dir nur vor Augen zu führen, wie haltlos die menschliche Forderung ist, Gott möge doch alles wieder schnell zum Guten richten, wenn wir den Karren in den Dreck gefahren haben. Wir Menschen sind es doch selber, die Kriege, Verfolgungen, Ausbeutung, Lug und Betrug, Armut und vieles andere Elend über unsere Mitmenschen bringen. Die einzigartige Freiheit, die Gott uns geschenkt hat, beinhaltet eben auch die Möglichkeit, sich gegen das Gute und für das Böse zu entscheiden. Andernfalls wären wir wirklich nicht sein Ebenbild, sondern nichts als Marionetten, willenlose Spielfiguren. Nicht Gott hat Hitler an die Macht gebracht, sondern Millionen Menschen haben ihn gewählt! Das Böse auf dieser Welt ist fast ausschließlich vom Menschen geschaffen.«

Jakob mochte es nicht offen eingestehen, doch er wusste,

dass Hermon Recht hatte. »Aber wenn es Gott wirklich gibt, warum zeigt er sich uns dann nicht so eindeutig, dass man ohne zu zweifeln an ihn glauben kann?«

»Gott will nicht unsere zähneknirschende Gefolgschaft, weil wir der Meinung sind, keine andere Wahl zu haben, sondern er will unsere Liebe aus freien Stücken.«

»Na ja, aber ein Beweis wäre dennoch nicht schlecht«, beharrte Jakob.

»Glaube ist ein tiefes Vertrauen, eine Fähigkeit, an Überzeugungen festzuhalten, die man für sich als wahr und richtig erkannt hat. Ein Vertrauen, das erst aufgrund eines erbrachten Beweises entsteht, ist kein Vertrauen«, erwiderte Hermon. »Dieses Mädchen Erika, deren Bild du immer bei dir trägst, liebst du sie?«

Jakob errötete, antwortete jedoch ohne Zögern. »Ja, sehr.«

»Und liebt sie dich?«

Nun brannte Jakob das Gesicht und seine Kehle war wie zugeschnürt. Deshalb zog er es vor, seine Antwort auf ein Nicken zu beschränken.

»Und welche Beweise habt ihr für eure Liebe? Ist da irgendetwas, was einer strengen wissenschaftlichen Überprüfung standhalten könnte?«

»Nein, natürlich nicht«, gestand Jakob ein.

»Das hast du ganz richtig gesagt: *natürlich* nicht«, wiederholte Hermon. »Und so verhält es sich auch mit dem Glauben und mit Gott. Die sichtbare und erklärbare Welt ist eben nicht die ganze Welt. Es gibt auch noch das nicht Beweisbare, das nicht in Formeln und Gesetzen Festlegbare und klar Definierbare. Gott ist per Definition jenseits aller menschlichen Vorstellungskraft. Deshalb sind ja auch alle Zeichen und alles

Reden von und über ihn nichts als klägliche Symbole und Krücken, damit wir von dem Unfassbaren wenigstens eine vage Ahnung haben können.«

»Dennoch wünschte ich, das mit dem Glauben wäre einfacher zu durchschauen«, sagte Jakob.

»Etwas zu durchschauen hat nur Sinn, wenn man dahinter auf etwas stößt. Etwa wenn man durch ein Fenster in ein Haus schaut«, sagte Hermon. »Aber was wäre, wenn man auch durch einen Garten, durch eine Landschaft hindurchsehen könnte? Wäre dann nicht alles durchsichtig? Aber wenn alles durchsichtig wird, ist die Welt unsichtbar geworden. Wer alles durchschaut, sieht nichts mehr.«

Lukas saß die ganze Zeit schweigend neben Hermon an die Wand gelehnt, mit einer Decke im Rücken, und hörte mit großer Aufmerksamkeit zu. Als nun eine lange nachdenkliche Pause in dem Gespräch zwischen Jakob und Hermon eintrat, wanderte sein Blick durch das Quartier und verharrte Augenblicke später auf dem Ausgang.

Dann stieß er Jakob an. »Da will jemand was von dir«, sagte er leise und mit verkniffener Miene.

Jakob drehte sich um, und auch seine Miene verdüsterte sich schlagartig, als er sah, wer dort stand: Viktor!

7

Viktor hatte die Warnung, sich nicht zu ihnen ins Quartier zu wagen, offensichtlich nicht vergessen. Denn er blieb dort im Durchgang stehen, als hielte ihn eine unsichtbare Grenze zurück. Er bedeutete Jakob jedoch mit nachdrücklichen Gesten, dass er zu ihm kommen solle und dass er ihn unbedingt sprechen müsse.

Jakob antwortete mit einer schroffen, zurückweisenden Handbewegung und wandte ihm demonstrativ den Rücken zu. »Der soll bloß verschwinden!«, sagte er grollend.

Hermon zog die Augenbrauen hoch, stellte aber keine Fragen. Und Jakob war jetzt nicht danach zumute, ihm zu erzählen, was es mit Viktor und ihrem Zerwürfnis auf sich hatte. Aber vermutlich hatte Hermon in den vergangenen zwei Wochen sowieso schon genug Bemerkungen von ihm, Lukas und Aaron aufgeschnappt, um sich die Geschichte mit Viktor selbst zusammenreimen zu können.

»Er denkt aber gar nicht daran«, raunte Lukas, der Viktor im Blick behielt. »Jetzt spricht er Klaus Gerlach an, den langen Lulatsch, der drüben auf dem ersten Tisch seinen Schlafplatz hat! ... Mensch, ich werd verrückt!«

»Was ist?«, fragte Jakob nervös.

»Wolke hat eine Schachtel Zigaretten aus der Tasche gezogen!«, stieß Lukas hervor. Zigaretten waren so selten und daher so kostbar wie ein Platz an einem geöffneten Bullauge auf den Latrinen. »Wo hat er die bloß her? ... Und jetzt gibt er ihm eine Zigarette! ... Ich glaube, Wolke trägt ihm auf, dir etwas auszurichten, denn er zeigt auf dich … und sie blicken beide zu uns herüber … So, und jetzt kommt Klaus Gerlach angetrabt.«

»Der kann ausrichten, was er will, es interessiert mich nicht. Viktor soll sich zum Teufel scheren«, sagte Jakob mit grimmiger Entschlossenheit.

Augenblicke später stand Klaus Gerlach vor ihnen. »Du bist der Jakob Stern, richtig?«

»Seit Geburt«, bestätigte Jakob kurz angebunden.

»Ich soll dir was von Viktor ausrichten.«

»Das kannst du dir schenken. Ich will es nicht wissen!«, sagte Jakob.

Klaus Gerlach schob sich die Zigarette hinters Ohr und grinste. »Dieser Viktor hat vorhergesagt, dass du genau das sagen würdest. Darauf soll ich aber nichts geben, sondern dir ausrichten, dass er dich sprechen will und du besser kommst, weil es dabei nämlich um deine Erika geht. Das soll ich ganz besonders betonen: Erika! Er wartet oben an der Treppe vor dem *Lower Mess Deck No. 2* auf dich.«

Verblüfft sah Jakob zu ihm auf. »Er will wegen Erika mit mir sprechen?«

»Ja, darum geht's offenbar.«

»Und mehr hat er dazu nicht gesagt?«

»Nein, aber einen Kumpel, der mit Zigaretten so gut bestückt ist wie dieser Viktor, würde ich nicht warten lassen. Und wenn ihr nicht gut miteinander auskommt, biete ich mich als Vermittler an. Wenn ihr für jeden Gang eine Fluppe springen lasst, bin ich euer Mann!«

»Such dir irgendwo eine Hängematte und träum weiter!«, lautete Jakobs Antwort.

Klaus Gerlach zuckte die Achseln und machte sich wieder davon.

Erika! Was konnte Viktor ihm nach zwei Wochen auf See Wichtiges über das Mädchen mitzuteilen haben, dem seine Liebe und seine quälende Sehnsucht galten?

Mit finsterer Miene starrte Jakob vor sich hin, innerlich hin und her gerissen, ob er konsequent bleiben und Viktor weiter meiden sollte oder ob er seiner brennenden Unruhe und Neugier nachgeben durfte.

»Der Himmel hilft keinem Trägen«, sagte Hermon da scheinbar ohne jeden Zusammenhang.

»Also gut, ich gehe und höre mir an, was er zu sagen hat!«, rief Jakob und sprang auf. »Aber wehe dem Burschen, wenn das bloß ein Trick ist!«

Viktor wartete wie versprochen im Treppenschacht auf der geriffelten Eisenplattform vor dem *Lower Mess Deck No. 2*, auf dem es genauso dicht gedrängt zuging wie bei ihnen unten. Als er Jakob die Treppe hochkommen sah, schenkte er ihm sein typisches, unbekümmert selbstbewusstes Lächeln, das sich in der Vergangenheit so oft als entwaffnend erwiesen hatte. »Schön, dass du gleich kommst. Vielleicht hätte ich dem langen Lulatsch besser nur eine Kippe …«

Bevor er ausreden konnte, war Jakob bei ihm und packte ihn rechts und links am Hemd. »Spar dir dein schmieriges Grinsen und deine flotten Sprüche! Warum willst du mich wegen Erika sprechen? Wenn das nur ein Vorwand gewesen ist …«

Nun fiel Viktor ihm ins Wort. »Nein, ist es nicht! Ehrenwort!«, beteuerte er hastig und erschrocken, dass Jakob auf ihn losgegangen war.

»Als ob dein Ehrenwort auch nur einen lausigen Furz wert wäre!«, sagte Jakob, stieß ihn jedoch von sich und ließ ihn dabei los.

Viktor wich seinem Blick aus. »Ich bin kein ehrloser Lump, nur weil ich einmal die Nerven verloren und in Todesangst etwas Hässliches getan habe!«, erwiderte er und klang verletzt.

»Ich habe nicht vor, mich mit dir darüber zu streiten«, sagte Jakob. »Und jetzt sag endlich, was das hier soll? Warum wolltest du mich wegen Erika sprechen?«

»Vor uns liegt die Küste von Sierra Leone. Und ich habe erfahren, dass wir morgen den Hafen von Freetown anlaufen, um Wasser und andere Vorräte an Bord zu nehmen.«

»So, wir dümpeln also vor der Küste von Sierra Leone. Aber was hat das mit mir und Erika zu tun?«, fragte Jakob unwirsch.

Viktor erlaubte sich ein vorsichtiges Lächeln. »Ich habe einen Job in der Küche an Land gezogen. Ist zwar elende Drecksarbeit, bringt aber auch so einige Vorteile mit sich. Unter anderem habe ich mich mit einem der Köche angefreundet. Über ihn könnte ich dafür sorgen, dass ein Brief von dir für Erika in Freetown aufgegeben wird. Und wir werden in den nächsten Wochen bestimmt noch weitere Zwischenstopps einlegen, wo du Briefe an Erika loswerden kannst, denn die verdammte Reise geht nach Australien!«

Die Nachricht, dass man sie um den halben Globus herum nach Australien ans Ende der Welt brachte, löste Bestürzung in Jakob aus. Diese Reaktion wurde jedoch augenblicklich von der jäh aufspringenden Hoffnung und Freude in den Hintergrund gedrängt, Erika Briefe schreiben zu können.

»Das kannst du wirklich arrangieren?«, stieß Jakob hervor und vergaß für einen Moment seinen Zorn auf Viktor wie auch seinen Schwur, sich nie wieder mit ihm einzulassen.

»Würde ich es dir sonst anbieten?«

»Und was ist mit der Zensur? Briefe von Seeleuten und Wachsoldaten müssen doch bestimmt erst dem Schiffszensor vorgelegt werden, bevor sie in den Postsack kommen.«

»Alles kein Problem!«, versicherte Viktor, wieder ganz der selbstsichere Organisator und Schieber. »Briefe von mir und dir gehen nicht in den Postsack, sondern werden unter der Hand in den Häfen persönlich aufgegeben. Elliot, der Koch, ist die Strecke schon mehrmals gefahren und hat überall gute Beziehungen. Und in afrikanischen Häfen herrschen sowieso ganz andere Zustände als bei uns in Europa.«

»Aber der Mann wird sich das doch bestimmt bezahlen lassen wollen!«

»Ist kein Problem. Wenn ich auch den dicken Batzen Geld beim Untergang verloren habe, so war ich doch clever genug, mir schon im *Kitchener Camp* vorsichtshalber einige Pfundnoten in den Saum meiner Hose einzunähen. Und das Geld reicht dicke, um Elliot zu schmieren. Also, was ist, Kumpel? Soll ich das für dich in die Wege leiten, oder willst du mit dem Briefschreiben lieber warten, bis wir irgendwo in einem Camp in Australien sitzen?«

»Nein!«, sagte Jakob hastig, fast zu hastig, wie er zu seinem eigenen Ärger fand. »Aber wie soll ich Briefe schreiben, wenn ich weder Papier noch einen Stift habe, von Umschlägen ganz zu schweigen?«

»Wie gesagt, alles kein Problem, Kumpel!«, sagte Viktor mit einem breiten Grinsen, griff in seine Tasche und zog eine kleine Papierrolle hervor, die von einem Bindfaden zusammengehalten wurde. »Hier sind drei Briefumschläge und zwölf kleine Blätter Papier. In der Mitte der Rolle findest du einen Bleistift. Leider sind die Blätter nur auf einer Seite beschreibbar, weil sie von einem Kalender kommen. Aber wenn du klein schreibst, kriegst du eine Menge auf die Rückseiten.«

Jakob zögerte kurz, dann nahm er die Papierrolle an. »Danke.« Es fiel ihm schwer, das Wort auszusprechen.

»Du brauchst mir nicht zu danken. Ich bin froh, dass ich das für dich tun kann, Kumpel«, sagte Viktor schnell. »Ich habe eine Menge bei euch gutzumachen.«

»Das mag sein«, sagte Jakob mürrisch. »Aber das gibt dir noch lange nicht das Recht, Kumpel zu mir zu sagen!«

»Geht in Ordnung, Jakob.« Viktor bewahrte sich mit großer Mühe ein schuldbewusst verlegenes, gequältes Lächeln.

»In Ordnung geht gar nichts«, murmelte Jakob ärgerlich und ging.

8

Erika Briefe schreiben zu können und zu wissen, dass sie mit ein wenig Glück schon in zwei, drei Wochen Post von ihm erhalten würde, empfand Jakob wie ein Licht in dunkler, bedrückender Nacht. Das Schreiben allein hatte schon etwas Befreiendes. Die Kalenderblätter mit ganz kleiner Schrift zu füllen und dabei Erika seine tiefsten Gedanken, Gefühle und Träume zu schildern, gab ihm das wunderbare Gefühl, ihr zumindest im Geist ganz nahe zu sein. Das stärkte seine Hoffnung und ließ ihn die entsetzlichen Zustände an Bord der *Dunera* leichter ertragen.

Am nächsten Tag, es war Mittwoch, der 24. Juli, erkämpfte er sich in der Latrine einen Platz an einem Bullauge, als das Schiff in die Bucht von Freetown einlief.

Zum ersten Mal seit zwei Wochen sahen sie wieder Land. Und es war eine faszinierend fremdartige Landschaft unter brütender afrikanischer Sonne, die sich ihren Augen darbot. Überall drängten sich die Männer um die wenigen offenen Bullaugen, um die Palmen, tropischen Sträucher und strohgedeckten Rundhütten der Einheimischen am Strand zu bewundern. Es näherten sich dem Schiff mehrere Fischerboote, die jedoch respektvollen Abstand hielten.

Groß war bei Jakob die Enttäuschung, als die *Dunera* nicht im Hafen festmachte, sondern in der Bucht auf Reede liegen blieb – und schon nach wenigen Stunden ihre Fahrt fortsetzte.

»Wir konnten in Freetown kein Wasser und keinen Proviant an Bord nehmen«, teilte Viktor ihm später mit. »Es hat da irgendwelche Probleme gegeben, aber frag mich nicht, welche. Tut mir Leid, Jakob. Aber dafür laufen wir in drei Tagen den Hafen von Sekondi-Takoradi an, das liegt ein Stück weiter unten an der Goldküste. Du hast also Zeit, Erika noch ein oder zwei weitere Briefe zu schreiben.« Er zwinkerte ihm zu und gab ihm noch einige Blätter dieses uralten Kalenders, den er in einem Küchenschrank beim Saubermachen gefunden hatte und nun allmählich plünderte.

In Sekondi-Takoradi legte die *Dunera* an einem schmalen Kai an, auf dem das Gleis einer alten Schmalspureisenbahn endete, und blieb dort zwei Tage vor Anker liegen. Der Hafen mit seinen Lagerhäusern und Geschäften, die fast alle schattige Veranden besaßen und sich mit ihrem leuchtend weißen Anstrich vom dunklen Grün und Braun der hohen Palmen abhoben, ließ sich bis zum Hügel hinauf, wo ein Hospital und eine Radiostation thronten, leicht überschauen und wirkte aus der Entfernung pittoresk. Er strahlte den verblassenden Charme einer kolonialen Handelsstation aus, die ihre besten Zeiten schon gesehen hatte. Schwarze barfüßige Polizisten in weißen Uniformen standen auf dem Kai Wache. Und ein ständiger Strom von Einheimischen flutete über die Anlegestelle, weil sich wohl keiner den Anblick von hunderten von Weißen in einem Stacheldrahtkäfig entgehen lassen wollte. Denn die üblichen Runden an Deck wurden auch während der Liegezeit beibehalten. Indessen gingen die Freiwachen an Land, schwer beladen mit Koffern der Internierten, deren Besitztum die Soldaten in den Pfandhäusern und auf den Märkten der Hafenstadt verkauften. Es kümmerte sie auch nicht im Geringsten, dass die Internierten auf der *Dunera* sehen konnten, wie sie das Diebesgut vom Schiff schleppten.

»Und? Hat es geklappt?«, fragte Jakob aufgeregt, als er Viktor am Abend ihres ersten Liegetages in Sekondi-Takoradi wie verabredet im Duschraum traf. Ihm klebte jeder Fetzen Kleidung klatschnass am Leib, und ihm war, als läge eine schwere Platte auf seiner Brust. Die Hitze, die sich unter Deck staute, verband sich hier noch mit salzigen Dampfschwaden. »Ist dein Elliot die Briefe unbemerkt losgeworden?«

Auch Viktor perlte der Schweiß nur so über das Gesicht, aber er strahlte dabei. »Alles in Butter! Hätte gar nicht besser laufen können, Alter«, sagte er und fiel wieder in seinen üblichen, vertraulichen Kumpel-Slang.

Diesmal wies Jakob ihn nicht zurecht. »Gott sei Dank!«, sagte er. »Danke, Viktor.« Diesmal fiel es ihm nicht gar so schwer wie noch vor wenigen Tagen.

Viktors Freude war augenscheinlich. »Nicht der Rede wert. Ich weiß, was ich dir schuldig bin. Morgen bringe ich dir neue Blätter. Der nächste Hafen, den wir wohl anlaufen werden, ist Kapstadt. Bis dahin haben wir zwar noch zwei Wochen auf See in dieser elenden Sardinenbüchse vor uns, aber wer sagt denn, dass Elliot in Kapstadt nicht wieder einen kleinen Stapel von Briefen aufgeben soll?«

»Nichts lieber als das!«, sagte Jakob begeistert, runzelte dann jedoch die Stirn. »Sag mal, wieso legt sich dieser Elliot so sehr für dich und mich ins Zeug?«

»Er macht es nicht für dich, sondern für mich.«

»Aber wieso?«, hakte Jakob nach.

Viktors Gesicht verschloss sich. »Das hat dich nicht zu interessieren! Schreib du deine Briefe an Erika, und ich sorge dafür, dass sie vom Schiff und aufs nächste Postamt kommen!«

»Okay, wenn es dein Geheimnis bleiben soll, will ich nicht weiter fragen«, lenkte Jakob sofort ein.

Viktor nickte und lächelte wieder. »Hast du Lust, mal wieder eine Partie Schach zu spielen. Ich habe mein Taschenschach vor den dreckigen Fingern dieser englischen Diebesbande retten können.«

»Mal sehen, vielleicht später mal«, sagte Jakob ausweichend. Einerseits wollte er ihn nicht vor den Kopf stoßen, weil er Erika weiterhin Briefe schreiben und mit Viktors Hilfe von Bord schmuggeln lassen wollte. Aber andererseits sträubte sich in ihm noch immer alles dagegen, Viktor in seiner unverhohlenen Hoffnung, dass sie bald wieder Freunde sein könnten, auch nur irgendwie zu bestärken. Dieses Band hatte Viktor im Morgengrauen des Schiffsuntergangs selbst zerrissen, und Jakob glaubte nicht, dass es sich je wieder zusammenflicken ließ.

9

Die Tommys laden uns nicht irgendwo hier in Afrika ab, sondern verschleppen uns nach Australien! Und das bedeutet, dass wir noch viele Wochen in diesem schwimmenden Gefangenenlager verbringen müssen!«

Die Nachricht über das wahre Ziel ihrer Reise hatte eine ungeheuer demoralisierende Wirkung auf die Männer. Und dabei war die Stimmung auch vorher schon alles andere als gut gewesen!

Die unverschämte Ausplünderung, die qualvolle Enge in den fensterlosen Quartieren, die katastrophalen sanitären Anlagen, das miserable Essen und die tagtäglichen körperlichen wie seelischen Misshandlungen hatten das Leben auf der *Dunera* vom ersten Tag an zu einer Tortur gemacht, die auch an den nervenstärksten Naturen nicht spurlos vorübergegangen war. Mit dem Wissen, dass Australien der Endpunkt ihrer Reise sein würde, waren sie der Hoffnung beraubt, vielleicht schon in wenigen Tagen an Land gehen zu können und in einem Camp menschenwürdiger behandelt zu werden. Noch Monate wie Vieh auf der *Dunera* eingepfercht und der sadistischen Wachmannschaft ausgesetzt zu sein, war eine niederschmetternde Aussicht. Ganz besonders stark traf es die Männer, deren Frauen und Kinder noch in Deutschland festsaßen oder in einem der englischen Camps für Frauen und Kinder interniert waren, während man sie selbst ans andere Ende der Welt brachte. Die Verzweiflung stand ihnen ins Gesicht geschrieben. Unablässig quälte sie die Frage, wie lange es dauern mochte, bis man sie wieder zusammenführte. Ja, würden sie ihre Familien überhaupt jemals wiedersehen?

So wie die Hitze mit jedem Tag auf südlichem Kurs zunahm, so wurde auch die depressive und zugleich aggressive Spannung in den Quartieren immer explosiver. Die Menschen begannen, sich aneinander zu reiben und an den Eigenheiten des anderen Anstoß zu nehmen. Die Nerven lagen schnell blank. Lächerliche Kleinigkeiten und Meinungsverschiedenheiten, die man unter normalen Umständen mit einem Achselzucken abgetan hätte, erhielten plötzlich enormes Gewicht und führten zu erbitterten Feindschaften. Hitzige Auseinandersetzungen und sogar handfeste Streitereien waren bald an der Tagesordnung. So wie ihr äußerliches Erscheinungsbild immer mehr verwilderte, so verrohten bei vielen auch die Umgangsformen.

Nicht wenige zogen sich auch ganz in sich zurück, verstummten vor ohnmächtiger Verzweiflung und wurden seltsam, versanken in einen Zustand der Apathie und der Depression. Und schon auf dem Weg nach Kapstadt hörte man hier und da Männer ganz unverblümt und allen Ernstes darüber reden, welchen Wert ein solches Leben denn noch habe und dass es womöglich besser sei, diesem Elend ein Ende zu bereiten und Selbstmord zu begehen.

Aber andererseits gab es auch genug Männer, die sich diesen dunklen Strömungen von Aggression und Selbstaufgabe mit aller Entschlossenheit und unbändigem Lebensmut widersetzten. Ähnlich wie im *Kitchener Camp* riefen sie so etwas wie eine Schiffsuniversität ins Leben. Künstler und Hochschullehrer der unterschiedlichsten Fachgebiete hielten Vorträge, die von den griechischen Tragödien des Altertums und über Goethes *Faust* und Friedrich Nietzsches Werke bis zu Bachs Einfluss auf Beethovens Musik reichten, Rabbiner unterrichteten in Hebräisch und boten Thora- und Talmud-Klassen an, ein Schauspieler gab Sprechunterricht und führte in die Kunst der Pantomime ein, und der Chor, den ein einstiger Konzertmeister auf die Beine stellte, arbeitete mit selbst gefertigten Notenblättern, die aus Toilettenpapier bestanden.

Jakob versuchte, sich und Lukas so intensiv als möglich zu beschäftigen und von all dem alltäglichen Elend an Bord der *Dunera* abzulenken. Jeder Tag wurde zu einer neuen Herausforderung an den eigenen Willen, sich nicht unterkriegen zu lassen. Aber die größte Kraft und Freude schöpfte er aus den Briefen, die er Erika schrieb.

Am 8. August ging die *Dunera* für zwei Tage im Hafen von Kapstadt vor Anker, in dem es von Schiffen nur so wimmelte. Hier gab es keine Verdunkelung, sodass die verlockend schöne Stadt am Fuß des Tafelbergs bei Nacht in hellem Lichterglanz funkelte.

Vier Briefe vertraute Jakob hier Viktor an, und als er Stunden später hörte, dass Elliot auch diesmal Wort gehalten und alle vier Briefe auf dem Postamt aufgegeben hatte, da hätte er ihn vor Dankbarkeit und Freude beinahe umarmt. Stattdessen schlug er spontan vor: »Wenn du Lust hast, setzen wir uns zu einer Partie Schach zusammen!«

Viktor strahlte ihn glücklich an. »Und ob!«

Sie spielten mehr als nur eine Partie. Und Jakob genoss die Stunden, die er an diesem Abend mit Viktor beim Schachspiel verbrachte. Trotz aller Wut und Enttäuschung fehlte ihm Viktors Gesellschaft, ja Freundschaft mehr, als er sich eingestehen wollte. Dass er sehr an Lukas hing und sich für ihn verantwortlich fühlte, stand außer Frage. Aber fast vier Jahre Altersunterschied brachten doch auch viel Trennendes mit sich. So etwas wie ein kleiner Bruder, so gern man ihn auch hatte, war nun mal nicht mit einem gleichaltrigen Freund zu vergleichen. Aaron hätte dieser Freund sein können. Aber Aaron ging gern seine eigenen Wege, sodass sie sich nicht so nahe gekommen waren wie Viktor und er. Vielleicht hatte das Gefühl der Verbundenheit über alle Bitternis hinweg auch damit zu tun, dass sie in jener entscheidenden Nacht des Abschieds von der Familie im selben Abteil gesessen, unter derselben Angst gelitten und zusammen die ersten schweren Monate in England verbracht hatten.

»Du bist jetzt ja doch wieder öfter mit Wolke zusammen«, stellte Lukas eines Tages mit einem fragenden, leicht vorwurfsvollen Unterton fest.

»Er sorgt nun mal dafür, dass ich Erika Briefe schreiben kann. Das ist mir schon ein paar Schachspiele wert«, antwortete Jakob leichthin.

Lukas sah ihn skeptisch an, zuckte dann jedoch die Achseln. »Du musst es wissen. Es ist deine Entscheidung.« Er machte eine kurze Pause. »Übrigens habe ich beschlossen, am Sabbatgebet teilzunehmen und beim Hebräischunterricht mitzumachen. Vielleicht werde ich es bald brauchen. Ich bin nämlich entschlossen, nach Palästina in einen Kibbuz zu gehen, wenn das ...«, er machte eine vage Handbewegung, die nicht nur das Schiff, sondern wohl auch den Krieg und Hitlers Schreckensherrschaft einschließen sollte, »... mal alles vorbei ist. Was hältst du davon, Jakob? Findest du das blöde?«

»Nein, das ist schon in Ordnung, wenn es wirklich das ist, was du tun möchtest.«

»Ja, das möchte ich!«, sagte Lukas mit fester Stimme.

Jakob nickte nur und wünschte insgeheim, auch er wüsste, was er wollte und wohin er gehörte.

10

Tags darauf stach die *Dunera* wieder in See. Sie umrundeten das Kap der Guten Hoffnung und gingen auf östlichen Kurs. Das Wetter verschlechterte sich, je näher das Schiff den gefürchteten *Roaring Forties*, den *Brüllenden Vierzigern*, kam, wie die Breitengrade in dieser Region endlos grauer See von den Seeleuten genannt wurden.

Auch wenn die meisten inzwischen seefest geworden waren und nicht mehr von der Seekrankheit in einen Zustand versetzt wurden, in dem sie zu sterben glaubten, sorgten das tagelange schlechte Wetter und die raue See doch dafür, dass ihr Leben an Bord des Truppentransporters noch elender und bedrückender wurde, als es bei ruhiger See schon der Fall war. Die völlig überfluteten Latrinen, die einen bestialischen Gestank verbreiteten, waren dabei das größte Übel. Und das Essen, das immer ungenießbarer wurde, kam gleich dahinter.

Hermon war nicht der Einzige, der in dieser Zeit unter üblen Magenverstimmungen und Durchfall zu leiden hatte. Er konnte kaum noch Essen und Flüssigkeit bei sich halten und verlor innerhalb einer Woche Besorgnis erregend Gewicht. Im Schiffslazarett fand er keine Aufnahme. Das war nur den ganz schweren Fällen vorbehalten. Als Medikament verabreichte ihm der Schiffsarzt den obligatorischen Löffel Sirup aus immer derselben Flasche.

Aber so schwach er auch war und so oft ihn auch der Drang aufspringen und zur Latrine laufen ließ, so vermochte es ihn doch nicht davon abzuhalten, weiterhin seine Gebete zu verrichten. Musste er sie unterbrechen, weil seine rumorenden Gedärme ihn wieder aufs Klo zwangen, fuhr er bei seiner Rückkehr dort fort, wo er abgebrochen hatte.

Irritiert sah Jakob ihm eines Morgens dabei zu, wie er sich wieder die Gebetsriemen um Arm und Stirn band, nachdem er sichtlich entkräftet von einem seiner vielen Latrinengänge zurückgekehrt war.

»Nun sag schon, was dich beschäftigt, Jakob!«, forderte Hermon ihn auf, als er seine Gebete beendet hatte und die Riemen mit den kleinen geschwärzten Streichholzschachteln sorgfältig aufrollte. »Ich sehe dir doch an, dass dir irgendetwas auf den Nägeln brennt. Du siehst mich schon die ganze Zeit so irritiert an. Also, heraus damit!«

»Auf den Nägeln brennen tut mir eigentlich nichts«, sagte

Jakob. »Mir ist da nur etwas durch den Kopf gegangen, während du gebetet und Gottes Lobpreis beschworen hast, was ich irgendwie komisch und …«, wie zur vorsorglichen Entschuldigung hob er die Hände und zuckte die Achseln, »… na ja, einfach unsinnig finde.«

»Und das wäre?«

»Mal angenommen, es gibt Gott wirklich …«

Hermon zog die Augenbrauen leicht hoch. »Ja, eine beunruhigende Vorstellung, nicht wahr?«, spottete er. »Aber gut, was wäre dann?«

»Warum muss man dann immer beten?«, fragte Jakob. »Außerdem verstehe ich nicht, wieso du ständig diesen … diesen Lobpreis Gottes im Mund führst, wo es uns doch so beschissen geht!«

Hermon schmunzelte. »Soll ich vielleicht um Gesundheit, um ein gutes Auskommen, um Ansehen und all die Dinge bitten, die uns Menschen bewegen?«

Jakob zuckte die Achseln. »Warum nicht?«

»Nun ja, verständlich wäre es. Aber ein derart mit eigensüchtigen Bitten bedrängter Gott wäre dann doch wohl eher ein willfähriger Diener und launischer Götze.«

»Wieso denn das?«

»Weil Gott kein dienstbarer Geist aus der Flasche, kein Erfüllungsgehilfe unserer zumeist doch sehr egoistischen Wünsche ist. Wir wollen selten das Schwere und Mühevolle, sondern ziehen das Leichte und Bequeme allemal vor. Gott ist aber kein Krämer, mit dem man schachern kann im Sinne von: ›Ich will auch schön fest an dich glauben und dich anbeten, aber dafür musst du mir auch das Leben so bequem richten, wie ich es mir wünsche!‹ Das wäre kein Glaube. Gott ist nun mal unfassbar anders und mehr als alles, was wir uns jemals vorstellen können. Und ich bete zu ihm, weil es mir ein Bedürfnis ist und weil Gott in jedem seiner Geschöpfe das Gegenüber ist. Ja, er ist mein und dein Gegenüber, auch wenn er zu schweigen scheint!«

Jakob machte eine skeptische Miene. »Gott soll so etwas wie mein… Spiegelbild sein?«

»Ja, so ähnlich kann man es sich vorstellen, wobei ja alle Vorstellungen und Bilder von Gott nur klägliche Krücken sind, um sich dem Unfassbaren ein wenig zu nähern«, sagte Hermon. »Aber das mit dem Spiegel ist dennoch eine recht gute Krücke. Denn was siehst du, wenn du in einen Spiegel schaust?«

Irritiert von dieser Frage, deren Antwort doch auf der Hand zu liegen schien, sah Jakob ihn an. »Natürlich mich, was denn sonst?«

»Richtig, du siehst dich – doch andererseits auch nicht. Denn das Einzige, was der Spiegel reflektiert, ist deine äußere Hülle, nicht jedoch das Eigentliche, das Wesentliche, das dich als Mensch ausmacht und von Millionen anderen unterscheidet«, gab Hermon zu bedenken. »Oder ist dein Aussehen alles, was du darstellst?«

»Nein«, räumte Jakob verblüfft ein.

»Richtig, denn dein Wesen, das Einzigartige deiner Existenz trägst du nicht äußerlich vor dir her wie einen Haarschnitt oder eine hübsch geformte Nase, sondern es findet sich im Innern, nämlich in deinem Herz und deiner Seele, in deinen Gefühlen und Gedanken. Kein Spiegel der Welt kann auch nur eine Ahnung davon wiedergeben. Und so armselig unvollständig ist auch das Bild, das wir uns von Gott machen – im Gegensatz zu dem, was er in seinem tiefsten Wesen darstellt.«

»Mhm«, machte Jakob.

»Gott ist keine feste, starre Formel, die wir aus einem Mathematikbuch erlernen und verstehen können. Oder kann das Kaninchen einen Dreisatz lösen?«

Jakob lachte. »Wohl kaum.«

»Gott erkennen wir nur mit dem Glauben, mit der Sehnsucht unseres Herzens und unserer Seele, und das Gebet ist der Atem unserer Seele, die Stimme dieser tiefen Sehnsucht... und natürlich auch die Stimme des Dankes. Und nun zum Lobpreis Gottes, den du angesprochen hast: Ist dir schon mal aufgefallen, dass jede Freude fast automatisch in Lob hinüberfließt?«

»Wie meinst du das?«, fragte Jakob stirnrunzelnd.

»Was tut man denn, wenn man einen mitreißenden Film gesehen oder ein Buch gelesen hat, das einen über alle Maßen begeistert hat? Und was macht man, wenn man auf einer Wanderung früh am Morgen plötzlich auf einem Bergrücken steht und vor einem liegen im Licht der aufsteigenden Sonne Täler, Wälder und Bergketten bis an den fernen Horizont?« Hermon wartete Jakobs Antwort nicht ab, sondern gab sie selber. »Man spürt das unwiderstehliche Verlangen, diese Begeisterung und Freude anderen mitzuteilen. Die Freude, die Begeisterung muss einfach heraus.«

»Stimmt.«

»Und warum sagen Liebende einander immer und immer wieder, wie sehr sie sich lieben, wie viel sie einander bedeuten und was sie in Zeiten der Trennung so schmerzlich vermissen? Weil das Lob, die Komplimente und die Liebesbeteuerungen nicht nur unsere Freude und unser Glück zum Ausdruck bringen, sondern weil sich im Loben das Glück noch vermehrt. Solange das Entzücken, das man empfindet, nicht ausgesprochen und ausgedrückt ist, ist es unvollständig. Wir sind zwar meist nicht in der Lage, unsere überwältigende Liebe angemessen auszudrücken, wovon unzählige unbeholfene Liebesgedichte ein breites Zeugnis abgeben, aber das ist nicht weiter schlimm. Liebenden geht es nicht um literarische Höhenflüge, sondern um das Wahre und Tiefe ihrer Gefühle füreinander, und die können auch in Holper- und Stolperreimen zum Ausdruck kommen.«

Jakob musste augenblicklich an die Briefe denken, die er Erika geschrieben und in denen er in der Tat immer und immer wieder seitenweise seine Liebe und Sehnsucht in Worte zu fassen versucht hatte. Und ja, auch er hatte mehrere kleine Gedichte verfasst, weil es ihn einfach danach gedrängt hatte, ihr auch auf diese Art mitzuteilen, was er so sehr an ihr liebte.

»Und genau so verhält es sich mit dem Gebet und dem täglich neuen Lobpreis Gottes, Jakob«, sagte Hermon nach einer kurzen Pause. »Glauben ohne regelmäßiges Beten ist wie ein Garten, den man zu wässern und zu pflegen vergisst. Alles, was gut werden und auch in Zeiten der Prüfung Bestand haben soll, bedarf nun mal der geduldigen, täglichen Wiederholung und der Ausdauer. Und dann …« Er brach ab und gab eine unterdrückte Verwünschung von sich.

Jakob sah ihn verwundert an. »Was ist, Hermon?«

»Ich fürchte, ich muss schon wieder auf eine dieser ekelhaften Schüsseln!«, stieß er hervor, rappelte sich auf und beeilte sich, zu den Latrinen zu kommen.

Tags darauf, am 21. August, beging ein vierzigjähriger Mann namens Weiß vor Jakobs Augen Selbstmord, als sie auf dem Deck ihre Runden drehten. Der Mann entdeckte einen Spalt zwischen zwei Stacheldrahtbarrikaden, der wohl beim schweren Seegang in der Nacht zuvor entstanden war. Ohne Hast scherte er aus seiner Reihe aus, schritt durch die Öffnung, kletterte auf die Reling und sprang über Bord. Kein Schuss fiel. Es brüllte auch niemand eine Warnung. Die Wachsoldaten waren von dem Geschehen selbst so verblüfft, dass ihnen keine Zeit für eine Reaktion blieb, die den Selbstmord hätte vereiteln können. Wenn sie es denn überhaupt gewollt hätten …

Die Maschinen der *Dunera* wurden gestoppt und das Schiff drehte. Doch die Suchaktion blieb erfolglos. Von dem Mann fehlte in der bewegten See jede Spur.

Niemand kannte den Vornamen des Toten. Was in den Quartieren die Runde machte, war eine Geschichte, wie sie auf viele Internierte zutraf. Herr Weiß hatte sich in England zwölf Monate lang fieberhaft darum bemüht, für sich und seine Familie, die noch in Deutschland wartete, Visa für die Vereinigten Staaten zu erhalten. Schließlich hatte er das für weder reiche noch berühmte Juden eigentlich Unmögliche geschafft und die lebensrettende Einreiseerlaubnis erhalten. Doch an demselben Tag, an dem er die Einwanderungspapiere in seinen Händen gehalten hatte, mit denen er seine Familie nun endlich aus Deutschland hätte herausholen können, hatte man ihn interniert und schließlich auf die *Dunera* gebracht. Dort hatten die Soldaten bei der Einschiffung die Visa für die Vereinigten Staaten zerrissen. Aber auch wenn er die Dokumente noch unversehrt in seiner Tasche gehabt hätte, hätten sie ihm nichts mehr genutzt, lief doch die Genehmigung zur Einreise an diesem 21. August ab.

»Die da haben ihn umgebracht!«, sagte jemand mit Wut und Verzweiflung in der Stimme. Er deutete dabei auf die Soldaten, aber er meinte auch all die Beamten und Politiker in englischen Regierungsämtern, die ihre Versprechen gebrochen und ihren Teil dazu beigetragen hatten, dass jüdische Flüchtlinge in ihrem Land statt Freiheit eine neue Art der Verfolgung und auf ihren Schiffen Internierung, Willkür und Elend erlebt hatten. »Ja, die Engländer haben Herrn Weiß umgebracht, als hätten sie ihn mit ihren eigenen Händen über Bord geworfen! Ihn und wohl auch seine Familie in Deutschland. Und wer weiß, wer von uns noch folgen wird!«

SECHSTER TEIL

Australien

September 1940

1

Drei Tage bevor sie Fremantle an der westaustralischen Küste erreichten, fiel zum letzten Mal ein Sturm über die *Dunera* her. Noch einmal wurde jeder Gang zu den überfluteten Latrinen zu einer qualvollen Prüfung, wie gut man mittlerweile gelernt hatte, sich bei dem ekelhaften Anblick des Ortes und bei dem Gestank, der einem entgegenschlug, nicht sogleich zu übergeben. Ein letztes Mal bangten die in den Quartieren Eingeschlossenen, ob das Schiff den Gewalten der stürmischen See auch diesmal gewachsen war – und welche Überlebenschancen sie wohl im Fall eines Untergangs hatten. So gut wie keine, war die vorherrschende Überzeugung, denn noch immer hatte man keine Rettungswesten an sie ausgegeben.

Tags darauf lag die See glatt wie ein Spiegel unter dem tiefblauen Himmel. Und einer der Offiziere verkündete bei der morgendlichen »Körperertüchtigung« in seinem arroganten nasalen Tonfall, dass morgen, vor dem Einlaufen in den Hafen von Fremantle, Ärzte der australischen Einwanderungsbehörde für eine allgemeine Gesundheitskontrolle an Bord kommen würden. Abschließend erteilte er den lächerlichen Befehl, sich den Ärzten in einem sauberen und gepflegten Zustand zu präsentieren, andernfalls sie mit Ärger zu rechnen hätten. Und rasiert hätten alle zu sein!

»Dann gebt uns gefälligst das Gepäck wieder, das ihr uns geklaut habt!«, rief einer aus der Menge.

»Geht doch nicht!«, antwortete ein anderer sarkastisch. »Das Zeug hat die Bande doch schon längst in Takoradi und Kapstadt verscherbelt!«

Höhnisches Gelächter brach kurz darauf in den Quartieren aus, als man ein knappes Dutzend Rasierer an die Internierten austeilte. Auch wenn man die Rasiermesser mit einbezog, die sich noch in ihrem Besitz befanden, kamen noch immer auf jede Rasierklinge mehr als hundert bärtige Gesichter. Die Klingen waren schon längst stumpf, noch bevor die Hälfte der Männer sich rasiert hatte.

»Wie die Vogelscheuchen sehen wir aus!«, schimpfte Aaron, der mit einer dieser stumpfen Rasierklingen seinem Bart beizukommen versuchte.

»Wir könnten für Henry Moore Modell stehen«, sagte Hermon spöttisch, der noch immer sehr unter Darmbeschwerden litt. Sein Gesicht sah eingefallen und regelrecht knochig aus, so sehr hatte er an Gewicht verloren.

»Wer ist Henry Moore?«, fragte Lukas.

»Ein berühmter englischer Bildhauer, dessen Plastiken für ihre großen Löcher bekannt sind«, sagte Hermon.

Jakob sah an sich herunter. »Bei uns halten ja bloß noch Löcher die Klamotten zusammen. Hermon hat wirklich Recht. Wir sehen in unseren Lumpen wirklich wie lebende Vogelscheuchen aus.«

»Das juckt mich gar nicht, wenn wir nur endlich von diesem verfluchten Seelenverkäufer herunterkommen!«, sagte Aaron.

»Endlich wieder an Land sein!«

»Aber wer weiß, was uns in Australien erwartet«, gab Lukas zu bedenken.

»Schlimmer, als wir hier behandelt wurden, kann es kaum werden«, erwiderte Aaron. »Die Tortur auf dem Höllenschiff hat jedenfalls bald ein Ende!«

So dachten auch die meisten anderen Internierten und dementsprechend hoffnungsvoll und fast heiter war auch die allgemeine Stimmung an Bord.

Jakob und all die anderen Überlebenden der *Arandora Star* erhielten zu ihrer großen Überraschung und zum Neid vieler neue Kleidung. Der kommandierende Offizier der Wachsoldaten wollte unter keinen Umständen zulassen, dass *bloody Germans* in englischen Armeeuniformen in Australien von Bord gingen, auch wenn diese längst an Lumpen und nicht an Uniformen erinnerten. Sie durften sich aus einem Haufen bunt zusammengewürfelter Kleidungsstücke, die zweifellos aus dem gestohlenen Gepäck kamen, neu einkleiden.

Am nächsten Morgen kamen sechs australische Ärzte an Bord. Quartierweise mussten die Internierten an Deck antreten und sich von den Ärzten mustern lassen. Seltsamerweise interessierten diese sich fast nur für ihre Unterarme, die sie mit den Innenseiten nach außen vorstrecken mussten.

»Das ist nichts als Getue!«, sagte jemand in der Reihe hinter Jakob. »Den Australiern geht es doch nur darum, dass bloß keine Farbigen ins Land kommen. Die Regierung verfolgt nämlich schon seit vielen Jahren eine strikte Politik, wonach nur Weiße ins Land dürfen. *White policy* heißt das bei ihnen. Bei ihnen sind die Asiaten die Juden!«

»Na, wie gut, dass wir Juden wenigstens weiß sind«, bemerkte ein anderer sarkastisch.

Am frühen Morgen passierte die *Dunera* einige vorgelagerte Inseln mit sandigen Stränden und lief dann in den geschäftigen Hafen von Fremantle ein. Jakob sah zum ersten Mal in seinem Leben mächtige Norfolk Pines, deren Äste große und merkwürdig anzusehende Dreiecke bildeten. Und auf den Hügeln, die Fremantle umschlossen, wuchsen verschiedene Arten immergrüner Eukalyptusbäume.

Die *Dunera* wurde den ganzen Tag beladen und setzte am folgenden Morgen ihre Fahrt fort, die das Schiff oftmals in Sichtweite der australischen Südküste weiter nach Osten führte.

Ohne besondere Zwischenfälle erreichten sie am 2. September die Zufahrt in die Bucht von Melbourne. Nebelbänke behinderten jedoch stark die Sicht. Lotsenschlepper nahmen die *Dunera* ans Tau und manövrierten sie durch den Kanal in die Bay und von dort in den Hafen.

Viel zu sehen bekamen sie von Melbourne nicht. Der Nebel, der über Hafen und Stadt lag, gab während der kurzen Liegezeit nur selten einmal den Blick auf ganze Viertel frei. In Melbourne gingen die deutschen und italienischen Kriegsgefangenen sowie ein kleiner Teil der internierten Juden von Bord.

»Und wo bringen sie *uns* hin?«, wunderte sich Lukas mit bangem Tonfall, als die *Dunera* den Anker lichtete und er mit Jakob, Hermon und Aaron an einem Bullauge im Duschraum das Ablegemanöver verfolgte.

»Für uns Auserwählte heißt die Endstation der Seereise Sydney!«, sagte Hermon. Er kam gerade aus dem Schiffslazarett, wo er nicht nur seinen täglichen Löffel Sirup von der dubiosen Einheitsmedizin erhalten, sondern auch einige Informationen aufgeschnappt hatte. »Dort soll ein hübsches, brandneu errichtetes Camp auf uns warten.«

»In Sydney?«, fragte Lukas aufgeregt nach.

»Nein, im Inland, im roten Nirgendwo des australischen Buschlands!«

2

Am Nachmittag des 7. September, acht Wochen nach ihrer Einschiffung in Liverpool, endete im Hafen von Sydney für Jakob und die restlichen internierten Juden die unfreiwillige Seereise um den halben Globus.

Die große Sorge, dass ihre australischen Bewacher die Misshandlungen den englischen Wachmannschaft fortführen könnten, erwies sich als unbegründet. Zwar wimmelte es auf dem Kai von Soldaten, und die Presse titelte am nächsten Tag zu den Bildern von den zerlumpten Gestalten, die zum Teil barfuß von Bord kamen: *»Captured Germans Arrive!«* sowie *»These Men are Dangerous!«* Aber die Soldaten selbst, die Hüte mit breiter Krempe trugen und alle braun gebrannte Gesichter hatten, behandelten sie mit einem geduldigen Lächeln und einer Freundlichkeit, die manch einem von ihnen die Tränen in die Augen trieb. Was für ein Unterschied zu den acht entsetzlichen Wochen, in denen sie auf der *Dunera* Tag für Tag gedemütigt, beschimpft, geschlagen und bestohlen worden waren!

Auf dem Kai wartete schon ein langer Zug und vor den

Waggons kleine rollbare Treppen als Einstiegshilfe. Auch Sanitäter und Ärzte standen bereit. Doch nicht einer von den *diggers*, wie sich die australischen Soldaten selbst nannten, führte sich herrisch auf, schrie Befehle oder trieb sie gar mit Fußtritten oder Kolbenhieben an, sich schneller zu bewegen, so wie es die Engländer regelmäßig getan hatten. Nicht ein harsches Wort kam ihnen über die Lippen. Sie hatten alles perfekt im Griff, aber überhaupt keine Eile. Großzügig verteilten sie Zigaretten, sauber eingewickelte Sandwiches, Obst, Getränke und brandneue Trinkbecher. Dabei rissen sie Witze und zogen, was ein englischer Soldat nie und nimmer gewagt hätte, ebenso unbekümmert wie deftig über ihre Vorgesetzten her, die in Hörweite standen und sich manchmal mit einer spöttischen Erwiderung revanchierten. Die krassen Klassenunterschiede, die in England wie heilige Besitzstände gewahrt wurden, existierten nicht in diesem Land *down under*. Zumindest nicht unter Weißen.

Einer der Soldaten zeigte Lukas, wie man sich aus losem Tabak und mit einem dünnen Blättchen Papier eine Zigarette drehte, und nannte ihn dabei *baby face*. Lukas war fasziniert von der Fingerfertigkeit des Australiers, der mit nur einer Hand in Windeseile den Tabak gleichmäßig auf dem Blatt verteilen und es einrollen konnte. Dann einmal über die Klebekante geleckt und noch ein Dreher zwischen den Fingern, und fertig war die Zigarette!

»Ganz toll!«, rief Lukas begeistert, lehnte die Zigarette jedoch ab. »Ich rauche nicht. Davon bekommt man gelbe Zähne und stinkt aus dem Mund.«

Der Soldat lachte schallend und drückte ihm ein Päckchen Kaugummi in die Hand.

Als man sie vor den Waggons in gleich große Gruppen aufteilte, stützte sich Hermon auf Jakob und hustete.

»Geht es dir nicht gut?«, fragte Jakob besorgt.

»Ich bin einfach noch etwas schwach auf den Beinen.«

»Sollen wir nicht besser einen der Ärzte heranrufen, damit er dich mal richtig untersucht?«, schlug Jakob vor. »Dieser Pfusch auf der *Dunera* mit dem lausigen Löffel Sirup …«

»Kommt gar nicht infrage! Das wird schon wieder!«, fiel Hermon ihm ins Wort und fügte scherzhaft hinzu: »Bei der Freundlichkeit der Aussis ist es ja auch kein Wunder, dass einem ein wenig schwindelig zumute wird.«

Augenblicke später stand Viktor bei ihnen. Die Blässe seines Gesichts war so auffallend wie seine Nervosität. Er schluckte vor Aufregung in einem fort.

»Du bleibst besser bei deiner Gruppe, Wolke«, sagte Lukas abweisend. »Es geht bestimmt gleich los.«

Viktor beachtete ihn gar nicht. »Ich … Ich muss dir was geben«, sagte er mit belegter Stimme zu Jakob.

»Du hast was für mich?«, wunderte sich Jakob.

Viktor nickte. »Ja, und ich habe dir auch etwas zu beichten«, sagte er, atmete tief durch, als bräuchte er gleich all seinen Mut, und zog dann ein mit Nähgarn zusammengeschnürtes Bündel Briefe aus der Hosentasche. Auf dem obersten Brief unter dem verknoteten Garn steckte eine schmal gefaltete Pfundnote. »Das hier sind deine Briefe an Erika.«

Fassungslos starrte Jakob auf die Briefe, die er Erika in den vergangenen sechs Wochen geschrieben hatte. Briefe, von denen er angenommen hatte, dass sie sich schon längst zu ihr auf dem Postweg befanden. Dabei hatte nicht einer von ihnen die *Dunera* verlassen, weder in Sekondi-Takoradi noch in

Kapstadt, Fremantle und Melbourne! Viktor hatte ihn die ganze Zeit angelogen!

»Es tut mir wirklich wahnsinnig Leid, dass es nicht so geklappt hat wie geplant. Aber Elliot hat mich hängen lassen. In Takoradi hat er im letzten Moment einen Rückzieher gemacht und wollte auf einmal mit den Briefen nichts mehr zu tun haben«, stieß Viktor nun hastig hervor, als er Jakobs Gesicht sah, das nach dem ersten Schock nun einen Ausdruck von unbändigem Schmerz und Zorn zeigte.

»Du hast mich nach Strich und Faden belogen!«, schrie Jakob ihn an. »Du hast das mit Absicht gemacht, weil du dich wieder bei mir einschleimen wolltest. Was bist du doch für ein verkommenes Miststück!«

»Jakob, bitte!«, mahnte Hermon ihn leise zur Mäßigung.

»Das stimmt nicht!«, beteuerte Viktor. »Jedenfalls nicht am Anfang. Elliot hatte es mir wirklich versprochen. Aber dann hat er es sich anders überlegt. Nicht mal für das Doppelte des vereinbarten Geldes wollte er es machen. Er hat einfach kalte Füße bekommen.«

»Du lügst doch schon, wenn du nur den Mund auftust!« Jakob ballte die Fäuste und hatte Mühe, sich nicht dazu hinreißen zu lassen, ihm ins Gesicht zu schlagen. Er spürte, wie sich Tränen in seine Augen drängten. »Die ganze Zeit hast du mich im Glauben gelassen, dass dein Koch die Briefe aufgegeben hat!«

»Aber doch nur, weil ich sah, wie viel es dir bedeutete, deiner Erika Briefe schreiben zu können! Und da hab ich es einfach nicht übers Herz gebracht, dir die Wahrheit zu sagen, wo es auf dem Schiff doch auch so schon so schwer auszuhalten war. Nur deshalb habe ich nichts gesagt!«, beschwor Viktor ihn. »Ich dachte, dass es besser ist, wenn ich dich im Glauben lasse … Ich weiß, dass du jetzt bitter enttäuscht bist, aber der *Dunera* sind wir ja endlich entkommen, und bestimmt kannst du die Briefe jetzt hier in Australien aufgeben. Ich habe dir auch Geld dazugelegt.«

»Behalte dein dreckiges Geld, du Lügner und Betrüger!«, zischte Jakob, riss den Geldschein unter dem Nähgarn hervor und warf ihn Viktor vor die Füße. »Ich hätte mich erst gar nicht wieder mit dir einlassen sollen!«

»Jakob, du musst mir glauben! Ich wollte dir nicht wehtun und dich auch nicht hintergehen! Ich wollte dir nur die bittere Enttäuschung ersparen, solange wir noch auf der *Dunera* waren! Nur deshalb habe ich geschwiegen! Bitte, glaube mir!«, flehte Viktor ihn mit gequälter Miene an und fasste ihn am Arm.

Mit beiden Händen stieß Jakob ihn vor die Brust und von sich weg. All sein Zorn und seine Verzweiflung lagen in diesem heftigen Stoß, der Viktor zu Boden schleuderte. »Komm mir bloß nie wieder unter die Augen!«, drohte er ihm. »Mit dir bin ich ein für alle Mal fertig!« Dann wandte er sich schnell ab, plötzlich blind vor Tränen.

3

Der Zug ließ die Außenbezirke von Sydney schnell hinter sich zurück, überquerte eine dicht bewaldete Bergkette mit wilden, zerklüfteten Schluchten und erreichte in den frühen

Abendstunden offenes Buschland. Es schien sich unter einem endlos hohen und blauen Himmel bis in die Ewigkeit zu erstrecken und die rote Erde erinnerte an frisch gebrannte Ziegelsteine. Graublättrige Eukalyptusbäume mit aufgeplatzter Borke und Akazien sprenkelten in kleinen Gruppen die Landschaft. Gelegentlich kam für einen Moment ein Farmhaus mit Wasserturm und Windrad ins Blickfeld, zog eine weit verstreute Schafherde an den Zugfenstern vorbei und sprang ein Känguru vor dem sich nahenden Zug davon. Asphaltierte Straßen sahen sie keine, allein Sand- und Schotterpisten kreuzten die Gleise und führten zu Siedlungen und Höfen.

»Hier beginnt schon das *Outback*, die Sinai Australiens«, sagte jemand im Abteil. »Die ist schlimmer als die echte in Erez Israel. Jedenfalls soll es tagsüber noch viel heißer und nachts noch viel kälter als dort sein.«

Als die Nacht hereinbrach, stellten sie zu ihrer Bestürzung fest, dass große Flächen des Buschlandes brannten. Der Himmel loderte im Feuerschein der Brände. Die Soldaten im Zug beruhigten sie jedoch sofort und versicherten, dass für sie keine Gefahr bestand und dass im Outback Buschbrände zum ganz normalen Leben gehörten.

Die Soldaten versorgten sie auch im Zug so zuvorkommend und mit ebenso gutem wie reichhaltigem Essen wie auf dem Kai im Hafen von Sydney. Es gab sogar frisches Obst – und dazu jede Menge Witze und Geschichten, die die Soldaten genauso freigiebig austeilten wie alles andere.

Jakob nahm all das nur am Rande wahr. Er bekam überhaupt wenig von dem mit, was auf dieser langen Zugfahrt um ihn herum geschah. Und von den Bildern, die am Zugfenster vorbeiflogen, drangen nur wenige in sein Bewusstsein vor.

Lukas hatte ihn zu trösten versucht und auch Hermon hatte ihm gut zureden und auf Viktors Beweggründe eingehen wollen. Doch Jakob hatte sich allem verschlossen. Ihm war nicht nach Reden zumute, schon gar nicht über Viktor. Er wollte mit seinem Kummer allein gelassen werden. Und nach einer Weile gaben sie es auf, ihn in ein Gespräch zu ziehen.

Sie fuhren die Nacht durch, immer tiefer hinein in das australische Buschland. Am späten Vormittag, nach fast achtzehnstündiger Bahnfahrt und über sechshundert Kilometer von der Küste entfernt, hielt der Zug mitten im Nirgendwo an einer Station, die aus kaum mehr als einem Bahnsteig aus Holzbohlen, einem Wellblechdach darüber und einem großen Wasserturm bestand. Auf dem Blechschild, das von der Wellblechdecke hing, stand der Name der Bahnstation, der zugleich auch der Name des Internierungscamps war: *Hay*.

»Wo ist denn hier das obligatorische militärische Begrüßungskomitee für uns gefährliche *aliens*?«, wunderte sich Aaron, als sie ausstiegen, waren sie in England doch bei jeder Verlegung oder Einschiffung stets von Soldaten in Regimentsstärke und mit aufgepflanzten Bajonetten in Empfang genommen worden. Hier auf der Bahnstation Hay stiegen dagegen nur ein paar müde, gähnende Soldaten mit ihnen aus, die ihr Gewehr nachlässig über die Schulter gehängt trugen.

»Hat einer von euch eine Ahnung, was das zu bedeuten hat?«, fragte Lukas und deutete auf eine Staubwolke, die am Horizont in den Himmel aufstieg und sich der Bahnstation schnell näherte.

Es waren sechs uniformierte Reiter auf mageren Pferden, die, von einer Wolke Fliegen umschwärmt, diese rote Staubfahne aufwirbelten. Und diese sechs Reiter stellten zusammen mit den wenigen Soldaten aus dem Zug die bescheidene militärische Eskorte dar, die sie auf dem Marsch zum Camp begleitete. Aber in der lebensfeindlichen Einsamkeit des Outbacks war ein stärkerer Wach- und Begleitschutz auch nicht nötig. Der Gedanke an Flucht stellte sich angesichts der lebensbedrohlichen Weite und Kargheit des Landes erst gar nicht ein.

Hermon hatte Mühe, mit ihnen Schritt zu halten. Er schwitzte sehr, mehr noch als die anderen. Auch ging sein Atem schnell und flach und die Sorge um ihn ließ Jakob vorübergehend seinen Zorn auf Viktor und seinen Kummer vergessen. Außerdem war es schon sehr heiß dafür, dass jetzt im September angeblich erst der Frühling anbrach. Aber Frühling in Australien und insbesondere im Outback bedeutete etwas völlig anderes als Frühling in Europa, wie sie schnell lernen sollten.

»Was für eine öde Landschaft!«, sagte Aaron und wischte sich den Schweiß von der Stirn.

»Und dazu platt wie ein Pfannkuchen, so weit das Auge reicht!«, fügte Lukas hinzu.

Endlich tauchte das Camp in der flirrenden Luft vor ihnen auf. Eine Quadratmeile roter Sand, wie gewohnt von einem doppelten, hohen Stacheldrahtzaun umgeben und überragt von vier hohen Wachtürmen, die mit Flutlichtstrahlern und Maschinengewehren bestückt waren. Nirgendwo jedoch ein Zelt oder eine Hütte.

»Die Unterkünfte treffen morgen ein!«, teilte ihnen der Lagerkommandant mit, der sie inmitten des freien roten Feldes antreten ließ. »Aber die Hütten sind vorgefertigt und im Handumdrehen aufgestellt!«

Die Aufforderung, sich in Gruppen zu maximal zehn Mann aufzuteilen und Lagerfeuer zu machen, über denen sie auch ihr Essen an diesem Tag würden zubereiten müssen, bekam Hermon nicht mehr mit. Er verdrehte plötzlich die Augen, gab ein leises Aufstöhnen von sich und sackte bewusstlos zu Boden.

Als Jakob sich zu ihm kniete und seine schweißnasse Stirn berührte, fuhr ihm der Schreck ein zweites Mal innerhalb weniger Sekunden durch die Glieder. Hermon glühte förmlich vor Fieber!

4

Die vorfabrizierten Unterkünfte für das Camp Hay, primitive Holzhütten für eintausend Mann, trafen tatsächlich am nächsten Tag ein – zusammen mit einigen dutzend Handwerkern, die das sachgemäße Aufstellen und Zusammenfügen der angelieferten Fertigbauteile überwachten. Im Grunde genommen bauten jedoch die Internierten, die die Nacht im Freien rund um die Lagerfeuer verbracht hatten, ihre Unterkünfte mit den Stockbetten sowie die Gemeinschaftsbaracken selber auf. Es wurden Strohsäcke als Matratzen und für jeden eine Wolldecke ausgeteilt. Betttücher gab es nicht.

Die Krankenbaracke gehörte zu den ersten Gebäuden, die auf dieser baum- und strauchlosen Quadratmeile roten Sandes zusammengefügt wurden, und Hermon war der erste Kranke, der eine der frisch bezogenen Feldpritschen belegte.

Der Lagerarzt hatte bei ihm nicht nur einen gefährlichen Flüssigkeitsverlust festgestellt, sondern auch noch eine schwere Lungenentzündung.

Jakob nahm jede Gelegenheit wahr, um Hermon in der Krankenbaracke zu besuchen. In den acht Wochen hatte er zu diesem Mann, der auch unter den grässlichsten Bedingungen Zuversicht bewahrt und fröhliche Ruhe ausgestrahlt hatte, ein ganz besonderes, vertrauensvolles Verhältnis entwickelt. Eine enge Beziehung, die weder allein mit Vaterersatz noch mit großem Bruder zu umschreiben war, obwohl sie von beidem etwas hatte. Es ging darüber hinaus und beinhaltete etwas Kostbares, das Jakob nicht recht benennen konnte. Die Vorstellung, ihn zu verlieren, war ihm unerträglich.

»Mach uns bloß keinen Ärger!«, sagte Jakob, seine Angst und Beklemmung hinter einem burschikosen Ton verbergend, als auch am dritten Tag noch keine Besserung eingetreten war.

»Sieh gefälligst zu, dass du wieder auf die Beine kommst, sonst suchen wir uns für unsere Skatrunde einen neuen vierten Mann!«

Hermon lächelte schwach. »Und du sieh zu, dass du dich wieder mit Viktor aussöhnst«, ermahnte er ihn.

Jakobs Gesicht verschloss sich augenblicklich. »Fang nicht wieder davon ab! Du weißt, das Thema ist für mich gestorben!«

»Das hättest du vielleicht gerne, aber ich denke nicht daran, mir von dir den Mund verbieten zu lassen«, sagte Hermon. »Denn wie du dich deinem Freund gegenüber verhalten hast, ist einfach nicht richtig!«

»Er ist nicht mehr mein Freund!«

»Du tust ihm Unrecht, Jakob!«, beharrte Hermon. »Und du musst ihm eine zweite Chance geben. Jeder macht Fehler und jeder hat eine zweite Chance verdient.«

»Viktor hat seine zweite Chance gehabt!«, erwiderte Jakob heftig.

»Nein, du hast ihm keine zweite Chance gegeben, als du dich auf der *Dunera* wieder mit ihm getroffen und Schach gespielt hast«, widersprach Hermon. »Du hast in dem Moment, als du dich angeblich mit ihm versöhnt hast, in Wirklichkeit doch nur deinen eigenen Vorteil im Auge gehabt. Dir ging es in erster Linie um die Briefe an deine Freundin. Dafür hättest du alles getan.«

»Das ist nicht wahr!«, protestierte Jakob, spürte jedoch, wie ihm die Röte ins Gesicht schoss.

»Es ist sehr wohl wahr und in deinem Innersten weißt du es auch«, beharrte Hermon. »Du hast ihm seinen ... nun ja, bösen Ausrutscher, den er beim Untergang der *Arandora Star* in Todesangst begangen hat, nicht großherzig verziehen. Das wäre ein Zeichen von Charakterstärke gewesen. Nein, du hast vielmehr beschlossen, einfach darüber hinwegzusehen, weil dir die Sache mit den Briefen wichtiger als alles andere war. Du hast ihn schlicht und ergreifend benutzt, Jakob.«

Jakobs Gesicht brannte nun, als hätte Hermon ihn bei einer großen Lüge ertappt, und in gewisser Weise hatte er das ja auch.

»Und ich bin felsenfest davon überzeugt, dass Viktor die Wahrheit gesagt hat«, fuhr Hermon mit schwächer werdender, aber dennoch eindringlicher Stimme fort. »Er hat es nicht übers Herz gebracht, dir schon in Takoradi zu sagen, dass dieser Elliot sich plötzlich eines anderen besonnen hatte.«

»Woher willst du das wissen?«

»Weil es ihm doch ein Leichtes gewesen wäre, dich anzulügen und weiterhin so zu tun, als wären deine Briefe wirklich von Bord gegangen«, sagte Hermon. »Wer hätte ihm denn je das Gegenteil beweisen können? Dieser Elliot wird dir doch nie über den Weg laufen. Und in Kriegszeiten geht viel Post verloren. Schiffe werden versenkt und Flugzeuge abgeschossen. Wer kann hinterher sagen, wann ein Postsack wo verloren gegangen ist? Und wer wird überhaupt je danach fragen? Wir alle werden viel zu sehr damit beschäftigt sein, diesen Krieg zu überleben.«

Jakob schwieg betreten.

»Nein, Viktor hat die Wahrheit gesagt, und er hat all die Wochen geschwiegen, weil dir das Schreiben der Briefe in diesen elenden Wochen an Bord der *Dunera* so viel Kraft und Zuversicht gegeben hat. Das war etwas, was dich beschäftigt, stundenlang von dem Elend abgelenkt hat und woran du dich wie an einem Rettungsring festhalten konntest. Jeder in deiner Umgebung hat das gesehen. Und nur deshalb hat Viktor mit der bitteren Wahrheit so lange gewartet. Er hat dich mit seinem Schweigen nicht hintergangen, sondern er hat dir einen großen Dienst erwiesen, dessen Bedeutung du jetzt vielleicht noch gar nicht richtig begreifst.«

»So habe ich die Sache noch gar nicht betrachtet«, gestand Jakob ein.

»Das solltest du aber, denn dann stößt du auf die Wahrheit, Jakob. Und dann wirst du hoffentlich auch die Charakterstärke besitzen, dich bei ihm zu entschuldigen und ihm das verzeihen, was dich und Lukas so verletzt hat«, sagte Hermon. »Jemanden zu lieben ist ein Geschenk und etwas Wunderbares, mein Freund. Aber aus welchem Holz man geschnitzt und wie eng oder wie groß das eigene Herz ist, erweist sich erst, wenn es darum geht, jemandem zu verzeihen und ihm wirklich eine neue Chance zu geben… Der Dichter Georg Trakl hat mal geschrieben: *Mancher auf der Wanderschaft kommt auf dunklen Pfaden ans Tor.* Und das ist so wahr, wie du ein verdammter Dickkopf bist!«

Jakobs Lächeln fiel recht angestrengt aus. »Na gut«, sagte er. »Ich werde darüber nachdenken.«

5

Hermon Blumenthal, der Wiener Kaffeehausmusiker, Stehgeiger in Dur und Moll, wie er sich gern selbstironisch bezeichnet hatte, starb in den frühen Morgenstunden an Lungenversagen. Wegen der ungewöhnlichen Hitze und der Fliegenplage, die das Camp und seine Insassen in dichten Wolken heimsuchte, wurde er schon am selben Vormittag draußen vor dem Lager in der roten, hart gebackenen Erde begraben. Ein schlichtes Holzkreuz, aus zwei Eukalyptusbrettern zusammengenagelt, markierte das erste Grab des Lagerfriedhofs.

Nach der kurzen, aber feierlichen Bestattungszeremonie, die der Oberrabbiner Saul Ehrentreu vornahm und mit einem bewegenden Kaddisch abschloss, führte Jakobs Gang ihn zuerst in die Krankenbaracke.

»Wo sind die Sachen von Hermon Blumenthal?«, fragte er

den Sanitäter, als er das Krankenbett frisch bezogen und den kleinen Nachttisch abgeräumt vorfand.

»Welche Sachen?«, fragte der Sanitäter verständnislos zurück. »Der Mann hat doch nichts als seine Kleidung gehabt und darin ist er begraben worden. Das Einzige, was hier noch herumlag, waren diese ollen schwarzen Strippen.«

»Das sind keine ollen Strippen, sondern Tefillin, Gebetsriemen!«, fuhr Jakob den Mann empört an. »Und die von Hermon sind noch kostbarer als die normalen! Wo haben Sie die hingetan?«

Der Sanitäter sah ihn verdutzt an. »Na, da drüben in den großen Abfalleimer.«

Jakob schoss ihm einen erbosten Blick zu, ging zum Abfalleimer und nahm die Gebetsriemen mit den geschwärzten Streichholzschachteln als Kapseln für die Bibelabschnitte an sich. Er drückte die Gebetsriemen, die Hermon selbst angefertigt hatte, für einen langen Moment schweigend an die Brust. Dabei schloss er die Augen, um die Tränen zurückzuhalten. Nicht schon wieder weinen!

Als er sich wieder gefasst hatte, ging er hinaus in die gleißende Sonne. Er blieb kurz auf dem Platz stehen und blickte hinüber zur Hütte, wo Viktor untergekommen war. Dann ging er festen Schrittes darauf zu.

Epilog

oder

Was aus Jakob und seinen Freunden wurde

Im November 1940 gelingt es Jakob Stern, über das Rote Kreuz Briefkontakt mit Erika Himmel aufzunehmen, kurz bevor sie in ein Lager auf der Isle of Man verlegt wird.

Presseberichte über die wahren Hintergründe, warum beim Untergang der *Arandora Star* so viele Menschen ums Leben gekommen waren, sowie der öffentliche Skandal über die Zustände auf der *Dunera*, der zu einem Kriegsgericht gegen den kommandierenden Offizier der Wachmannschaft führt, sorgen dafür, dass die jüdischen Flüchtlinge in der Gunst des Kriegsministeriums steigen. Im März 1941 erhalten junge, kriegstaugliche Flüchtlinge die Möglichkeit, den Internierungslagern zu entkommen, wenn sie sich für das *Alien Pioneer Corps* melden. Jakob Stern, Viktor Wolkenstein und Aaron Kronberg gehören im Camp Hay zu den Ersten, die sich der ärztlichen Untersuchung stellen und in das *Alien Pioneer Corps* eintreten.

Lukas Steinbrink versucht es mit gefälschten Papieren, wird jedoch zurückgewiesen. Er zählt zu der großen Mehrheit der Internierten, die drei Jahre und länger im Camp verbringen, bis der Zusammenbruch des Naziregimes abzusehen ist und man die Lager auflöst.

Das Pioniercorps, in das Jakob, Viktor und Aaron eintreten, ist die einzige Einheit, die jungen Ausländern offen steht, wird jedoch nicht als kämpfende Truppe an der Front eingesetzt. Ihre Aufgabe ist zwar kriegswichtig, aber wenig glanzvoll, besteht sie doch in Bauarbeiten, der Sicherung der Versorgung hinter der Front und im Ausheben von Latrinen.

Ab 1943 fallen diese Einschränkungen, und viele aus dem *Alien Pioneer Corps* nehmen sofort die Gelegenheit wahr, um zur kämpfenden Truppe überzuwechseln. Jakob will zur Luftwaffe, Viktor zu den Fallschirmspringern und Aaron zur Panzerdivision. Da jeder von ihnen eine andere Kampfeinheit bevorzugt, sie aber unbedingt zusammenbleiben wollen, lassen sie das Los entscheiden – und melden sich zu den Fallschirmjägern. Ihre Ausbildung absolvieren sie nahe bei London. Hier sehen sich Jakob und Erika zum ersten Mal wieder, nach fast drei Jahren der Trennung. Erika ist im Frühjahr 1941 in das Frauen-Hilfs-Corps *Women's Auxiliary Territorial Service* eingetreten und erst wenige Monate vor dem Wiedersehen nach London versetzt worden, um bei der Versorgung der Bombenopfer zu helfen. Jakob und Erika heiraten, wenige Tage bevor Jakob, Viktor und Aaron zu ihrem ersten Kampfeinsatz ausgeflogen werden.

Als im Juni 1944 die Invasion der Alliierten in der Normandie beginnt, gehören die drei Freunde zu jenen Kommandoeinheiten, die als »Himmelfahrtskommandos« hinter den feindlichen Linien abspringen. Bei Gefechten in den darauf folgenden Tagen wird Aaron getötet und Jakob schwer verletzt. Viktor rettet ihm das Leben. Er schleppt ihn zwei Tage und zwei Nächte durch die Wälder und bringt ihn durch die feindlichen Linien in ein alliiertes Lager. Dabei wird er selbst schwer verwundet. Beide überleben ihre Verletzungen.

Nach dem Krieg kehren sie beide nach Deutschland zurück, um nach ihren Familien zu suchen. Sie finden keine Überlebenden, sondern nur die Namen ihrer Eltern, Geschwister und Verwandten auf den peinlich genau geführten Todeslisten der Konzentrationslager. Ihre Familien gehören zu den sechs Millionen Juden, die im Holocaust von den Nazis systematisch ermordet worden sind.

Im Frühsommer 1946 gehen Jakob und Erika, die mit ihrem ersten Kind schwanger ist, nach Palästina. Viktor schließt sich ihnen an. Dort führt der Zufall sie wieder mit Lukas zusammen, von dessen Familie bis auf einen Vetter zweiten Grades keiner die Konzentrationslager überlebt hat. Lukas ist illegal ins Land gekommen und hat sich der jüdischen Geheimarmee *Hagana* unter dem Kommando von Ben Gurion angeschlossen. Im Befreiungskrieg von 1948, der zur Gründung des Staates Israel führt, zeichnen sich Jakob und Viktor mit den ihnen unterstellten Einheiten in den erbitterten Gefechten um die lebenswichtigen Nachschubwege nach Jerusalem durch besondere Tapferkeit aus. Als es im Februar 1949 endlich zu einem Waffenstillstandsvertrag kommt, bekleiden beide den Rang eines Majors.

Während Viktor beschließt, in der israelischen Armee zu bleiben und seine Offizierskarriere fortzusetzen, heiratet Lukas ein Kibbuzmädchen und wird selbst ein Kibbuznik an der gefährlichen Grenze zu Syrien. Jakob kehrt dagegen auf die Schulbank zurück und beginnt ein Jurastudium, inzwischen Vater eines zweijährigen Sohnes namens Hermon und einer gerade drei Monate alten Tochter namens Rebecca. Nach dem Studium arbeitet er mehrere Jahre für die Regierung, bevor er in Jerusalem eine eigene Kanzlei eröffnet. Er spezialisiert sich auf internationales Recht. Inzwischen ist die Familie um die beiden Kinder Simon und Maike angewachsen.

Viktor bringt es in seiner Laufbahn bis zum General, hat jedoch privat weniger Glück. Seine Ehen, die kinderlos bleiben, scheitern. Nach seiner dritten Scheidung führt er fortan ein Leben als Junggeselle. Im Sechs-Tage-Krieg im Juni 1967 trägt er beim Sinai-Feldzug entscheidend dazu bei, dass israelische Truppen schon zwei Tage nach Ausbruch der Kämpfe den ägyptischen Militärstützpunkt Scharm el-Scheich am Roten Meer einnehmen und tags darauf am Suezkanal stehen.

Sechs Jahre später, im Oktober 1973, erfolgt am Yom Kippur, dem Versöhnungsfest und höchsten jüdischen Feiertag, ein Überraschungsangriff ägyptischer und syrischer Truppen auf Israel. Nach schweren, verlustreichen Kämpfen werden die vordrängenden gegnerischen Truppen zurückgeschlagen. Aber der Blutzoll, den Israel für diesen Sieg zahlen muss, ist hoch. Zu den Toten dieses Krieges zählt auch Jakobs und Erikas ältester Sohn Hermon, der bei der Panzerschlacht auf den Golanhöhen den Tod findet. Und der Kibbuz, in dem Lukas mit seiner Familie lebt, wird von syrischen Truppen in den ersten Stunden des Angriffs überrannt und vollkommen zerstört. Nicht einmal die Kinder überleben den Überfall, der alle Kibbuzbewohner beim Feiern des Yom Kippur überrascht.

Viktor geht 1987 in Pension, schreibt seine Memoiren, um sie dann jedoch nicht zu veröffentlichen, und stirbt acht Jahre später an Lungenkrebs. Zwei Jahre danach übergibt Jakob seine Anwaltskanzlei seinem jüngsten Sohn Simon und widmet sich fortan ganz seinem Hobby, das er mit Erika teilt, nämlich der biblischen Archäologie.

Im Frühjahr 2001, kurz vor Jakob Sterns achtundsiebzigstem Geburtstag, greifen noch einmal der Hass und die mörderische Gewalt des ungelösten Nahost-Konflikts in das Leben der Familie Stern ein, als ein palästinensischer Selbstmordattentäter mitten auf einer belebten Einkaufsstraße in Jerusalem einen Rucksack mit Sprengstoff zündet. Zu den sieben Toten und vierzehn Schwerverletzten gehört Jakobs und Erikas Enkelkind Janina, Rebeccas jüngste Tochter, die ihr erstes Kind erwartet. Janina und ihr noch ungeborenes Kind werden bei der Explosion getötet.

Nachwort

Der erste Transport jüdischer Kinder aus Nazi-Deutschland traf am 2. Dezember 1938 nach dreißigstündiger Reise im englischen Hafen Harwich ein. Er bestand aus einhundertsechsundneunzig jüdischen Waisen, deren Heim die SA in der Pogromnacht vom 9. auf den 10. November in Brand gesteckt hatte. Mit Ausbruch des Zweiten Weltkriegs am 1. September 1939 endete der offizielle Kindertransport, auch wenn im Mai 1940, während der Evakuierung der britischen Truppen aus Dünkirchen, noch einmal einer größeren Gruppe jüdischer Kinder die Flucht über den Kanal gelang.

Diese Transporte, die bis zu fünfhundert Kinder pro Zug zählten, retteten in den gerade mal neun Monaten, die bis zum Ausbruch des Zweiten Weltkriegs blieben, etwa zehntausend jüdische Kinder aus Deutschland, Österreich, Polen und der Tschechoslowakei. Sie stellen eine einzigartige Rettungsaktion dar – insbesondere im Licht der mitleidlos strikten Einwanderungspolitik, mit der fast alle anderen Länder Juden ohne Vermögen und ohne Rang und Namen die rettende Einwanderung verwehrten. So nahmen beispielsweise die USA im selben Zeitraum gerade mal zweitausend jüdische Kinder auf. Und in der neutralen Schweiz war die Angst vor einer Flut von armen jüdischen Einwanderern so groß, dass teilweise auf Schweizer Betreiben hin die Nazis im Herbst

1938 verfügten, dass alle jüdischen Pässe mit einem großen J gestempelt sein mussten, damit man sie leichter als Juden identifizieren konnte. Allein die Niederlande dürfen sich rühmen, eine liberale Einwanderungspolitik praktiziert und Juden vergleichsweise leicht und unbürokratisch Zuflucht gewährt zu haben.

Dass die Kindertransporte nach England nicht jedes Mal aufs Neue von der Willkür der Nazi-Behörden abhingen, sondern ohne langwierigen bürokratischen Akt genehmigt wurden, ist zum Großteil das Verdienst der couragierten holländischen Bankiersfrau Gertrud Weysmuller-Meijer. Sie reiste Anfang Dezember nach Wien und verhandelte dort mit Adolf Eichmann, dem Leiter des Judenreferates der Gestapo. Ihr mutiges und hartnäckiges Eintreten für die jüdischen Kinder hatte Erfolg. Eichmann erteilte die verlangte Genehmigung und damit waren alle weiteren Kindertransporte bis zum Ausbruch des Zweiten Weltkrieges gesichert. Engagierte Hilfsorganisationen in Deutschland, Österreich, den Niederlanden und England übernahmen die Koordinierung der Transporte.

Die meisten geretteten Kinder sahen ihre Eltern, Geschwister und Verwandten nicht wieder. Ihre Angehörigen gehörten zu den sechs Millionen Juden, die dem systematischen Massenmord der Nazis zum Opfer fielen. 1,5 Millionen davon waren Kinder. Zu dieser Tragödie gesellte sich bei der Mehrzahl der geretteten Kinder auch noch der Verlust der Heimat. Ganz wenige von ihnen sind nach dem Krieg nach Deutschland zurückgekehrt, um dort zu leben. Der größte Teil ist in England geblieben, der Rest ist nach Israel, Kanada, Australien und in die USA ausgewandert.

Die lange Reise des Jakob Stern ist ein Roman und Jakob Stern eine fiktive Gestalt, und doch sprechen aus ihm sehr deutlich die Stimmen vieler jüdischer Kinder und Jugendlicher, die an jenen Kindertransporten teilgenommen und Internierungslager erlebt, den Untergang der *Arandora Star* überlebt und die qualvollen Monate an Bord der *Dunera* ertragen haben. Eine Fülle von Zeugenaussagen ist in diesen Roman eingeflossen und von mir in Szenen und Dialoge umgesetzt worden. An manchen Stellen habe ich mir aus dramaturgischen Gründen kleinere schriftstellerische Freiheiten herausgenommen, ohne jedoch die historischen Tatsachen und Zusammenhänge zu verfälschen.

Aber auch bei der Vielzahl von übereinstimmenden Erinnerungen, die meinem Roman zugrunde liegen, darf doch nicht vergessen werden, dass diese Geschichte, so wahr sie trotz ihrer romanhaften Präsentation auch ist, nur einen Mosaikstein des großen und in vielen Teilen sehr widersprüchlichen Gesamtbildes jener Zeit darstellt – und dass nicht alle der zehntausend Teilnehmer der Kindertransporte dieselben bitteren Erfahrungen gemacht haben, wie in diesem Roman geschildert. Die vielen Grautöne überwiegen im Leben nun mal die klaren Flecken von Weiß und Schwarz, fallen jedoch nicht so deutlich ins Auge wie die scharfen Kontraste.

Um die Fakten für einen historischen Roman zu erarbeiten, bedarf es zahlreicher und oft langwieriger Recherchen und Studien. Bei diesem Projekt haben mir eine ganze Reihe von Holocaust-Experten hier in den USA mit Rat und Tat hilfreich zur Seite gestanden. Großen Dank schulde ich den Mitarbeitern des *United States Holocaust Memorial Museum* in Washington, DC, unter ihnen ganz besonders Brewster

Chamberlain sowie Roman Kopetzky vom *Center for Advanced Holocaust Studies.*

Herzlicher Dank geht auch an Merrill Climo und Jay Bell, die mir so manche Türen geöffnet und mir ihre Fachliteratur zur Verfügung gestellt haben.

In freundschaftlicher Dankesschuld stehe ich auch bei den Korrespondenten des *White House Press Corps,* Dagmar Schroeder-Hildebrand und Peter W. Schroeder, für ihre Gastfreundschaft während unseres Aufenthaltes in Washington, ihre vielfältige moralische wie sachliche Unterstützung – und natürlich für den unvergesslichen Rappaport!

Einen ganz speziellen und tief empfundenen Dank möchte ich den Mönchen des Zisterzienserklosters Himmerod in der Eifel aussprechen. Sie schenkten mir unter der Fürsorge von Abt Bruno und Prior Pater Martin viele kostbare Klausurwochen lang in ihrem Kloster die völlige Ruhe und Abgeschiedenheit sowie den geistigen Beistand, die notwendig waren, um nach dem langen bedrückenden Studium des Materials über den Holocaust und die Kindertransporte mit dem *richtigen* Schreiben zu beginnen und aus den zahlreichen Notizen und Skizzen zum Projekt *Die lange Reise des Jakob Stern* nun endlich den gleichnamigen Roman entstehen zu lassen.

Rainer M. Schröder

Worterklärungen

Antisemitisch: judenfeindlich

Arier: in der Rassenlehre der Nationalsozialisten ein Angehöriger der weißen Herrenrasse – zu der sie sich selbst zählten –, die allen anderen »Rassen« überlegen sei, vor allem den Juden.

Arisch: zu den Ariern gehörend (siehe Arier)

Bar-Mizwa: vergleichbar mit der Konfirmation. Ein jüdischer Junge wird an seinem dreizehnten Geburtstag Bar-Mizwa (das heißt »Gebotspflichtiger«).

BDM: Abkürzung für Bund Deutscher Mädel. Nationalsozialistische Jugendorganisation für vierzehn- bis achtzehnjährige Mädchen. Aufgabe des BDM war es, die Mädchen für ihre Rolle vorzubereiten, Mutter zahlreicher Kinder zu werden und diese nationalsozialistisch zu erziehen. Der BDM gehörte zur Hitlerjugend.

Chanukka: jüdisches Fest, das acht Tage dauert. Am ersten Tag entzündet man die erste Kerze des achtarmigen Chanukka-Leuchters, am zweiten die zweite und so weiter. An Chanukka feiert man den Sieg der Makkabäer über die Seleukiden, die versucht hatten, die Juden zu hellenisieren.

Erez Israel: Für die aus Palästina vertriebenen und in der ganzen Welt verstreuten Juden ist Erez Israel seit Jahrhunderten die Bezeichnung für das Land der Väter im religiösen Sinn. Vor der Gründung des modernen Staates Israel 1948 war Erez Israel der unter Juden verbreitete Name für Palästina.

Gestapo: Abkürzung für Geheime Staatspolizei. Dies war die politische Polizei im nationalsozialistischen Deutschland, deren Aufgabe es war, Staatsfeinde zu bekämpfen. Die Gestapo konnte willkürlich Menschen verhaften, foltern und töten, ohne dafür zur Rechenschaft gezogen zu werden.

Gojim: Plural von Goy (Nichtjude)

Hitlerjugend: Jugendorganisation der NSDAP. Ab 1933 wurden alle deutschen Jugendbewegungen in die Hitlerjugend integriert. Seit 1939 mussten alle deutschen Jugendlichen ab zehn Jahre der Hitlerjugend beitreten.

Kaddisch: Totengebet. Es verkündet die Heiligkeit Gottes und die Hoffnung auf Erlösung.

Kibbuz: eine landwirtschaftliche Gemeinschaftssiedlung; den Kibbuzmitgliedern (Kibbuznikim) gehört alles gemeinsam und die Arbeiten werden von allen verrichtet.

Koscher: den jüdischen Speisegesetzen entsprechend. Dazu gehört zum Beispiel, dass milchige und fleischige Speisen nicht zusammen verzehrt werden dürfen.

Menora: siebenarmiger Leuchter; eines der Symbole des Judentums

NSDAP: Abkürzung für Nationalsozialistische Deutsche Arbeiterpartei

Oberrabbiner: siehe Rabbiner

Palästina: entspricht den heutigen Staaten Israel und Jordanien. Als Heiliges Land ist es seit jeher der religiöse und historische Bezugspunkt für das Judentum.

Pogrom: staatlich gelenkte oder geduldete Ausschreitungen fanatischer Gruppen gegen Minderheiten

Rabbiner: im Judentum ein gelehrter Mann und geistiger Führer. Zu seinen Aufgaben gehört die Durchführung von Trauungen, Beerdigungen, Scheidungen, die Überwachung des Religionsunterrichts und die Begutachtung in religionsgesetzlichen Fragen.

SA: Abkürzung für Sturmabteilung: Dies war die uniformierte und bewaffnete Kampf- und Propagandatruppe der NSDAP.

Sabbat: siebter Tag in der Woche, Tag der Ruhe zur Erinnerung an die göttliche Weltschöpfung. Das Fest beginnt am Freitagabend und endet am Samstagabend, jeweils bei Sonnenuntergang. Währenddessen ist es nicht erlaubt, Arbeiten zu verrichten.

Schir Hama'alot: Bei diesem Lied handelt es sich um den Psalm 126, »Lied von der Rückkehr nach Zion«; es wird am Freitagabend zum Beginn des Sabbat gesungen.

SS: Abkürzung für Schutzstaffel. Paramilitärische Elitetruppe der NSDAP für besondere Aufgaben. Während des Zweiten Weltkriegs war die SS maßgeblich an der Verfolgung und Ermordung hunderttausender von Menschen beteiligt, die aus rassischen oder politischen Gründen getötet werden sollten. Auch zur Bewachung der Konzentrationslager wurde die SS eingesetzt.

Straflager: Der Begriff »Konzentrationslager« oder »KZ« für die Straf- und Arbeitslager der Nazis war erst seit den vierziger Jahren im allgemeinen Sprachgebrauch verbreitet. Da er für Jakob und seine Freunde also noch ungebräuchlich war, wird er in diesem Buch nicht verwendet.

Synagoge: jüdisches Gebetshaus

Talmud: Sammlung von rabbinischen Interpretationen und Erläuterungen zur Bibel

Thora: Bezeichnung der fünf Bücher Mose; für den gottesdienstlichen Gebrauch auf eine Thora-Rolle geschrieben.

Zionist: Anhänger der von Theodor Herzl gegründeten Bewegung des Zionismus, die die Gründung eines jüdischen Staates zum Ziel hatte.

Quellenverzeichnis

Bücher:

Valerie Jean Chase/Irene Reti (Hrsg.): »*A Transported Life: Memories of Kindertransport, The Oral History of Thea Feliks Eden*«, HerBooks California 1995

Olga Levy Drucker: »*Kindertransport*«, Henry Holt & Company 1992

Gerhard Fischer: »*Enemy Aliens – Internment and the Homefront*«, University of Queensland Press 1989

Vera Gissing: »*Pearls of Childhood – The poignant true wartime story of a young girl growing up in an adopted land*«, Robson Books 1994

Ester Golan: »*Auf Wiedersehen in unserem Land*«, Econ Verlag 1995

Rebekka Göpfert: »*Der Jüdische Kindertransport von Deutschland nach England 1938/39*«, Campus Verlag 1997

Rebekka Göpfert (Hrsg.): »*Ich kam allein – Die Rettung von zehntausend jüdischen Kindern nach England 1938/39*«, Deutscher Taschenbuch Verlag 1994

Mark Jonathan Harris/Deborah Oppenheimer: »*Kindertransport in eine fremde Welt*«, Goldmann Verlag 2000

Joseph Jacobsen/Erwin Jospe u. a. (Hrsg.): »*Hawa Naschira – Auf! Lasst uns singen!*«, Lieder & Lexikon, Dölling und Galitz Verlag 2001

Jeremy Josephs/Susi Bechhöfer: »*Rosas Tochter – Bericht über eine wiedergefundene Kindheit*«, Piper Verlag 1999

Jürgen Kleindienst (Hrsg.): »*Pimpfe, Mädels und andere Kinder, Kindheits-Erinnerungen, Deutschland 1933–1939*«, Reihe Zeitgeist Band 4, JKL-Publikationen 2001
Fred Lown: »*Dunera Boy – Furniture Designer – Artist*«, Prendergast Publishing Australia 2001
Johann Maier/Peter Schäfer: »*Kleines Lexikon des Judentums*«, Verlag Katholisches Bibelwerk 1981
Elisabeth M. Orsten: »*From Anschluss to Albion – Memories of a refugee girl 1939–1940*«, Acorn Editions Cambridge 1998
Benzion Patkin: »*The Dunera Internees*«, Cassell Australia 1979
Günther Pflug (Hrsg.): »*Die jüdische Emigration aus Deutschland 1933–1941, Die Geschichte einer Austreibung*«, Buchhändler-Vereinigung, Sonderveröffentlichung der Deutschen Bibliothek; Nr. 15
Leo Rostein: »*The Joys Of Yiddish*«, McGraw-Hill 1968
Anja Salewsky: »*Der olle Hitler soll sterben!*« – *Erinnerungen an den jüdischen Kindertransport nach England,*Claassen Verlag 2001
Jürgen Spieß: »*Nach der Wahrheit fragen – Antworten von C. S. Lewis*«, Brunnen Verlag 1994
Barry Turner: »*Kindertransport – Eine beispiellose Rettungsaktion*«, Bleicher Verlag 1994
Friedrich Weinreb: »*Was ist beten? – Lebenspraxis als Gebet*«, Thauros Verlag 1985
Alice u. Gerhard Zadek: »*Mit dem letzten Zug nach England*«, Dietz Verlag 1992

Material aus dem Internet:

www.pipemedia.net/ial/koelz/intern.htm: »Internment in Australia 1940–1941, The troopship Dunera and Hay Camp

www.teachers.ash.org.au/dnutting/germanaustralia/d/d-dunera-htm: Deutschsprachige in Australien, Die »Dunera«
www.aufbauonline.com/2000/issue17/pages17/12.html: Aufbau – deutsch-jüdische Zeitung, Enemy Aliens, A Nightmare Journey on the HMS Dunera
www.uwm.edu/People/jpipes/july.html: W W II Axis Military History Day-by-Day
www.rossepoint.com/arandora_star.htm: The Sinking of the SS Arandora Star
www.bluestarline.org/arandora_h2.html: On Board the »Arandora Star«
www.carndonagh.com/arandora: The Last Voyage of The Arandora Star
www.mpec.sc.mahidol.ac.th/Radok/CHAP11.HTM: Internment of three brothers, England, Australia 1939–1942
www.tmx.com.au/join/letters/dunera.htm: »Letters from Jewish Australia«
www.pro.gov.uk/leaflets/ri2158.htm: Public Record Office, Internees: First and Second World Wars
www.nla.gov.aus/ms/findaids/8869.html: National Library of Australia, diverse Informationen über Internment Camps, biografische Notizen etc.
www.library.usyd.edu.au/judaica/catalog/collect1.html: The University of Sydney, Archive of Australia Judaica, Individual Collections Bibliographical Resources
www.holocaustcentre.com: Archiv des Holocaust Memorial Center in Washington D. C., mit einer Fülle von Informationen und Dokumenten zum Holocaust und allen damit zusammenhängenden Aspekten

Filmmaterial:

»*Into The Arms Of Strangers – Stories Of The Kindertransport*«, DVD, Warner Brothers Pictures 2000

»*My Knees Were Jumping – Remembering, The Kindertransport*«, Video, A Film by Melissa Hacker, National Center for Jewish Film 1997

Liebe Leserinnen, liebe Leser,

seit vielen Jahren biete ich meinem Publikum an, mir zu schreiben, weil es mich interessiert, was meine Leserinnen und Leser von meinem Buch halten. Auch heute noch freue ich mich jedes Mal riesig über das Paket mit Leserbriefen, die mir einmal im Monat nachgesandt werden. Dann machen meine Frau und ich uns einen gemütlichen Tee-Nachmittag und lesen beide jeden einzelnen Brief. Und daran wird sich auch in Zukunft nichts ändern.

In den letzten Jahren erreichen mich jedoch so viele Briefe, dass sich in meine große Freude über diese vielen interessanten Zuschriften ein bitterer Wermutstropfen mischt. Denn auch beim besten Willen komme ich nun nicht mehr dazu, diese Briefflut individuell zu beantworten; ich käme sonst nicht mehr zum Recherchieren und Schreiben meiner Romane. Und jemand dafür einzustellen übersteigt meine finanziellen Möglichkeiten.

Was ich jedoch noch immer tun kann, ist, als Antwort eine Autogrammkarte zurückzuschicken, die ich persönlich signieren werde und die neben meinem Lebenslauf im anhängenden farbigen Faltblatt Informationen über einige meiner im Buchhandel erhältlichen Bücher enthält.

Wer mir also immer noch schreiben und eine von mir signierte Autogrammkarte mit Info-Faltblatt haben möchte, der soll bitte nicht vergessen, das Rückporto beizulegen. (Bitte nur die Briefmarke schicken und diese nicht auf einen Rückumschlag kleben!) Wichtig: Namen und Adresse in Druckbuchstaben angeben. Gelegentlich kann ich auf Zuschriften nicht antworten, weil die Adresse fehlt oder die Schrift nicht zu entziffern ist, was übrigens auch bei Erwachsenen vorkommt!

Da ich viel auf Recherchen- und Lesereisen unterwegs bin, kann es manchmal Monate dauern, bis ich die Karte mit dem Faltblatt schicken kann. Ich bitte daher um Geduld.

Meine Adresse:
Rainer M. Schröder
Postfach 1505
D-51679 Wipperfürth

Wer Material für ein Referat braucht oder aus privatem Interesse im Internet mehr über mein abenteuerliches Leben, meine Bücher (mit Umschlagbildern und Inhaltsangaben), meine Ansichten, Lesereisen, Neuerscheinungen, aktuellen Projekte, Reden und Presseberichte erfahren oder im Fotoalbum blättern möchte, der möge sich auf meiner Homepage umsehen.

Die Adresse: www.rainermschroeder.com

Herzlichst
Ihr/euer
Rainer M. Schröder